Lily Cortez wuchs in einer Patchworkfamilie in Cambridgeshire auf. Ihren Vater hat sie nie kennengelernt, doch jetzt möchte sie mehr über ihre Herkunft erfahren. Einer ihrer Halbbrüder betreibt ganz in ihrer Nähe einen Pub in Middledip. Kurzerhand bewirbt sie sich dort um einen Job.

Zwei Jahre lang schafft sie es nicht, ihrem Halbbruder Harrison zu offenbaren, wer sie wirklich ist. Stillschweigend geht sie ihrem Job als Teilzeit-Kellnerin nach und dem attraktiven Pub-Manager Isaac bald nicht mehr aus dem Kopf. Doch auch Lily wundert sich, warum sie nicht mehr aufhören kann, an Isaac zu denken. Als Harrison schwer erkrankt, reist er in die Schweiz, um sich bei seiner Familie zu erholen. Wie es der Zufall will, führt Lily ihr zweiter Job als Designerin bald selbst in die Schweizer Berge, wo sie nicht nur einen weihnachtlichen Messestand entwerfen soll, sondern auch gleich mit dem Middledip-Chor englische Weihnachtslieder zum Besten geben kann. Zwischen Schneeflocken, Glühwein und Weihnachtszauber merkt Lily, dass ihre Gefühle für Isaac immer stärker werden. Doch schafft sie es, ihm ihre Liebe zu gestehen und das Geheimnis ihrer Familie endlich zu lüften?

Sue Moorcroft ist SPIEGEL-Bestsellerautorin. In Deutschland geboren, verbrachte sie ihre Kindheit auf Malta und Zypern und lebt nun mitten in England. Ihr Roman »Winterzauberküsse« stand mehrere Wochen auf der Bestsellerliste in Deutschland. Auch in »Mistelzweigzauber« und »Wunderkerzenzauber« zeigt Sue Moorcroft, dass sie Weihnachten einfach zauberhaft findet. Neben ihren Romanen schreibt sie Kurzgeschichten, entwirft Kurse für die London School of Journalism und ist als Bloggerin aktiv.

Sylvia Spatz übersetzt aus dem Englischen, Italienischen und Französischen. Für die S. Fischer Verlage hat sie unter anderem Agatha Christie und Roz Watkins ins Deutsche übertragen.

Weitere Informationen finden Sie unter www.fischerverlage.de

SUE MOORCROFT

Schneeflockenglitzern

Roman

Aus dem Englischen
von Sylvia Spatz

FISCHER Taschenbuch

Aus Verantwortung für die Umwelt hat sich der S. Fischer Verlag zu einer nachhaltigen Buchproduktion verpflichtet. Der bewusste Umgang mit unseren Ressourcen, der Schutz unseres Klimas und der Natur gehören zu unseren obersten Unternehmenszielen.

Gemeinsam mit unseren Partnern und Lieferanten setzen wir uns für eine klimaneutrale Buchproduktion ein, die den Erwerb von Klimazertifikaten zur Kompensation des CO_2-Ausstoßes einschließt.

Weitere Informationen finden Sie unter:
http://www.klimaneutralerverlag.de

MIX
Papier aus verantwortungsvollen Quellen
FSC® C083411
FSC
www.fsc.org

Deutsche Erstausgabe
Erschienen bei FISCHER Taschenbuch
Frankfurt am Main, Oktober 2020

Die Originalausgabe erschien 2019 unter dem
Titel »Let It Snow« bei Avon, HarperCollins, London

Satz: Dörlemann Satz, Lemförde
Druck und Bindung: CPI books GmbH, Leck
Printed in Germany
ISBN 978-3-596-00243-6

Für Paul Matthews und
Hollie Clark Matthews
in jenem ganz besonderen Jahr.
Euer Glück macht mich glücklich.

Prolog

»Was ist los, Mum? Warum weinst du?« Lily Cortez eilte über die Rasenfläche und kniete sich vor die schlanke Frau, die, den Blick auf ihr iPad gerichtet, in einem Gartenstuhl kauerte. Der kühle Oktobertag neigte sich dem Ende zu, das Licht war grau wie Stahl.

»Oh! Lily, du bist schon da? Wir hatten dich erst morgen erwartet.« Roma wischte sich über die tränenfeuchten Wangen und legte das iPad mit dem Bildschirm nach unten in ihren Schoß. Roma Martindale, eine passionierte Gärtnerin, war bei jedem Wetter draußen, auch heute werkte sie bei stürmischem Wind inmitten von Ziertöpfen, Kompost und Töpfen mit Veilchen.

»Ich habe die Reise von Spanien hierher von drei auf zwei Tage gekürzt, weil ich euch überraschen wollte.« Lily runzelte die Stirn. Die Augen der Mutter waren vom Weinen gerötet, und das kam wirklich selten vor. Lily kramte in ihrer Fleecejacke nach Taschentüchern und drückte sie Roma in die kalten Hände. Hier in Peterborough war es bestimmt zehn Grad kühler als in Barcelona, wo sie am Vortag im Morgengrauen aufgebrochen war, weg von ihrem spanischen Ehemann, der über das Ende der Ehe ebenso erleichtert war wie sie. Sie ließ ihrer Mutter Zeit, um sich die Nase zu putzen. »Bist du krank?

Oder ist was mit Patsie?« Patsie, eine hochgewachsene selbstbewusste Anwältin mit seidigem schulterlangem Haar und am liebsten in einen dunkelblauen Hosenanzug gekleidet, war Romas Lebensgefährtin.

»Uns beiden geht es gut.« Roma schnäuzte sich erneut. »Sie hat ein Pro-bono-Mandat für ein Frauenhaus übernommen. Und ich dachte wirklich, dass du erst morgen kommen würdest, und so …« Wieder liefen Tränen über ihre Wangen.

»Hat jemand sich über dich und Patsie das Maul zerrissen?« Nicht jeder akzeptierte gleichgeschlechtliche Beziehungen. Sergio, Lilys Fast-Ex, hatte sich zum Beispiel nie damit abfinden können, dass Lily zwei Mütter hatte.

Roma schüttelte den Kopf und suchte an ihrem Taschentuch nach einem trockenen Zipfel. »Nein.« Sie tupfte sich frische Tränen weg.

Lily schluckte schwer, bevor sie etwas sagen konnte. »Bitte, Mum. Lass mich nicht länger raten und sag endlich, was los ist.« Ihr Blick fiel auf das iPad. »Hast du eine schlimme Nachricht erhalten?«

Roma umklammerte ihr Tablet und kniff die Augen zusammen. »Ich habe gerade nah am Wasser gebaut, tut mir leid. Der Anlass dafür liegt schon lange zurück.«

Mittlerweile war auch Lily den Tränen nahe. »Mir wird ganz angst und bange«, sagte sie leise. Was veranlasste ihre Mutter, sonst ein sonniges, fröhliches Gemüt, sich die Augen aus dem Kopf zu heulen?

Roma nahm ihren Laptop in die eine Hand und stützte sich mit der anderen an Lily ab, um sich aus dem Stuhl zu erheben.

In der Küche war es warm und gemütlich. Roma hängte den Khakimantel, den sie zur Gartenarbeit anzog, an der Hintertür über einen Haken, schüttelte die Gummistiefel ab und setzte sich an den Tisch. Lily nahm neben ihr Platz. Der Bildschirm des iPad erhellte sich. Langsam drehte Roma ihn zu Lily hin. Eine Todesanzeige im *Peterborough Telegraph*.

Lily überflog die paar Zeilen. »Ein Typ namens Marvin ist gestorben, stimmt's? Er war achtundsiebzig, mithin ein ganzes Stück älter als du.« Angeblich war dieser Marvin der geliebte Ehemann einer kurz zuvor verstorbenen Teresa gewesen, außerdem ein hingebungsvoller Vater und Großvater, und wurde von seiner Schwester Bonnie in schmerzlichem Andenken gehalten. »Ich hätte nie gedacht, dass du wegen eines Mannes Tränen vergießt.« Roma hatte in ihrem Erwachsenenleben aus ihrer Homosexualität nie einen Hehl gemacht, sie war eine selbstbewusste Lesbe und ihr Freundeskreis fast ausschließlich weiblich.

Roma, das Gesicht immer noch verheult, hüllte sich in Schweigen.

Lily durchfuhr ein Gedanke. »Mir fällt da nur ein einziger Mann ein. Du hattest ganz kurz was mit ihm, angeblich kanntest du nicht mal seinen Namen …« Sie sah ihrer Mutter in die Augen und las dort Sorge, Reue, tiefe Seelenqual. »War das damals vielleicht doch kein One-Night-Stand? Ist er mein Vater?«

Roma schluckte geräuschvoll und schüttelte den Kopf. »Ein einziges Durcheinander war das, eigentlich kennst du die Geschichte.«

Lily hatte das Gefühl, den Boden unter ihren Füßen zu verlieren. »Aber offenbar nur einen Teil davon! Nun sag schon, ich möchte doch nur verstehen, worum es geht.«

Roma sah sie beim Reden nicht an. »Patsie und ich wollten

eine Familie haben. Sie war angestellt, erhielt Sozialleistungen für werdende Mütter, deine Schwester Zinnia wurde von einem anonymen Samenspender gezeugt, der übliche Weg also. Da packte mich der Neid, und ich wollte auch ein Baby.« Sie griff nach Lilys Hand, ihre Stimme wurde unsicher. »Patsie wollte nichts davon wissen, schon gar nicht vor der Geburt ihrer Tochter. Ich schlug mich damals als freiberufliche Fotografin durch. Wer sollte sich um euch Kinder kümmern? Auch das war zu klären. Und wenn eine Schwangerschaft, fand sie, dann nur mit Hilfe desselben anonymen Samenspenders und möglichst im gleichen Jahr, also 1983, damit die Kinder genetisch Geschwister sein würden. In meinen Augen war sie unerträglich pragmatisch.« Sie stieß ein verbittertes Lachen aus. »Ich hatte keinen One-Night-Stand, sondern eine ausgewachsene Affäre. Marvin war ein älterer Mann, dem es, wie ich damals naiv und rücksichtslos dachte, nichts ausmachen würde, dass ich ihn benutzte. Er hat nie erfahren, dass mir die Beziehung nur dazu diente, schwanger zu werden.«

In die Stille tickte laut die Küchenuhr über dem Herd. »Warum hast du mich immer angelogen, wenn ich dich nach meinem Vater gefragt habe?«, fragte Lily und empfand plötzlich unerwartet heftig den Verlust des Mannes, den sie nie kennengelernt hatte.

Roma erhob sich, griff nach einem Glas und füllte es mit Wasser aus einer Karaffe im Kühlschrank. Dann schlurfte sie zurück zu ihrem Stuhl. »Ich habe Marvin über einen Arbeitsauftrag kennengelernt – Porträts vom Führungspersonal für ein Inhouse-Firmenjournal. Er mochte mich und zeigte das auch. Und er konnte sein Glück nicht fassen, als ich, damals eine Frau Mitte zwanzig, auf seine Avancen einging.« Sie errötete. »Für jemandem in seinem Alter, Anfang fünfzig, war er fit und sah immer noch gut aus. In meinen Augen war er keine schlechte Wahl, außerdem hatte ich bis dahin nur Erfahrung mit Frauen.« Sie räusperte sich und sah Lily in die Augen. »Willst du das wirklich alles hören?«

Lily klopfte das Herz bis zum Hals. Sie nickte.

Roma strich sich ein paar blonde, vom Wind zerzauste Haarsträhnen hinter die Ohren. »Die Affäre hat fünf Monate lang gedauert, gerade so lange, bis ich schwanger wurde. Mit ihm Schluss zu machen, hat mir leidgetan, und zwar mehr, als ich gedacht hätte. Der arme Marvin war am Boden zerstört. Er sagte, er hätte sich in mich verliebt. Es stimmt, er hatte seine Ehe und das Glück seiner Kinder für mich aufs Spiel gesetzt. Er war fix und fertig, es war einfach schrecklich. An seine Familie hatte ich, ehrlich gesagt, keinen Gedanken verschwendet, ich war damals nur mit mir und meinen Plänen beschäftigt. Im Rückblick kann ich mein eigensüchtiges Verhalten kaum fassen. Und was Patsie angeht …« Romas Hände zitterten. »Meine Affäre hätte unsere Beziehung fast zerstört. Sie war so glücklich während ihrer durchgeplanten Schwangerschaft, und ich hatte sie die ganze Zeit betrogen.«

»Und ausgerechnet mit einem Mann«, flüsterte Lily schockiert.

Romas Lippen umspielte ein bitteres Lächeln. »Stimmt, dass es ein Mann war, hat die Sache nicht besser gemacht. Vor allem aber hatte ich ihr Vertrauen, ihre Pläne für unsere gemeinsame Zukunft verraten. Danach war es lange nicht einfach zwischen uns.«

Was sie da zu Ohren bekam, war ungeheuerlich, aber Lily sehnte sich vor allem danach, mehr über diesen einen Menschen zu erfahren. »Erzähl mir von meinem Vater«, bat sie, ihre Stimme klang heiser.

Romas Gesichtsausdruck hellte sich kurz auf. »Er leitete damals ein Unternehmen. Blond, immer glatt rasiert, im Anzug machte er eine gute Figur. Er war in seiner Art altmodisch, mochte klassischen Rock 'n' Roll, Rugby, Tennis, Kino, Fernsehkrimis und Ferien in Amerika.«

Lily fühlte sich wie ausgehöhlt. »Ist dir damals eigentlich nie der Gedanke gekommen, dass er von meiner Existenz erfahren und die Chance hätte bekommen sollen, sich auch um mich zu kümmern?«

Roma stand wieder auf und schenkte sich etwas Filterkaffee ein. Ihr Tonfall war leise und beschämt, als sie antwortete: »Ich habe damals einfach keinen Ausweg gefunden, der allen Seiten gerecht geworden wäre. Es waren zwei Kinder unterwegs, und ich wollte unbedingt mit Patsie zusammenbleiben und sie gemeinsam großziehen. Dazu musste Patsie natürlich die volle Wahrheit erfahren, aber auch nur sie. Ich durfte nicht riskieren, dass Marvin von dir erfahren würde, oder du von ihm, denn dann wäre Patsie automatisch mit ihm konfrontiert gewesen.«

Lily starrte in die Tasse Kaffee, die die Mutter ihr hingestellt hatte, und ihr Magen rebellierte leicht.

Roma setzte sich und nahm sie in die Arme, verströmte den vertrauten Geruch nach frischer Luft und Gartendünger. »Ach, wenn du nur wüsstest, wie oft und wie lange wir darüber diskutiert haben! Aber jeder Ausweg, der mir einfiel, machte meinen Fehler nur noch schlimmer und hätte beide Familien, meine und seine, aufs Spiel gesetzt. Hättest du eines Tages die Wahrheit erfahren und daraufhin mit ihm Kontakt aufgenommen, wäre unsere gesamte Familie, also du und Zinnie, Patsie und ich, durcheinandergeraten. Hass mich nicht dafür, Lily! Du hast zwei Mütter und eine Schwester. Das sollte genügen, fand ich.«

»Und folglich hast du einfach über meinen Kopf hinweg entschieden, mich von seiner Familie fernzuhalten. Eine Seite meiner Familie.« Lily schüttelte den Kopf. Sie fühlte sich innerlich wie ausgehöhlt, auch wenn sie die Entscheidung ihrer Mutter nachvollziehen konnte. »Wie könnte ich dich hassen, Mum. Das ist alles so typisch für dich … chaotisch und unüberlegt. Ich habe meinen Vater gefunden und ihn zugleich verloren, das ist einfach hart.« In ihren Augen glänzten Tränen.

Sie setzte sich langsam in ihrem Stuhl auf, zog das iPad zu sich heran und las die Todesanzeige noch einmal. Und fand etwas, das sie tröstete. Schweigend markierte sie den ersten von zwei Namen und tippte ihn in die Suchmaschine. Eine Liste von Suchergebnissen sprang auf, und sie klickte eines davon an. Was sie dort las, traf sie mitten ins Herz. »Schau her. Der älteste meiner beiden Halbbrüder, Harrison Tubb, leitet einen Pub, *The Three Fishes*, in einem Dorf namens Middledip.« Sie sah aufgeregt zu ihrer Mutter. »Es liegt hier in Cambridgeshire. Ich könnte ihn doch besuchen.«

Roma ließ sich mit einem entsetzten Stöhnen gegen die Lehne zurückfallen. »Oh, nein, Lily!«

Erstes Kapitel

November, zwei Jahre später

Lily ließ eine bunte Lichterkette durch ihre Finger gleiten und überlegte, ob die geeignet wäre, ihre Schwester zu erwürgen. Denn die brachte sie gerade zur Weißglut.

Zinnia hätte Lily eigentlich dabei helfen sollten, den Pub *The Three Fishes* zu dekorieren, aber bis jetzt hatte sie lediglich mit einer Handvoll Lametta herumgespielt und Lily die Ohren vollgequasselt. »Wir sind schließlich deine Familie!«, erklärte Zinnia und fuhr mit ihren Fingern durch das kastanienbraune Haar. »Mit deiner Aktion verletzt du die Gefühle von Patsie und Roma.«

Lily kletterte auf einen Barhocker und zog die Kette durch die Haken über dem Tresen. »Sie haben Verständnis dafür, dass das allein meine Entscheidung ist. Und das weißt du ganz genau, Zin. Lass uns nicht schon wieder mit dieser Diskussion anfangen.«

Aber Zinnia war nicht zu stoppen. »Genügen wir dir nicht? Wir haben als Kinder sogar unser Zimmer geteilt! Wir sind Schwestern …«

»Und du bist wirklich die tollste Schwester der Welt«, sagte Lily in der Hoffnung, Zinnia durch das Kompliment abzulenken. Sie sprang vom Hocker, zog ihn zum nächsten Abschnitt mit noch leeren Haken weiter, umarmte Zinnia kurz und kletterte wieder auf die Sitzfläche. »Du könntest doch schon mal die Efeugirlanden auf dem Kaminsims mit dem Lametta schmücken.«

»Lily!« Zinnia warf das Lametta auf den blankpolierten hölzernen Tresen. »Ich kenn dich genau! Ich bin doch in der gleichen Situation wie du und weiß genau, wie man sich fühlt, wenn die Leute einen schräg angucken, weil man aus einer Familie mit zwei Müttern kommt.«

»Stimmt«, sagte Lily versöhnlich. »Das haben wir gemeinsam. Aber das hier ist allein meine Angelegenheit, und genau das macht dir Probleme.« Lily hatte zwei Jahre zuvor das Dorf besucht, um ihren Halbbruder kennenzulernen. Am Ende hatte sie sich um einen Job in seinem Pub beworben, eine Bleibe gesucht – und war geblieben. Und das war Zinnia ein Dorn im Auge.

Zinnia ging nicht direkt auf Lilys Erwiderung ein, aber ihr Tonfall klang nun weniger angriffslustig. »Du hast deine Mission erfüllt und ihn kennengelernt. Jetzt solltest du ihn entweder über alles aufklären oder ihn in Ruhe lassen.«

Zinnia bezog sich auf Harrison Tubb, besser als *Tubb vom Pub* bekannt, und ihr wurde ganz übel bei der Vorstellung, dass er Lily zuvorkommen und alles herausfinden könnte. Lily, die sich mit ihrer Enthüllung offenbar alle Zeit der Welt ließ. Lily stieg vom Barhocker und strich Zinnia beruhigend über den Arm. »Eine Hälfte meiner Mission ist erledigt, die andere folgt im nächsten Monat«, sagte sie, und ihr Herz hüpfte vor Vorfreude bei dem Gedanken, dass es noch einen anderen Halbbruder gab, den sie kennenlernen wollte. »Du bist besorgt, dass ich unsere Familie im Stich lassen könnte, und das verstehe ich. Übrigens ist das nicht der Fall. Denn wo ich lebe oder mit wem ich Umgang habe, spielt in der Beziehung zu unseren Müttern keine Rolle. Wenn das Verhältnis zu euch leidet, dann nur, weil du alles dafür tust.«

Zinnia versuchte es auf eine andere Tour. »In dir steckt doch wirklich mehr, als in einer blöden Dorfkneipe zu arbeiten.«

»Das ist keine blöde Dorfkneipe.« Lily rückte ihren Hocker ein Stück weiter.

»Seit du vor zwei Jahren aus Spanien zurückgekehrt bist, hast du deine Zeit hier in diesem Nest verschwendet. Anscheinend willst du nicht länger in der Nähe deiner Familie leben …« Zinnia unterbrach sich, vielleicht hatte sie selbst gemerkt, dass ihre Argumentation widersprüchlich war. »Wir sind doch deine Familie, Lily«, schob sie erläuternd nach.

»Familien können auch verstreut sein.« Lily hängte das Kettenende über einen Haken und stieg vom Hocker, um ihr Werk zu begutachten.

Zinnias Blick wurde traurig. »Jetzt sag's ihm schon endlich, dann hängt das Ganze nicht weiter wie ein Damoklesschwert über uns. Ich bin schon drauf und dran, es ihm selbst zu erzählen …«

»Das würde ich dir nicht raten. Ob und wann ich ihm reinen Wein einschenke, ist allein meine Angelegenheit.«

Lily gab sich alle Mühe, die leise Panik in ihrer Stimme zu unterdrücken. Ihr wurde siedend heiß klar, dass Zinnia ihren Besuch im Pub problemlos dazu nutzen könnte, Lilys Geheimnis auszuplaudern. »Die Art und Weise, wie ich das Ganze anpacke, mag dir nicht gefallen, aber hier geht es um mich.« Und nicht um dich, hätte sie anfügen können, unterließ es aber.

Bevor Zinnia etwas darauf erwidern konnte, ertönte vom Tresen eine Männerstimme. »Entschuldigung, dass ich unterbreche.«

Lily und Zinnia drehten sich überrascht um. Lily lachte künstlich. »Du hast mich aber erschreckt, Isaac. Das hier ist meine Schwester Zinnia. Sie hilft mir mit der Weihnachtsdekoration. Zin, das ist Isaac O'Brien, der Interimsmanager, den Tubb für die Zeit seiner Abwesenheit eingestellt hat.«

Isaac, dunkelbraune Augen, fast schwarzes Haar, einen kleinen goldenen Ring an einem Ohr, streckte Zinnia über den Tresen seine Hand entgegen. Sein Blick wanderte zurück zu Lily. »Ich wusste gar nicht, dass du heute Nachmittag kommen wolltest, um das zu erledigen.«

Lily errötete. Wahrscheinlich wollte er auf diese Weise höflich nachfragen, warum sie das nicht mit ihm abgesprochen hatte. So gut hatte sie ihn in den vergangenen zwei Wochen bereits kennengelernt. In seinem letzten Job hatte er in einer trendigen Bar gearbeitet, wo er Dutzende von Leuten unter sich gehabt und wahrscheinlich eine auswärtige Firma mit der Weihnachtsdeko beauftragt hatte.

»Janice hat mich darum gebeten, weil sie doch in der Schweiz ist. Normalerweise hängt der Weihnachtsschmuck bereits in den ersten Novembertagen, und heute ist schon der siebte … Ich war davon ausgegangen, dass entweder sie oder Tubb dich darüber informiert hat.« Janice hatte im Pub immer mehr oder weniger tun und lassen können, was sie wollte. Und seitdem sie und Tubb sich vergangenes Weihnachten zusammengetan hatten, hatte sie noch mehr zu sagen.

»Wir öffnen übrigens in weniger als einer Stunde«, mahnte Isaac.

»Stimmt genau.« Mein Gott, gerade eben hatten sie nach Mittag geschlossen, und jetzt war schon wieder Zeit für die Abendschicht, der ganze Nachmittag war wie im Flug vergangen. »Wir stellen keinen großen Weihnachtsbaum auf, sondern verteilen nur einige Bäumchen auf dem Tresen, und damit ist im Handumdrehen alles erledigt.«

»Danke.« Er lächelte sie an und ging dann »nach hinten«, wie sie jenen Bereich im Erdgeschoss nannten, in dem sich eine Garderobe, ein Putzschrank und das Getränkelager befanden. Außerdem gingen diverse Türen davon ab, zum Bierkeller, zur Küche, zum Parkplatz, zu den Toiletten für die Angestellten und zur Treppe in den oberen Stock. In einer Nische stand ein Schreibtisch mit Isaacs Laptop.

»Wow«, hauchte Zinnia und wackelte mit den Augenbrauen, als seine Schritte verklungen waren. »Der Typ ist ein echter Hingucker. Da kann Tubb nicht mithalten.«

Vor ihrem geistigen Auge sah Lily Tubbs Haartolle, die ihm immer in die Stirn fiel, und das typische Lächeln, bei dem die Mundwinkel sich nach unten verzogen. »Ja, Isaac ist sexy«, pflichtete sie ihr leise bei, während sie eines der Bäumchen aus einer Schachtel nahm. Ihr blieb weniger als eine Stunde, um den Pub für die Gäste herzurichten. Vielleicht hatte Isaacs Auftauchen wenigstens Zinnias Tiraden beendet. »Zuletzt hat er in einer coolen Lounge in Peterborough gearbeitet. Er hält sich zurück, aber er schafft es trotzdem, die Leute zum Arbeiten zu bewegen.«

Zinnia zwinkerte ihr vielsagend zu. »Mich könnte mühelos er zu allem Möglichen bewegen, das kann ich dir sagen …«

»Schhh!«, flüsterte Lily und hoffte inständig, dass Isaac die Unterhaltung nicht mitgehört hatte. »Du redest von meinem

Boss! Und was ist mit George? Du hast schon einen Liebhaber!«

Zinnia grinste übers ganze Gesicht und zuckte mit den Schultern, offenbar hatte sie das Streitgespräch von eben vergessen. »Ich meine ja nur …«

Lily griff nach Zinnias Jacke und drückte sie ihr in die Arme. »Komm, ich lass dich durch die Hintertür raus. Ich bin nicht ganz sicher, ob Isaac so begeistert war, dich hier außerhalb der Geschäftszeiten anzutreffen.«

»Ich war doch noch nicht mit dem Lametta fertig«, protestierte Zinnia, während Lily die Tresenklappe öffnete und sie durchwinkte.

»Das mache ich schon.«

Zinnia blieb noch einmal kurz stehen. »Wie geht es Tubb eigentlich? Herzprobleme muss man ernst nehmen.«

Lily wurde sofort versöhnlicher. »Janice sagt, es geht ihm gut, aber er muss weiter aufpassen und den ärztlichen Rat befolgen, das heißt, viel Ruhe, kein Alkohol oder Fett und die Diät einhalten.« Tubb hatte seine Umgebung im Sommer in Sorge versetzt, weil er zeitweise schlecht Luft bekam und Beine und Bauch angeschwollen waren. Janice hatte dafür gesorgt, dass er ins Krankenhaus kam, aus dem man ihn mit einem Satz Medikamente entlassen hatte, die er täglich einzunehmen hatte.

Eine Weile waren sie ganz gut klargekommen. Er hatte sich bei der Arbeit im Pub im Hintergrund gehalten, und Janice übernahm die Hauptlast. Aber dann hatte der Arzt ihn gewarnt, er benötige eine Pause von der Siebzigstundenwoche und dem schweren Heben. Aber das war nun einmal der Alltag im Pub, und Tubb erklärte sich mit einer krankheitsbedingten

Auszeit einverstanden. Zur gleichen Zeit hatte die schwangere Schwiegertochter von Janice in der Schweiz gesundheitliche Probleme bekommen. Kurzentschlossen waren Janice und Tubb in die Schweiz aufgebrochen und wohnten fortan bei Max, dem Sohn von Janice. Janice half ihrer Schwiegertochter mit den beiden anderen Kindern, und Tubb konnte sich ein paar Monate ausruhen.

Mittlerweile hatte Lily anderthalb Jahre Zeit gehabt, um den bärbeißigen Tubb ins Herz zu schließen, der stets über alles grummelte, aber seinen Pub und sein Dorf liebte. Harte Schale, rauer Kern, das war Tubb. Seine Beziehung mit Janice freute sie. Und sie vermisste beide, ihn und die fröhliche Janice, die nichts aus der Ruhe bringen konnte. Aber dank moderner Kommunikationsmittel war es ein Leichtes, den Kontakt aufrechtzuerhalten.

Zinnia umarmte Lily zum Abschied und verließ bereitwillig den Pub, worauf Lily sich wieder der Deko zuwandte. Rasch hängte sie Kugeln an die Weihnachtsbäumchen.

Isaac tauchte wieder auf. »Eigentlich hätte Vita schon hier sein sollen, aber sie hat gerade angerufen. Ihr Mann kommt später nach Hause, und so muss sie sich weiter um die Kinder kümmern. Ich springe für sie ein.« Isaac füllte die Regale hinter dem Tresen auf und bereitete die Mixer vor. »Wirklich nett, dass du und deine Schwester die Dekoration übernommen haben. Ich hätte mich erkundigen sollen, wie das bislang gelaufen ist.«

Lily unterbrach ihr Aufräumen, in den Händen hielt sie Schachteln, an einem Arm hing eine Rolle mit Klebeband. »Letztes Jahr haben ich und Janice das übernommen.«

Er nickte auf seine typisch bedächtige Weise, sein Blick

blieb unergründlich. »Soll ich dir Überstunden bezahlen? Wie hat Mister Tubb das gehalten?«

Lily musste lachen. »Mit Überstunden hat er es nicht so«, sagte sie freimütig. »Während der Weihnachtszeit sind Arbeiten wie Dekoration, Weihnachtslunch und die Lotterie Ehrensache. Aber er packt auch immer selbst mit an, und deswegen sind alle einverstanden.«

Er fuhr mit seinen Fingern durch sein glänzendes Haar, das sofort wieder in die alte Form zurückfiel. »Aber du hast doch auch noch dein eigenes Geschäft, oder nicht?«

»Ja, ich entwerfe und organisiere Messestände. Aber ich mag Weihnachten, deshalb macht mir das Dekorieren wirklich nichts aus.«

»Okay, danke.« Isaac war sowohl Gästen als auch dem Personal gegenüber entgegenkommend, offen und freundlich, aber wenn er sich unbeobachtet fühlte, wirkte er oft gedankenverloren. Und er war sexy, wie Zinnia so zutreffend festgestellt hatte.

»Übrigens ist er für niemanden hier Mister Tubb. Einfach Tubb vom Pub, oder Harrison, so nennt Janice ihn. Ein paar ältere Gäste reden ihn auch mit Harry an.« Darauf nickte er leicht, und Lily zwängte sich mit ihren Schachteln durch die Öffnung im Tresen, stellte sie ab, und saugte dann im Pub Lamettareste vom Teppich. Sieben Minuten bis zum Öffnen. Sie war gerade noch rechtzeitig fertig geworden.

Die Bar war bereit für den Abendbetrieb. Isaac hörte die Chefs in der Küche klappern, und Lily hatte soeben den Staubsauger weggestellt. Soweit er das Personal hier kennengelernt hatte, würde er mit Lily am einfachsten zurechtkommen: Sie war pünktlich, zuverlässig und hatte ein sonniges Gemüt. Aber sie konnte auch Kontra geben, das hatte sie vorhin bei der Diskussion mit ihrer Schwester bewiesen, zumindest so viel er davon mitbekommen hatte.

Er würde ihr die Arbeitszeit vergüten, die sie vorhin unaufgefordert aufgewendet hatte. Zumindest er, Isaac, hatte sie nicht darum gebeten. Janice hatte ja angeblich kein Problem damit gehabt, von Lilys Freizeit einfach etwas für den Pub abzuzwacken. Doch wenn er ehrlich war, konnte er sie nicht einschätzen. Als er seine Stelle angetreten war, war Janice gerade mit dem Umzug in die Schweiz beschäftigt gewesen. Zwei Wochen lag das jetzt zurück, und er fühlte sich immer noch fremd. Innerhalb von wenigen Monaten war in seinem Leben das Unterste zuoberst gekehrt worden. Gar nicht leicht, das vor der Umgebung zu verbergen und gute Miene zum bösen Spiel zu machen.

Er stand gerade am Safe, um Wechselgeld herauszuholen, als Vita atemlos hereingestürmt kam. Sie streifte rasch ihren Mantel ab und bat um Entschuldigung. Kein Problem, beschwichtigte er, korrigierte die Anzahl der geleisteten Arbeitsstunden auf ihrem Monatsplan nach unten und ging dann in den Gastraum. Offenes Kaminfeuer und dunkle Windsor-Stühle, alles ziemlich altmodisch, fand er. Er schaltete die Kasse ein und begann, das Wechselgeld für den Abend zu zählen, wie so oft in seinen diversen Jobs, zuletzt in der *Juno Lounge*.

Im *Juno*, einem schicken In-Pub in Peterborough, war er der Pächter gewesen und hatte eine Schanklizenz besessen. Der Pub servierte Frühstück und war anders als *The Three Fishes* ganztägig geöffnet, am Wochenende auch bis in die Nacht, weil es dort auch einen Raum für Partys gab. Von der ehemaligen Kapelle hatte er Teile der Originalbestuhlung belassen und sie um Sofas und ein geschmackvolles Sammelsurium von Stühlen erweitert, dazu überdimensionierte Glasleuchten, die von kunstvoll verzierten original viktorianischen Trägern aus Gusseisen herabhingen. Entstanden war eine gewagte Kombination von unterschiedlichen Stilen, die dem Pub etwas von dem Flair einer Fabrikhalle gaben.

Vorbei, Schnee von gestern, ermahnte er sich, aber da war sie sofort wieder, diese Traurigkeit, dass die *Juno Lounge* durch eine Verkettung von unglücklichen Zufällen nicht mehr existierte. Einrichtung und Ausstattung waren versteigert worden. Und draußen an dem Gebäude aus rotem Backstein hing wieder das Schild »Zu verpachten«.

Dass ihn keine Schuld an der Pleite traf, war kein wirklicher Trost. Ohne Gäste war ein Lokal nichts wert. Als sich bei der *Juno Lounge* die Krise abzeichnete, musste sich Isaac als Pächter vornehmlich darum kümmern, die Geschäfte so schnell wie möglich abzuwickeln, damit wenigstens nicht der gesamte Gewinn von sechs Jahren den Bach hinunterging.

Hayley hatte er gleich mit verloren, auch wenn das keine Überraschung gewesen war. Hayley stand im Leben auf der Gewinnerseite, für Verlierer hatte sie nichts übrig. Sie hatte die Beziehung freundlich, aber unmissverständlich beendet, und er hatte keinen Versuch unternommen, sie umzustimmen. In der Not erkannte man eben, aus welchem Holz Leute geschnitzt waren.

Aber ausgerechnet sie hatte über Umwege von der Stelle als Interimsmanager in *The Three Fishes* erfahren. Und er war über das Angebot erleichtert gewesen, auch wenn ihn die Ironie des Schicksals geärgert hatte und es sich um einen ordinären Pub von der alten Sorte handelte. Aber endlich kam wieder Geld rein, und außerdem lebte er wieder auf dem Land, auch das gefiel ihm. Sein Vater hatte als Pächter einen Bauernhof bewirtschaftet, und wenn er an seine Kindheit auf der Farm in den Fens dachte, ungefähr eine halbe Autostunde von hier entfernt, zwischen Cambridge und Spalding, fiel ihm nur Schönes ein.

»Und, wie gefällt es dir?« Eine Stimme riss ihn aus seinen Gedanken. Augenblicklich fühlte er sich in *The Three Fishes* zurückversetzt, gemütlich, wenn auch konventionell. Auf der anderen Seite des Tresens stand lächelnd Lily Cortez und wollte ihm die Früchte ihrer Arbeit zeigen.

Er schloss die Kasse und folgte ihrem Blick zu den bunten Lichtern, die von dem Balken über dem Tresen herabhingen und sich in den Gläsern hinter der Bar spiegelten. Die dicken hölzernen Balken waren mit Lametta geschmückt, und auf dem Tresen erstrahlten Bäumchen mit bunten Kugeln und Lichtern. An Holzbalken trugen Nikoläuse schwere Säcke mit Geschenken, glänzten Silbersterne und goldene Glöckchen, und auf dem Kaminsims wand sich mit Lametta verzierter Efeu.

»Einfach toll«, sagte er. Die *Juno Lounge* war im vergangenen Jahr kunstvoll mit silbernen Zweigen und Golddraht mit roten Origami-Sternen geschmückt gewesen, aber das war sein Lokal gewesen. *The Three Fishes* gehörte ihm nicht. Wenn man irgendwo als Manager einsprang, ließ man eben alles so, wie es die Leitung wünschte. Und die Deko passte ja zum Stil des Pubs. Er lächelte sie an. »Sehr hübsch und gemütlich. Danke dir für deine Arbeit.« Ihre Augen waren von einem klaren Blau, bemerkte er. Ein solches Himmelblau hatte sich in dem

See gespiegelt, an dem er einst mit Hayley in Neuseeland gecampt hatte. Wenn man einen Urlaub in einem schicken Wohnmobil als Campen durchgehen ließ. Hayley mochte den Aufenthalt in der freien Natur, solange sie sich wie gewohnt um Nägel, Haut und Haar kümmern konnte.

Lilys Lächeln wurde noch breiter, und ihre Augen strahlten. »Hat Spaß gemacht.«

»Danke auch an deine Schwester«, schob er gerade noch rechtzeitig nach, obwohl diese Schwester, nach allem, was er mitbekommen hatte, nicht viel dazu beigetragen hatte. Der Wecker an seinem Handy klingelte, sechs Uhr, Zeit zum Öffnen. Er sah sich in der Bar um. »Passt alles. Ich schließe auf.«

Lily und Vita waren ein eingespieltes Team, sie plauderten mit den Gästen, zapften Bier und bedienten die Kasse, die ebenfalls mit Lametta geschmückt war. Vita trug eine Brille mit großen Gläsern, in denen sich das Licht spiegelte, und hatte das glatte Haar zu einem Pferdeschwanz gebunden. Sie war ein paar Jahre älter als Lily, die, das wusste er aus ihrer Personalakte, sechsunddreißig war.

Für einen Donnerstagabend war der Pub recht gut besucht, nicht zuletzt wegen des lokalen Dart-Teams, das an diesem Abend ein Heimspiel veranstaltete. Im Bereich vor der Dartscheibe standen Barhocker, auf denen Zuschauer saßen und jubelten, enttäuscht aufstöhnten und scherzten. Isaac war gerade aus dem Bierkeller zurück, wo er die Temperatur überprüft hatte, als er eine männliche Stimme grölen hörte: »Ihr Lesben seid wirklich überall.« Gefolgt von hämischem Lachen.

Isaac wandte sich um und bemerkte einen rotgesichtigen Typen Ende dreißig, der Lily mit glänzenden Augen und unstetem Blick taxierte und dazu süffisant grinste. Sie bedachte ihn mit einem frostigen Blick, und er legte nach. »Nun komm schon, Süße, war doch nur Spaß.«

Ungerührt zapfte Lily weiter ein Glas halbdunkles Bier. »Was ist daran so lustig? Geht's um Lesben allgemein? Oder darum, dass ich vielleicht eine bin?«

Rotgesicht war das Grinsen vergangen. »Jetzt mach mal halblang. War nur'n Witz.«

Lily stellte das Bier zu den anderen drei auf der Bar, offenbar alle für Rotgesicht. »Das macht 15 Pfund 44.« Ohne eine Miene zu verziehen, nahm sie seine Zwanzigpfundnote entgegen.

Isaac sah zu, wie der Mann Lilys Rundungen unter dem schwarzen Polohemd begutachtete, während sie den Betrag in die Kasse tippte. Er hätte einschreiten können und den Gast auffordern, er solle sich gegenüber dem Personal anständig benehmen oder sein Bier woanders trinken. Aber bei nervigen Gästen überließ er grundsätzlich zunächst seinen Angestellten das Terrain. In der *Juno Lounge* war es hin und wieder zu unangenehmen Zwischenfällen gekommen, aber hier hatte er das bislang noch nicht erlebt.

Die Menge vor der Dartscheibe jubelte gerade, während Lily Rotgesicht widerstrebend das Wechselgeld in die Hand zählte. Dann wandte sie sich mit einem betont freundlichen Lächeln an den nächsten Gast. »Hallo Gabe! Wie läuft's mit deinen Tieren?«

Gabe war ein bereits älterer Stammgast. Silbergrauer Pferdeschwanz und ein Lächeln, das sein Gesicht in Runzeln legte. Er leitete eine Heimstätte für alte und verwaiste Tiere. »Die fressen mir die Haare vom Kopf«, klagte er, aber mit einem breiten Grinsen. »Was von Tubb gehört?« So gut wie das ganze Dorf war über Tubbs Zustand besorgt und konnte kaum glauben, dass er in diesen Tagen nicht hinter dem Tresen stand.

Während Lily ihm erzählte, dass Tubb seinen Aufenthalt in der Schweiz offenbar genieße, blickte Rotgesicht verdrießlich in ihre Richtung und zog mit seinen vier Pints zu seinen Dartkumpels ab. Isaac beobachtete, wie er etwas zu seinen Kumpels sagte, Lily lüsterne Blicke zuwarf und dann laut losprustete. Seine Freunde stimmten in das Gelächter ein.

Lilys Wangen röteten sich leicht, aber ansonsten ließ sie Rotgesicht links liegen.

Isaac beschloss, den Essbereich zu übernehmen, so dass weder Lily noch Vita in der Nähe der krawalligen Dartrunde Spießruten laufen mussten. Rotgesicht wurde immer röter, sein Gelächter immer lauter, und bald ging er offenbar den anderen Gästen auf die Nerven. Sie warfen der Männerrunde missbilligende Blicke zu, tranken aus und schlüpften in die Mäntel.

Als Rotgesicht das nächste Mal am Tresen auftauchte, hielt er sich nur noch schwankend auf den Beinen, und außer den Dartspielern waren kaum noch Gäste im Lokal. Vita wollte ihn bedienen, aber er wies sie rüde ab. »Ich will mein Bier von der kleinen Lesbe.« Er lachte anzüglich.

Isaac räumte gerade Tische ab. Er drehte sich auf dem Absatz um und begab sich zum Tresen. Doch Lily hatte sich bereits ohne mit der Wimper zu zucken Rotgesicht zugewandt, zwischen ihr und ihm war nur der Tresen. »Tut mir leid, ich kann Ihnen heute Abend leider keinen Alkohol mehr ausschenken.« Sie sah ihm kurz in die Augen und wollte sich dann umdrehen.

Aber der Mann packte sie zwischen den Bierhähnen hindurch am Arm. »Vergiss es, du läufst mir nicht einfach so weg.«

Isaac war sofort zur Stelle, doch Lily hatte Rotgesichts Griff bereits abgeschüttelt. »Bitte verlassen Sie das Lokal, Sir«, fauchte sie.

»Ich gehe, wann es mir passt«, sagte Rotgesicht höhnisch.

Lily ließ sich nicht aus der Fassung bringen. »Dann rufe ich die Polizei. Sie haben zwei Sekunden Zeit, eins ...«

»Jetzt komm mal von deinem hohen Ross runter.« Rotgesicht wirkte abstoßend.

»Zwei.« Lily langte nach dem Hörer des Wandtelefons.

Isaac stand hinter dem Betrunkenen und verfolgte das Geschehen. In seinem Rücken zogen die Dartkumpels mit finsteren Blicken einer nach dem anderen die Mäntel über. »Komm, lass es«, rief einer. »Das ist doch nur eine kleine Scheißkneipe am Arsch der Welt. Sollen sie doch.«

Lily hielt den Hörer ans Ohr und hatte einen Finger auf den Wähltasten.

Rotgesicht löste sich abrupt vom Tresen.

»Euer Bier ist eh eine Plörre.«

Die Männer verrückten laut fluchend und demonstrativ ein paar Stühle, aber sie stolperten schließlich zur Tür hinaus. In der Stille, die dann folgte, legte Lily den Hörer wieder zurück.

Es war zehn nach zehn und der Pub ohne Gäste. Super. Wenigstens hatten die Typen ordentlich Geld in die Kasse gebracht, bevor ihre Randale alle anderen verscheucht hatte. »Könntest du bitte die Gläser einsammeln, Vita?«, sagte Isaac, um Zeit für ein kurzes vertrauliches Gespräch mit Lily zu bekommen. Vita machte sich sofort an die Arbeit.

»Tut mir leid«, kam sie ihm zuvor. »Ich hätte ihn weniger aggressiv abfertigen sollen. Aber ich konnte einfach nicht anders, ich hasse es, wenn eine Frau kein Interesse an einem Mann hat, und dann sofort in den Verdacht gerät, lesbisch zu sein, vor allem, wenn das ganz klar als Beleidigung gemeint ist.« Wut blitzte in ihren blauen Augen. »Dann kann ich nicht mehr an mich halten, denn Zinnia und ich kommen aus einer Familie mit zwei Müttern. Keine Väter. Ich dachte, Sie sollten das wissen, das macht es für alle Seiten einfacher.«

Sie neigte ihren Kopf zur Seite und wartete ab, wie er reagieren würde.

Zweites Kapitel

Es war offensichtlich, dass Lily mit einer wie auch immer gearteten negativen Reaktion rechnete. Wie viele Leute waren ihr im Leben deshalb bereits zu nahe getreten?, fragte sich Isaac. »Diskriminierung von Homosexualität ist in jedem Fall unakzeptabel, und ich kann verstehen, warum dieser Gast dich so wütend gemacht hat.« Er lächelte. Mit diesem speziellen Thema war er bislang noch nicht konfrontiert gewesen, aber warum sollte er anders damit umgehen als mit anderen persönlichen Angelegenheiten, die das Personal an ihn herantrug? »Alles klar? Ich fand, du bist mit diesem unverschämten Kerl sehr gut umgegangen.«

Sie zuckte mit den Schultern. »Nichts im Vergleich zu den besoffenen Typen in Barcelona. Die Familie von meinem Ex hatte eine Bar in unmittelbarer Nähe von Las Ramblas. Bar *Barcelona* war ein Treffpunkt für beide Geschlechter. Da war immer mal Randale, und ich hatte mich daran gewöhnt, schlechtes Benehmen einfach zu ignorieren … aber heute Abend habe ich bei diesem Typen die Nerven verloren.«

»Er war wirklich aggressiv. Dein Mann war Spanier?« Das erklärte ihren Nachnamen, Cortez.

»Wir haben uns hier in England kennengelernt, wo er Erfahrungen im Hotelgewerbe sammeln wollte. Seine Familie wollte ein Hotel eröffnen. Er hat versucht, hier klarzukommen, aber er hatte Heimweh nach Spanien, und so versuchte ich, dort klarzukommen.« Sie hob die Augenbrauen. »Ich wäre vielleicht in einem anderen Teil von Spanien klargekommen, oder auch in einer anderen Situation. Aber mit dem Familienbetrieb leider nicht.«

»Wegen deines Jobs als …« Er unterbrach sich, womit verdiente sie noch mal ihr Geld?

»Ich entwerfe und organisiere Messestände«, ergänzte sie den Satz. »Ich kümmere mich ums Design und den gesamten Messeauftritt, einschließlich Marketing und allem, was damit zusammenhängt. Aber das hatte in den Augen der Familie nicht den gleichen Stellenwert wie die Arbeit in der Bar. Sergios Bruder Nando und seine Frau haben sich immer wieder eingemischt, und dass ich meinem eigenen Beruf nachgehen wollte, hat schließlich zu Streit geführt.«

Isaac ließ Vita mit einem Tablett voller Gläser vorbei. »Und jetzt arbeitest du in einem Dorfpub, offenbar gefällt dir das Gastgewerbe.«

Sie zögerte, ließ ihre Blicke schweifen. »Offenbar lande ich einfach immer hinterm Tresen.« Sie lächelte ihn kurz an, und als fiele ihr gerade ein, dass noch Arbeit auf sie wartete, machte sie sich auf den Weg zu den Tischen, um dort die Salz- und Pfefferstreuer zum Auffüllen einzusammeln.

Vita hastete mit weiteren Gläsern vorüber, und bald war alles aufgeräumt, was sie aufräumen konnten, ohne für den Abend definitiv zu schließen. Isaac seufzte angesichts des leeren Gastraums. »Wir brauchen eigentlich keine drei Leute, um noch den Rest zu erledigen. Eine von euch kann schon nach Hause gehen.«

»Lass Vita gehen«, sagte Lily, die gerade Spender mit Soßenpäckchen auffüllte. »Ihre Kinder müssen morgens früh raus.«

Vita war sichtlich erleichtert, aber sie schlug fairerweise vor, eine Münze zu werfen.

»Irgendwann sind wir wieder quitt«, sagte Lily.

Darauf ließ Vita sich nicht ein zweites Mal bitten. Sie ging nach hinten, und kurz darauf hörte man die Haustür ins Schloss fallen. Isaac warf einen Blick auf die Uhr. Halb elf. Er hätte ohne weiteres auch Lily nach Hause schicken können, aber das war nicht seine Kneipe, außerdem wollte er ein Gefühl dafür bekommen, wie die Geschäfte üblicherweise liefen.

»Ist es oft so ruhig wie heute Abend?«

»Nein, seit ich hier arbeite, zum ersten Mal.« Lily verdrehte die Augen. »Das lag an diesem ungehobelten Typen und seinen Kumpels. Radau ist in diesem Pub selten, und der hat heute Abend leider die Gäste vertrieben.«

Er atmete erleichtert auf. »Gott sei Dank, denn ich habe nicht vor, Mister Tubbs Pub gegen die Wand zu fahren.« Es sollte ein Scherz sein, aber als er die Worte aussprach, wurde ihm kurz unwohl.

Sie kam stirnrunzelnd näher. »Ich glaube, wir haben am frühen Abend genug eingenommen, um die letzte Stunde wettzumachen, in der es ruhig geworden ist.«

»Ruhig wie auf einem Geisterschiff«, sagte er grinsend. »Da hast du recht.« Er wollte gerade noch einen Scherz darüber machen, wie es wäre, in einem leeren Pub zur letzten Runde aufzurufen, als sich die Tür öffnete. Eine Frau mit Hund. Der große Dalmatiner zog heftig an der Leine und wedelte wie toll mit dem Schwanz, als er Isaac erkannte. Die Frau am anderen Ende der Leine war knapp über vierzig, hochgewachsen, schlank, das Gesicht von sorgfältig gestyltem braunen Haar gerahmt.

»Doggo!«, rief Isaac und hätte sich sofort auf die Zunge beißen wollen.

Doggo jaulte begeistert auf, legte die Ohren zurück und verzog das Maul zu einem breiten Grinsen, während er herumtanzte und sich gegen die Leine wehrte. Isaac kam hinter dem Tresen hervor und kniete nieder, um den überglücklichen Hund zu streicheln. Er war fest entschlossen, sich dem Hund zu widmen, den er mit allem anderen hatte aufgeben müssen, und die Frau, die die Szene mit nachsichtigem Lächeln verfolgte, möglichst nicht weiter zu beachten.

Hayley.

Sie trug einen langen hellbeigen Wollmantel und schwarze Stiefel mit hohen Absätzen und wirkte wie ein Stück teures Porzellan. Was zum Teufel wollte sie hier? Und musste es ausgerechnet an einem Abend sein, an dem die Kneipe menschenleer war? Das passte mal wieder, dachte er verbittert, er kam aus seiner Versagerrolle einfach nicht mehr raus.

»Er hat Sehnsucht nach dir, deshalb dachte ich, ich statte dir mit ihm einen Überraschungsbesuch ab und schaue auch gleich mal, wie du so klarkommst.«

Hayley klang gerade so, als hätten sie sich erst gestern gesehen und nicht zwei Monate zuvor, als er aus der gemeinsamen Wohnung in Peterborough ausgezogen war. Damals war er zunächst bei seiner Schwester in der Nähe von Bettsbrough im Gästezimmer untergekommen und hatte nach ein paar Wochen eines der Zimmer im oberen Stockwerk bezogen, die ohnehin selten belegt waren. Hayley ließ ihren Blick durch die Bar ohne Abendgäste schweifen. »Hattet ihr eine Bombenwarnung, oder so was?« Ihr Blick war zunächst verwundert und wurde dann mitleidig. Ihr Mitleid hatte ihm gerade noch gefehlt.

»Randale«, sagte er kurz angebunden und streichelte weiter Doggo, dessen Blick viel leichter zu ertragen war. »Mit Typen, die über ihren Durst getrunken haben, die anderen Stammgäste sind darauf nacheinander abgezogen.«

»Ich verstehe.« Dann sagte sie freundlich: »Hallo, ich bin Hayley.«

Isaac hörte, wie Lily sich ebenfalls vorstellte und um den Tresen herumkam, und schon wanderten ihre Beine in den engen schwarzen Röhrenjeans an ihm vorbei. Doggo warf Lily kurz einen Blick zu und wedelte mit dem Schwanz. »Hübscher Hund«, sagte sie noch und ging weiter in den Essbereich, um dort Vorbereitungen für den nächsten Morgen zu treffen.

Also musste er sich doch wohl oder übel mit Hayley abgeben, die vor ihm auf dem rot gemusterten Teppich stand und offenbar darauf wartete, dass er sein Geknuddel mit Doggo beendete. Er erhob sich, bürstete mit den Fingern seine Hose ab und lächelte Hayley an. »Willst du was trinken?« Er ging hinter den Tresen.

»Gerne.« Sie ließ sich auf einem Barhocker nieder. »Hast du einen guten Rotwein?«

»Sangiovese?«, schlug er vor, er kannte ihre Vorliebe für italienische Weine und stellte zwei Gläser auf den Tresen. Dann rief er aus einem spontanen Einfall heraus: »Lust auf ein Glas mit uns, Lily?«

Er war nicht in der Stimmung für einen vertraulichen Plausch in Anwesenheit von Personal, nicht einmal an einem der entlegenen Tische.

Hayley wirkte kurz überrascht, schenkte Lily, die sich zu ihnen gesellte, aber sofort ein höfliches Lächeln.

Isaac suchte verzweifelt nach einem Gesprächsthema, das ergiebig genug wäre, um die Zeitspanne auszufüllen, bis der Wein ausgetrunken war und er den Pub für heute Abend endlich schließen konnte. Endlich fand er etwas, über das es seit seiner Ankunft bereits viele Diskussionen gegeben hatte. »Im Dezember reist Lily in Geschäften für Mister Tubb in die Schweiz, stimmt's?«

Lily trank leicht verlegen einen Schluck Wein. »Eigentlich sind es die Geschäfte von Tubbs Bruder Garrick und Max, dem Sohn von Janice. Sie arbeiten beide für British Country Foods, einem Unternehmen, das typisch englische Backwaren und Konserven vertreibt. Ich habe für sie den Stand für die *Food, Lifestyle & Health*-Messe in Zürich und den Weihnachtsmarkt in Schützenberg entworfen. Das Unternehmen hat eine Reise für eine Band von uns – die *Middletones* – gesponsert, wir werden auf beiden Veranstaltungen singen und dem Ganzen ein englisches Flair geben.«

Doggo zwängte sich zwischen Hayleys Hocker und den Tresen und schenkte Lily ein Hundegrinsen, und sie kraulte ihn darauf zwischen den Ohren.

Hayley war nicht anzumerken, ob sie das Gespräch interessierte, dafür war sie zu zugeknöpft. »Fährst du mit dem Auto in die Schweiz, oder fliegst du? Wir sind früher durch ganz Europa gekurvt.«

Lilys Augen wanderten kurz zwischen Hayley und Isaac hin und her, aber sie fragte nicht nach, wer mit diesem »Wir« gemeint war. »Wir nehmen mit dem Auto die Route durch Frankreich. Natürlich hätten wir nach Zürich fliegen können, aber wir sind zu neunt und brauchen während unseres Aufenthalts ein Auto für die Instrumente und die Anlage. Unser Kunst-College bezahlt den Kleinbus, weil auch vier von seinen Studenten mitfahren. Außerdem ist eine Reise über Land auch ein Abenteuer. Ich habe auf dem College-Gelände mit dem Hausverwalter bereits Fahren und Einparken geübt.« Dabei hatte sie zu ihrer Erleichterung herausgefunden, dass ein Bus leichter zu handhaben war als gedacht. Jedenfalls hatte sie Isaac das erzählt.

»Ist doch toll«, sagte Isaac und musterte Hayleys Gesichtsausdruck, als er nachschob: »Ich hoffe, ich komme auch bald wieder aufs Festland. Wenn Mister Tubb wieder zurück ist, möchte ich mich zum Coach für Überlebenstraining und Erlebnispädagogik ausbilden lassen, und einer dieser Kurse findet in Frankreich statt. Nach Abschluss des Trainings als Outdoor-Ausbilder möchte ich im Ausland arbeiten.«

Hayley wirkte mit einem Mal interessiert. »Ein Berufswechsel also?«

Isaac bemerkte mit Genugtuung, dass er sie kalt erwischt hatte. »Das ist längst überfällig«, antwortete er in verbindlichem Tonfall.

Danach schleppte sich die Unterhaltung dahin, bis es endlich Zeit war, den Pub zu schließen und die Messingriegel vor die schwere Holztür zu schieben. Er lächelte Lily an. »Könntest du bitte nur noch die Spülmaschine anwerfen, ich räume sie dann aus und säubere die Filter, wenn ich die Abrechnung gemacht habe. Einen schönen Abend noch.«

»Wie du möchtest.« Lily wirkte erleichtert. Sie nahm ihr Weinglas, verabschiedete sich und verschwand hinter den Tresen. Kurz darauf hörte Isaac eilige Schritte und die Hintertür.

Er stützte sich mit den Ellbogen auf den Tresen und blickte Hayley gerade in die Augen. »Könntest du mir jetzt bitte verraten, was du hier willst?«

Sie hob ihre sorgfältig gezupften Augenbrauen. »Du klingst nicht gerade erfreut über meinen Besuch.«

Er zuckte mit den Achseln und ließ seinen Blick nicht von ihr ab. »Meinem Eindruck nach hat keiner von uns beiden nach der Trennung erwartet, den anderen noch einmal zu sehen, und deshalb weiß ich nicht recht, wie ich das finden soll.«

Wenigstens spielte sie nicht länger die Selbstsichere. Sie beschäftigte sich mit der Hundeleine. »Ich wusste gar nicht, dass du England den Rücken kehren wolltest.«

»Warum nicht?«, sagte er, richtete sich auf, zog seine Krawatte aus und öffnete die oberen Knöpfe am Hemdkragen. »Nach unseren letzten gemeinsamen Monaten, die wirklich nicht sehr angenehm waren, kannst du doch nicht im Ernst darüber traurig sein. Immerhin hast du die Beziehung beendet, weil ich nach der *Juno*-Pleite in deinen Augen nicht mehr gut genug für dich war, das hast du selbst zugegeben. Wie du weißt, bin ich gerne in der Natur. Ich bin auf einem Hof aufgewachsen, und trotz des Stadtlebens habe ich mich ihr immer verbunden gefühlt.«

Er hatte mit dieser Frau etliche Jahre seines Lebens verbracht, und doch kam sie ihm manchmal vor wie eine Unbekannte. Sie schwiegen eine Weile. Hayley runzelte die Stirn und schien einen inneren Kampf auszufechten. Dann seufzte sie. »Ich wollte dich fragen, ob du Doggo zu dir nehmen kannst.«

Er traute seinen Ohren nicht. »Damals bei der Trennung kam das für dich absolut nicht in Frage.«

Sie zuckte mit den Schultern und mied seinen Blick. »Die Person, die ihn immer ausführt, zieht weg, und ich dachte, vielleicht fühlt er sich auf dem Dorf hier bei dir wohl.« Sie unterbrach sich. »Wenn du ihn nicht halten kannst, muss ich ihn weggeben.«

»Du kannst deinen Hund doch nicht einfach loswerden wie ein Kleidungsstück, das gerade außer Mode ist«, unterbrach Isaac sie entrüstet. Wie ertrug sie überhaupt nur den Gedanken an Doggos Trauer und Enttäuschung, wenn er sich in einem fremden Haushalt mit fremden Menschen wiederfände oder, noch schlimmer, in einem Tierheim? Sie hatten ihn vor vier Jahren als Welpen gekauft, und er war an sie beide gewöhnt. Er fasste einen spontanen Entschluss. »Gut, ich nehme ihn zu mir. In diesem Pub sind Hunde zugelassen.« Er stellte sich seine täglichen Spaziergänge mit Doggo vor und fühlte sich augenblicklich beschwingt. Natürlich hatte er keine Ahnung, was Tubb dazu sagen würde, aber er würde natürlich die Kosten für eine gründliche Reinigung übernehmen. Wie schön, dass er den großen, fröhlichen, lebhaften Doggo wiederhatte!

Er hatte auf den Hund bei der Trennung verzichten müssen, zum einen weil seine Zukunft völlig in den Sternen stand, zum anderen weil Jasmine, Floras jüngste Tochter, gegen Hundehaare allergisch war. Als er dann in das Zimmer über dem Pub einzog, lebte Doggo nach wie vor in Hayleys Penthouse im Stadtzentrum, Terrasse und Blick auf die Kathedrale inklusive.

»Aber wie passt das zu deinen Auswanderungsplänen?«, sagte sie besorgt.

»Er hat einen Heimtierausweis«, antwortete Isaac kurz angebunden. Er hatte keine Ahnung, wohin ihn das Leben nach seiner Ausbildung verschlagen würde.

Nach einer Weile nickte sie. »Gut, seine Sachen sind im Auto.«

Sie gingen nach draußen zu ihrem Audi, und Isaac trug nach und nach einen Sack mit Futter, Näpfe, Spielsachen, seine Reisekiste und die Ersatzleine ins Haus. Doggo wollte mithelfen und verbiss sich schwanzwedelnd in einem Spielzeug, das Isaac gerade in der Hand hatte, worauf dieser fast über ihn stolperte. »Dummkopf«, sagte Isaac zärtlich. Als alles in dem freien Platz an der hinteren Eingangstür verstaut war, griff Isaac nach Doggos Leine.

Hayley überließ sie ihm anstandslos, bedachte aber Isaac mit einem langen Blick. Ihre Mundwinkel verzogen sich zur Andeutung eines Lächelns. »Lily macht einen netten Eindruck.« Es klang eher nach einer Frage als nach einer Feststellung.

Unwillkürlich nahm er die Leine fester in die Hand, worauf Doggo unruhig zu ihm aufschaute, als hätte sich die Anspannung auf ihn übertragen. »Lily ist jung und sehr attraktiv«, sagte er und ärgerte sich sofort. Wollte Hayley ihn aushorchen oder ihm einen zarten Hinweis geben, was er im Umgang mit weiblichem Personal bedenken sollte? »Danke, ich weiß, wie ich mich Kolleginnen gegenüber zu verhalten habe. Ich habe dich übrigens auch erst um ein Date gebeten, als ich meinen Job im Kasino gekündigt hatte. Ich brauche keine Belehrungen.« Tatsächlich war die Zeitspanne, in der sie beide beim Kasino angestellt waren, sehr kurz gewesen. Als Hayley, ein Star, den man von einem anderen Unternehmen abgeworben hatte, im Kasino die Geschäftsleitung übernahm, war er bereits auf dem Sprung und wollte das *Juno* pachten. Er hatte sie bewundert: kompetent im Job, attraktiv und gepflegt. Er hatte sich damals wirklich nicht zweimal überlegen müssen, ob sie sein Interesse wert war.

Hayley errötete. »Dann geh ich jetzt«, sagte sie leicht gekränkt und trat einen Schritt zurück. War er gerade in ein Fettnäpfchen getreten? Mit seiner Reaktion auf ihre Bemerkung oder weil er für Lily das Attribut jung verwendet hatte? Na, das war nicht sehr nett gewesen, aber nun war es bereits über die Lippen. Hayley war neun Jahre älter als er und das Thema Alter ein wunder Punkt. Sie ging in die Hocke, umschlang Doggos Kopf und legte ihre Wange an seinen Kopf. »Benimm dich, tu's für Isaac«, flüsterte sie. Als Doggo ihr das Gesicht lecken wollte, erhob sie sich, verabschiedete sich und ging zu ihrem Wagen.

Während Isaac ihr nachsah, bat er Lily im Geiste um Verzeihung. Er hatte sie heute Abend ein wenig dazu missbraucht, Hayley zu zeigen, wo der Hammer hing und dass sie sich Kommentare über sein Leben bitte sparen sollte. Mit Blick nach unten auf Doggo murmelte er: »Und trotzdem stimmt es, Lily ist sehr attraktiv.«

Doggo reagierte mit einem zustimmenden Schwanzwedeln. War dieser Hund nicht wirklich eine alte Seele? Manchmal kam es Isaac so vor. Er benahm sich wie ein junger Hund, aber in seinem Blick lag Weisheit.

Drittes Kapitel

Es war Samstagmorgen, Lily gähnte und rekelte sich. Sie wohnte in Carolas Einliegerwohnung, die zweckmäßig und doch gemütlich eingerichtet war. Sie warf einen Blick durch die Vorhänge. Frost funkelte auf den Büschen, jeder Zweig war mit einer feinen gläsernen Schicht überzogen. Das Apartment war einst der Rückzugsort und das Filmzimmer von Carolas Ex-Mann gewesen. Lily hatte es bei ihrer Ankunft über Airbnb angemietet, jetzt lebte sie bereits seit zwei Jahren hier und fühlte sich pudelwohl.

Carolas Haus war in einen Hang gebaut, die Wohnung befand sich daher im Untergeschoss. Aber nach vorne raus führten Terrassentüren in einen Garten und ließen viel Licht herein. Das Apartment war zwar kleiner als die Wohnungen in Peterborough und in Barcelona, wo sie mit Sergio zusammengelebt hatte, und etwas hellhörig – über ihr wohnten Carola und die Kinder –, aber sie wohnte trotzdem sehr gerne hier. Es war ihr Heim: Schlafzimmer, Wohnzimmer mit Küchenzeile plus ein kleines Bad. Von einem winzigen Flur führte eine Treppe hinauf in Carolas Küche. Die Türe oben war zwar meist unverschlossen, aber sie respektierten jeweils die Privatsphäre der anderen.

Lily hörte aus dem oberen Stockwerk helles Gelächter und

dann Owen Dudleys satten Bariton. Dass er bei Carola übernachtete, wenn auch die Töchter Charlotte und Emily, beide im Teenageralter, zu Hause waren, war seit kurzem an der Tagesordnung. Carola und Owen hatte sich im letzten Winter übers Internet kennengelernt und waren seither unzertrennlich. Lily freute sich sehr für ihre Freundin. Sie wusste von Carola, dass ihr der Auszug von Duncan, ihrem Ex-Mann, drei Jahre zuvor ziemlich zugesetzt hatte.

Lily sprang aus dem Bett. Auf dem Weg zur Dusche musste sie daran denken, dass Duncan sich tatsächlich per Telefon hatte vergewissern wollen, dass seine Töchter »wegen des neuen Lovers« nicht vernachlässigt würden. Carola hatte gerade an der Haustür gestanden, um Warwick, Alfie, Eddie und seinen Vater Neil hereinzulassen, und leise gefaucht: »Du hast deine Familie wegen Sherri im Stich gelassen und deswegen überhaupt keinen Grund, mich das zu fragen.« Die anderen hatten betreten weggehört.

Und wo sie schon beim Thema Verflossene war, fiel ihr gleich auch noch die angespannte Unterhaltung bei ihrer Schicht im Pub am Donnerstagabend ein, als diese Hayley aufgetaucht war. Lily drehte die Dusche auf.

Hayley war zwar höflich gewesen, aber ganz offensichtlich nur gekommen, um mit Isaac zu reden. Bei seiner knappen Begrüßung war ihr sofort klar gewesen, dass zwischen den beiden nichts mehr lief, zumindest nicht von seiner Seite.

Sie streifte ihren schwarzen, mit rosa Herzen bedruckten Schlafanzug ab, den Zinnia ihr zum letzten Weihnachtsfest geschenkt hatte, und genoss den heißen Wasserstrahl. Doch, doch, Isaac gefiel ihr, groß, dunkelhaarig und mit einem gutgeschnittenen Gesicht, und dieser goldene Ohrring gab seiner schnieken Erscheinung eine eigensinnige Note. Sein Blick war faszinierend und traf sie mitten ins Herz, lag nicht etwas Trauriges, Gedankenverlorenes darin? Immer noch wegen Hayley? Die war aufgetakelt und ganz offensichtlich ein paar Jahre älter als Isaac. Auf Lily wirkte sie egozentrisch.

Nach der Dusche zog Lily Jeans und einen lila Pullover mit Weihnachtsmann-Motiv an, klappte ihren Laptop auf und arbeitete an ihren Entwürfen für den Messestand von British Country Foods. Trotz des englischen Namens und des Angebots an typisch englischen Backwaren und Konserven war es eine Schweizer Firma. Die Schweizer, international in ihrem Geschmack, waren gute Kunden.

Beim Herunterladen der Dateien summte sie *Let it Snow*, auch die anderen Weihnachtslieder, die die *Middletones* vortragen würden, schwirrten ihr durch den Kopf. Die Idee mit der Gesangsgruppe stammte von ihr, und BCF war sofort begeistert als Sponsor eingestiegen. Als sie Carola davon erzählte, war die auch sofort Feuer und Flamme gewesen. Und sie kannte die richtigen Leute, die sie mit ins Boot holen konnte. Sie hatte in ihrer Jugend in diversen Chören mitgesungen, und ihre Tochter Charlotte studierte Musik am örtlichen College für darstellende Kunst.

Der Messestand von BCF würde sich natürlich in der Halle mit den Nahrungsmitteln befinden, die nötigen Regale, Tische, Stühle und Aufsteller waren bereits von einem Unternehmen in Zug geordert, wo auch BCF seinen Sitz hatte. Sie ging alle Extras durch, die dem Messestand ein englisches Flair verleihen würden. Auf einem Fernsehbildschirm würden auf der schottischen Nationalflagge das Georgskreuz und das Patrickskreuz eingeblendet. Dazu wechselnde Aufnahmen von walisischen Tälern, englischen Landschaften, dem Giant's Causeway in Nordirland und schottischen Bergen. BCFs Warenangebot war nachhaltig produziert und verpackt. Der Messeauftritt war eine Marketingmaßnahme und sollte den Vertrieb über handverlesene Händler und Online-Stores unterstützen.

Auf dem Weihnachtsmarkt in Schützenberg würde BCF seine Produkte natürlich direkt vom Stand an die Besucher verkaufen. Weihnachten war ein guter Moment, da saß bei den Leuten das Geld locker, und BCF hatte ein großes Angebot fürs Fest. In der Schweiz lebende Engländer würden sich die Finger lecken nach Mince-Pies und Brandy-Butter, und Schweizer Kunden die gesunden, nachhaltig produzierten Spezialitäten aus England für sich entdecken. *Britishness* war das Besondere an BCF.

Der Stand wurde vom Veranstalter gestellt, ein hübsches rotes Häuschen, das Lily innen gestalten sollte. Die Atmosphäre des Weihnachtsmarkts war geprägt von traditionellem Handwerk und alten Bräuchen, darauf musste sie natürlich Rücksicht nehmen. Normalerweise hätte das Unternehmen nicht eigens eine Designerin für die Innenausstattung beauftragt, aber Lilys Vertrag umfasste das gesamte Messeprojekt. Und dazu gehörte auch, einen Gesangsverein durch Europa zu begleiten, um dem BCF-Auftritt einen Hauch von England zu geben. Aber warum auch nicht? Der Geschäftsführer von BCF, Loris Aebi, auch Los der Boss genannt, war von der Idee begeistert gewesen. Und sie selbst konnte es kaum erwarten, zu ihrer ersten Reise in die Schweiz aufzubrechen. Vor ihrem geistigen Auge sah sie sich schon in dicken Stiefeln und Parka Glühwein schlürfen und hin und wieder vor einem lächelnden Publikum *White Christmas* und *Mistletoe and Wine* zum Besten geben.

Außerdem freute sie sich darauf, Tubb wiederzusehen. Seine gesundheitlichen Probleme hatten ihr Sorge bereitet, aber jetzt schien er gottlob auf dem Weg der Besserung, jedenfalls soweit sie das aus den regelmäßigen Telefonaten zwischen Pub-Mitarbeitern und ihm beziehungsweise Janice wusste.

Wann wäre der rechte Zeitpunkt, um ihm zu sagen, dass sie seine Halbschwester war?

Sie schüttelte die Frage ab, die konnte und wollte sie jetzt nicht beantworten, und konzentrierte sich wieder auf das Design für die Schilder und die selbsthaftenden Poster in den Farben und mit dem Schriftzug des Unternehmens. Sie war in ihre Arbeit versunken, brachte hier und da Korrekturen an, und der Morgen verging wie im Flug. Irgendwann meldete sich ihr Handy, ein Facetime-Anruf von Max Gasly.

»Hallo, ich arbeite gerade für euch.« Sie drehte das Handy so, dass er kurz ihren Bildschirm sehen konnte, und dann wieder zu sich zurück.

Max, das sandblonde Haar verstrubbelt, grinste sie an. »Super! Wir alle hier finden deine Vorschläge toll! Tut mir leid, dass ich an einem Samstag anrufe, aber ich wollte nur nachfragen, ob wir mit den endgültigen Dateien in der Zeit liegen.«

»Ich schicke sie heute Morgen noch raus, sobald du dein Okay gegeben hast, kann das Material in Druck gehen«, sagte Lily.

»Alles klar«, sagte er. »Halt, eine Sekunde noch.« Das Bild auf ihrem Handyschirm wackelte kurz, dann erschien ein kleiner strahlender Junge, der bei Max auf dem Schoß saß.

Lily erkannte Janice' Enkel Keir, den jüngsten Sohn von Max. Sie strahlte ihn ebenfalls an: »Hallo, Keir?«

»Hallo.« Der Dreijährige winkte mit beiden Händen. »Ich bin bei Papa. Auf dem Pullover von Oma ist ein Auto.« Sicherheitshalber zeigte er ihr das Motiv, ein knallrotes Auto.

»Wie schön, hast du ein Glück«, sagte Lily begeistert.

Dann drängelte sich Keirs fünfjähriger Bruder Dugal ins Bild. »Und auf meinem ist ein Hund«, sagte er stolz.

Max rangelte eine Weile mit seinen Söhnen, bis auch er wieder ins Bild durfte. »Ich habe übrigens meine Schweizer Kollegen um Vorschläge gebeten, was ihr *Middletones* in eurer freien Zeit unternehmen könntet.« Das Gesicht von Max wurde einen Augenblick größer, dann wieder kleiner, er rückte seine Brille zurecht und las vor: »Also: ein Stadtbesuch in Zürich, ein Umzug hier in Schützenberg, Besuch eines anderen Weihnachtsmarktes, beim Eislaufen zuschauen, ein Chorbesuch … entspricht das ungefähr euren Vorstellungen?«

Lily strahlte. »Klar, vielen Dank. Man muss ja nicht bei allem mitmachen.«

»Toll!« Max wirkte sehr zufrieden. »Garrick Tubb ist natürlich auch mit von der Partie.«

»Wie schön, ihn endlich kennenzulernen«, sagte Lily. Max hatte Garrick ebenfalls noch nicht persönlich kennengelernt. Für ihn war er bislang lediglich der Bruder vom Lebenspartner seiner Mutter. Max hatte ihm im letzten Frühjahr zu einem Job bei BCF verholfen. Nach vielen Jahren in den USA wollte Garrick wieder nach Europa zurückkehren, und Max hatte seinem Boss Garricks Lebenslauf zugesteckt.

Max warf kurz einen Blick nach hinten. »Mum und Tubb würden gerne auch noch kurz mit dir reden.«

Ein Blick auf die Uhr auf ihrem Laptop. »Gerne. Nach dem Mittagessen muss ich zu einer Gesangsprobe, aber bis dahin habe ich Zeit. Ich habe mich schon gefragt, wie es Tubb geht.«

Sie verabschiedeten sich, das Bild wackelte, dann hatte Lily ihre Kollegin Janice vor sich und Tubb, ihren Boss. Er hatte einen Arm um die Schultern von Janice gelegt und machte einen glücklichen, entspannten Eindruck, auch wenn er durch seine Krankheit abgenommen hatte. »Und wie läuft's im Pub?«, fragte er sofort.

»Hast du schon für Weihnachten geschmückt?«, fragte Janice.

Dann wurde die Unterhaltung chaotisch, denn Dugal und Keir wollten wieder mit ins Bild, um ihrerseits noch ein paar Neuigkeiten loszuwerden. Lily bemühte sich, sie zu übertönen und versicherte Tubb und Janice, dass alles bestens sei. Wie schön, dass Tubb mittlerweile ganz und gar zu Janice' Familie gehörte, das wärmte Lily das Herz. Als sie bei den *Three Fishes* angefangen hatte, war die Arbeit im Pub sein Ein und Alles gewesen. Aber jetzt konnte er sich im Kreise seiner Lieben erholen und wusste sogar seinen Bruder Garrick in der Nähe. Mein Halbbruder, dachte sie. »Wie geht's dir, Tubb?«, erkundigte sie sich.

Er lächelte auf seine typische Art, mit heruntergezogenen Mundwinkeln. »Danke, gut. Ich nehme meine Medizin und gehe regelmäßig zu den Nachuntersuchungen hier im Herzklinikum. Im Januar habe ich einen Termin in England bei meinem Kardiologen, aber bis dahin ist das Baby hoffentlich auf der Welt und wohlauf.«

»Und wie geht es Ona?«, fragte Lily.

Bei der Frage nach ihrer hochschwangeren Schwiegertochter wurde die Miene von Janice besorgt. »Die Plazenta sitzt nicht richtig, deshalb besteht ein hohes Risiko für Blutungen. Ona soll sich möglichst nicht bewegen und steht unter Beobachtung. Man hat sie schon gewarnt, dass man die Geburt möglicherweise einleiten muss. Wir werden alle sehr froh sein, wenn alles gut über die Bühne gegangen ist.«

»Wir kriegen ein Chrissskind«, informierte Keir Lily fröhlich.

Sie musste ein Lachen unterdrücken. »Na, da freuen wir uns alle drauf. In ein paar Wochen komme ich zu euch nach Schützenberg.«

Dugal war sofort interessiert. »Bringst du auch Geschenke mit?«

»Dugal, geht's noch?«, empörte sich Janice. »Freu dich auf Lily, die ist wichtiger als Geschenke. Wir wollen uns auf sie und Carola und die Gesangsgruppe freuen, nicht wahr?«

Dugal nickte artig, aber er wirkte nicht überzeugt.

Lily beantwortete noch ein paar Fragen zum Pub und zu Isaac – er sei angenehm und professionell, sagte sie – und beendete das Gespräch. Unmittelbar darauf pingte eine Nachricht von Carola auf, offenbar ließ sie sich durch Owen nicht von ihren Plänen abhalten. Lust auf ein Sandwich vor der Probe?

Super! Ich bringe Kekse mit!, textete Lily zurück. Sobald sie ihr Pensum erledigt und Max die versprochenen Dateien gemailt hatte, ging sie nach oben in Carolas Küche, wo Owen sich gerade den Mantel anzog und Carola einen Kuss auf den blonden Pagenkopf drückte. Lily konnte ihm gerade noch ein Tschüs zuwerfen, da war er auch schon zur Tür hinaus.

»Owen besucht seine Mutter«, sagte Carola leicht errötend.

»Ihr geht es nicht gut, und mit anderen Besuchern kommt sie nicht so gut klar.«

»Na, da hast du nicht viel verpasst«, sagte Lily und umarmte ihre Freundin. »Wird es zwischen dir und Owen ernst? Du fährst aber doch hoffentlich in die Schweiz mit.«

Carolas Augen waren immer noch verliebt, aber auf ihr Gesicht trat gespieltes Entsetzen. »Wo denkst du denn hin! Er hält mich von nichts ab, das kann ich dir sagen, das Spiel habe ich mit Duncan lang genug mitgemacht.«

Lily setzte sich neben Carola an den Küchentisch. »Sehr vernünftig. Wollen wir das endgültige Programm aufstellen, damit wir für die Songs die Aufführungsrechte einholen und die entsprechenden Kosten überschlagen können?«

Bei einem Thunfisch-Sandwich und Butterkeksen begeisterten sie sich laut für *Mistletoe and Wine* von Cliff Richard, *Wonderful Christmastime* von Paul McCartney, *Merry Xmas Everybody* von *Slade* oder *Wizzards I Wish it Could be Christmas Everyday*. Carola fügte *Walking in the Air* aus dem Film *The Snowman* an, aber Lily war nicht begeistert. »Da sind vor allem die Sopranstimmen im Einsatz, also wir! Du bist trainiert genug, aber bei mir bin ich nicht sicher.«

Carola nahm ihr den Stift ab und setzte den Song wieder auf die Liste. »Klar bekommst du das hin! Wir müssen ja nicht singen wie die Chorknaben, außerdem werden wir im Sopran von Charlotte und Emily unterstützt. Ich hätte lieber noch einen Bass, als Ergänzung zu Neil.« Sie schlug mit dem Stift leicht gegen die Schneidezähne.

Insgeheim fand Lily, dass die beiden Mädchen zwar schöne, aber nicht sehr kräftige Stimmen hatten. Aber Carola war sicher nicht scharf auf ihre Meinung, und so sagte sie: »Das

Budget von unserem Sponsor bemisst sich danach, wie viele Personen in einem Kleinbus Platz haben. Die Qualität eines vollständigen Chors bekommt man mit den paar Leuten nicht hin. Also, welche Weihnachtslieder sollen wir singen? Die meisten sind leider international bekannt und haben nicht viel von dem englischen Flair, auf den Max aus ist. Andererseits singt das Publikum bei *Silent Night* vielleicht mit, und das wäre auch schön. Außerdem ist der Song einfach, den bekommen wir gut hin. Nett wäre auch dieses polnische Weihnachtslied, das Franciszka uns beibringen will. Gerade, weil hier in unserer Gegend viele Leute polnischer Abstammung leben. Aber wir hatten ja schon mit dem Titel Probleme, *Anioł Pasterzom Mówił*, vom Text selbst ganz zu schweigen.«

Carola lachte. »Begnügen wir uns mit einfachen Songs. Weißt du eigentlich, wie es Tubb geht?«

Lily berichtete, und die Zeit flog dahin. Sobald die ersten *Middletones* eintrafen – Warwick, Eddie und Alfie, mit dem typischen lautstarken Auftreten von Teenagern –, tauchten auch Charlotte und Emily aus ihren Zimmern auf. Die Jungs waren Kommilitonen von Charlotte. Eddie stimmte seine Gitarre, Warwick schloss sein Keyboard an, während Emily, die mit ihren vierzehn Jahren immer noch auf der Schule war, ihn anhimmelte und bequatschte.

»Ich muss ein Auge auf meine Tochter haben«, murmelte Charlotte. »Sie ist in Warwick verliebt, aber ein Achtzehnjähriger ist einfach zu alt für sie.«

Neil, Eddies Vater, der gleichzeitig mit Franciszka eingetroffen war, lächelte ihr beschwichtigend zu. »Ich glaube, Warwick hat eine Freundin am College.«

Bald waren alle so weit. »Fangen wir mit den Weihnachtsliedern an«, schlug Lily vor. »Die eignen sich mit ihren schönen Harmonien gut zum Einsingen.«

Eddie schlang sich den Gitarrengurt um, Warwick machte sich an seinem Keyboard bereit, und Carola stellte sich in ihrer Rolle als inoffizielle Chorleiterin vor der Gruppe auf. »Wir beginnen mit *Once in Royal David's City*.« Sie gab Warwick und Eddie den Takt vor, und dann stimmte der Chor mit ein. Es folgten *Hark! The Herald Angels Sing* und *O Little Town of Bethlehem*, dann ging es mit weihnachtlichem Pop weiter.

Als sie danach bei Getränken und Shortbread beieinandersaßen, überlegten sie, was sie bei ihren Auftritten in der Schweiz anziehen sollten. Sie entschieden sich für rote Pudelmützen und Schals mit schwarzen Big-Shirts. Carola notierte sich die verschiedenen Größen und erklärte sich bereit, alles zu bestellen. BCF übernahm glücklicherweise auch dafür die Kosten.

Am späteren Nachmittag probten sie *Walking in the Air*, und Lily musste zugeben, dass es wirklich sehr schön klang. Danach ging es mit dem leichten, fröhlichen *Let it Snow* weiter, mit dem sie ihre Konzerte jeweils eröffnen wollten. Am Ende hatten sie sich auf das Programm für die Messe geeinigt, zehn Songs und zum Abschluss ein dahingeschmettertes *We Wish You a Merry Christmas*. Für den Weihnachtsmarkt konnten sie ihr Repertoire mühelos erweitern, dort würde es weniger förmlich zugehen und Glühwein und Eierlikör für die richtige Stimmung sorgen.

»Alles klar«, sagte Lily. Franciszka war heute bereits auf dem Sprung, um ihre Tochter nach Bettsbrough zu fahren. »Super, vielen Dank an euch alle! Wer freut sich auf die Reise in die Schweiz? Hände hoch!« Sie lachte, als die Arme vor ihr in die Höhe flogen.

»Ich habe immer noch ein schlechtes Gewissen, weil ich dich nicht beim Fahren ablösen kann, das hatte ich doch versprochen«, sagte Neil und ließ den Kopf hängen. »Jetzt bin ich doppelt gestraft, weil ich euch im Stich lassen muss.«

Eddie verzog das Gesicht, während er seine Gitarre verstaute. »Stimmt, Dad taugt als Taxidienst nichts mehr, seit er seinen Führerschein los ist.« Aber dabei gab er seinem Vater einen freundschaftlichen Klaps auf die Schulter. Neil hatte mit Vertriebskollegen bei einer Betriebsfeier einen über den Durst getrunken, und sie waren prompt der Polizei in die Arme gefahren. Man ließ sie ins Röhrchen blasen, und sieben aus der Gruppe von zehn Leuten waren fällig, darunter leider auch Neil, der deswegen nur knapp an einer Entlassung vorbeigeschrappt war. Man hatte ihn zwar zurückgestuft, seine Firma hatte ihm aber immerhin eine Stelle im Innendienst angeboten, während einige seiner Kollegen sich nach einem neuen Job umsehen mussten.

Lily ahnte, wie unwohl Neil sich in seiner Haut fühlen musste. Sie riss sich zwar nicht darum, die ganze Strecke von Cambridgeshire in die Zentralschweiz alleine hinter dem Steuer zu sitzen, schenkte ihm aber trotzdem ein tröstendes Lächeln. »Wir legen einfach viele Pausen ein, damit ich mir die Beine vertreten kann.«

Carola lächelte bedauernd. »Ich wünschte, ich könnte mich daran gewöhnen, auf der falschen Straßenseite zu fahren, aber ich bekomme immer Panik.«

»Ich schaffe das schon«, wiederholte Lily. Nachdem sich alle verabschiedet hatten, ging sie hinunter in ihre Wohnung, zog sich eine schwarze Hose und ein Polohemd über und hübschte ihren Pferdeschwanz mit einer frischgeflochtenen Strähne auf. Dann schaltete sie den Fernseher ein, briet mit Blick auf das Programm ein Omelett und setzte sich anschließend mit ihrem Teller davor. Nach dem Essen schlüpfte sie in den Daunenparka, den sie eigens für die Schweiz gekauft hatte, und eilte, die Hände tief in die Taschen vergraben, quer durchs Dorf Richtung Pub. Der Wind war eiskalt, und es roch leicht nach Schnee.

Die zweite Novemberwoche war gerade angebrochen, aber überall erstrahlten Fenster und Bäume weihnachtlich. Die Weihnachtsbeleuchtung draußen am Pub war bereits vor Tubbs Weggang angebracht worden, und das Gebäude funkelte im Glanz unzähliger weißer Lichter.

Lily hängte gerade ihren Mantel auf, als Isaac nach hinten kam und sich in der Nische an seinen Schreibtisch setzte. Er war von Kopf bis Fuß in Schwarz gekleidet, und sein dunkles Haar schimmerte ebenfalls rabenschwarz. Er lächelte ihr freundlich zu. »Hoffentlich läuft es heute ohne Randale.«

Sie erwiderte sein Lächeln und strich sich über den Pferdeschwanz. Sie erinnerte sich an einige unschöne Szenen in der Bar in Barcelona, über die Sergios Familie einfach hinweggegangen war. »Bestimmt. Du hast an deinem letzten Arbeitsplatz, war es nicht die *Juno Lounge*?, bestimmt einiges auszuhalten gehabt.«

Er zuckte mit den Schultern. »Das stimmt, aber in einem Dorfpub ist es doch etwas anderes.«

Er wandte sich wieder seinem Laptop zu, und Lily ging nach vorne in den Gastraum. Im Essbereich waren bereits einige Tische besetzt, und auch an der Bar war schon Betrieb, obwohl es erst sechs Uhr war. Die Weihnachtslichter spiegelten sich in den Biergläsern und Zapfhähnen und sogar in den Augen der Gäste. Sie teilte sich die Schicht mit Tina, welche als Einzige vom Personal ebenfalls über eine Schanklizenz verfügte und für Isaac einspringen konnte. Tina, durch und durch professionell, war über fünfzig, rundlich, mit weichen Kurven und einem Lockenkopf. Nichts konnte sie aus der Ruhe bringen. Sie wohnte mit ihrer Familie, ihrem Mann und zwei Söhnen, die ebenso umgänglich waren wie sie, im nahe gelegenen Bettsbrough.

Tina lächelte Lily an. »Wir haben im Essbereich für heute Abend einige Reservierungen, besser du achtest auf die Klingel vom Küchenchef, er dreht durch, wenn das Essen nicht sofort serviert wird.«

»Alles klar«, sagte Lily, nahm von einem kleinwüchsigen bärtigen Gast eine Bestellung für drei Pint Bitter und ein Mineralwasser entgegen. Es trudelten nach und nach weitere Gäste ein, und schon bald stieg der Lärmpegel an. Als Isaac auftauchte, fragte Lily ihn: »Ist es okay, wenn ich ein paar Lotterielose verkaufe, sobald es ruhiger wird?« Die Erlöse gingen immer an das Kinderfest in der Dorfhalle.

Er wartete, bis dunkles Guinness aus dem Zapfhahn in Gläser lief. »Klar, ich hole sie für dich aus dem Safe.«

In den folgenden Stunden verkaufte Lily Lose, zapfte Bier, servierte Essen, räumte ab und deckte auf. Irgendwann war es elf, der Pub leer, und Isaac verriegelte hinter dem letzten Gast die Tür. Das Küchenpersonal war bereits nach Hause gegangen.

Während Isaac die Tagesabrechnung machte, räumten Lily und Tina die letzten Tische ab. Kurz darauf schlüpfte Tina in eine silbergraue Winterjacke, in der sie aussah wie ein Raumschiff, rief ihnen ein »Gute Nacht« zu und verließ den Pub durch die Hintertür. Lily wollte ebenfalls gehen, als Isaac auftauchte, ohne Krawatte, dafür mit einem vor Freude springenden Doggo an den Fersen. Doggo bellte einmal laut, als er Lily sah, und kam schwanzwedelnd zu ihr. Vielleicht erinnerte er sich noch an ihre erste Begegnung.

»Hallo Doggo, wusste gar nicht, dass du noch wach bist.« Lily streichelte das weiche Fell am Kopf, und er legte zufrieden die Ohren zurück. Sie warf Isaac einen Blick zu, er sah krawattenlos, etwas zerstrubbelt und mit offenem Hemdkragen viel weniger geschniegelt als sonst aus, aber sie mochte diesen Freizeit-Look. Er musste nicht länger so tun als ob, und die Müdigkeit am Ende eines Arbeitstags war ihm anzusehen.

Isaac lächelte. »Er wohnt jetzt bei mir, ich habe das mit Mister Tubb abgeklärt.«

Lily richtete sich auf. »Ich dachte, er gehört Hayley.«

»Wenn er nur ihr allein gehört hätte, würde er vermutlich Rolex oder Gucci heißen«, sagte er trocken, dann fügte er zögernd hinzu: »Tut mir leid, dass die Atmosphäre am Donnerstagabend etwas angespannt war. Hayley und ich waren bis vor kurzem noch ein Paar. Sie musste ausgerechnet an dem Abend auftauchen, als der Pub leer war, das hat mich genervt. Sie hat eine brillante Karriere hinter sich und managt ein Spielkasino.« Er lächelte schief.

Lily empfand auf der Stelle Mitgefühl. »Ich kann mir vorstellen, wie das ist, ich muss mir nur vorstellen, wenn mein Ex hier aufgetaucht wäre. In der Bar *Barcelona* war immer die Hölle los.«

Isaacs Gesichtsausdruck entspannte sich. »Ganz schön

blöd, stimmt's? Sie kennt Mister Tubb und hat mich für diesen Job hier ins Spiel gebracht.«

Lily musste grinsen. »Tubb hätte an dem Abend vielleicht sogar vorzeitig zugemacht.«

Isaac zog eine Braue hoch. »Das wäre noch schlimmer gewesen. Dann hätte ich mich noch mehr wie ein Versager gefühlt.« Er verzog das Gesicht. »Egal, sie hat mir Doggo überlassen, und das ist toll. Montag und Dienstag habe ich frei und freue mich auf lange Spaziergänge mit ihm.«

»Pass nur auf, dass du auf den Wegen bleibst, wenn du dich auf dem Carlyle Estate bewegst, denn das ist Privatgrund.« Lily zog sich ihre Jacke an und bereitete sich innerlich darauf vor, dem kalten Wind zu trotzen. »Bis morgen, wenn ich mich nach dem Lunch bei meinen Müttern noch rühren kann.«

»Viel Vergnügen. Meinem Vater geht es nicht gut, deswegen lasse ich mich von meinen Eltern nur ungern zu Mahlzeiten nach Hause einladen. Meine Mutter kümmert sich um ihn und hat ohnehin beide Hände voll zu tun. Vielleicht lade ich sie hierher ein, das könnte ihnen gefallen«, sagte er im Gehen.

Auf dem Heimweg, während der kalte Wind ihr um die Ohren pfiff, überlegte sie, wie nett es von Isaac war, seiner Familie eine Freude zu machen, die offenbar in schwierigen Verhältnissen lebte. Dann kehrten ihre Gedanken zu ihren eigenen Eltern, Roma und Patsie, zurück. Nach Zinnias Tiraden am Donnerstag wollte sie sich unbedingt mit ihnen aussprechen.

Viertes Kapitel

Am späten Sonntagmorgen flitzte Lilys schicker lilafarbener Peugeot über die Landstraßen. Sie verließ das Dorf, fuhr auf der Umgehungsstraße in Bettsbrough an einem Einkaufszentrum mit einem riesigen lamettabehangenen Plastikschneemann vorbei und gelangte auf die Schnellstraße nach Peterborough. Die kahlen Hecken am Straßenrand glitzerten vor Frost. Wie schade, der Himmel war wunderbar blau, aber sie war am Morgen nicht früh genug aus dem Bett gekommen, um noch einen Spaziergang zu machen.

Die Fahrt nach dem westlich von Peterborough gelegenen Longthorpe, wo Roma und Patsie wohnten, dauerte vierzig Minuten. Das Steinhaus war einst ein kleines Cottage gewesen. Als Lily und Zinnia im Teenageralter waren, hatte es einen Anbau erhalten und hatte jetzt fünf Schlafzimmer sowie eine Doppelgarage. Nachdem Lily in der mit Kies bedeckten Einfahrt geparkt hatte, blieb sie noch eine Weile neben dem Auto stehen und bewunderte den wunderschönen Garten mit seinen Bögen, Spalieren, den sorgfältig getrimmten Büschen und mit Bruchsteinen begrenzten Wegen. Ja, der Garten lag ihren Müttern am Herzen, das war immer schon so gewesen. Selbst jetzt, im Winter, waren die Hecken geschnitten und die Wege gekehrt. Überall standen Töpfe, die in diesem Jahr mit

Erika und einem rosafarbenen breithalmigen Gras bepflanzt waren.

Sie betrat das Haus und rief: »Ich bin's!« Im Wohnzimmer, das mit seinem offenen Kamin immer noch an das Cottage von einst erinnerte, saßen ihre Mütter auf dem Sofa beieinander. Roma las, und Patsie tippte zu Klängen von *Pink Floyd* in ihren Laptop.

Beide erhoben sich bei ihrem Gruß und breiteten die Arme aus. Roma trug ihre blonden Locken offen, Patsie hatte ihr Haar aufgesteckt, beide trugen weite bequeme Jeans und lächelten übers ganze Gesicht. »Hallo Süße«, rief Roma und nahm sie in die Arme.

Patsies »Lily, mein Schatz« fiel etwas zurückhaltender aus, kam aber ebenso von Herzen. Lily konnte sich nicht erinnern, dass Patsie sie jemals anders behandelt hätte als Zinnia, und auch bei Roma hatte sie nie das Gefühl gehabt, bevorzugt worden zu sein.

Lily erwiderte die Begrüßung strahlend. »Wie gut es aus der Küche duftet«, sagte sie und schnupperte.

»Wir haben dir deinen Lieblingsauflauf mit Huhn und Chorizo zubereitet.« Roma setzte sich ihr türkisfarbenes Brillengestell auf die Nase und musterte ihre Tochter. »Wie immer schön, dich zu sehen, aber am Telefon hast du geklungen, als würde dich etwas bedrücken.«

Auch Patsies dunkle Augen waren auf Lily gerichtet.

Lily hatte sich schon gefragt, wie sie das Thema, das ihr auf der Seele lag, anschneiden sollte und entschied sich für eine direkte, klare Antwort. Sie befeuchtete ihre Lippen. »Also, ich wollte euch sehen, um euch zu sagen, wie sehr ich euch liebhabe.«

Beide Mütter horchten sofort auf. »Wie bitte?«

»Aber das wissen wir doch!« Romas große graue Augen waren noch runder geworden.

Patsie hob die Augenbrauen. »Und was ist der Grund dafür?«

Lily sah ihnen in die Augen. »Zinnia ist wütend auf mich. Ihr passt nicht, dass ich in Middledip lebe, oder besser, sie ist mit dem Grund dafür nicht einverstanden. Sie sagt, ich würde euch damit verletzen.« Sie ließ ihren Blick zwischen ihren beiden Müttern wandern. »Stimmt das?«

Patsie und Roma warfen sich einen Blick zu, und Roma seufzte.

»Ich habe das Ganze verursacht und darf mich nicht beklagen.«

»Lassen wir die alten Geschichten«, sagte Lily hastig, denn sie hatte mit Sorge bemerkt, dass auf Patsies Gesicht Anspannung lag. »Schadet es wirklich unserer Beziehung, dass ich den anderen Teil meiner Familie kennenlernen möchte? Zinnia meint, ich sollte Middledip den Rücken kehren und mir woanders ein Zuhause suchen. Aber mir gefällt es dort«, sagte sie aufrichtig. »Ich mag die Leute im Dorf, meinen Teilzeitjob im Pub, ich habe Freunde und singe im örtlichen Chor mit. Und ich mag meinen Halbbruder.«

Roma wirkte bedrückt. »Wir haben dich doch nicht gebeten, das alles aufzugeben.« Patsie griff tröstend nach Romas Hand.

»Nein, niemand von euch hat mich direkt darum gebeten. Aber macht es euch etwas aus, dass ich dort lebe?« Lily blieb hartnäckig.

Patsie seufzte. Als sie dann sprach, waren ihr Worte sorgfältig gewählt, ihr Tonfall gemessen, und es sprach unverkennbar die Anwältin aus ihr, dachte Lily wie so oft, wenn sie sie so reden hörte.

»Du möchtest deine Familie kennenlernen. Gut. Das Gleiche könnte auch für Zinnia gelten, denn auch Kinder von anonymen Samenspendern suchen mitunter nach ihrem Vater. Sie hat dieses Bedürfnis offenbar nicht, was aber auf dich keinen Einfluss haben sollte.«

Lily sah ihr gerade in die Augen. »Aber trete ich euch damit zu nahe?«

Roma lächelte etwas gequält. »Ich finde es nicht leicht, dass du deinem Halbbruder immer noch nicht gesagt hast, wer du bist.«

Lily trat von einem Bein aufs andere. »So was Ähnliches hat Zinnia auch gesagt«, gab sie zu. »Aber wisst ihr, warum ich mich noch nicht dazu aufraffen konnte?« Sie hatte es wirklich vorgehabt – bis eines Tages Tubb nach einem Besuch bei seiner Tante Bonnie in den Pub gestürmt kam, wo sie gerade mit Janice beschäftigt war, um für die Mittagszeit zu öffnen. Lily wurde es immer noch ganz bang, wenn sie sich daran erinnerte, wie Tubb seiner Freundin das Herz ausgeschüttet hatte. Lilys Anwesenheit war ihm offenbar entgangen. Seine alte, mittlerweile leicht verwirrte Tante hatte aus dem Nähkästchen geplaudert. Ihr Bruder Marvin habe einst eine Affäre gehabt und für diese Frau sogar seine Familie verlassen wollen. Er hoffe inständig, dass sein Vater nicht irgendwelche unehelichen Bälger gezeugt habe, donnerte Tubb gegenüber Janice los. Bei seinen Worten wäre Lily am liebsten im Erdboden versunken.

Sie schluckte schwer, als sie den schrecklichen Augenblick wieder Revue passieren ließ. Schlagartig war ihr klargeworden, wie man sich fühlte, wenn man dafür verachtet wurde, dass man auf der Welt war. »Ich will nicht, dass er mich hasst.« Ihre Stimme wurde brüchig. »Und mal ganz ehrlich, ich begreife nicht, was es für euch und Zinnia für einen Unterschied macht, ob er es nun weiß oder nicht.«

Roma warf Patsie einen kurzen Blick zu, bevor sie sich an Lily wandte. »Das Ganze hängt einfach wie ein Damoklesschwert über unseren Köpfen. Was passiert, wenn du ihm reinen Wein einschenkst? Wie wird er dir gegenüber reagieren? Ich mache mir Sorgen um dich, vielleicht fällt seine Reaktion sehr unfreundlich aus, und mir wird schon ganz anders, wenn ich mir vorstelle ihm gegenüberzutreten. Er wird mich sicher nicht in sein Herz schließen, was meinst du?« Vielleicht merkte sie, dass sie etwas zu frei von der Leber weg gesprochen hatte und schob nach: »Du bist natürlich die Hauptbetroffene.«

Patsies Handy klingelte, sie warf einen Blick darauf und seufzte. »Mist, das ist Andrew aus der Kanzlei. Da muss ich ran.« Sie verließ den Raum, und Lily hörte, wie ihre Stimme sich draußen in der Diele verlor.

Lily und Roma setzten sich nebeneinander auf ein Sofa. »Schafft die Situation Spannungen zwischen dir und Patsie?«

Roma lächelte nachdenklich und strich Lily zärtlich eine Strähne aus dem Gesicht. »Damals, als ich so egoistisch und eigensinnig war, mit einem Mann eine Affäre einzugehen, nur um schwanger zu werden, hat Patsie eine Weile gebraucht, um darüber hinwegzukommen. Ich nehme mal an, hier brechen alte Wunden auf.«

Patsie kam zurück und legte ihr Handy auf dem Tisch ab. Lily war unglücklich bei dem Gedanken, Middledip und ihrem Leben dort den Rücken zu kehren, aber sie wollte auf keinen Fall Spannungen zwischen ihren Müttern zu verantworten haben. »Sollte ich eurer Meinung nach Zinnias Rat folgen und woanders hinziehen, sobald ich aus der Schweiz zurück bin?«, fragte sie mit einem Kloß im Hals.

Roma und Patsie warfen sich Blicke zu. Nach einer Weile sagte Patsie: »Ich glaube, diese Entscheidung kannst nur du allein treffen, mein Schatz.«

»Genug davon«, sagte Roma resolut und strahlte, sie wollte der Unterhaltung eine andere Richtung geben. »Was passiert sonst so in deinem Leben? Du bist so hübsch, Lily, und mit Sergio ist es seit zwei Jahren vorbei. Du hast bestimmt viele Verehrer.«

Lily musste erst einmal verdauen, dass offenbar weder Roma noch Patsie fanden, Middledip zu verlassen, wäre ihr gegenüber eigentlich nicht fair. Aber sie ging trotzdem auf Romas Frage ein und lächelte. »Ich war schon seit Ewigkeiten mit niemandem mehr aus. Vor ein paar Tagen hat mich ein Gast angemacht, er war betrunken und vulgär, wirklich schrecklich.« Sie verschwieg, dass er sie als Lesbe beschimpft hatte. Roma und Patsie stöhnten bei so was zwar nur noch entgeistert auf und gingen nicht weiter darauf ein, aber Lily war überzeugt, dass es sie jedes Mal verletzte, und warum sollte sie ihren beiden Müttern das antun?

Patsie zog die Nase kraus. »Betrunken und vulgär, das geht gar nicht. Laut Zinnia ist dein neuer Boss sexy, stimmt das?«

»Da könnte sie recht haben. Ich werde ihn fragen, ob er mit mir ausgehen will, weil ihr zwei mir das vorgeschlagen habt, soll ich?« Sie lächelte.

Ihre Mütter lachten lauthals, dann gingen sie alle drei in die Küche, holten den Auflauf aus dem Ofen, schenkten Wein ein und diskutierten Romas und Patsies Frühjahrspläne für den Garten.

Nachdem sie am Sonntagnachmittag heimgefahren war und vor dem Fernseher ein Nickerchen gehalten hatte, erschien Lily um sechs Uhr zu ihrer Schicht in *The Three Fishes*. Aus dem Gastraum drangen Gesprächsfetzen und Besteckklappern. Baz, mit seinen zwanzig Jahren der Jüngste vom Personal, teilte sich heute Abend die Schicht mit ihr. Er kam fünf Minuten zu spät angehetzt.

Sie schenkte Melanie aus dem Dorfladen gerade einen Rosé ein und grinste Baz an. »Verschlafen?«

Baz, oder laut Personalakte Sebastian, sah sich hektisch um. »War mit einem Videospiel beschäftigt und habe die Zeit vergessen. Macht Isaac Stress?«

»Nicht wirklich.«

»Er kritisiert einen nie offen«, stöhnte Baz. »Aber ein Blick genügt, und sofort fühlst du dich als Totalversager.« Baz hatte im Jahr zuvor das Studium geschmissen und arbeitete Teilzeit, bis er wüsste, was er mit seinem Leben machen wollte. Die Gäste mochten ihn, er hatte immer gute Laune und war aus dem Dorf. Isaac tauchte zwischen den Tischen im Essbereich auf, und Baz machte sich sofort mit einer Bestellung zu schaffen.

Lily schob einem Gast das Kartenlesegerät hin. Das war ihre letzte Schicht bis zum Ende der Woche, sie arbeitete wöchentlich lediglich fünfzehn bis achtzehn Stunden: drei Abendschichten, hin und wieder auch mal über Mittag, meistens von Donnerstag bis Sonntag. Am Anfang der Woche war es im Pub immer relativ ruhig, und ihre Dienste wurden nicht gebraucht. Ihr war das nur recht. Nach ihrer Rückkehr aus

Spanien hatte sie hauptberuflich als freie Designerin arbeiten wollen. Middledip sollte nur eine Zwischenstation sein. Na ja, jetzt war sie immer noch hier. Aber wenigstens sicherte ihr die Arbeit ein Grundeinkommen und ließ ihr genügend freie Zeit für ihre anderen Pläne, mit denen es leider nur langsam voranging. Im Augenblick war BCF ihr einziger Kunde.

Glücklicherweise war die Miete bei Carola nicht hoch, und Sergio hatte ihr bei der Trennung ihren Anteil an der gemeinsamen Wohnung ausbezahlt, was ihr ein Polster verschaffte.

Kurz nach neun bestellte eine Frau, Haarknoten, offenes, hübsches Gesicht und freundliches Lächeln, ein halbes Pint und fragte nach Isaac. »Sagen Sie ihm bitte, Flora möchte ihn sehen.«

Lily erwiderte ihr Lächeln und dachte bei sich, noch eine hübsche Frau, die sich nach Isaac erkundigt!, und erwiderte freundlich: »Irgendwo muss er sein, ich hole ihn.«

Sie eilte nach hinten und fand Isaac im Gespräch mit dem Küchenchef. Seine Augen leuchteten auf, als er hörte, dass Flora auf ihn warte.

»Sag ihr, ich komme sofort.«

Lily gab die Nachricht weiter und räumte dann einen Tisch ab. Vom Essbereich aus konnte sie bequem beobachten, wie Isaac auftauchte, die Barklappe öffnete, die Frau umarmte und sie hinter die Bar durchließ. Als sie das schmutzige Geschirr in die Küche trug, waren die beiden wie vom Erdboden verschluckt. Hatte er vielleicht schon Ersatz für die elegante Hayley, seine Ex, gefunden? Na, bei seinem Aussehen war das auch kein Wunder.

Fünftes Kapitel

Eigentlich hätte Isaac an diesem Montag seinen freien Tag gehabt, aber irgendwie ging der Plan nicht auf. Nach einem Telefonat mit einem Getränkehändler, bei dem er alkoholfreie Getränke und Snacks für die Bar bestellt hatte, ließ er sich um die Mittagszeit in der Bar sehen, um sich zu vergewissern, dass bei Tina alles rund lief, und inspizierte später den Bierkeller. Er tat sich mit dem Wuchten von Fässern einfach leichter als Tina.

Wieder oben im ersten Stock ging er in die Küche, der einzige Raum, der im Wohnbereich von Tubb und Janice lag. Er selbst hatte ein gemütliches Schlafzimmer mit Bad bezogen, aber es gab eben keine Küche und auch keine Waschmaschine. Er machte sich einen Tee und ein Sandwich und setzte sich an den Tisch, um Tubb anzurufen. Bestimmt wartete der schon wieder auf Neuigkeiten, wie es ohne seine Anwesenheit lief. Danach meldete er sich bei seinen Eltern und lud sie für den folgenden Abend zum Essen in *The Three Fishes* ein. »Flora hat sich angeboten, euch hierherzufahren«, fügte er hinzu. Sie waren nach Peterborough umgezogen, als Isaacs Vater den Bauernhof hatte aufgeben müssen. Vielleicht würden sie eine Fahrt über Land genießen, selbst wenn es nur für einen Abend war.

Doggo ließ den Blick nicht von ihm, als Isaac sein Sandwich aß. »Ich verspreche dir für heute einen langen Spaziergang«, sagte er zu Doggo und schob sich den letzten Bissen in den Mund, ohne etwas abzugeben. »Ich habe mir schon eine Wanderkarte von der Gegend ausgedruckt. Schließlich muss ich mich langsam auf meine Outdoor-Ausbildung vorbereiten. Ich glaube, eine Acht-Meilen-Wanderung tut es für heute, und morgen fahren wir vielleicht nach Derbyshire und erklimmen ein paar Hügel.«

Doggo wedelte mit dem Schwanz.

»Ich habe lange genug planlos rumgehangen. Keine Ahnung, wie lange ich diesen Job im Pub noch mache, aber auf keinen Fall für immer. Ich will endlich raus aus dem Gastgewerbe mit seinen unmöglichen Arbeitszeiten bei schlechter Bezahlung. Seitdem ich das *Juno* nicht mehr habe, will ich was Neues anfangen.« Wieder verständnisvolles Schwanzwedeln. *The Three Fishes* war im Vergleich zum *Juno* viel entspannter und lässiger. Aber der Einfluss der ehrgeizigen Hayley wirkte noch nach, spürte er. Warum das Leben nicht einfach nur mal genießen?

Als er aufsprang und in sein Zimmer ging, folgte ihm Doggo auf den Fersen. Das Zimmer hatte vor seiner Ankunft nicht viele Gäste gesehen. Einrichtung und Wände waren in Beige, Braun und Blau gehalten, die Fenster gingen zum Parkplatz und zu den Sportplätzen hinaus. Er hatte keinen Haushalt zu versorgen und war ohne Beziehung, geradezu ideale Bedingungen, um im Großen und Ganzen zu tun und zu lassen, was er wollte. Fast sein gesamter persönlicher Besitz lag bei Flora auf dem Speicher, und er hatte sich bei der Trennung mit Hayley finanziell geeinigt und ihr die Möbel gelassen.

Seine geplante Karriere als Outdoor-Trainer würde ihn wer weiß wohin verschlagen und schloss freie Unterkunft ein.

Aber sein soziales Leben war mehr oder weniger zum Erliegen gekommen. Seine Freunde aus der Zeit vor Hayley hatten sich über die Jahre immer mehr zurückgezogen. Am Anfang waren sie von seiner glamourösen neuen Liebe angetan gewesen. Hayley sei zu karriereorientiert und materialistisch und Isaac werde ihr immer ähnlicher, fanden sie dann nach einer Weile. War die eigene Bar nicht ein Beweis dafür? Für ihn hingegen war ein eigener Betrieb der richtige Schritt in eine gemeinsame Zukunft gewesen und eine Chance auf einen ordentlichen Verdienst … tja, am Ende hatte er Hayleys Ansprüchen nicht genügt und war auf die Nase gefallen.

Sie hatte sich mit seinen Freunden nicht weiter abgegeben. Ihr genügte das Schwesternpaar Vicky und Nicola, die einzigen guten Freundinnen in ihrem Leben. Die beiden waren einander in allem so ähnlich, dass er sie fast nicht unterscheiden konnte. Hayley kannte sie aus dem Studium. Damals waren ihre Eltern verstorben, und sie verbrachte ihre Ferien oft im Elternhaus der beiden. Vicky war mit einem Adie verheiratet, und Nicola hatte einen kolumbianischen Freund namens Javier. Isaac verstand sich recht gut mit allen, hatte aber seit der Trennung von Hayley auch zu den beiden jeglichen Kontakt verloren.

Wenigstens Doggo war ihm als Gesellschaft geblieben. Und der sprang gerade freudig um ihn herum, während er sich die Stiefel und eine Jacke anzog und Doggo an die Leine nahm. Die Wanderkarte schob er in eine Plastikhülle und knipste sie an seinem leichten Rucksack fest, in dem bereits eine Mütze, Handschuhe und ein paar Wasserflaschen für sich selbst und

Doggo verstaut waren. Doggo bevorzugte allerdings meist Pfützen. Isaac schloss die Kopfhörer an sein Handy an, klickte auf die Playlist fürs Wandern und rannte, zwei Stufen auf einmal nehmend, nach unten. Und schon war er zum Sound von *Goldfinger* zur Hintertür hinaus und genoss es, an der frischen Luft zu sein. Mit langen Schritten überquerte er die Sportplätze, dann die Port Road und bog in den ersten Feldweg ein. Er gab Doggo mehr Leine und ging schneller, während die kalte Luft an seinen Ohrläppchen knabberte.

Während er dahinwanderte, schmiedete er Pläne für seine Fitness. Sein erster Kurs als Outdoor-Trainer fand in Wales statt und vermittelte Kenntnisse in Tourenplanung und Orientierung, Klettern, Erste Hilfe, Wassersport, Radtraining und Kommunikation und Gruppendynamik. Es folgte ein Überlebenstraining in New Forest, und dann ging es weiter nach Frankreich, um seine Kenntnisse im Klettern auszubauen. Nach diesem letzten Kurs würde er sich nach einem Job umsehen müssen, weil dann das Geld knapp würde. Er hatte bei der *Juno*-Pleite nicht seine ganze Kohle verloren – das war ein Glück –, aber seinen Stolz.

Er ging schneller, als wollte er dem Gefühl davonlaufen, ein Versager zu sein, und beschloss, in den nächsten zehn Minuten immer abwechselnd eine halbe Minute zu joggen und zu gehen. Das würde ihn fitter machen, und wenn das Herz gefordert war, wurde auch der Kopf klarer und schaute lieber nach vorn als zurück in die Vergangenheit. Doggo freute sich ebenfalls über die schnellere Gangart und stürzte sich ungelenk ins Rennen wie ein Schaukelpferd, was Isaac zum Grinsen brachte.

Es war bereits dunkel und einige Minuten nach sechs. Der Pub öffnete für den Abend. Isaac war quer über die Sportplätze und den Parkplatz auf dem Heimweg. Er war angenehm müde, drosselte sein Schritttempo und kühlte sich von der Anstrengung ab. Doggo, die Ohren flach im Wind, war nicht einmal ins Hecheln gekommen.

Der Rasen dämpfte Isaacs Schritte, und so hörten die beiden Frauen, die auf dem Parkplatz neben einem Auto standen, ihn nicht näher kommen. Die Größere hatte die Hände in die Hüften gestemmt, ihr Gegenüber warf ihr wütende Blicke zu. »Ich dachte, wir würden uns einen schönen Abend machen und zusammen essen. Aber für dich war es wieder nur eine passende Gelegenheit, dich in mein Leben einzumischen«, fauchte sie. Isaac erkannte Lilys Stimme und blieb stehen.

»Denk doch aber auch mal an Roma und Mum, die machen sich einfach Sorgen wegen dieses Themas Bruder …«

Bestimmt wieder diese Schwester mit dem komischen Namen. Hieß sie nicht Zinnia? Der Wind verwehte gerade ihr Haar, und sie zog sich die Kapuze über den Kopf.

»Lass mich endlich in Ruhe!«, explodierte Lily schrill. »Und halt deine Klappe, Zinnia! Wenn du deine Meinung nicht für dich behalten kannst, dann war's das …«

Zinnia seufzte und sagte etwas versöhnlicher: »Ich mach mir einfach so meine Gedanken, Lily.«

»Das glaube ich dir gerne«, sagte Lily schluchzend. »Trotzdem, warum bleibst du nicht einfach zu Hause bei George? Ich arbeite hier im Pub und lasse nicht zu, dass du mich vor meinen Kollegen oder meinem neuen Boss blamierst, indem du Szenen machst.«

Bei ihren letzten Worten beschloss Isaac, möglichst lautlos

den Rückzug anzutreten, obwohl der hungrige Doggo ihm einen Blick zuwarf, der sagen sollte, was ist denn jetzt los? Sie würden über die Sportplätze zur Straße zurückgehen und von dort an der Hauswand entlang zur Hintertür.

Aber bei Zinnias nächster Bemerkung blieb er sofort wie angewurzelt stehen. Sie lachte leise. »Klar, dieser heiße Typ, den du daten wolltest. Und wie läuft's?«

Isaac starrte auf die beiden Frauen, deren Umrisse sich vor den Lichtern des Pubs abzeichneten.

»Das war doch nur ein Witz für unsere Mütter«, sagte Lily niedergeschlagen. »Es stimmt, er ist sexy. Das hast du selbst auch gesagt. Das ist so ungefähr das Einzige, wo wir uns in der letzten Zeit einig waren.« Sie hatte die Arme gegen die Kälte um den Leib geschlagen.

In diesem Augenblick hatte Doggo genug davon, sich noch länger im Dunkeln herumzudrücken und auf Abendessen und Nickerchen zu warten. Er bellte ein paarmal laut.

Isaac zuckte zusammen. Die beiden Frauen fuhren erschrocken herum. Doggo dagegen wedelte mit dem Schwanz, endlich nahm ihn jemand ernst.

Lily entgleisten die Gesichtszüge. Sie wandte sich langsam ab, senkte den Kopf, schloss die Augen und verzog das Gesicht, nach dem Motto: Das darf jetzt nicht wahr sein.

Isaac rührte sich erst nicht vom Fleck. Als er aber bemerkte, dass Zinnia ihn mit einem Ausdruck ansah, der zwischen Erschrecken und Belustigung schwankte, beschloss er, die Situation in die Hand zu nehmen. Er tat einfach so, als habe er nichts gehört und gesehen.

»Hallo Ladys«, sagte er beiläufig und betrat den Parkplatz.

»Hallo«, sagte Zinnia betreten. Dann bemerkte sie, dass Lily sich von ihr abgewandt hatte und bereits auf dem Weg zur Haustür war. »Wollen wir nicht doch noch was zusammen essen, Lily? Ich wollte wirklich nicht …« Sie unterbrach sich, denn Lily schüttelte nur den Kopf und marschierte weiter.

Er wollte so tun, als wäre er mit seinem Handy beschäftigt, um Lily einen gebührenden Vorsprung zu geben, aber Doggo zog ihn energisch an der Leine Richtung Tür. Isaac versuchte ihn zurückzuhalten. Er hörte in seinem Rücken noch Zinnias bedauerndes Oh, Lilyyyy! und dann das Geräusch einer Autotür. Lily blieb stehen und ließ den Kopf hängen. Isaac meinte, leises Schniefen zu hören. Dann machte sie plötzlich eine Kehrtwendung, als wollte sie Zinnia aufhalten, und wirkte überrascht, als sie bemerkte, dass Isaac ihr förmlich an den Fersen klebte.

Im Licht der Scheinwerfer von Zinnias Auto blickte er in Lilys tränenüberströmtes Gesicht, ihre Tränen glitzerten wie Eiskristalle. Dann war der Wagen vorbeigefahren, und es wurde wieder dunkel.

Der kalte Wind frischte auf, kroch in Kragen und Ärmel und blies Isaac Haarsträhnen ins Gesicht. Kurz darauf begann es zu regnen, erst sanft, dann immer heftiger. »Na super«, hörte er Lily stöhnen.

Isaac fischte den Hausschlüssel aus seiner Jackentasche und sagte: »Ein Wolkenbruch, ich geh rein und trinke was Warmes. Lust, mitzukommen?«

Er öffnete die Tür, die der Wind ihm fast aus der Hand riss, während es schüttete wie aus Eimern.

Mit Isaac drängelte sich auch Doggo durch die Tür. Lily, die neben ihm stand, verhedderte sich prompt in der Leine und wäre bald buchstäblich mit der Tür ins Haus gefallen. Sie war nicht sicher, ob sie mit reinkommen wollte, aber das miese Wetter hatte ihr die Entscheidung abgenommen. »Danke«, sagte sie zu Isaac.

»Gerne«, sagte der und ging schon mal hinter Doggo die Treppe hinauf. Und wieder blieb ihr nichts anderes übrig, als ihm zu folgen und seine Einladung anzunehmen, wenn sie nicht wie bestellt und nicht abgeholt unten stehen bleiben wollte. Oben auf dem Treppenabsatz rollte Doggo sich bereits auf dem Teppich, um sein Fell zu trocknen. »Hör auf, Doggo«, rief Isaac von einem Zimmer aus, in das sie und Doggo ihm folgten.

Sie kannte die Küche von Tubb und Janice bereits von früheren Besuchen. Sie hängte ihren Mantel über eine Stuhllehne und vermied es, Isaac direkt anzusehen.

Er fütterte erst Doggo und setzte dann Wasser auf, draußen prasselte heftiger Regen gegen die Scheiben. »Klingt nach Weltuntergang«, sagte er und nahm zwei bunte Becher aus einem Schrank.

Lily räusperte sich. »Im Radio hatten sie Hagel oder Schneeregen angekündigt. Es wird bald ordentlich kalt.«

»Ach, ja?« Er nahm einen Karton Milch aus dem Kühlschrank. Auch er ging ihrem Blick aus dem Weg.

So ein Mist. Er hatte den Krach mit Zinnia also mitbekommen. Sie seufzte und beschloss, den Stier bei den Hörnern zu packen und das Thema selbst anzuschneiden. Vielleicht hatte er sie ja nur eingeladen, weil er dachte, sie wäre leicht rumzukriegen.

»Tut mir leid, dass du unseren Streit zwischen Schwestern mit anhören musstest. Auch wenn es nicht danach aussieht, aber Zin und ich haben uns richtig gern. Sie ist witzig und warmherzig, aber sie hat einen ganz schön dicken Kopf. Hast du viel von unserer Diskussion mitbekommen?« Sie bemühte sich um einen beiläufigen Tonfall, doch die Wangen brannten ihr vor Scham.

Er tat, als wollte er sich vergewissern, dass er die Herdplatte angeschaltet hatte, obwohl das Wasser bereits hörbar im Kessel brodelte. »Nein, nicht alles«, sagte er ausweichend. »Vielleicht höre ich automatisch weg, wenn es um Auseinandersetzungen zwischen Schwestern geht. Du hast meine ja gestern kennengelernt, Flora … Die geht mir immer mit irgendwas auf die Nerven.«

Das war ja interessant. Sie betrachtete ihn in einem ganz neuen Licht. »Sie ist deine Schwester? Die ist ja richtig nett.«

»Na ja, soweit man das von einer Schwester sagen kann.« Er bereitete den Kaffee zu und trug dann beide Becher an den Tisch. Lily nahm ihren dankend entgegen.

Isaacs Handy pingte, er zog es aus seiner Hosentasche, las und runzelte die Stirn.

»Möchtest du antworten?«, fragte Lily höflich. »Ich kann auch gerne gehen, wenn du zurückrufen willst.«

»Eine Nachricht«. Er tippte etwas, hörte die Nachricht ab und legte sein Handy auf den Tisch. »Der Anruf kam, als ich mich in einer Gegend ohne Signal aufgehalten habe. Mein Steuerberater. Seine Kanzlei ist für heute schon geschlossen, ich versuche es morgen noch mal.« Er massierte sich die Schläfen, als ob allein der Gedanke an den Anruf ihm Kopfschmerzen verursachen würde. »Die Pacht für die *Juno Lounge* aufzugeben und alles abzuwickeln, hat eine Menge Papierkram bedeutet.«

»Ach, ich wusste gar nicht, dass du dort Pächter warst«,

sagte sie und goss etwas Milch in ihren Kaffee. »Ich dachte, du wärst lediglich der Geschäftsführer gewesen.«

Sein Gesichtsausdruck spannte sich an. »Nein, es war mein Laden, und deswegen hat es auch so weh getan, als er pleiteging. Ich habe zwar nichts falsch gemacht, aber das ändert am Ende nichts.«

»Klar.« Sie runzelte die Stirn. Weswegen hatte die schicke, beliebte *Juno Lounge*, eine Bar, damals noch mal dichtgemacht? Sie erinnerte sich nur noch vage. »Die Probleme fingen an, als man die Schnellstraße gesperrt hat, stimmt's?«

Er nickte. »Man hatte an einer Brücke Schäden festgestellt und daraufhin die Straße gesperrt. Damit fiel der Hauptzubringer für das *Juno* aus. Es gibt zwar noch eine Landstraße, die dorthin führt, aber die ist zu abgelegen. Als der Verkehr über die Schnellstraße gesperrt war, hat uns alles nichts mehr genützt. Die Leute sind woanders hingegangen, und innerhalb von kürzester Zeit stand ich vor dem Aus.«

Er nippte an seinem Kaffee.

»Kann man sich gegen diese Art von Geschäftsschädigung nicht versichern?«, fragte sie mitfühlend. Jetzt verstand sie, warum er manchmal so fix und fertig wirkte.

»Kann man.« Er nickte. »Aber es müssen bestimmte Kriterien erfüllt sein, und ein Brückenschaden gehört nicht dazu. Wie auch immer, es mussten auch noch zwei Brücken weiter oben gewartet werden, und das war dann endgültig das Ende. Die Brauerei hat mich aus der Pacht entlassen, aber ich habe trotzdem draufgezahlt. Auch die werden ihre Verluste machen, denn ich habe den Laden bereits im Juli geschlossen. Aber im Gegensatz zu mir können sie sich die leisten. Im März soll die Neueröffnung sein, aber dann mache ich hoffentlich schon was anderes, ich habe die Schnauze voll vom Gastgewerbe.«

Sie schnaubte kurz. »Das sage ich mir auch die ganze Zeit. Und dann lande ich doch wieder hinter einem Tresen.«

»Also für mich ist das hier das letzte Mal, das kann ich dir sagen.« Seine dunklen Augen blitzten. »Das hier ist ein Überbrückungsjob, bis alle Altlasten abgewickelt sind.« Dann hellte sich seine Stimmung auf, und er erzählte ihr von den geplanten Kursen zum Outdoor-Trainer und zeigte ihr auf seinem Handy Aufnahmen von Leuten mit Rucksack und Helm. Lily entspannte sich bei seinen begeisterten Worten und freute sich, dass er sich über Wandern und Kajakfahren ausließ, und auf den Streit mit Zinnia mit keinem Wort weiter einging.

Aber dann kam wie aus heiterem Himmel der Hammer. »Du hast also neben der Schwester noch einen Bruder? Lebt der hier in der Nähe?«

Lily ließ fast ihren Becher fallen, eine ordentliche Portion Kaffee schwappte über den Rand und auf ihre Jeans. »Tut mir leid!«, rief sie. Die Lache auf dem Tisch trocknete sie mit einem Ärmel. Doggo, der angetrottet kam, kümmerte sich freundlicherweise um den Kaffee auf dem Fußboden.

Er sah sie alarmiert an. »Ähhh … ich dachte, deine Schwester hätte vorhin so was in der Art erwähnt. Tut mir leid, vielleicht habe ich das auch nur falsch verstanden.«

Sie war immer noch damit beschäftigt, mit dem Ärmel über den Tisch zu wischen. Warum war ihm nicht das Kompliment, der sexy Boss, in Erinnerung geblieben? Das wäre ihr lieber gewesen. »Das hast du ganz richtig verstanden«, gab sie widerstrebend zu. »Ich habe zwei Halbbrüder. Könntest du … könntest du das bitte für dich behalten?« Ihr wurde ganz schlecht bei dem Gedanken, dass er das im Dorf ausplaudern könnte.

»Wenn du möchtest«, sagte er unsicher. Der nächste Regenschwall prasselte gegen die Scheibe. Kein guter Moment, um zu gehen. Ach, hätte ich die Einladung zum Kaffee doch nicht angenommen, überlegte Lily, es wäre besser gewesen, einfach im Pub das Ende des Unwetters abzuwarten. Aber vielleicht wäre Zinnia ihr dann gefolgt und hätte weiter mit ihrem losen Mundwerk für Aufregung gesorgt.

Sie seufzte tief. Jetzt hatte sie mit ihren Worten die Pferde scheu gemacht, besser, sie schob sofort eine Erklärung nach. »Danke«, sagte sie leise. »Du bist im Augenblick der Geschäftsführer hier und solltest vielleicht die Hintergründe meiner Bitte um Verschwiegenheit kennen. Zinnia führt sich im Augenblick ziemlich auf, wie du ja mitbekommen hast, leider auch hier an meinem Arbeitsplatz. Und meine Familie ist recht unkonventionell.«

»Mit zwei Müttern.« Er nickte.

»Genau.« Sie starrte auf die Tischplatte, um sich zu sammeln. Dieses Thema war bislang eigentlich immer in der Familie geblieben. »Also, Zinnia ist durch künstliche Befruchtung gezeugt worden, der anonyme Samenspender wusste Bescheid über das, was er da tat«, sagte sie mit flammendroten Wangen. »Meine Mutter hatte hingegen eine Affäre und wurde schwanger. Erst als sie die Beziehung beendete, wurde ihr so richtig klar, wie sehr sie den Mann für ihre Zwecke benutzt hatte. Er war in sie verliebt und bei der Trennung am Boden zerstört. Vielleicht hatte sie nicht damit gerechnet, weil er viele Jahre älter war als sie und in ihren Augen in einem Alter, in dem Liebe keine Rolle mehr spielt. Die Schwangerschaft hat sie ihm verschwiegen. Er war verheiratet und hatte zwei Söhne, einer war damals sechzehn, der andere einundzwanzig.«

Isaac sagte nichts und sah sie mitfühlend an.

Sie versuchte es mit einem Lachen, aber es klang hart und bitter. »Zin und ich sind nur drei Monate auseinander. Das hat während der Schulzeit immer wieder für blöde Bemerkungen gesorgt. Wir sehen uns als Schwestern, aber für die anderen sind wir bestenfalls Stiefgeschwister, denn wir haben weder gemeinsame Gene noch einen gemeinsamen Nachnamen. Weißt du, es gibt kein Handbuch für Kinder aus gleichgeschlechtlichen Beziehungen, jeder Fall liegt anders, und man ist auf sich selbst gestellt. Ich habe das Gefühl, dass mir eine Hälfte meiner Familie vorenthalten wurde, während Zinnia mit zwei tollen Frauen als Mütter völlig zufrieden ist und überhaupt nicht das Bedürfnis hat, ihren biologischen Vater kennenzulernen.«

Sie schwieg eine Weile, und man hörte nur den Regen und Doggo, der gähnte und sich neben der Heizung ausstreckte. »Mum hat immer so getan, als ob ich das Kind einer Nacht wäre«, fuhr sie dann fort. »Aber als ich sie zufällig erwischte, wie sie über einer Todesanzeige weinte, hat sie mir alles erzählt.« Sie schüttelte den Kopf. »Ich war wie vor den Kopf gestoßen und habe mich verraten gefühlt. Das Einzige, was mir einfiel, um wieder zu einem inneren Gleichgewicht zu finden, war nach meinen Halbbrüdern zu suchen. Ich konnte einfach nicht anders.«

Ihre Augen brannten, und sie merkte, wie gut es tat, jemandem außerhalb der Familie ihr Herz auszuschütten.

»Meinen ältesten Bruder habe ich sofort übers Internet ausfindig gemacht. Ich weiß mittlerweile, wo der andere lebt, habe aber bislang weder ihn noch seine Familie kennengelernt.«

Isaac war von ihrer Geschichte ganz offensichtlich gebannt, seine Neugier geweckt. »Wie hat der Bruder, den du kennengelernt hast, darauf reagiert, dass er plötzlich eine Halbschwester hat?«

»Gar nicht«, gab sie ehrlich zu, und schon brachen die Probleme wieder über sie herein. Sie schluckte schwer. »Ich habe zufällig ein Gespräch mitgehört, bei dem er eine Bemerkung fallenließ. Und seitdem weiß ich, dass er mit mir sicher nichts zu tun haben will, sobald er die Wahrheit erfährt. Deswegen fehlt mir der Mut, ihm reinen Wein einzuschenken.«

Sie stützte ihr Kinn auf eine Hand. »Es ist alles ein völliges Chaos. Meine Eltern machen sich Sorgen, und Zinnia attackiert mich aus Angst, mich mit Fremden teilen zu müssen. Sie braucht, was mich angeht, völlige Gewissheit und besteht darauf, dass sie für mich die Wichtigste unter allen Geschwistern bleibt, das ist wie bei einem Wettbewerb. So kenne ich sie gar nicht. Sie macht Druck, dass ich das Dorf verlasse, aber das werde ich nicht tun, bevor ich nicht meinen anderen Bruder kennengelernt habe. Ich bin sauer auf Zinnia, dass sie mir das Leben so schwer macht, gleichzeitig habe ich ein schlechtes Gewissen, weil ich sie so verunsichere. Und natürlich auch meine beiden Mütter«, fügte sie fairerweise hinzu.

»Wow«, sagte er.

Sie warf ihm einen Blick zu. »Ich hoffe, du siehst ein, warum hier Verschwiegenheit angesagt ist. Ob sie jemals die ganze Wahrheit über mich erfahren, sollte allein meine Entscheidung sein, finde ich.«

Zu ihrer Erleichterung nickte Isaac verständnisvoll. »Das sehe ich völlig ein.«

Sechstes Kapitel

Dienstagmorgen. Kein Grund zum Feiern. Isaac machte sich gerade Notizen für seinen Steuerberater, der die finanzielle Situation, Steuernachzahlungen und Mehrwertsteuereinnahmen der *Juno Lounge* auseinanderklamüserte. Auf seinem Handy pingte eine Textnachricht von Tina.

> Eigentlich haben heute Abend Andy und Vita Schicht, aber sie hat Magenprobleme, Baz hat etwas vor, und Lorna findet keinen Babysitter. Ich habe Lily gebeten, ihre Schicht am Freitag mit Vita zu tauschen und heute Abend zu arbeiten.

Isaac textete ein Dankeschön zurück. Andy war Ende fünfzig, von irgendeinem Job in Frühpension gegangen und arbeitete Teilzeit im Pub. Na ja, was er so arbeiten nannte. Er stand gerne hinterm Tresen und plauderte mit den Gästen, das musste man ihm lassen, und den Stundenlohn nahm er auch gerne. Als Isaac ihn bei ihrer ersten gemeinsamen Schicht darauf ansprach, lachte er nur. »Das habe ich mir von unserem tollen Boss abgeschaut.«

Isaac hatte verstimmt die Augenbrauen hochgezogen. »Falls Sie damit Mister Tubb meinen, dann hat er auch das Recht dazu.« Was im Klartext hieß: »Und Sie nicht.« Andy hatte ihm das krummgenommen und seitdem keine Schicht mehr mit ihm geteilt.

Er freute sich schon auf Andys Gesichtsausdruck, wenn der entdeckte, dass Isaac und seine Familie heute Abend im Pub zu Gast waren. Seine Eltern kannten *The Three Fishes* noch gar nicht. Seine Mum war zwar wegen des Altersunterschieds nie wirklich glücklich über seine Beziehung mit Hayley gewesen, hatte aber auf die Nachricht von seiner Trennung trotzdem eher entnervt als erleichtert reagiert. Aber seine Mutter war meistens entnervt. Sein Vater litt unter Chronischem Erschöpfungssyndrom. Und sicher hatte sie sich vom Leben etwas Besseres erwartet, als kurz vor ihrem sechzigsten Geburtstag auf Sozialhilfe angewiesen zu sein und ihren Mann zu pflegen, und das bereits seit einem Jahrzehnt.

Er hoffte nur, dass es Lily nicht viel ausmachte, mit diesem Faulpelz Andy die Schicht zu teilen. Übrigens ganz schön vertrackt diese Geschichte, die sie ihm gestern anvertraut hatte. Eigentlich hatte er sie bislang nur als sonniges Gemüt kennengelernt, aber gestern Abend hatte sie einen ziemlich besorgten und niedergeschlagenen Eindruck gemacht, was ihn nicht kaltließ.

Er beschäftigte sich wieder mit seinen Notizen und versuchte, an alles zu denken, was der Steuerberater brauchte. Er hatte Schulden beim Finanzamt und musste auch noch den Berater bezahlen. Alle anderen offenen Rechnungen und Schulden hatte er beglichen, sobald er den Laden dichtgemacht hatte. Das Inventar hatte er so weit wie möglich verkauft. Wenigstens wusste er, wie viel Geld ihm unterm Strich geblieben war. Er hatte einen Riesenverlust gemacht, und vermutlich nicht nur finanziell.

Als Flora ihn um halb sieben anrief, hatte er über dem ganzen Papierkram seinen Ausflug nach Derbyshire, auf den er sich so gefreut hatte, verschieben müssen. Aber es war wenigstens Zeit für zwei Runden ums Dorf gewesen, immerhin mehr als sechs Meilen.

»Hallo«, tönte Floras Stimme. »Wir warten auf dem Parkplatz.«

»Bin schon da. Hat Dad seinen Rollstuhl dabei?«

»Nein, heute geht es ihm ganz gut, und er meint, sein Stock reicht auch.«

Isaac zog sich eine Jacke über, schloss die Tür hinter sich ab und rannte durch die Hintertür nach draußen. Er umarmte Flora flüchtig, die neben ihrem alten Ford Mondeo auf ihn wartete.

»Wenn du Dad hilfst, kann ich mich um Jeremy und Jasmine kümmern.«

»Alles klar.«

Seine Mutter Stef stieg als Erste aus dem Auto. »'n Abend, Isaac«, sagte sie und zog sich den Mantel enger um ihren Körper. »Meine Güte, ist das kalt hier draußen auf dem Land, hier bläst ganz schön der Wind.«

»Stimmt.« Er umarmte sie und freute sich, sie zu sehen, auch wenn ihre Meckerei vermutlich den ganzen Abend weitergehen würde. Er lief ums Auto herum, um seinem Vater auf die Beine zu helfen. »Hallo Dad, wie geht's?«

»Wie immer, danke«, ließ sich sein Dad schnaufend vernehmen. Ray O'Brien war extrem schwach geworden, seit ihn das Chronische Erschöpfungssyndrom im Griff hatte und ihn für Depressionen und Infektionen anfällig machte. Aber er lächelte seinem Sohn zu, und während er sich auf dem Weg zum Pub-Eingang auf dessen Arm stützte, versicherte er Isaac, wie sehr ihn dieses Wiedersehen freue.

Floras Kinder, die vierjährige Jasmine und der sechsjährige Jeremy, sprangen aus dem Auto, versuchten ihrer Mutter zu entwischen und riefen Isaac zu: »Wir essen heute Abend in deinem Pub, Onkel Isaac, gibt es da auch Burger?«

Isaac grinste in zwei aufgeregte Gesichter unter braunen Lockenköpfen. »Für brave Kinder gibt es vielleicht auch Burger. Bei euch beiden bin ich mir da aber nicht so sicher.«

»Wir sind brav!«, schrien beide im Chor. Das stimmte für Jeremy sogar meistens, aber Jasmine hatte nichts als Unsinn im Kopf. Isaac hatten die beiden richtig gefehlt, als er bei Flora ausgezogen war und sich in den *Three Fishes* einquartiert hatte.

Er führte die kleine Gruppe in den warmen Pub und begrüßte nach allen Seiten Stammgäste, darunter auch Lilys Freundin und Vermieterin Carola. Lily und Andy waren hinter dem Tresen beschäftigt. Lily lächelte Isaac zu, während Andy so tat, als nähmen ihn die anderen Gäste vollends in Anspruch.

Ray war augenscheinlich am Ende seiner Kräfte, als er sich endlich von Isaacs Arm lösen und im Essbereich auf einen Stuhl fallen lassen konnte. »Ich lasse meinen Mantel noch kurz an, bis mir richtig warm ist. Hübsch ist es hier, mein Junge.« Sein Blick blieb an den mit Lametta geschmückten Holzbalken und den bunten Kugeln an den alten Steinwänden hängen.

»Mal was anderes.« Isaac legte seine Jacke über die Lehne eines Stuhls, der so stand, dass er Andy gut im Blick hatte. Und der lehnte gerade entspannt plaudernd am Tresen, während Lily Bier zapfte. Als er bemerkte, dass er beobachtet wurde, richtete er sich auf und ging, ohne sein Gerede zu unterbrechen, gemächlich auf einen wartenden Gast zu.

Isaacs Mutter setzte sich zwischen Sohn und Mann, Flora und die Kinder nahmen auf der anderen Seite des Tisches Platz. »Ich begreife wirklich nicht, wie du das *Juno* gegen diese Minikneipe hier eintauschen konntest«, sagte sie. Die frische Landluft hatte sie offenbar nicht weniger streitlustig gemacht. »Hat Hayley etwas damit zu tun?«

»Unsere Beziehung ging erst danach zu Ende«, sagte Isaac. Er hatte gegenüber seinen Eltern so getan, als hätte er das *Juno* aus freien Stücken aufgegeben, weil er sie nicht in Sorge versetzen wollte. Besser, die Mutter verstand seine Entscheidung nicht, als dass sie erfuhr, dass er einen Haufen Geld in den Sand gesetzt hatte.

»Aber es ist nett, dass die Leute dich sofort begrüßen, wenn du reinkommst«, sagte sie, als würde ihr klar, dass ihr Kommentar unnötig bissig gewesen war.

Dann wurde sie von ihren beiden Enkeln in Beschlag genommen, und Isaac hatte wieder Gelegenheit zu beobachten, dass Andy schwätzte, während Lily die Arbeit machte. Er versuchte, seinen Blick von ihm abzuwenden – mittlerweile war auch Tina zum Bedienen hinter dem Tresen erschienen –, und konzentrierte sich auf Lily, die gerade an seinen Tisch kam, um die Bestellung aufzunehmen. »Einen schönen guten Abend«, rief sie fröhlich und lächelte in die Runde. »Ich bin Lily, darf ich Ihnen unsere Speisekarte geben?« Sie reichte einen Satz Karten herum und fragte Flora dann, ob sie Malbücher und Stifte für die Kinder bringen solle.

»Danke, das ist nett!«, sagte Flora, und auch Jasmine und

Jeremy riefen ein begeistertes *Ja*, worauf sie von ihrer Großmutter getadelt wurden, die auf einem *Ja, danke* bestand.

Während die Erwachsenen die Speisekarte in Augenschein nahmen, waren die beiden Kinder mit ihren Malsachen beschäftigt.

Dann versuchte man mühsam, eine Unterhaltung in Gang zu bringen. Flora und Isaacs Vater ergingen sich in Komplimenten über das Angebot auf der Speisekarte, während Stef ihre Blicke schweifen ließ und sich erneut darüber ausließ, wie mickrig sich dieser Pub im Vergleich zu dem schicken, geräumigen *Juno* ausnahm.

»Jetzt erzähl doch mal, wie es dir so geht«, sagte sie zu Isaac. »Wir haben dich in den letzten Monaten kaum zu Gesicht bekommen. Der Job hier ist nur vorübergehend, oder? Arbeitest du eigentlich auch über Weihnachten? Auch am ersten Weihnachtstag? Da kommt doch bestimmt ohnehin keiner, da sind doch alle bei ihren Familien.« Ihr Tonfall ließ keinen Zweifel, dass auch Isaac diesen Feiertag mit seiner Familie verbringen sollte.

Es stimmte, er war seinen Eltern während der Krise im *Juno* aus dem Weg gegangen. Auch jetzt war es besser, die Frage nach Weihnachten zu beantworten. »Keine Ahnung, ob ich noch bis Weihnachten gebraucht werde. Der Besitzer des Pubs ist derzeit in der Schweiz und krankgeschrieben. Wahrscheinlich arbeite ich aber bis Januar hier.« Isaac bemerkte aus dem Augenwinkel, dass Lily, die gerade am Nachbartisch bediente, kurz innehielt und ihm einen Bick zuwarf. »Der Pub ist am ersten Weihnachtstag geöffnet und serviert auch Mittagessen.« Lilys Augen weiteten sich kurz, dann wandte sie sich wieder ihren Gästen zu.

Seine Mutter bekam feuchte Augen. »Ich hatte nur so gehofft, dass wir jetzt, wo sich die Sache mit Hayley erledigt hat, mal wieder endlich zusammen Weihnachten feiern würden.«

Isaac beschloss, nicht weiter auf die unfreundliche Erwähnung von Hayley einzugehen. Seine Mutter hatte wahrscheinlich die Nase von ihrem eigenen Leben voll. Bis zu Rays Erkrankung fünfzehn Jahren zuvor hatten sie beide einen guten Job gehabt und ein geräumiges Zuhause. Sie hatten die Farm betrieben, Ray hatte die Feldarbeit erledigt und Stef für die Arbeiter gekocht und sich um Hühner und ein paar Kühe gekümmert. Jetzt wohnten Stef und Ray in einer Sozialwohnung am Stadtrand, und das Geld reichte vorne und hinten nicht. Stef versuchte, Ray zu schonen, aber sie hatte eine Menge Ärger in sich aufgestaut. Sicher wollte sie nicht alle Welt für ihren Frust verantwortlich machen, aber bissige Kommentare kosteten eben nichts.

»Tut mir leid, Mum«, sagte er aufrichtig. »Ich werde mein Bestes versuchen, aber laut Gesetz muss jemand mit einer Schanklizenz anwesend sein.«

Bevor Stef darauf etwas erwidern konnte, war Lily am Tisch aufgetaucht.

»Kann ich die Bestellung aufnehmen?«

»Burger, Fritten und eine Banane«, platzte Jasmine sofort heraus.

Lily notierte sich das grinsend. »Ist die Banane zum Nachtisch?«

Jasmine nickte, über das ganze Gesicht strahlend. Dann nahm Lily die anderen Bestellungen auf, versprach, sofort die Getränke zu bringen, und verschwand Richtung Küche.

»Nette Bedienung«, sagte Ray. Isaac freute sich über das

Kompliment, denn sein Vater lebte zumeist völlig in sich zurückgezogen, weil seine Erkrankung alle Kräfte beanspruchte.

Isaac wandte sich an seine Mutter. »Wahrscheinlich ist das mein letztes Weihnachten im Gastgewerbe. Ich will was Neues anfangen, das mir mehr Spaß macht.« Und darauf erzählte er ihnen von den Trainingskursen, die er bereits gebucht hatte, um zukünftig mehr an der frischen Luft zu arbeiten.

Stef hörte ihm interessiert zu. »Heißt das, dass du nächstes Jahr über Weihnachten zu Hause sein wirst?«

Isaac lachte. »Wenn möglich, schon.«

Lily servierte umsichtig die Getränke, und die Kinder fielen sofort über ihre Fruchtsäfte her. Stef nippte anerkennend an ihrem Weißwein und meinte dann zu Isaac: »Jetzt musst du dich einfach nur irgendwo häuslich einrichten, und dann bekommen wir noch ein paar Enkel mehr.«

Isaac unterdrückte seinen Unmut. Er schaute vielsagend zu Jasmine und Jeremy. »Ihr habt doch schon zwei wunderbare Enkel.«

Stef warf ihnen einen liebevollen Blick zu und nahm Jasmine ihren Fruchtsaft aus der Hand. »Trink nicht alles auf einmal, sonst hast du keinen Platz mehr für deinen Burger.« Und dann zu Isaac gewandt: »Aber wir brauchen doch noch jemanden, der unseren Namen trägt und weitervererbt. Jeremy und Jasmine heißen mit Nachnamen Scrivens, wie ihr Vater.«

»Aber es gibt bestimmt viele O'Briens auf der Welt«, hielt Isaac dagegen. Er hatte für sich ein Pint bestellt, von dem er jetzt einen tiefen Schluck nahm, schließlich musste er heute Abend weder irgendwohin, noch hatte er Dienst.

»Aber nicht von unserer Familie«, beharrte Stef. Hätte sie es dabei bewenden lassen, hätte auch Isaac sich problemlos jeden weiteren Kommentars enthalten. Aber Stef konnte einfach nicht widerstehen und musste den Finger in eine Wunde legen und ein Thema aufwärmen, das in den letzten Jahren immer wieder für Meinungsverschiedenheiten gesorgt hatte. »Tja, du hast eben all die Jahre mit Hayley verbracht, da war von Kindern natürlich keine Rede bei eurem Altersunterschied.«

Lily war mit der nächsten Runde Getränke an ihren Tisch gekommen.

Vielleicht aus Verlegenheit darüber, dass sie die Bemerkung seiner Mutter mitgehört hatte, sagte er schnippisch: »Genau neun Jahre, meine nächste Partnerin wird im gebärfähigen Alter sein, versprochen.« Sofort tat es ihm leid, dass er sich nicht besser im Griff hatte, und er legte seiner Mutter lachend einen Arm um die Schulter. »Hayley hätte auch jünger sein können, und vielleicht hätten wir trotzdem keine Kinder gehabt. Das kann auch eine freie Entscheidung sein. Aber angesichts der Trennung ist es besser, dass wir keine haben.«

Sofort bemerkte er Floras überraschten und verletzten Gesichtsausdruck und verfluchte sich für seine Gedankenlosigkeit. Er musste seine Zunge wirklich besser im Zaum halten. »Ich muss nur kurz mal was nachsehen, entschuldigt mich bitte.« Er brauchte eine Verschnaufpause und ging durch den Tresen nach hinten. Er warf gerade einen Blick auf sein Handy, als Lily auftauchte.

»Hallo, ist was nicht in Ordnung?«, fragte sie überrascht, einen Stapel schmutzigen Geschirrs in der Hand.

»Ich muss gerade darüber nachdenken, wie ich mich am besten bei meiner Schwester für eine blöde Bemerkung über alleinerziehende Mütter entschuldige.«

»Sie hat tolle Kinder«, sagte Lily.

Das sah er auch so. »Flora hat alles wunderbar alleine hingekriegt, seit sie ihrem Mann den Laufpass gegeben hat, weil er in zwielichtigen Partner-Foren unterwegs war.«

»Das ist nicht schön«, sagte Lily und ging weiter Richtung Küche.

Dummerweise fiel Isaacs Blick als Nächstes auf den untätigen Andy, der mal wieder plaudernd an der Theke rumhing. Sofort hatte seine schlechte Laune ein passendes Ventil gefunden, und er trat hinter Andy und flüsterte ihm ins Ohr: »Kann ich Sie mal kurz sprechen?«

Andy folgte ihm nach hinten. Seine Miene war kampflustig und betreten zugleich. Isaac redete nicht lange um den heißen Brei herum. »Schön, dass Sie sich mit vielen unserer Gäste so gut verstehen, das ist prima fürs Geschäft. Aber Sie sollten vielleicht nicht nur reden, sondern auch bedienen. Das ist nicht Ihre Absicht, da bin ich sicher, aber im Augenblick machen andere Ihre Arbeit.«

Andy wandte sich ab, als müsste man das alles nicht allzu ernst nehmen. »Machen Sie sich keine Gedanken, junger Mann!«

»Andy!«, beorderte Isaac ihn aufs schärfste zurück, und der Angesprochene fuhr überrascht herum. Die folgenden Worte sprach er dafür ganz sanft: »Mister Tubb hat mich mit der Leitung des Pubs beauftragt.«

»Harry Tubb ist ein alter Kumpel von mir, er vertraut mir«, stammelte Andy.

»In diesem Fall wird sein Vertrauen enttäuscht«, sagte Isaac ganz bewusst.

Mit hochrotem Kopf marschierte Andy zu den Kleiderhaken, an denen das Personal seine Garderobe aufhängen konnte, und griff nach seinem Mantel. »Streichen Sie meinen Namen aus den Schichtplänen, bis Tubb zurück ist.«

»Alles klar.« Isaac sah Andy zu, wie er sich in sein Kleidungsstück zwängte, begleitete ihn noch nach draußen und ging dann zum Tresen zurück. »Andy ist nach Hause gegangen, er wird keine Schicht mehr übernehmen, bis Mister Tubb zurück ist. Kommst du mit Lily heute Abend zurecht, oder soll ich aushelfen?«, sagte er leise zu Tina. Aus dem Augenwinkel sah er Lily mit einem Teller in jeder Hand vorbeirennen.

Tina rollte mit den Augen. »Im Augenblick ist es kein Problem. Ich sag Bescheid, wenn wir am Anschlag sind.«

»Gut.« Isaac beschloss, bei Tina am folgenden Tag sanft nachzuhaken, warum sie sich nicht mit Andy auseinandergesetzt hatte. Sie wirkte zwar etwas träge, erledigte aber ansonsten ihre Arbeit. Als er sich umdrehte, sah er seine Schwester an der Tresenklappe stehen.

Er ging zu ihr hindurch und umarmte sie. »Ich bin so ein Idiot, dass ich mich von Mum derart habe provozieren lassen. Du bist eine Super-Mum, und deine Kinder sind einfach wunderbar. Ich wollte dir auf keinen Fall den Vorwurf machen, dass Jeremy und Jasmine nun ausbaden müssen, dass Billy aus eurem Leben verschwunden ist.«

Flora errötete leicht, aber sie tat seine Entschuldigung mit einer Handbewegung ab. »Ich weiß, du hast es anders gemeint. Du liebst meine Kinder.« Sie zögerte. »Ich wollte dich wegen etwas anderem sprechen. Hast du hier in der Bar Arbeit für mich? Eigentlich wollte ich mich langsam an die Frage herantasten, aber ich habe mitbekommen, was du gerade zu deiner Kollegin gesagt hast« – sie warf einen Blick auf Tina – »und wollte schon mal Interesse anmelden, bevor es ein anderer tut.«

Isaac starrte sie an. Dann zog er sie leicht beiseite, damit sie Lily nicht im Weg standen. »Aber wie soll das mit den Kindern gehen? Oder nimmt Billy sie? Oder zieht er am Ende wieder bei euch ein?« Bei der Vorstellung sank ihm das Herz. Billy hatte sich als Vater nicht gerade einen Orden verdient und Flora mit seinen Eskapaden tief verletzt.

Sie schüttelte den Kopf. »Nein, meine Freundin Willow zieht bei mir ein. Sie ist ebenfalls alleinerziehend und hat wie ich einen Jungen und ein Mädchen. Sie wird im Gästezimmer wohnen, ihr Sohn bei Jeremy im Zimmer, und das Mädchen bei Jasmine. Wir wollen uns beide einen Teilzeitjob suchen, und jeder übernimmt mal die Kinder. Wir müssen unbedingt was tun, denn Billy hat auf seine Entlassung hingearbeitet, damit er nichts für die Kinder zahlen muss, und Willows Ex ist über alle Berge. Isaac, es ist ein Albtraum. Als du bei uns gewohnt hast, hatte ich deine Miete, und so bin ich über die Runden gekommen.«

Um sie herum scherzten und lachten Gäste. Isaac starrte seine Schwester, der das alles peinlich war, entgeistert an. »Das war mir gar nicht klar, sonst hätte ich mir einen Job gesucht, bei dem nicht auch ein Zimmer dazugehört.«

Sie sah ihm entschlossen in die Augen. »Du musst für uns keine Verantwortung übernehmen. Irgendwie komme ich aus dieser Situation wieder heraus.«

Seine Abneigung gegen Billy war erneut entflammt. »Ich frage Mister Tubb morgen, sobald ich ihn erreiche«, sagte Isaac. »Brauchst du zum Überbrücken etwas Geld?«

Sie lachte. »Warum? Hast du welches?«

»Etwas«, lautete seine ehrliche Antwort. Er hatte keine Ahnung, wie viel ihm bleiben würde, wenn er seine Steuern, den

Steuerberater und seine Kurse bezahlt hatte und davon auch noch die Lebenshaltungskosten abzog. Aber etwas würde übrig sein, denn immerhin bezog er im Augenblick ein Gehalt.

Sie umarmte ihn fest. »Du bleibst mir als letzte Rettung.«

Sie kamen gerade an den Tisch zurück, als Lily das Essen servierte. Er unterstützte Flora, als diese den Eltern ihre neue Wohnsituation schilderte. Sie sei sehr zuversichtlich, es werde alles gut laufen, und das neue Arrangement sei die ideale Lösung für ihre Probleme.

Aber Stef ließ sich keinen Sand in die Augen streuen. Niedergeschlagen sagte sie: »Ach, Flora, wenn ich dir doch nur helfen könnte. Aber die Sozialhilfe reicht neben den Pflegekosten für deinen Vater …«

»Du hast genug um die Ohren«, versicherte ihr Flora. »Wenn ich wöchentlich hier im Pub ein paar Schichten übernehme, ist alles in Ordnung. Willow bezahlt außerdem ihren Teil der Miete und der Nebenkosten, das passt schon alles, Mum.«

Gleich am nächsten Morgen rief Isaac seinen Boss über Skype an. Als er auf dem Bildschirm erschien, sagte Tubb sofort: »Andy hat mir schon alles getextet.«

Isaac war nicht weiter verwundert. Wenn es stimmte und Andy wirklich ein Kumpel von Tubb war, war es eine naheliegende Strategie, in die Offensive zu gehen. Isaac schilderte Tubb die Probleme mit dem älteren Kollegen aus seiner Sicht. Würde sein Boss ihm Glauben schenken? Der kannte Andy viel länger als ihn.

Tubb lächelte kühl. »Ich habe Tina angerufen, und sie hat bestätigt, dass Andy sich nicht überarbeitet.«

Isaac nickte. Es gefiel ihm, dass Tubb noch jemand anderen

hinzugezogen hatte. »Er möchte keine Schichten mehr übernehmen, bis Sie zurückgekehrt sind.«

Tubb runzelte beunruhigt die Stirn. »Finden Sie bis Neujahr denn Ersatz für ihn? Lily kommt im Dezember hierher in die Schweiz, sie wird zehn Tage abwesend sein, was bedeutet, dass sie für drei oder vier Schichten ausfällt. Ich könnte mir Andy vorknöpfen, aber Sie müssen mit ihm arbeiten, nicht ich.«

»Er hat mir unmissverständlich klargemacht, dass er nicht mit mir zusammenarbeiten will. Aber jemand hat mir angeboten, Schichten zu übernehmen«, sagte Isaac zögerlich. »Meine Schwester Flora. Sie hat in Uni-Zeiten mal in der Studentenbar gejobbt, das ist alles, aber sie ist flink und freundlich und kann arbeiten.«

Tubbs Blick wurde schärfer. »Ihr ist klar, dass die Bezahlung bescheiden ist?«

»Darüber habe ich noch nicht mit ihr gesprochen.« Er schilderte Tubb kurz Floras Lage. »Sie braucht einfach genügend Stunden, damit sie sich finanziell über Wasser halten kann«, sagte er am Ende und war wieder stinkewütend auf Schwager Billy.

Tubb ließ sich nach hinten gegen die Stuhllehne fallen. »Meinetwegen. Ihr Stundenlohn soll fünfzig Cent über dem gesetzlichen Mindestlohn liegen. Aber ich kann nicht versprechen, dass sie auch im neuen Jahr zwei Schichten pro Woche übernehmen kann. Januar ist eine ziemlich tote Zeit.«

Isaac murmelte Dankesworte, hatte aber noch etwas auf dem Herzen. »Aber wenn Andy nach Ihrer Rückkehr seinen Job wiederhaben will, was passiert dann mit Flora?«

Tubb lächelte noch unterkühlter als zuvor. »Ich glaube nicht, dass wir ihn noch mal auf unsere Seite des Tresens einladen.«

»Dann sag ich Flora, dass sie den Job hat«, sagte Isaac. »Haben Sie schon eine Idee, wie lange Sie mich hier noch brauchen?«

»Janice möchte Weihnachten in der Schweiz verbringen, und Ona wird ihr Baby irgendwann in der zweiten Dezemberhälfte bekommen. Außerdem wohnt jetzt auch mein Bruder Garrick hier, mit dem habe ich seit Jahren nicht mehr Weihnachten gefeiert.« Tubbs Blick war erwartungsvoll und herausfordernd zugleich.

Isaac überlegte kurz und dachte an den Wunsch seiner Mutter zurück, ihn über Weihnachten bei sich zu Hause zu haben. Das Leben war einfach nicht fair. »Soll ich den Pub am ersten Weihnachtstag geöffnet halten?«

Offenbar hatte er halbherzig geklungen, denn Tubb seufzte. »Sagen wir es so, wenn es nicht geht, werden die Leute, die dann normalerweise zum Lunch kommen, schwer enttäuscht sein. Ich kann den Laden nicht übernehmen, bis mir der Arzt grünes Licht gibt. Meine Freundin macht mir sonst die Hölle heiß.« Das Wort »Freundin« hatte bei ihm eine verschämte Note, und Isaac musste sich ein Lächeln verkneifen. Er hatte von den Kollegen erfahren, dass Tubb und Janice jahrelang Seite an Seite gearbeitet und sich plötzlich im Vorjahr über die Weihnachtstage ineinander verliebt hatten. Tubb, seit Jahren geschieden, war sofort Feuer und Flamme gewesen. Tubb räusperte sich. »Ich dachte, Sie wollten ursprünglich bis Januar zur Verfügung stehen.«

Isaac nickte. »Das stimmt auch. Es geht um meine Eltern.« Er schilderte die Krankheit seines Vaters und die Notlage seiner Mutter.

»Verstanden.« Tubbs Finger spielten mit einem Kugelschreiber. »Ihre Familie ist zum Weihnachtslunch eingeladen, vielleicht hilft Ihnen das ja weiter.« Er warf einen Blick auf seine Uhr. »Lassen Sie sich von Lily alles über diesen Lunch erzählen, sie war im letzten Jahr mit von der Partie. Sie werden dann auch verstehen, warum ich den Pub nicht zumachen möchte, für manche Leute ist er die einzige Anlaufstelle.«

»Das mache ich.« Isaac würde für den Feiertag eine ordentliche Extrazulage bekommen und seine Eltern, Flora und ihre Kinder sich hoffentlich wohlfühlen.

Nach dem Telefonat mit Tubb rief Isaac sofort Flora an und erzählte ihr von ihrem neuen Job. Flora freute sich riesig und bedankte sich überschwänglich. Anschließend suchte er im Internet nach einem günstigen Angebot für Daunenjacken als Geschenk für seine Eltern. Beide hatten am Abend zuvor in ihren Mänteln einen verfrorenen Eindruck gemacht, und es stand, soweit man wusste, ein harter Winter bevor.

Als hätte jemand seine Gedanken gelesen, flashte auf seinem Handy die aktuelle Wettermeldung auf: England stehe eine Kältewelle bevor.

Er entschied sich für ein Angebot. Und waren die gelegentlichen Launen seiner Mutter im Vergleich zu Lilys prekärer Familiensituation nicht ein Kinderspiel?

Siebtes Kapitel

»Hast du heute Abend frei? Oder kannst du deine Schicht mit jemandem tauschen?«, tönte Zinnias Stimme fröhlich und aufgeregt durchs Telefon.

Es war Freitag, kurz nach dem Mittagessen, und Lily saß vor ihrem Laptop und arbeitete bei einem großen Becher Kaffee und zu den Klängen von *Paramore* an den Reiseplänen für die Schweiz.

Seit dem Streit auf dem Parkplatz am Montag hatte sie nichts mehr von ihrer Schwester gehört. Lily ging es nahe, dass ihr Bedürfnis, die andere Hälfte ihrer Familie kennenzulernen, für Zerwürfnis sorgte. Trotzdem hatte sie nichts unternommen, um den Konflikt mit Zinnia beizulegen. Sie hatte ein schlechtes Gewissen, aber sie fühlte sich auch verletzt.

»Stell dir vor, heute Abend habe ich tatsächlich frei«, sagte sie, um einen neutralen, beiläufigen Tonfall bemüht.

»Toll!« Zinnia klang hoch erfreut. »Schon was von diesem neuen Club in Bettsbrough gehört, *Ballarat*? Über einen Bekannten aus dem Marketing komme ich an Tickets für die Eröffnungsparty heute Abend ran. Fotos davon werden auf alle einschlägigen Webseiten gestellt. Der Club ist superelegant, den können wir uns später sicher nicht mehr leisten.«

Lily zögerte. »Und was ist mit George?«

»Nein, ich will mit dir dahin«, drängelte Zinnia. »Komm schon, ein Abend unter Schwestern! Tut mir leid, dass ich in letzter Zeit nicht nett war. Ich verspreche dir, heute Abend kein einziges Mal das Thema Familie in den Mund zu nehmen. Übrigens, Bettsbrough liegt doch um die Ecke von dir, ich könnte bei dir übernachten. Vor der Party essen wir im Pub und nehmen dann ein Taxi ins *Ballarat.*«

»Warum heißt der Club eigentlich *Ballarat?*« Lily wollte Zeit gewinnen, sie überlegte, ob Zinnia wirklich nicht wieder mit dem Thema Familie anfangen würde oder sie bedrängen, damit sie Dorf und Pub den Rücken kehrte.

»So heißt der Ort in Australien, aus dem die Besitzerin stammt«, antwortete Zinnia ungeduldig. »Bitte sag ja, Lily, du bist eingeladen.«

Das sagte sie in einem so flehenden Tonfall, dass Lily nicht anders konnte, als das Angebot anzunehmen, vielleicht war es ja wirklich eine Chance, um wieder miteinander klarzukommen.

»Okay, klingt gut«, sagte sie.

Zinnia jubelte laut. »Wir brezeln uns so richtig auf, wann soll ich bei dir sein?«

Sie vereinbarten eine Uhrzeit, und danach verbrachte Lily den Rest des Nachmittags damit, die Reiseroute durch England und Frankreich auszuarbeiten, die besten Motels für die Hin- und Rückfahrt herauszusuchen und für Eddie, Warwick und Alfie einen Reisekostenvoranschlag zu erstellen, über den die beiden dann mit ihren Eltern reden konnten. Die Reisekosten und die Unterbringung wurden von BCF übernommen, für die Verpflegung waren aber die *Middletones* selbst zuständig, und die Schweiz war ein teures Pflaster. Weil auch Studenten vom College mit von der Partie waren, stellte ihnen die Schule den Minibus mit zwölf Sitzen gegen eine Pauschale zur Verfügung, die teure Versicherung musste aber von den Teilnehmern entrichtet werden.

In etwas mehr als zwei Wochen würde es losgehen! Lily bekam Reisefieber, wenn sie nur daran dachte, und sie stellte sich im Geiste bereits Weihnachtsmärkte und Umzüge vor, und vor allem viel, viel Schnee. Hoffentlich. Sie rief die Wettervorhersage für Schützenberg auf. Der Ort lag tausend Meter über dem Meeresspiegel, aber keine Spur von Schnee, wenigstens im Augenblick. In ihrer Phantasie war Schweizer Winterlandschaft undenkbar ohne Massen von glitzerndem Schnee, genau wie auf Adventskalendern, wo sich hinter den Fenstern der Chalets Schokolade verbarg.

Sie war so in ihre Arbeit vertieft, dass ihr gerade noch Zeit für eine schnelle Dusche blieb, und sie sich, als Zinnia klopfte, gerade eilig die Haare trocknete. Zinnia hatte eine Tasche für die geplante Übernachtung dabei und strahlte übers ganze Gesicht. Sie umarmte Lily fest. »Wie schön! Ich bin so froh, dass du mitkommst. Soll ich dir dein Haar fertig trocknen?«

Zinnia war offenbar fest entschlossen, ihre schwesterliche Liebe zu beweisen, und so überließ Lily ihr den Föhn und brüllte gegen den Lärm an, während sie Zinnia über die Details der Schweizreise informierte. Anschließend zogen sie vor dem Spiegel beim Schminken gemeinsam Grimassen, und Lily fühlte sich an die Zeiten erinnert, als sie noch beide zu Hause wohnten und noch öfter zusammen ausgegangen waren. Sie mochte dieses erwartungsvolle Kribbeln.

Zinnia zog ein leuchtend pinkfarbenes Glitzerkleid aus ihrer Tasche, figurbetont, einärmelig und superkurz. »Dadaaa!«

»Wow, du hast das mit dem Aufbrezeln ernst gemeint!«, sagte Lily und ließ das leicht raue, verführerische Material durch die Finger gleiten.

»Und was ziehst du an?«, fragte Zinnia, und schon riss sie Lilys Kleiderschrank auf. »Wie wär's damit? Das sieht doch geil aus.«

Zinnia hielt ein tiefblaues kurzes Paillettenkleid hoch, und Lily fasste sich an die Brust und musste lachen. »Das hatte ich seit den Partynächten in der Bar *Barcelona* nicht mehr an. Viel zu kurz.«

»Und damit genau das Richtige für heute Abend.« Zinnia legte das Kleid auf dem Bett ab.

In ihrem Schrank gab es kein Kleidungsstück, das auch nur annähernd an Zinnias sexy Outfit heranreichte, also entschied sich Lily für das blaue Kleid, und Zinnia half ihr mit dem Reißverschluss. Die blauen Pailletten betonten ihre Kurven. Sie schlüpfte in ein Paar schwarze Pumps. »Na ja«, sagte sie skeptisch beim Blick in den Spiegel. Es war kurz und brachte ihre Beine zur Geltung, daran gab es nichts zu rütteln. Aber das Kleid stand ihr super. »Es ist wirklich sehr knapp.«

Zinnia zwängte sich in ihr Kleid, nicht ganz so kurz wie das von Lily, aber ebenso eng anliegend.

»Du sieht einfach umwerfend aus«, sagte sie bewundernd. »Das Kleid muss einfach sein, immerhin ist es die Eröffnung von einem schicken, superteuren Club. Auf geht's!«

Bevor Lily sich doch noch anders entscheiden konnte, schnappte Zinnia sich ihre Umhängetasche für den Abend, gerade groß genug fürs Handy und ein paar Kreditkarten. »Komm, lass uns gehen, bevor wir im Pub nichts mehr zu essen kriegen. Meinst du, Carola fährt uns vielleicht zum Club, damit wir mit unseren hohen Absätzen nicht über unsere eigenen Füße fallen?«

Carola bot sich sofort an, sie hatte für den Abend kein Treffen mit Owen geplant und freute sich auf einen Besuch im Pub. Und bald darauf standen die drei mit Weingläsern am Tresen, wo an diesem Abend Vita und Isaac Schicht hatten. Ein weiterer Gast, Alexia, die, soweit Lily wusste, irgendetwas mit dem örtlichen Café zu tun hatte, in dem Carola arbeitete, zog diese in ein Gespräch.

Sie passte mit ihrem schicken Outfit nicht unbedingt in die bodenständige Atmosphäre von *The Three Fishes*, das war ihr bewusst. Trotzdem zog sie ihren Mantel aus und hängte ihn über die Lehne des Barhockers, sonst wäre sie vor Hitze eingegangen. Isaac fielen fast die Augen aus dem Kopf, und er unterbrach sofort seine Arbeit an der Bar. »Schick angezogen heute Abend.«

Sie wurde rot und erzählte ihm von den weiteren Plänen für die Nacht. Aber vorher wollten sie noch etwas essen, »falls du noch einen Tisch für uns hast«, ergänzte sie.

»Kein Problem, gib mir nur ein paar Minuten. Flora fängt heute Abend neu an und regelt gerade noch Papierkram mit Tina. Aber ich werde sie bitten, einen Tisch für euch einzudecken, sobald sie damit fertig ist.«

»Super, danke«, sagte Lily und nippte an ihrem Wein. Sie hätte gerne angeboten, beim Abräumen und Eindecken zu helfen, aber in diesem Aufzug erschien ihr das unpassend.

Sobald Isaac sich abgewandt hatte, rückte Zinnia näher an sie heran und fragte flüsternd: »Und, gibt es Fortschritte bei diesem heißen Typen?«

»Still«, zischte Lily ihr zu, aber sobald Isaac außer Hörweite war, antwortete sie flüsternd: »Er will nicht lange hierbleiben.«

»Na, umso besser«, sagte Zinnia grinsend und hob vielsagend die Augenbrauen. »Vielleicht eine kleine Weihnachtsaffäre?«

Lily knuffte ihre Schwester scherzhaft in die Seite. »Benimm dich.« Aber ihr Herz machte einen kleinen Sprung, und das lag bestimmt nicht nur an dem tollen Abend mit ihrer Schwester. Plötzlich war sie bester Laune. Wenn zwischen ihnen beiden wieder alles gut war, gab es vielleicht doch noch eine andere Möglichkeit, als nach der Rückkehr aus der Schweiz im Pub zu kündigen. Sie umarmte Zinnia spontan. »Ich hab dich lieb.«

Zinnia erwiderte die Umarmung und die schwesterliche Liebeserklärung. Sie verstanden einander auch ohne große Worte der Entschuldigung.

Flora tauchte aus dem hinteren Raum auf und warf Lily ein rasches Lächeln zu, aber dann musste sie sofort los, um sich von Tina zeigen zu lassen, wie man einen Tisch eindeckte. Was gar nicht schwierig war, stellte sie fest. Abwischen, die Plattmenage ordnen, das in schwarze Servietten eingerollte Besteck auflegen und frische Gläser dazustellen.

Heute Abend waren viele Dorfbewohner im Pub, darunter eine Gruppe von Männern, die vor der Dartscheibe grölten und scherzten, das Glas Bier in einer Hand, während sie mit der anderen ihre Dartpfeile warfen. Vita und Isaac hatten unterdessen hinterm Tresen alle Hände voll zu tun.

Lily und Zinnia plauderten bald mit anderen Gästen an der Bar. Lily fühlte sich in ihrem Outfit zwar fehl am Platz, aber es hätte ihr nichts ausgemacht, wenn Zinnia sich das *Ballarat* für den heutigen Abend aus dem Kopf geschlagen hätte.

Die Weihnachtsbeleuchtung sorgte für eine heimelige Atmosphäre, und es herrschte fröhliche Stimmung.

Mit einem Mal betrat eine Frau den Pub und ließ ihre Blicke über die laute Menge schweifen. Lily vergaß vor lauter Verblüffung, ihr Weinglas an die Lippen zu setzen. Die Frau war unverkennbar Hayley, diesmal in einem engen schwarzen Kleid mit Stehkragen unter dem offenen Mantel. Teure, exklusive Markenkleidung, das sah man auf den ersten Blick. Mit einem Mal kam Lily sich in ihrem Paillettenkleid ordinär vor. Sie sah zu, wie Hayley sich einen Weg zum Tresen bahnte.

»Hallo Isaac«, grüßte Hayley laut, damit er sie bei all dem Krach hörte.

Isaac sah auf. Währenddessen goss er weiter Tonic in einen Mixer, in dem sich bereits Eis, Limette und Gin befanden, bereitete den Drink fertig zu und schenkte dann eisgekühlten Chardonnay in ein Glas. »Hallo«, erwiderte er in neutralem Tonfall. Und dann zu einem Gast, dem er die zwei Getränke hinstellte: »Das macht 8 Pfund 90.« Er nahm eine Zehnpfundnote entgegen und ging damit zur Kasse.

Tina lächelte Hayley an. »Kann ich Ihnen weiterhelfen?«

Hayley erwiderte ihr Lächeln und antwortete: »Ich warte auf Isaac.«

Tina nickte und wandte sich einem anderen Gast zu.

Nachdem er dem Gast das Wechselgeld ausgezahlt hatte, fragte er Hayley neutral: »Was möchtest du trinken?«

»Könnten wir vielleicht kurz miteinander reden …?«

Isaac lehnte sich über den Tresen, um Hayley unter vier Augen eine Antwort zu geben, aber Lily stand trotzdem so nah, dass sie mithören konnte: »Ich kann dir einen Drink anbieten, aber für einen Plausch habe ich keine Zeit.«

Hayleys Lächeln war unerschütterlich. »Ich verstehe. Dann nehme ich ein Tonic mit Eis und Limette und warte, bis du einen Moment Zeit für mich hast.«

Isaac nickte zwar, aber Lily sah ihm an, dass er alles andere als erfreut war. Er fertigte Hayley rasch ab und bediente den nächsten Gast.

Hayley drehte sich um und erblickte Lily in ihrem Paillettenkleid. Ihre Augenbrauen wanderten augenblicklich nach oben, aber Lily war sich nicht sicher, ob das als Kompliment gemeint war. »Hallo, wir kennen uns«, sagte sie zögernd.

»Ach, hallo«, rief jetzt auch Hayley. »Sie sehen aber schick aus.«

Lily fühlte sich nicht länger schick, sondern aufgedonnert. »Heute Abend wird das *Ballarat* in Bettsbrough eröffnet.«

»Und Sie haben Tickets bekommen? Nicht schlecht.« Hayleys perfekt geschminkte Lippen verzogen sich zu einem Lächeln.

Wieder konnte Lily nicht entscheiden, ob das aufrichtig war oder herablassend, aber sie stellte Hayley Zinnia vor.

Flora kam durch die Öffnung im Tresen geeilt, nahm vier Weingläser vom Regal und registrierte dann erstaunt Hayley. »Was in aller Welt machst du denn hier?«

Hayley lächelte. »Das könnte ich dich ebenso fragen. Arbeitest du jetzt hier? Wie schön …«

»Tut mir leid«, sagte Flora und setzte sich auch sofort wieder in Bewegung. »Heute Abend ist viel los. Euer Tisch ist fertig, Lily, ihr könnt Platz nehmen, ich bringe sofort die Speisekarte.«

»Danke dir.« Lily nahm ihren Mantel von der Hockerlehne und war erleichtert, dass die Unterhaltung mit Hayley damit beendet war. Diese Frau war so glatt und aufgetakelt, so selbstsicher. Lily kam sich neben ihr vor wie eine graue Maus.

Genau in diesem Augenblick klingelte Zinnias Handy, und sie fischte es aus ihrem Täschchen. »Hallo George.«

Zinnia blieb wie angewurzelt stehen, und Lily wollte gerade auch den Mantel ihrer Schwester nehmen und zum Tisch gehen, als sie Zinnia entsetzt schreien hörte: »Oh, nein, wie? Geht es dir denn wenigstens gut? Das darf nicht wahr sein.«

Lily spitzte alarmiert die Ohren.

Zinnia redete weiter in ihr Handy, während sie Lily den Mantel vom Arm zog und sich hineinzwängte. »Natürlich komme ich auf der Stelle nach Hause. Ich muss nur noch bei Lily mein Auto holen.« Mit Tränen in den Augen zog sich Zinnia endgültig ihren Mantel an. »Das war George. In unserer Küche hat es gebrannt, die Feuerwehr ist gerade da. Alles ist ruiniert.«

»Wie furchtbar«, sagte Lily erschrocken. »Ist George okay?«

»Ja, aber denk nur, Lily, unsere schöne neue Küche! Die ist noch nicht einmal ganz abbezahlt. Ich muss sofort los. Ich kann jetzt unmöglich tanzen gehen und alles ihm überlassen.« Sie schüttete ihren Wein in Lilys Glas.

»Soll ich mitkommen? Kann ich irgendwie helfen?« Aber Zinnia hatte sich bereits auf dem Absatz umgedreht und bahnte sich mit einem zerstreuten Abschiedswinken einen Weg durch die dichte Menge.

Lily schilderte Flora die Lage, als sie das nächste Mal auftauchte. »Ich nehme jetzt doch keinen Tisch, ich esse meine Fisch und Chips hier an der Bar.« Im Essbereich war mittlerweile viel los, am Tresen war es ruhiger. Sie erklärte Flora, wie sie die Bestellung in die Kasse eingeben musste, lächelte

Hayley kurz an, die immer noch herumstand, und setzte sich auf einen der freien Plätze an einem kleinen Tisch nahe der Tresenmitte. Zu ihrer Verblüffung gesellte Hayley sich zu ihr.

»Warum soll ich es mir nicht bequem machen, während ich auf Isaac warte«, sagte sie. »Wie geht es ihm so? Er macht den Eindruck, als hätte er sich gut eingelebt.«

»Ja, doch.« Lily wünschte sich, ihr Essen würde kommen.

Hayley zögerte, offenbar legte sie sich ihre Worte zurecht. »Wirkt er froh und ausgeglichen? Wahrscheinlich hat er Ihnen von unserer Trennung erzählt.«

Lily hatte überhaupt keine Lust, in ein Gespräch über ihren Vorgesetzten verwickelt zu werden. Vielleicht hoffte Hayley auch nur auf einen Hinweis, dass Isaac sich nach ihr sehnte. Lily nahm einen Schluck von ihrem Wein. »Isaac scheint es wirklich gut zu gehen. Ich würde mir an Ihrer Stelle keine Gedanken machen.« Hatte das jetzt nicht etwas zu vertraulich geklungen, fragte sie sich sofort, so gut kannte sie Isaac doch gar nicht. Aber was fiel Hayley eigentlich ein, sich bei jemandem vom Personal nach Isaacs Befinden zu erkundigen?

Flora, die gerade mit den Fisch und Chips ankam, rettete sie aus ihrer Lage. »Isaac geht es super. Natürlich hat er Doggo vermisst … aber jetzt hat er ihn ja wieder.«

»Natürlich«, sagte Hayley und lächelte gequält.

Der erste Schock traf Isaac an diesem Abend, als die beiden Schwestern ihre Mäntel abgelegt hatten und er ihr sexy Outfit sah. Die Dunkelhaarige superattraktiv in ihrem leuchtenden Pink, Lily unwiderstehlich sexy in ihrem eng anliegenden Paillettendress. Er konnte seine Augen nicht von Lilys tollen Beinen und Kurven lassen. Eigentlich stand er auf dunkelhaarige

Frauen vom Typ Hayley, aber Lilys Lächeln war einfach zum Dahinschmelzen. Sie trug ihr blondes Haar zum ersten Mal in seiner Gegenwart offen, und es fiel sanft und schmeichelnd über ihre Brüste …

Er rief sich innerlich zur Ordnung, an der Bar war die Hölle los und Flora noch nicht eingearbeitet. Er hatte sie absichtlich in Tinas Obhut gegeben, um zu demonstrieren, dass sie keine Privilegien genoss, nur weil sie die Schwester des Managers war.

Der zweite Schock traf ihn, als Hayley ihn ansprach. Er war im ersten Augenblick verärgert und hätte sie gerne gefragt, was sie schon wieder hier wollte. Jetzt musste sie eben warten, bis er Zeit für sie hatte. Und das konnte noch eine Weile dauern.

Als er nach einer Stunde sah, dass sie sich mit Lily unterhielt, war er leicht beunruhigt, ohne genau zu wissen warum. Vielleicht lag es an Lilys Körpersprache, die alles andere als entspannt wirkte.

Tina bediente und hatte nebenbei ein Auge auf Flora. Die Lage hatte sich ein wenig beruhigt. Deshalb ging er, sobald Lily ihr Essen bekommen hatte, zu ihrem Tisch und berührte Hayley leicht am Arm.

»Kommst du?« Er nahm ihr Glas und führte sie zu einem kleinen Tisch in einer Ecke des Gastraums. Für sich selbst nahm er kein Getränk mit, er wollte nicht den Eindruck erwecken, dass es sich um eine private Unterredung handelte.

Hayley setzte sich ihm gegenüber und lächelte. »Wie geht es dir?«

»Viel los«, antwortete er knapp. »Was kann ich für dich tun?«

Ihr Lächeln wurde noch breiter. »Ich hatte gehofft, Doggo zu sehen.«

Isaac spürte Wut in sich aufsteigen. Er lehnte sich vor und sprach so leise, dass nur Hayley ihn hören konnte. »Glaubst du im Ernst, du kannst hier einfach auftauchen, und ich lasse sofort alles stehen und liegen und führe dich nach oben in mein Zimmer, damit du Doggo begrüßen kannst?«

Ihr Lächeln fror ein. »Es war ein spontaner Einfall.«

»Eigentlich untypisch für dich, einen freien Abend zu opfern, um hierherzukommen, und noch untypischer ist deine Erwartung, dass ich sofort meine Arbeit einstelle. Was bringt dich dazu?«

Ihr Lächeln löste sich auf, und sie reckte ihr Kinn. »Und was meinst du?« Sie klang leicht verletzt.

Er kannte sie gut genug, um zu wissen, dass ihr Tonfall nichts mit Sehnsucht nach ihm zu tun hatte. »Soll ich dir's sagen? Ich bin der Grund.« Sie wollte ihn unterbrechen, aber er hob die Hand. »Damit meine ich nicht, dass du die Trennung bereust. Ich bin überzeugt, dass du in deinen Augen die einzig richtige Entscheidung getroffen hast. Es geht um das, was ich für dich repräsentiere. Nämlich Scheitern.«

Hayley runzelte entgeistert die Stirn, aber sie ließ sich nicht aus der Reserve locken, indem sie mit Fragen konterte, sondern stützte ihr Kinn in die Hände und wartete ab.

»Die *Juno*-Pleite war in deinen Augen ein Scheitern. Aber es hat auch dich innerlich ins Schlittern gebracht«, fuhr er ungeachtet ihres erschrockenen Blicks fort. »Dir ist klargeworden, dass du mich im Stich gelassen hast, du warst die Ratte auf dem sinkenden Schiff. Und mit deiner freundlichen Empfehlung an Mister Tubb, der gerade nach jemandem suchte, wolltest du dich rückversichern, dass du trotzdem ein guter Mensch bist. Und jetzt tauchst du immer wieder hier auf, um dich zu vergewissern, dass es mir hier gut geht und du alles richtig gemacht hast. Du hast ein neues Heim für mich gefunden, genau wie für Doggo.«

Hayley saß mucksmäuschenstill da, aber sie war blass geworden, das Rot ihres Lippenstifts wirkte grell.

»Wenn es dir wirklich um Doggo geht«, sagte Isaac in dem gleichen sanften Tonfall, »dann ruf vorher an, und wir machen einen Termin aus. Ein hektischer Freitagabend ist da übrigens keine gute Idee.«

»Du klingst verbittert. Ich hatte gehofft, wir würden Freunde bleiben«, sagte sie heiser.

Er dachte über ihre Worte nach. »Kann sein, dass ich verbittert bin, aber ich erwarte von Freunden, dass sie mich nicht im Stich lassen. Und von meiner Lebenspartnerin erwarte ich mehr, als dass sie mir an den Kopf wirft, meine Anziehungskraft liege im Erfolg, und Schluss macht, sobald es damit vorbei ist.« Sie zuckte sichtbar zusammen.

»Tut mir leid, dass ich bei dir diesen Eindruck hinterlassen habe«, flüsterte sie. Sichtbar aufgewühlt ordnete sie ihr Haar, eine unnötige Geste, denn es war wie immer perfekt gestylt. »Du warst immer so ein freundlicher Mensch, Isaac.« Sie unterbrach sich.

Als sie nichts mehr hinzufügte, stand er auf und sagte verbindlich: »Ich möchte unsere Beziehung sicher nicht unnötig vergiften, aber ich muss jetzt wirklich wieder an die Arbeit. Schreib mir das nächste Mal einfach eine kurze Nachricht, wenn du Doggo sehen möchtest. Wenn du magst, kannst du ihn ausführen.«

Er wollte sie nicht in seinem Privatbereich haben. Er verabschiedete sich und ging wieder hinter den Tresen zurück, wo Carola mit einem Geldschein wedelte, weil sie bezahlen wollte.

Danach wandte er sich nacheinander anderen Gästen zu, behielt den Betrieb an der Bar im Auge, bat Flora, die Tische abzuräumen und neu einzudecken, und erklärte einer Gruppe bedauernd, die Küche werde bald schließen, und sie sollten sich mit ihren Dessertbestellungen bitte beeilen. Aus dem Augenwinkel sah er, wie Hayley langsam ihr Glas leerte und den Kopf schüttelte, als Flora sie etwas fragte.

Lily hatte ihre Mahlzeit beendet, gesellte sich zu einer Gruppe in der Nähe der Tür und kam dann wieder in seine Nähe. Er konnte nicht anders, sein Blick blieb an ihrem perfekt gerundeten Hintern hängen. Natürlich musste Hayley ausgerechnet in diesem Augenblick den Gastraum durchqueren und in ihren Mantel schlüpfen.

Sie hatte seine Blicke Richtung Lily mitbekommen und war sofort wieder ganz die Alte, kühl und arrogant. Ihre Augen wanderten zwischen ihm und Lily hin und her, als wollte sie sagen, ach, Isaac, ist das dein Ernst? Mit einer deiner jüngeren Mitarbeiterinnen? Dann drehte sie sich auf dem Absatz um und verließ mit wehendem Mantel den Pub.

Falls sie ihn hatte ärgern wollen, war ihr das gelungen. Am liebsten hätte er sich mit Lily verabredet, nur um ihr eins auszuwischen … na ja, unter anderem.

Er rollte innerlich die Augen über sich selbst und wandte sich wieder dem Barbetrieb zu, dort war es mittlerweile ruhiger geworden. Mit Kolleginnen etwas anzufangen, war einfach keine gute Idee, rief er sich zur Ordnung, das sorgte für Verstimmung und Neid. Sich auf nichts und niemanden einzulassen, war bislang immer seine goldene Regel gewesen, bei seinem Job im Kasino und auch als Pächter im *Juno*. Dort hatten etliche Studentinnen für ihn gearbeitet, viele Jahre jünger als er und von ihren Jobs abhängig, auch wenn manche von ihnen ganz großspurig taten. Eine Achtzehnjährige hatte ihn einmal mit dem zweifelhaften Kompliment bedacht, er sei als Boss ganz schön sexy. Wirklich besser, man hielt sich von jeglichen Affären im Arbeitsleben fern.

Und jetzt musste Lily ausgerechnet in diesem Kleid auftauchen, das ihre Körperrundungen so richtig zur Geltung brachte. Lily war etwas über dreißig, also in seinem Alter, und hatte, obwohl sie zu den Jüngeren in seinem Team gehörte, ihren eigenen Kopf, wenigstens in diesem Punkt war er sich sicher. Wenn man bei den paar Leuten in *The Three Fishes* von einem Team reden konnte.

Aber sie waren nun mal Kollegen.

Vielleicht nicht bis in alle Ewigkeit, ja, wenn man's recht bedachte, für eigentlich gar nicht mehr lange.

Lily stand an den Tresen gelehnt und plauderte mit Gästen und ihren Kolleginnen. Ihre Pumps hatte sie abgestreift und ordentlich über die Fußstange aus Messing gehängt. Ein Weinglas in der Hand, das Haar offen, lachte sie über einen Witz von einem der Männer aus der Autowerkstatt. Ihre direkte Art, die Leute in ihrer Umgebung anzusehen, erinnerte ihn an Kate Winslet. Isaac sah, dass ein paar Männer sich aus der Dartgruppe lösten und sich in die Unterhaltung einmischten, und bald brachen alle um Lily in Gelächter aus. Sie bemerkte, dass er sie ansah, und warf ihm einen langen Blick zu, den er nicht entschlüsseln konnte.

Isaac seufzte innerlich, ging nach hinten und weiter in die Küche, um dort die Hygiene zu begutachten, außerdem wollte er den Küchenchef fragen, wie der Abend für ihn gelaufen war. Der Chef war ein Hüne mit einer braunen Mähne und hieß Brian, obwohl ihn niemand so nannte. In der Küche hatten sie in der letzten Zeit viel um die Ohren gehabt, und Isaac rechnete damit, dass der Chef für die Freitags- und Samstagabendschichten bis nach Neujahr um eine Extra-Küchenhilfe bitten würde.

Der Küchenchef war wie fast alle Vertreter seiner Zunft, denen Isaac bislang begegnet war, in seinem Reich der König, immer in Aktion und immer grantig. Als Isaac eintrat, stopfte er gerade seine weiße Arbeitskleidung in einen Wäschesack. Der Rest des Küchenpersonals war bereits nach Hause gegangen. Auf Isaacs Frage ließ der Chef den Blick durch seine auf Hochglanz polierte Küche schweifen und brummelte: »Ganz gut.« Dann zog er sich den Mantel über und stapfte Richtung Hintertür. Er würde den Mund aufmachen, wenn er Hilfe benötigte, dachte Isaac bei sich.

Ein Blick auf die Uhr. Zeit, den Laden für heute zu schließen und Kasse zu machen. Er blickte auf und bemerkte Lily. Sie stand fast vor ihm und blickte ihn verunsichert an. Ihre Füße steckten wieder in Pumps. Das Haar glänzte im Licht mit den Pailletten um die Wette.

»Und geht's jetzt weiter in die Disco?« Er fragte sich, warum sie hier hinten war und nicht vorne am Tresen bei Freunden und Bekannten.

Sie verzog das Gesicht. »Der Termin ist geplatzt. Zinnia ist nach Hause gerast, weil sie in ihrer Küche einen Brand hatte. Offenbar war eine defekte Dunstabzugshaube die Ursache. Sie hat mir getextet, dass man den Brand gelöscht hat und niemand zu Schaden gekommen ist, aber der Sachschaden ist groß. Unter anderem schließt die Hintertür zum Garten nicht mehr, und ihr Freund sucht gerade nach Mitteln und Wegen, um sie irgendwie zu reparieren.«

Er hatte gar nicht mitbekommen, dass Zinnia das Lokal verlassen hatte. »Wahrscheinlich ist jetzt alles ein ziemliches Chaos.« Er wollte an ihr vorbei und zurück an die Bar.

»Hmmm ...«, begann sie und knetete ihre Hände. »Ich wollte dir noch was sagen.«

Er blieb stehen. »Nur zu.«

Sie warf einen Blick hinter sich, als wollte sie sich vergewissern, dass sie unter vier Augen waren. Ihre Wangen waren gerötet, wahrscheinlich vom Wein. »Also, Hayley hat sich nach dir erkundigt. Das war mir nicht ganz recht, und ich war mit meinen Antworten zwar zurückhaltend, aber vielleicht kam es doch so raus, als würden wir uns recht gut kennen. Vielleicht war sie da, um eurer Beziehung eine zweite Chance zu geben, fiel mir hinterher ein. In diesem Fall hätte ich anders antworten sollen.«

»Mach dir keine Gedanken.« Wofür entschuldigte sich Lily da eigentlich? Hatte der Wein ihr die Zunge gelockert? Oder hoffte er nur auf Nähe und Offenheit, weil sie so hinreißend aussah? »Hayley war heute Abend tatsächlich ein wenig merkwürdig, aber ich glaube nicht, dass sie auf einen Neuanfang hofft. Sie ist auch nicht der Typ für Nostalgie oder Bedauern und gesteht Fehler nicht gerne ein, nicht einmal vor sich selbst.«

Lilys Nasenrücken bekam ein paar leichte Runzeln, genau an der Stelle mit den Sommersprossen. »Aber es muss doch einen Grund gegeben haben, warum sie sich nach dir erkundigt hat. Vielleicht fehlt ihr jemand, dem sie sich anvertrauen kann.«

»Sie kommt sehr gut alleine klar«, sagte er. »Ihre Eltern sind verstorben, als sie noch jung war, und sie hat ein paar gute Freundinnen. Und sie braucht außerdem nicht viel Zuspruch und Unterstützung.«

Unvermutet tauchte Flora auf. »Ich soll dir von Tina sagen, dass sie schließt. Übrigens habe ich bei Hayley durchblicken lassen, dass du Doggo mehr vermisst als sie. Ich fand es unmöglich, dass sie Lily über dich ausgefragt hat.«

»Okay, danke für die Unterstützung«, sagte er und ließ offen, bei welcher der beiden Frauen er sich bedankte. »Keine Sorge, ich vermisse Hayley nicht.«

Auch das war absichtlich an beide gerichtet.

Bis er die Tagesgeschäfte erledigt und Doggo zu einer schnellen Runde ausgeführt hatte, war es Mitternacht geworden. Er vergewisserte sich, dass um den Pub herum alles in Ordnung war, und ging dann gähnend hinauf in sein Zimmer. Er streifte seine Schuhe ab, zog sein Hemd aus und nahm das Handy aus der Tasche. Eine Nachricht von Hayley.

Ich wollte dich heute Abend nicht verärgern. Du hast völlig recht, ich sollte nicht einfach so bei dir auftauchen und irgendwas erwarten, aber mir geht im Augenblick viel im Kopf herum, und ich war zu sehr mit mir beschäftigt. Könnte ich Doggo morgen (Samstag) abholen und ausführen?

Isaac schrieb zurück: Das wäre toll, wahrscheinlich ist morgen den ganzen Tag lang viel Betrieb. Nachmittags? Er zögerte und fügte dann noch hinzu: Tut mir leid, dass ich so kurz angebunden war. Er zog seine restlichen Kleider aus und putzte sich gerade die Zähne, als wieder eine Nachricht pingte.

Gerne, vielleicht gegen zwei Uhr?

Er schrieb ihr zurück, das sei okay, und überlegte später im Bett, dass Hayley vielleicht gerade deswegen, weil ihr viel durch den Kopf ging, nicht sofort gekontert hatte, als er wegen ihr wütend geworden war. Üblicherweise reagierte sie nämlich auf leiseste Kritik mit eisigen Kommentaren.

Auch am folgenden Tag hielt sie sich auffallend zurück. Sie erschien pünktlich und wartete dann geduldig an der Bar, bis Isaac Doggo von oben geholt hatte. Sie machte auch keinerlei Anstalten, mit dem Personal näher in Kontakt zu treten, sondern lächelte Lorna hinter der Bar und Baz, der an den Tischen bediente, lediglich freundlich an. Doggo stürzte sich sofort auf sie und wand sich freudig erregt zu ihren Füßen. Als sie, die Leine in der Hand, auf die Tür zuging, brach er sofort in wilden Galopp aus.

Drei Stunden später kehrte sie dann mit einem schwanzwedelnden Doggo zurück. Als Isaac ihr die Leine abnahm, strahlte sie ihn förmlich an. Dann kniete sie vor Doggo nieder, umarmte ihn fest und hatte plötzlich rote Augen.

Warum in aller Welt hatte sie Doggo ihm überlassen? Isaac blickte ihr nach und brachte Doggo nach oben. Wer wusste schon, was in Hayleys Kopf vorging.

Achtes Kapitel

Die Kücheneinrichtung und Decke rußgeschwärzt, halb geschmolzene Utensilien und Lebensmittelverpackungen, die Jalousie vor dem Fenster von der Hitze verbogen: Die Brandschäden in dem kleinen hübschen Reihenhaus von Zinnia und George in Peterborough waren unübersehbar. Der Rauch hatte seine schwarzbraunen Schlieren auch in der Diele und im Wohnzimmer hinterlassen.

George hatte Brandwunden an den Händen und konnte sich nicht an der Putzaktion beteiligen, zu der Lily, Roma und Patsie am Samstagnachmittag angetreten waren. Zinnia nahm sie alle nacheinander heulend in die Arme. Lily würde zwar ihre Chorprobe verpassen, aber sie tat das Richtige, entschied sie, als sie sah, wie ihre Mutter und Patsie ihr Haar hochbanden, die Ärmel aufrollten und dem fettigen Ruß den Kampf ansagten. Später saßen sie eng aneinandergekuschelt im Wohnzimmer auf dem Sofa, während Schneeregen an den Scheiben knisterte, und schlugen sich mit Fisch und Chips aus einem nahen Imbiss den Bauch voll.

Am Sonntag hatte Lily frei und Zeit, um mit Carola weiter die Reise in die Schweiz zu planen. Bis zur Abfahrt fehlten nur noch zwei Wochen und ein Tag. Unterdessen hatte Owen in Carolas geräumiger, gut ausgestatteter Küche die Zubereitung des Mittagessens übernommen und schaute sich dabei im Küchenfernseher den Grand Prix an. Lily und Carola hatten es sich im Wohnzimmer gemütlich gemacht und gingen das Programm, die Zimmerbelegung, die Liste für Instrumente und Zubehör durch. Listen, nichts als Listen.

Während der folgenden Tage kreisten Lilys Gedanken nur noch um die Reise. Nachdem Max grünes Licht gegeben hatte, schickte sie die endgültigen Dateien für den Messestand an die Druckerei – das lokale Team in Schützenberg würde dann Firmenlogo, Poster etc. am Stand anbringen – und bestätigte noch einmal Details zum Standmobiliar. Dann schickte sie ihre Video-Loops an Max und Kirstin, eine Schweizer Kollegin.

Am Mittwochabend probten sie das Programm für die Messe in der endgültigen Reihenfolge. Um neun legten sie eine Pause ein, um sich an Carolas Früchtekuchen gütlich zu tun, und dann zeigte Lily den anderen die schwarzen Big-Shirts, die am Anfang der Woche eingetroffen waren.

»Das Ding sieht ja aus wie ein Zelt!«, sagte Eddie belustigt.

»Oder eine Bettdecke«, meinte Warwick und betrachtete sein Shirt skeptisch.

Warwick hielt mit seiner Meinung nie lange hinter dem Berg. Lily wusste, dass er oft Vorreiter für andere war, und befürchtete, dass Charlotte und Emily ebenfalls mit den Augen rollen würden. Und so beeilte sie sich, eventuellen Protesten und der Weigerung, die Shirts zu tragen, entgegenzutreten: »Ich glaube nicht, dass die zu groß sind. Zieht mal alle eure Mäntel an und knöpft sie zu. Und zieht euch dann die Shirts über, dazu Schal und Mützen.«

Die anderen fügten sich widerstrebend. »Da, schau her, wir

sehen doch toll aus!«, fand Carola und rückte ihre Mütze zurecht.

»Stimmt, so ist es besser«, meinte auch Warwick und fing eine rote Strickmütze auf, die Emily ihm zuwarf.

Schon bald war die gute Stimmung wieder hergestellt, und Carola nahm mit ihrem Selfiestick ein Gruppenfoto auf, das sie auf der Facebook-Seite des Dorfs posten wollten.

»Rot und Schwarz passen gut zusammen«, sagte Neil zufrieden.

»Viel besser, als ich dachte«, meinte Alfie.

Carola warf einen Blick auf ihr Handy. »Isaac hat gerade einen Kommentar zu dem Foto gepostet. Wir sollen in den Pub kommen, dort macht er eine Aufnahme für die Social-Media-Kanäle von der Kneipe und gibt uns eine Runde aus.«

»Geil!« Und schon waren die Teenager, gefolgt von Neil und Franciszka, zur Tür hinaus.

Lily rollte die Augen und sagte zu Carola: »Ich hatte gehofft, wir könnten noch eine Runde proben.«

Carola seufzte. »War keine gute Idee, das gleich vorzulesen, oder? Eddie und Warwick sind achtzehn, die sind bei einem Freibier sofort weg.« Dann erhellte sich ihr Gesicht. »Lass uns auch gehen, ich habe eine Idee.«

Die Gruppe hastete durch die kalte Nacht und fiel in die Bar ein, die Wangen von der Kälte so rot wie die Mützen. Heute Abend war nicht ganz so viel Betrieb, und man versammelte sich sofort vor der Bar, wo Isaac den *Middletones* einen Drink offerierte und aus eigener Tasche bezahlte, wie Lily bemerkte.

»Okay«, sagte er, kam hinter dem Tresen hervor und zückte sein Handy. »Wie wär's mit ein paar Fotos von euch vor der

Bar mit Weihnachtsbeleuchtung. Die Großen nach hinten, die Kleinen nach vorn.«

Die Männer stellten sich in eine Reihe, davor die Frauen, und alle hoben das Glas zu einem Prost, während Isaac Aufnahmen machte. Bald gesellten sich auch ein paar Gäste mit ihren Handys zu der Fotosession, und Carola, geschäftstüchtig und in ihrem Element, rief, sie sollten die Hashtags »Middletones« und »Middledip« nicht vergessen, falls sie ihre Ergebnisse posten wollten.

»Und *The Three Fishes*«, sagte Isaac und beglückwünschte Carola mit einem Blick zu ihrer Idee.

Aber die war schon einen Schritt weiter. »Wie wär's mit einem Video, auf dem wir alle was singen? Lasst uns mit *Let it Snow* beginnen, wir haben keine Instrumente, aber ich gebe euch den Ton vor.« Sie öffnete die Keyboard-App auf ihrem Handy und legte den Finger auf das E. »Alles klar? Eins, zwei, drei ...«

Die *Middletones* stimmten die Melodie an, sie hatten gut geprobt. Neil mimte die Bassbegleitung, und Franciszka stimmte mit ihrem Sopran in die Harmonien ein.

Isaac bewegte das Handy langsam vor der Gruppe, und bald taten die Gäste es ihm nach. Carola lud sie mit einer Geste zum Mitsingen ein, und einige gingen tatsächlich darauf ein und wiegten sich im Takt. Lily kannte die meisten von ihnen.

Beim gemeinsamen Singen wurde ihr ganz leicht ums Herz. Allerdings wurde es ihr bald recht warm, obwohl sie von Winter und Schnee sangen, und sie warf Mütze und Schal auf den Tresen. Langsam zog sie sich auch ihr Big-Shirt über den Kopf. Nachdem sie das Haar in Ordnung gebracht hatte, öffnete sie mit jedem neuen Takt einen Knopf an ihrem Mantel, schob sich aus den Ärmeln und war genau bei den letzten Takten, die sie laut Carolas Anweisungen langsamer singen sollten, und dem gedehnten »snoooow« fertig mit dem Ausziehen.

Das Publikum spendete begeistert Beifall, und Lily lachte Isaac zu.

Der hielt immer noch sein Handy in die Höhe, hatte aber offenbar nur Augen für sie.

Sie musste an Zinnias Worte denken, und einen Augenblick vergaß sie die Welt um sich herum.

Dann merkte sie, dass der Applaus verstummt war, die anderen sich ebenfalls ihrer Shirts und Mäntel entledigten und auf Barhockern ablegten. Carola kündigte als Nächstes *Hark! The Herald Angels Sing* an, stimmte sie mit ihrer App auf das F ein und gab den Einsatz.

Lily gab sich der Melodie hin, sie behielt Carola im Blick, entspannte sich und sang aus voller Kehle.

Bald hatten die *Middletones* ihr Kurzprogramm durch, und Carola und Lily hatten ihre zweite Proberunde doch noch hinbekommen. Bei *We Wish You a Merry Christmas* sang der ganze Pub mit. Dann löste der Chor sich auf, und man mischte sich plaudernd unter die anderen Gäste.

Isaac kehrte auf seinen Posten hinterm Tresen zurück und bediente gemeinsam mit Lorna die Gäste. Lorna, die zurückhaltendste unter den Angestellten, lächelte Lily zu und beglückwünschte sie zu der Vorstellung.

Die freute sich über das Kompliment, und die beiden plauderten kurz über das bevorstehende Weihnachtsfest. Isaac war unterdessen verschwunden, bemerkte Lily, vielleicht hatte er etwas an seinem Schreibtisch zu erledigen oder war kurz in den Bierkeller gegangen. Sie setzte sich auf die andere Seite des Gastraums neben Carola vor den Kamin.

Als Isaac wieder auftauchte, hatte er einen begeisterten Doggo an der Leine. »Ich dachte, ich gönne ihm mal ein bisschen Gesellschaft. Es ist draußen zu kalt für eine Runde, und im Augenblick sind keine anderen Hunde im Pub.«

Gabe, ein Tierliebhaber, war hoch erfreut. »Ganz richtig. Dalmatiner werden aggressiv, wenn man sie zu lange alleine lässt.« Er kraulte Doggo hinter den Ohren, und der kniff die Augen zusammen vor Wonne.

Carola rückte an Gabe heran, um zwischen sich und Lily Platz für Isaac zu machen. Der zögerte erst kurz, lächelte dann und nahm die Einladung an. Seine breiten Schultern füllten die Lücke zwischen den beiden Frauen aus, sein Arm berührte den von Lily. Sie hob ihr Glas in seine Richtung: »Danke für den Wein.«

»Gerne.«

Sie sprach leise, und er musste mit seinem Gesicht näher kommen, um sie zu verstehen. Das war keine Absicht, aber trotzdem genoss sie seine Nähe und den leichten Duft von Aftershave. »Hast du den Chor gerufen, weil du heute Abend deinen Pub vollkriegen wolltest, oder hattest du Lust, eine Runde auszugeben?«

Er lachte leise. »Weder noch. Ich hatte gerade mit Mister Tubb darüber gesprochen, wie wir unsere Präsenz in den sozialen Medien ausbauen könnten. Und kurz darauf habe ich auf Facebook ein Foto von euch entdeckt. Die Einladung war eine spontane Idee. An Winterabenden gehen die Leute gerne früher nach Hause, und dank eurer Vorstellung sind sie heute Abend noch ein bisschen länger geblieben.«

»Aber geht es für dich darum, Tubb während seines Krankheitsurlaubs zu vertreten, oder auch um neue Geschäftsideen?«, fragte sie und sah dabei zu, wie Doggo seinem Herrchen den Kopf auf einen Schenkel legte, worauf Isaac ihm zärtlich die Ohren kraulte.

Er schüttelte den Kopf, eine Haarsträhne löste sich und fiel ihm über die Stirn. »Ich versuche mein Bestes, aber der Pub gehört natürlich nicht mir. Ehrlich gesagt, habe ich den Charme von *The Three Fishes* erst für mich entdecken müssen, aber mittlerweile ist mir die Kneipe ans Herz gewachsen. Außerdem lebe ich gerne auf dem Land.« Dann erzählte er ihr von seiner Kindheit, als sein Vater noch einen Hof hatte und er und seine Schwester viel Bewegungsfreiheit.

Sie hörte ihm zu, nippte gelegentlich an ihrem Wein und stellte sich vor, wie er als Junge auf Bäume kletterte und auf dem Hof aushalf. Doggo kam zu ihr und legte ihr eine Pfote aufs Knie. Sie streichelte sein seidiges Fell und erfüllte ihm damit offenbar einen Wunsch. Einmal hier im Pub Gast zu sein, war sehr angenehm, geradezu gemütlich, fand sie. Von hier aus konnte sie ihre Weihnachtsdekoration bewundern, zum Beispiel die bunte Lichterkette über den kleinen Christbäumen auf dem Tresen.

»Natürlich ging es Dad damals noch gut«, sagte Isaac. »Da hatte ihn noch nicht diese schrecklich Krankheit im Griff.«

»Es tut mir so leid«, sagte sie mitfühlend und erinnerte sich an den Abend, als seine Eltern im Pub zu Gast gewesen waren, an den ausgezehrten blassen Mann, der sich schwer auf seinen Stock gestützt hatte.

»Übrigens habe ich zufällig mitbekommen, als du deiner Familie gesagt hast, dass du über Weihnachten vielleicht arbeiten musst. Tut mir leid, ich wollte euch wirklich nicht belauschen. Bist du darüber informiert, dass ein Mittagessen vorgesehen ist und der Chef frei hat?«

Er zog die Augenbrauen hoch. »Dann übernimmt Nate das Kochen?« Nate war der stellvertretende Chef.

Sie lachte. »Nein, das Küchenpersonal hat frei. Tubb hat immer den Chef gespielt. Er hat eine Schwäche fürs Kochen. Außerdem kann er offenbar nachfühlen, wie es ist, wenn man einsam ist und am ersten Weihnachtstag keinen Ort hat, wo man erwartet wird. Deshalb hielt er den Pub geöffnet. Es gibt immer nur ein Gericht und eine vegetarische Variante. Letztes Jahr hat Janice Desserts beigesteuert, aber um den Rest hat er sich gekümmert.«

»So ein Mist«, murmelte er und legte die Stirn in düstere Falten. »Ich hoffe, die Leute wollen alle nur Salat. Es haben übrigens bereits vierzehn Personen gebucht.«

Sie musste lachen. »Oje, so schlimm ist das nicht. Vierzehn Gäste, das sind wirklich nicht viele, vor allem, wenn alle mehr oder weniger das gleiche Gericht bekommen und alles vorbereitet ist. Meine Eltern haben oft Dinnerpartys in dieser Größe veranstaltet. Und die Küche bereitet vor dem Urlaub so viel wie möglich vor.«

»Könntest du das am Weihnachtstag mit dem Kochen nicht übernehmen?«, fragte Isaac hoffnungsvoll, aber er machte sich keine großen Hoffnungen.

Lily hob abwehrend die Hände. »Ich werde bei meinen Eltern zum Lunch erwartet. Sonst würde ich die Rolle von Janice übernehmen und mich wenigstens ums Dessert kümmern.«

Ein Stück weiter versuchte Gabe, die Singerei wiederzubeleben, und erfand eigene witzige Versionen von *We Wish You a Merry Christmas*, in die andere mit ihren Ideen und Vorschlägen einstimmten.

Durch den Lärm hindurch sagte Isaac mit gespieltem Ernst: »Meinst du, ich kann deine Mütter dazu bringen, dich wieder auszuladen? Vielleicht, indem ich ihnen sage, dass ich dich brauche.«

Als er sie anlächelte, machte ihr Herz einen Sprung. Weil er gerade gesagt hatte, dass er sie brauchte? Sein Tonfall hatte unverfänglich geklungen, aber sein Blick sprach Bände. Hatte Zinnia nicht etwas von einem Weihnachtsabenteuer gesagt? Nach dem Scheitern ihrer Ehe war sie nur kurz mit einem Mann zusammen gewesen. Aber die Affäre hatte vor allem dazu gedient, über das Ende ihrer Beziehung mit Sergio hinwegzukommen und ihr Leben als Single einzuläuten. Aber war sie nicht bereits sechsunddreißig, und die Vierzig winkte am Horizont? Der Anfang vom Ende? Mit Brille und am besten auch gleich einem Lifting? Sollte sie das Leben nicht endlich bei den Hörnern packen, und dazu gehörte einfach auch Sex, oder nicht? Sie fühlte deutlich seinen Arm und den Druck seines Oberschenkels.

Sie sah ihn verschmitzt an. »Patsie hat eine unglaubliche Phantasie bei den Beilagen, zum Beispiel Süßkartoffeln mit Cream Cheese und Cashewkernen. So was möchte ich auf keinen Fall verpassen, schlag dir das mit dem Ausladen also gleich aus dem Kopf … egal, wie sehr du mich brauchst.« Den Nachsatz fügte sie spielerisch an und sah, wie es in seinen Augen aufblitzte. Er spielte das Spiel offenbar mit.

»Schade, dass das mit dem In-Versuchung-Führen nicht funktioniert.« Seine Augen lächelten, als er das sagte, und etwas zwischen ihnen funkte. Dann stand er auf und fiel wieder in seine alte Rolle zurück. »Dann werde ich morgen mit dem Chef reden und mir erklären lassen, wie das alles allein zu schaffen ist. Komm, Doggo. Die Küche ist geschlossen, und du kannst mit mir nach hinten kommen, bis wir schließen.« Er wünschte allen eine gute Nacht. Lily sah ihm nach und dachte bei sich, dass er sie gerne in Versuchung führen könnte, wenn er wollte, ach, wenn er doch nur wollte.

Bei dem Spaziergang mit Doggo am folgenden Morgen war die Luft eiskalt. Am Himmel türmten sich pinkfarbene Wolken, der Wind fuhr durch die Zweige und stach Isaac ins Gesicht. Er zog seine Wollmütze tiefer in die Stirn und klappte den Mantelkragen hoch.

Doggo rannte herum, der Atem stand ihm wolkig vor der Schnauze, und er hatte die Ohren angelegt, als wäre die Kälte für ihn das Schönste auf der Welt. Seine Augen glänzten, sein Schwanz stand nicht still, er rannte vor und zurück und nahm hin und wieder schnüffelnd eine Fährte am Wegrand auf, bald wuselte er zwischen Isaacs Beinen.

Isaac hatte bald die paar Meilen über die Sportplätze und den Pfad am Rand des Carlyle Estate hinter sich gebracht; er kletterte über einen Zaunübertritt und folgte dann einem Weg in den Wald, der später einen kleinen Teich umrundete. Der Fußweg führte an einem Wasserzulauf entlang und endete an einem Baumstamm, der als Brücke diente. Schon bald entschied er sich dafür, den Rückweg einzuschlagen, und wählte den Pfad zu einer Furt, die vom Pub durch Straße und Uferbefestigung getrennt war. Eigentlich hatte er um das Dorf herum durch eine Neubausiedlung gehen und dann wieder über den Carlyle Estate auf die Straße stoßen wollen. Aber der Himmel hatte sich verdunkelt und verhieß nichts Gutes. Der Weg durch die Furt kürzte den Spaziergang ab, vielleicht würde er es zurück zum Pub schaffen, bevor das Wetter umschlug.

Seine Gedanken wanderten zu Lily zurück. Mittlerweile hatte er recht viele Bilder von ihr im Kopf. Vor allem ihr Auftritt ein paar Abende zuvor, im kurzen, engen blauen Kleid und mit offenem Haar, hatte in ihm einen bleibenden Eindruck hinterlassen. Aber auch die Lily in Dienstkleidung, schwarzes Polohemd und schwarze Hosen, stand ihm deutlich vor Augen. Am Vorabend hatte sie enge Jeans getragen und einen lilafarbenen Pullover, auf den ein Kätzchen in einer Schneekugel aufgedruckt war. Er musste unwillkürlich lächeln, als er daran zurückdachte, wie sie mit ihm geflirtet hatte. Egal, wie sehr du mich brauchst, hatte sie gesagt. Stunden später hatte er sich schlaflos und voller Sehnsucht nach ihr in seinem Bett gewälzt.

Er hatte sich sogar das Chorvideo angeschaut, das er nur aufgenommen hatte, um sich die Bewegungen ihrer Lippen immer wieder anzuschauen. Wirklich völlig bescheuert.

Mit einem Mal sah er sie an einer Kurve auf dem Weg stehen, in einem blauen blumenbestickten Mantel und einem türkisen Schal, der im Wind flatterte. Sie hatte das Haar zu einem Knoten gebunden, aus dem sich einige Strähnen gelöst hatten, und blickte zum Himmel. Am liebsten hätte er mit seinem Handy eine Aufnahme von ihr gemacht.

Bevor er sich diese Blöße geben konnte, war Doggo bereits bellend und schwanzwedelnd auf seine Freundin zugerannt.

Lily bemerkte ihn. »Hallo Doggo«, hörte Isaac sie sagen.

Doggo tanzte kurz freudig um sie herum und kam dann zu Isaac zurückgesprungen, als hätte er eine gute Nachricht zu überbringen, und Isaac ging lächelnd auf Lily zu.

»Was für ein Wetter heute Morgen.« Er sah zu, wie der Wind ihr die Kapuze über das Haar schob.

Sie streifte sie zurück, ihre Augen glänzten. »Total verrückt. Eigentlich wollte ich zu einem Spaziergang aufbrechen, aber es sieht verdächtig nach Regen aus.«

»Hast du heute frei?« Isaac vergrub die Hände in seinen Taschen, Doggos Leine baumelte von seinem Handgelenk.

»Ja, ich habe alle meine Designerpflichten für die Schweiz erledigt, Messe und Weihnachtsmarkt. Entweder gehe ich jetzt ins Café am Ort, oder ich besuche eine alte Freundin in Peterborough, mit der ich schon seit Ewigkeiten lose verabredet bin.« Sie grinste. »Du siehst aber auch so aus, als hättest du heute frei.«

Er fuhr sich über die Bartstoppeln. »Tut gut, vor der Arbeit ein paar Stunden für sich zu haben.«

Eine starke Böe schubste sie Richtung Isaac. »Oh, ich geh besser zurück.« Kaum hatte sie die Worte gesprochen, da donnerte es auch schon, und Doggo zog den Schwanz ein. Lily blickte besorgt gen Himmel. »Ich kehre auf jeden Fall um.« Ein Hagelkorn hatte sie getroffen.

Sie zog sich hastig die Kapuze über. Über ihnen dröhnte Donner, Hagelkörner prasselten ins Bachbett neben ihnen. Die weißen Eiskugeln sprangen federnd über den Erdboden und hüpften auf Doggo, der sich krümmte, mit den Augen rollte und Isaac nicht von der Seite wich. »Schau dir diese riesigen Hagelkörner an.« Bald brachen laut krachend erste Zweige unter dem Ansturm von Hagel und Wind.

Isaac legte Doggo die Leine an. »Auf geht's, lass uns zum Pub rennen.«

»Du liest mich schon wieder bei einem Unwetter auf.« Lily durchquerte vorsichtig die Furt und krabbelte kreischend bei strömendem Regen die Uferböschung hinauf zur Straße. Verzweifelt versuchte sie, die Kapuze so tief wie möglich ins Gesicht zu ziehen. An der Straße griff Isaac nach ihrer Hand, denn sie war auf den Hagelkörnern ins Schlittern gekommen. Doggo, zu besorgt, um den Donner anzubellen, war in lautes Geheul ausgebrochen. Er tanzte so lebhaft zwischen ihnen hin und her, dass sie beinahe auf die Nase gefallen wären.

Der Parkplatz sah aus wie von weißen kleinen Murmeln bedeckt. Isaac ließ Lilys Hand los und hantierte mit dem Schlüssel, während Doggo sich schutzsuchend zwischen die Tür und seine Beine drängte. Lily kniete nieder und umarmte Doggo, und der Hund beruhigte sich.

Als Isaac endlich die Tür aufstieß, sprang Doggo in die sichere Wärme, und Lily hatte alle Mühe, nicht auszurutschen. Isaac half ihr ins Haus und schlug die Tür vor dem Hagelwetter zu. Sie waren in Sicherheit.

»Das reinste Sibirien.« Lily wischte sich über ihr feuchtes, vom Wetter gerötetes Gesicht. »Danke.«

»Gerne.« Er zog sich die Mütze vom Kopf, drehte sie auf die andere Seite und trocknete sich das Gesicht. Für Gäste war es noch zu früh, auch Franciszka war noch nicht eingetroffen, um zu saugen und die Toiletten zu reinigen.

Doggo, wieder ganz der Alte, rannte sofort nach oben und rollte sich am Treppenabsatz auf dem Teppich. »Hör auf damit«, schimpfte Isaac von der Treppe aus und meinte dann zu Lily, die ihm gefolgt war: »Geh schon mal in die Küche vor, ich hole sein Handtuch.« Er ging in sein Zimmer, während Lily sich mit Doggo unterhielt. Als Isaac die Küche betrat, hatte sie ihren Mantel bereits über eine Stuhllehne gehängt. Er rubbelte den Hund kräftig ab, für den das Ganze ein lustiges Spiel war.

»Hat er sich schon gut eingelebt?«, fragte Lily.

»Ich glaube, schon. Ich sprinte immer mal nach oben, um ihn ganz kurz auszuführen oder mit ihm zu spielen, außerdem unternehme ich lange Spaziergänge. Es geht ihm gut hier, denke ich.«

»Und dir? Gefällt es dir hier?« Ihre blauen Augen waren auf ihn gerichtet. Die Strähnen, die sich aus ihrem Knoten gelöst hatten, standen ihr vom Kopf ab, als wären sie statisch aufgeladen. Sie trug an diesem Morgen kein Make-up und sah frisch und rosig aus.

»Mit gefällt es, aber bleiben will ich nicht. Für mich ist das eine Übergangslösung, bevor ich beruflich zu neuen Ufern aufbreche.« Er ließ das Handtuch los, worauf Doggo sich darin verbiss und es schließlich in sein Hundebett zog.

Lily lächelte wissend. »Ich wollte damals auch nicht lange bleiben. Aber dann habe ich mich in den Ort verliebt.« Ihr Lächeln wurde nachdenklich. »Keine Ahnung, wie lange ich noch hierbleibe. Zinnias Einladung am Freitagabend war ein Friedensangebot, aber ich weiß, sie hätte gerne, dass ich nach der Reise in die Schweiz woanders hingehe.« Sie seufzte.

Isaac rückte näher an sie heran, ihm war das Bedauern in ihrem Blick nicht entgangen. »Es ist aber nicht fair, dass du dein ganzes Leben umkrempeln sollst, damit sie sich besser fühlt.«

Sie verzog das Gesicht. »Da hast du recht. Aber mit dem

Brand in ihrer Küche hat sie einstweilen genug um die Ohren. Ich lasse das Thema fürs Erste ruhen und genieße die Reisevorbereitungen, habe ich beschlossen.« Sie warf ihm einen schelmischen Blick zu. »Ich bin ebenfalls abenteuerlustig.«

Die Stimmung im Raum wandelte sich schlagartig. Das lag an ihrem Blick und an dem herausfordernden Tonfall, mit dem sie diesen letzten Satz gesagt hatte. Sofort stiegen Bilder in ihm auf. Wie wäre ein Abenteuer mit Lily, eine kurze Affäre mit heißen Küssen und hastig abgestreiften Klamotten? Und weil seine Phantasie ihn gerade fest im Griff hatte, rückte er noch ein Stückchen näher an sie heran. »Faszinierend«, murmelte er. Ihre Augenbrauen flogen in die Höhe, als wollte sie ihn zum Weitersprechen ermuntern, und er ermahnte sich, seinen Mund zu halten, aber vergebens: »Du bist faszinierend. Ich muss mir alle Mühe geben, dich nicht zu sehr zu mögen.«

Sie betrachtete ihn prüfend und fragte dann ernst: »Und wie klappt das?«

Er seufzte. »Gar nicht, immerzu denke ich nur an dich. Ich mag dich immer mehr … ich würde gerne …« Sein Blick hing an ihren Lippen. Dann gab er sich einen Ruck und fasste sich. »Aber ich will wirklich nicht mehr lange bleiben. Falls Mister Tubb sich dazu entschließt, in Rente zu gehen, wird er den Laden verkaufen. Falls er wiederkommt, braucht er mich nicht länger. Was auch immer geschieht, ich bin in jedem Fall weg. Ich finde, du hast jemand Besseres verdient.« Er verschränkte seine Finger zaghaft mit ihren. Sollte er das Thema auf der Stelle beenden, oder noch schlimmer, sie einfach so aus seinem Leben entschwinden lassen, ohne ein Zeichen leiser Verliebtheit?

»Was Besseres verdient?«, fragte sie leise. »Ich erwarte von

Männern nicht viel. Vielleicht liegt das daran, dass ich in einem Frauenhaushalt aufgewachsen bin. Ich bin immer ganz gut ohne Männer klargekommen. Auch an Sergio hing nicht mein ganzes Leben. Die Trennung war nicht sehr schlimm, und mit ihm war ich sogar verheiratet.« Diesmal rückte sie ein Stückchen näher.

Noch ein kleines Stückchen, und sie wären auf Tuchfühlung.

Er ergriff ihre Hand. »Sieh an, eine wunderschöne, lebenslustige, selbständige Frau, die nichts gegen Männer hat, denen Selbständigkeit sehr gelegen kommt. Vielleicht ist für mich das Christkind schon gekommen.« Sein Herz klopfte schneller, sie war so nah, dass er den frischen, feuchten Duft ihres Haars roch.

Lily lachte. Ein leises, tiefes Glucksen, das ihn unwiderstehlich anzog. Sobald sie etwas witzig fand, lachten zuerst ihre Augen, und dann entfuhr ihr dieses betörende Glucksen. Er lehnte sich zu ihr vor und küsste sie spontan. Er konnte einfach nicht anders. Ihre Lippen waren warm, süß und weich. Als er sich wieder aufsetzte, sah sie ihn schweigend und verträumt an. Er küsste sie noch einmal, und sie erwiderte den Kuss.

Ihre Arme umschlangen seinen Nacken, ihr Körper schmiegte sich langsam und erregend an seinen. Lust packte ihn, seine Haut prickelte, sein Blut rauschte, und er wollte mehr. Er streichelte ihren Rücken, spürte ihre Lippen, ihre zärtlich forschende Zunge, merkte, dass er stöhnte, ohne es wirklich zu hören.

Dann meldete sich das Gewissen, und er hörte widerstrebend auf. »Ich weiß, ich werde nicht mehr lange hier sein, aber im Augenblick bin ich dein Vorgesetzter. Eigentlich vermeide ich derlei Situationen.«

Ganz langsam löste sie sich aus der Umarmung und zeigte ihm ein bedauerndes, aber verständnisvolles Lächeln. »Du hast recht. Ich erinnere mich, wie unangenehm es Sergio immer war, wenn eine von den jungen Bedienungen ihn angemacht hat. Vermintes Gelände nannte er das.« Sie warf einen Blick zum Fenster. »Wie schön, das Unwetter ist vorbei. Bis zur nächsten gemeinsamen Schicht.« Sie nahm ihren Mantel von der Stuhllehne, fuhr in die Ärmel und streichelte auf dem Weg nach draußen Doggo.

Isaac, von ihrer schnellen Reaktion überrumpelt, rang nach Worten. Warte doch, ich bin noch unschlüssig, hätte er gerne gesagt, oder vielleicht sogar, überrasch mich, ich würde mich gerne dazu überreden lassen, mich nicht an meine goldene Regel zu halten.

An der Tür wandte sie sich um. »Tubb schien übrigens keine Probleme damit zu haben, dass Janice bei ihm angestellt war.« Und schon war sie mit einem Grinsen entschwunden, und er hörte sie draußen die Treppe runtergehen, starrte auf den Fleck, wo sie gerade eben noch gestanden hatte, und hörte die Hintertür zuschlagen.

»Wie kann man nur so blöd sein«, sagte er sich, und ihm fiel auf, wie ungläubig seine Stimme klang. Doggo klopfte mit dem Schwanz, blieb aber in seinem Bett vor der Heizung liegen. »Da ergreift mal endlich eine Frau, die auf Selbständigkeit Wert legt, die Initiative, und ich Idiot gebe ihr einen Korb. Darauf macht sie mir klar, dass meine hehren Gründe völlig idiotisch sind, weil unser Boss und eine seiner Angestellten ja ebenfalls ein Paar sind. Und warum sollte das bei uns dann ein Problem sein? Diese Frau macht eben ihre eigenen Regeln.«

Doggo warf ihm einen mitleidigen Blick zu.

Isaac wäre Lily gerne gefolgt, aber ein Blick auf die Uhr genügte: Es war bereits elf, und er musste noch duschen, sich rasieren und anziehen. Er zog sein Handy heraus, aber weder ein Anruf noch eine Textnachricht schienen ihm der geeignete Weg, um die Unterhaltung fortzusetzen.

Dann würden sie sich eben erst bei der nächsten gemeinsamen Schicht sehen. Genau wie sie gesagt hatte.

Neuntes Kapitel

Die letzten Novembertage zogen sich hin, als wollte sich der schöne, glitzernde Dezember wirklich noch ein bisschen Zeit lassen. Mehr als eine Woche war vergangen, seitdem Lily ihrem Boss indirekt ein kleines Abenteuer vorgeschlagen – und einen Korb bekommen hatte.

Sie kam sich vor wie eine Idiotin. Immer wieder nahm sie sich vor, es einfach schade zu finden. Aber schade traf es nicht, sie war eher gekränkt oder zumindest pikiert. Er hatte mit der Küsserei angefangen und war voll und ganz bei der Sache gewesen. Sie hatte ebenfalls sofort Feuer gefangen. Und dann war ihm plötzlich sein Job eingefallen, und seine Prinzipien waren ihm wichtiger gewesen, als mit ihr zu schlafen …

Sie hatte einem Mann zu verstehen gegeben, was sie wollte, und eine Absage erhalten. Damit musste sie nun klarkommen, sagte sie sich, als sie im Dorfcafé zum Trost ein Zitronentörtchen verspeiste. Und war sie als Teilzeitkraft nicht tatsächlich in einer völlig anderen Situation als er? Immerhin hatte er die volle Verantwortung für das Geschäft, während der Eigentümer außer Landes war. Und diese Verantwortung nahm er offenbar sehr ernst. Und was sie Isaac über Sergio gesagt hatte, war ebenfalls ein Punkt. Weibliche Angestellte der Bar *Barcelona* hatten sich ihm manchmal förmlich an den Hals geworfen. Ihm war das alles andere als recht gewesen, denn zum einen arbeitete er Seite an Seite mit seiner Ehefrau, was vielleicht als Argument schon gereicht hätte, zum anderen wollte er sich nicht dem Verdacht von sexueller Belästigung aussetzen.

Die Vorstellung, dass Isaac sie für eine dieser Frauen halten könnte, die sich ihm an den Hals werfen wollten, war Lily zutiefst peinlich. Mehr als peinlich.

Zum Glück hatte sie es vermeiden können, bei ihren beiden Schichten in dieser Woche mit ihm allein zu arbeiten. Sie war in der Nähe von Kollegin Tina geblieben, hatte Isaac fröhlich angelächelt und so getan, als hätte sie nicht gehört, dass er zweimal ihren Namen murmelte.

Am vergangenen Sonntag hatten die *Middletones* beschlossen, sich warme Winterkleidung zu besorgen, denn in der Schweiz würde es sicher kälter sein als in England. Sie fuhr Neil, Eddie und Alfie zu einem Outlet, weil die drei vergessen hatten, sich warme Stiefel zu kaufen. Carola nutzte die Gelegenheit, um sich und ihre Töchter mit warmen Klamotten einzudecken, und fuhr in ihrem Wagen mit.

Als sie auf dem Heimweg kurz bei *Costa* einen Kaffee tranken, geriet Alfie mit einem Mal außer sich. »Schaut her, es schneit!«, rief er. Die anderen Gäste blickten sofort aus dem Fenster, aber die *Middletones* versammelten sich um Alfies Handy. Und dort waren tatsächlich die schneebedeckten Dächer von Schützenberg zu sehen.

Lily betrachtete aufgeregt das Wettervideo. »Tolles Timing! In einer Woche fahren wir, ich kann es kaum erwarten.«

Carola wedelte mit ihrem Handy. »Schau her«, kreischte sie und zeigte Lily die Wolken und Schneeflocken der Wetter-App. »Die sagen Schnee bei unserer Ankunft voraus.«

»Yeaaah!«, jubelten die Teenager.

Neil war die einzige Stimme der Vernunft inmitten der Begeisterung, hinter der dunkel gerahmten Brille war sein Blick belustigt. »Gott sei Dank hat der College-Minibus bereits Winterreifen, sonst müssten wir tief in die Tasche greifen.«

Lily wurde mit einem Schlag bewusst, dass sie die ganze Strecke allein fahren musste und die Verantwortung dafür hatte, dass der Bus trotz Schnee und Eis sicher das Ziel erreichte. »Laut Max werden die Straßen in der Schweiz sofort geräumt. Die sind an den Winter gewöhnt, das ist nicht wie hier.«

Am Montag drehte sie mit Don, dem Hausverwalter des College, ein paar Runden mit dem Minibus. Und sie wollte eine Vorstellung davon bekommen, wie viel Gepäck sie in dem Bus verstauen konnten. Sie überließ ihm darüber hinaus eine Kopie ihres Führerscheins und die Formulare für die notwendigen Versicherungen. Don zeigte ihr, wie sie die drei hinteren Sitze herausnehmen und damit Raum für Gepäck – immerhin waren sie zu neunt und neun Tage unterwegs – plus Instrumente und Anlage schaffen konnten. Danach hatte sie alle *Middletones* gebeten, sich möglichst auf einen Koffer und einen Rucksack zu beschränken.

Am Dienstagabend war sie mit Roma, Patsie, Zinnia und George in Peterborough zu einem Familienessen verabredet. Lily mochte George, er war im Gegensatz zu Zinnias übersprudelndem und dominantem Charakter ruhig und gelassen. Wahrscheinlich hatte ihre Beziehung deswegen die letzten drei Jahre überlebt. Er hatte nach dem Küchenbrand das Überwachen von Putzen und Waschen übernommen, während Zinnia sich um den Versicherungskram und eine neue Küchenausstattung kümmerte.

Am Mittwoch ging Lily mit ihrer Schwester einkaufen, um kleineres Küchenzubehör zu kaufen, am Abend hatte sie Chorprobe mit den *Middletones*, am Donnerstagabend ebenfalls.

Am Freitagabend hatte sie wie immer ihre Schicht in *The Three Fishes*. Sie musste Isaac gegenübertreten, was ihr immer noch peinlich war. Aber vielleicht hatte er, nachdem sie ihm die letzten Male aus dem Weg gegangen war, begriffen, dass das Weihnachtsabenteuer abgeblasen war.

Leider hatte Tina wegen einer starken Erkältung nicht zur Arbeit erscheinen können. Isaac übernahm den Barbetrieb und versuchte bei Schichtbeginn, unter vier Augen mit ihr zu reden, aber sie fertigte ihn mit dem Hinweis auf die anstehende Arbeit ab, und das wiederholte sich ein paar Stunden später noch einmal.

Als das Küchenpersonal nach Hause gegangen war, hörte sie, wie er zu ihrem Kollegen Baz sagte: »Du kannst heute um elf Schluss machen, ich und Lily räumen dann noch auf.«

Lily warf Baz einen vielsagenden Blick zu. »Wenn du das Geld für die halbe Stunde brauchst, kann ich gerne früher nach Hause gehen.«

Aber Baz strahlte über das ganze Gesicht. »Nein, das ist super, ich wollte mit einem Mädchen, das mir gefällt, durch die Clubs ziehen.«

»Ach, diese Jugend!«, seufzte Isaac. Sobald der Pub geschlossen und Baz mit kurzem Gruß und wehendem Mantel durch die Hintertür hinaus war, beschloss Lily, das leidige Thema frontal anzugehen.

Sie wandte sich zu Isaac um, der gerade absichtsvoll auf sie zukam. »Schön, dass wir reden können«, sagte sie kühl.

»Ich hätte mir die Bemerkung zu Tubb und Janice verkneifen sollen. Natürlich musst du allein entscheiden, ob du dich mit einer Kollegin einlässt, und ich habe kein Recht, dich mit eindeutigen Avancen unter Druck zu setzen.«

Sein Gesichtsausdruck zeigte Verblüffung. »Darauf wollte ich aber doch gar nicht hinaus.«

Lily lief hochrot an, doch sie ließ sich nicht beirren. »Aber du hattest doch völlig recht! Selbst bei diesem Gespräch fühlen wir uns beide nicht wohl, angeblich ist das typisch, wenn man am Arbeitsplatz ein Verhältnis anfängt. Können wir bitte so tun, als hätte es diesen Vorfall nie gegeben? Das wäre mir sehr recht. Vor mir liegen zwei weitere Schichten, dann geht es auf in die Schweiz.«

Er sah sie aus seinen dunklen ernsten Augen lange an. »Du lässt mir keine andere Wahl«, sagte er schließlich.

»Wollen wir es dabei bewenden lassen«, sagte sie freundlich. »Ich glaube wirklich, es ist das Beste.«

»Gut.« Er wartete, aber als sie nichts erwiderte, nickte er kurz und widmete sich der Abrechnung, während sie die Bar aufräumte.

Samstag war der letzte Tag im November. Beim Aufwachen empfand Lily eine ungewohnte Last auf ihrem Herzen. Nachdem sie ihm am Vorabend das Wort abgeschnitten und ihm ihre Position klargemacht hatte, war Isaac wortkarg geblieben. Sie hatte sich eine halbe Stunde vor Mitternacht von ihm verabschiedet, und er hatte ihren Gruß höflich erwidert.

Sie stand auf, duschte und wählte für heute einen blauen Pullover mit einem Rentier, das eine rote Nase aus Pailletten vorwies. Um ihre Stimmung zu heben, packte sie ihren Reisekoffer für die Schweiz – Jeans, Pullover und warme Unterkleidung, dazu wasserdichte Überhosen. Die Kleidung für die Nacht und die Unterwäsche stopfte sie in die Ränder, und ganz obenauf legte sie das schwarze *Middletone*-Big-Shirt, den roten Schal und die rote Mütze. Einen Satz Unterwäsche und ein Nachthemd stopfte sie für die Übernachtung in Frankreich mit ihrem Necessaire in einen Rucksack, um alles griffbereit zu haben.

Um zwei trafen sich alle bei Carola zur letzten Probe, bevor am Montagmorgen der Minibus beladen würde. Sie vertaten viel Zeit mit immer neuen Fragen zur Reiseplanung.

»Mit wem teile ich das Zimmer in Frankreich?«

»Bekommen wir im Hotel Frühstück?«

»Schneit es immer noch?«

»Sollen wir auch was Schickes einpacken?«

Lily übernahm die Beantwortung, sie schwang sich auf Carolas Frühstücksbar, damit alle sie sehen konnten. »Ja, das Frühstück in Frankreich ist im Preis inbegriffen, das Hotel liegt in Châlons-en-Champagne. Zur Zimmerbelegung: Carola, Charlotte und Emily teilen sich ein Familienzimmer, Neil schläft mit Eddie zusammen, Alfie mit Warwick und ich mit Franciszka.«

Die wedelte mit dem Zeigefinger und mahnte: »Bloß kein Geschnarche«, worauf alle lachten.

»In Schützenberg«, Lily hob die Stimme, um die Teenager zu übertönen, die darüber witzelten, dass Pupsen sehr viel schlimmer sei als Schnarchen, »in Schützenberg sind bis auf Franciszka und ich alle in kleinen Ferienwohnungen untergebracht. Wir beide übernachten in einem Anbau vom Haus des Geschäftsführers von BCF namens Loris, auch als Los bekannt.«

»Los, der Boss«, grinste Eddie.

»Genau«, sagte Lily. »Er ist der Vorgesetzte von Max und Garrick, dem Bruder von Tubb. Zu Los müssen wir besonders nett sein. Er ist schließlich derjenige, der in seiner Rolle als Geschäftsführer die Reise genehmigt hat und sie sponsert.«

»Alles klar«, antworteten die anderen im Chor.

Carola klatschte stirnrunzelnd in die Hände. »Aber das wisst ihr ja schon alles, und wir können auf der Reise auch noch darüber sprechen. Lasst uns endlich singen! Denn dafür sind wir zusammengekommen.«

Lily war nicht die Einzige, die bei Carolas ungehaltenem Tonfall leicht zusammenzuckte. Warwick und Eddie schlossen mit eingezogenen Köpfen ihre Instrumente an, und Charlotte flüsterte ihrer Mutter zu: »Jetzt chill mal, Mum.«

Sobald sie mit der Chorprobe begonnen hatten, schien sich die Stimmung aufzuhellen. Singen tat der Seele einfach gut. Sie wurden gerade noch rechtzeitig zu Lilys Schichtbeginn fertig. Nur noch zwei Schichten, redete Lily sich gut zu. Und wenn sie wieder von ihrer Reise zurück war, würde die peinliche Stimmung zwischen ihr und Isaac bestimmt verflogen sein.

Sie war wie immer pünktlich. An diesem Abend teilte Lily sich die Arbeit mit Vita und Isaac. »Im Essbereich sind wir für den Abend ausgebucht«, sagte er zur Begrüßung. »Lorna hat vor ihrem Schichtende abgeräumt und das Besteck aufgefüllt, aber vielleicht könntest du die die Buchungen noch mal durchsehen und Reservierungsschildchen aufstellen.«

»Schon unterwegs.« Lily machte sich unverzüglich an die Arbeit und war die nächsten Stunden damit beschäftigt, Drinks zu servieren und Tische abzuräumen. Das lokale Dart-

Team, alles Männer mit glattrasierten Köpfen und Dreitagebart, beanspruchte wie üblich die Scheibe für sich. Janice hatte Lily gegenüber angedeutet, dass die Gruppe bei den weiblichen Angestellten des Pubs zuweilen etwas übergriffig gewesen war, aber in der letzten Zeit hatte es keine unangenehmen Zwischenfälle mehr gegeben. Auf jeden Fall waren sie wesentlich angenehmer als die besoffenen Dartspieler von ein paar Wochen zuvor.

Wann immer sie hinter dem Tresen zu tun hatte, war Lily sich Isaacs Nähe bewusst.

Gegen halb zehn wurde es etwas ruhiger, und Lily servierte Carola, die den ganzen Abend allein am Tresen saß, einen Weißwein. »Alles gut?«, fragte sie und schob ihr das Glas hin. »Kommt Owen heute Abend nicht?«

Carola schob ihre Unterlippe vor. »Ich habe schon seit Tagen nichts mehr von ihm gehört.«

»Oh, das ist aber ungewöhnlich«, sagte Lily und kassierte ab.

Carola starrte in ihr Glas. »Er will mir offenbar aus dem Weg gehen.«

Lily sah sie verblüfft an. »Aber ihr zwei seid doch total verliebt ineinander! Vielleicht gibt es ja gute Gründe dafür, dass er sich nicht meldet – vielleicht ist seiner Mutter etwas zugestoßen, oder er ist krank.«

»Zu krank für eine SMS?« Carola wirkte am Boden zerstört.

Lily wusste nicht, was sie darauf sagen sollte. Carola hatte recht. Sie überlegte noch, wie sie ihre Freundin trösten könnte, als Zinnia hereingestürmt kam. Lily strahlte ihre Schwester an. »Dich habe ich heute Abend nicht erwartet.«

Aber das Lächeln gefror ihr im Gesicht, als sie Zinnias wütenden Gesichtsausdruck sah. »Ich hoffe, jetzt bist du endlich froh«, zischte sie. »Du musstest ja deinen Kopf durchsetzen, und die anderen können sich ficken.«

»Oh«, sagte Carola und sah Zinnia leicht entrüstet an. Sie mochte keine Schimpfwörter.

Lily starrte ihre Schwester entgeistert an. »Bitte?«

Unvermutet war Isaac neben ihr aufgetaucht. »Vielleicht könnt ihr woanders in Ruhe weiterreden«, sagte er und machte eine Geste Richtung Hinterzimmer.

»Selbstverständlich.« Lily öffnete die Tresenklappe für ihre Schwester. Sie fühlte sich mit einem Mal schwach auf den Beinen. Zinnia und sie stellten sich vor die Hintertür, damit sie den Weg zwischen Küche und Gastraum nicht blockierten. Lily verschränkte die Arme vor der Brust. »Ich hoffe, du hast eine vernünftige Erklärung für deinen Auftritt.«

»Mum und Roma haben sich getrennt.« Zinnia, hochrot im Gesicht, stemmte die Hände in die Hüften. »Ich war gerade bei ihnen. Sie nehmen sich eine Auszeit, Mum zieht aus. Dir ist sicher klar, dass deine bescheuerte Ich-finde-meinen-Bruder-Mission den Stein ins Rollen gebracht hat. Du wusstest ganz genau, dass du damit in alten Wunden stocherst, aber das war dir egal.« Sie äffte in näselndem Tonfall Lily nach. »Ich will doch nur meine Brüder finden. Leider bringe ich es nicht übers Herz, dem einen, den ich bereits ausfindig gemacht habe, zu sagen, wer ich bin. Aber ich bleibe fürs Erste in seiner Nähe, auch wenn es der Familie, mit der ich aufgewachsen, leider beschissen damit geht.« Ihre Stimme war heiser vor Schmerz. »Jetzt sieh dir an, was du angerichtet hast.«

Lily brach kalter Schweiß aus allen Poren »Sie trennen sich?« Ihre Lippen fühlten sich an wie Papier. »Mum und Patsie trennen sich?« Sie schlug sich vor Entsetzen die Hand vor den Mund.

»Ganz genau. Und das ist allein deine Schuld. Mit deinem ganzen Aufhebens um deine sogenannten Brüder, Fremde, die für dich wichtiger geworden sind als deine richtige Familie, mit der du vielleicht nicht in allen Fällen die DNA teilst, aber dein ganzes Leben verbracht hast. Deine Mütter lieben dich, sie haben sich um dich gekümmert.«

Lily war von Zinnias Worten tief getroffen.

»Zin, hör mir zu.« Lily versuchte, ihre Schwester am Arm zu packen. Aber die war losgeworden, was sie zu sagen hatte, und stürmte jetzt zur Tür zurück, durch die sie gekommen war. »Zinnia!«, rief Lily verzweifelt und mühte sich, ihrer Schwester auf wackligen Beinen zu folgen.

Doch Zinnia ließ sich nicht aufhalten. An der geöffneten Tresenklappe drehte sie sich noch mal kurz um und fauchte Lily an: »Du hast unsere Familie kaputt gemacht, Lily.« Dann hob sie die Klappe und wollte sie zukrachen lassen.

Isaac war genau in diesem Moment damit beschäftigt, unter dem Tresen Mixer hervorzuholen, und tauchte mit einem »Jetzt mal langsam« wieder auf. Die auf ihn niedersausende Klappe konnte er nicht sehen, aber Lily, die »Stopp« schrie, ihre Hand ausstreckte und noch einmal aufschrie, als das schwere Holzbrett auf ihre Finger krachte. Es war, als wäre ihre Hand in Flammen aufgegangen, der Feuerball raste ihren Arm hoch.

Sie hörte schwach, wie Zinnia rief: »Oh nein, Lily, oh Gott«, und Laute des Entsetzens aus der Umgebung.

Die Hintergrundgeräusche aus dem Gastraum verstummten, und Isaac sagte: »Geh da weg, ich kümmere mich um sie.«

Lilys Hand war mit einem Mal frei, aber der Schmerz blieb und füllte sie vollkommen aus. Sie versuchte, ihre Hand an die Brust zu legen, doch jemand hatte sie am Handgelenk gepackt.

»Nicht, mein Schatz«, hörte sie Isaacs Stimme. »Vita, hol mir saubere Handtücher und frische Eiswürfel. Ich bring sie ins Krankenhaus nach Peterborough. Das muss geröntgt werden.«

Darauf murmelte Zinnia erschüttert: »Ich fahre sie dahin.«

Isaac schnaubte verächtlich. »Du hast wirklich bereits genug getan.«

Lily blieb von dem tobenden Schmerz in ihrer Hand fast die Luft weg. Sie merkte, dass man sie behutsam nach hinten führte, ihr einen Stuhl unterschob, Isaac neben ihr kniete und die Hand vorsichtig mit einem mit Eis gefüllten Handtuch umwickelte. Die Kälte besänftigte den brennenden Schmerz, aber dafür wurde das Pochen schlimmer. Aus dem Augenwinkel bekam sie mit, dass das Küchenpersonal vor der Küche herumstand, jemand brachte ihr den Mantel, half ihr, mit dem rechten Arm hineinzuschlüpfen und legte ihr das Kleidungsstück dann um die Schultern. Isaac wies Vita an, den Ausschank zu schließen, auch wenn es noch nicht zehn Uhr war. Niemand von den anderen Angestellten besaß eine Schanklizenz, und er wusste nicht, wann er zurück sein würde. »Könntest du bitte Doggo kurz ausführen, sobald die Gäste draußen sind, und ihm ein bisschen Trockenfutter geben?«

»Ich könnte ihn zu mir nach Hause nehmen«, bot Carola an. »Und zuerst eine kurze Runde durchs Dorf mit ihm machen.«

»Das wäre toll.« Man wünschte Lily alles Gute, während er

ihr aufhalf, einen Arm um ihre Schultern legte und sie durch die Hintertür zu seinem Auto führte.

Er ließ sie einsteigen und schloss die Wagentür. Lily fühlte sich schwach, aber der Schmerz war erträglicher. Sie hörte Isaac mit jemandem reden, die Wagentür auf der Fahrerseite wurde geöffnet, und er sagte: »Wenn du mit ins Krankenhaus willst, dann mit deinem eigenen Wagen.« Er setzte sich neben sie, vergewisserte sich, dass es ihr einigermaßen gut ging, und fuhr los.

Lily ließ ihren Kopf gegen die Stütze zurückfallen und schloss die Augen. Ihre Hand pochte. Ihr war übel, aber die Ursache war nicht der körperliche Schmerz, sondern ein seelischer. Ihre geliebten Mütter trennten sich, und das war allein ihr Fehler. Sie waren seit über vierzig Jahren zusammen, sie hatten ihre gleichgeschlechtliche Beziehung aufrechterhalten, als das alles andere als einfach war, hatten für das Recht gekämpft, ihre Töchter aufzuziehen. Und doch war der Schmerz über Romas Affäre mit Marvin wohl nie ganz verklungen.

Und sie hatte diese Wunde wieder aufgerissen.

Sie weinte leise.

Isaac legte ihr eine Hand aufs Knie und sagte entschuldigend: »Ich habe leider keine Taschentücher.«

Sie schüttelte den Kopf. Es spielte keine Rolle. Sie war in Schmerz versunken.

Eine knappe Dreiviertelstunde später parkte Isaac das Auto und wickelte ihre Hand in ein trockenes Handtuch. Mit dem durchweichten wischte er ihr über die Wangen.

Sie zog die Nase hoch. »Wimperntusche?«

Er nickte und lächelte ein wenig. »Kannst du bis zur Notaufnahme laufen?«

»Klar.«

Er führte sie dahin. Es war ein später Samstagabend und in der Notaufnahme wegen Unfällen und Schlägereien wie immer um diese Zeit viel los. Sie mussten eine Weile warten, bis eine Krankenschwester sich ihrer fürs Erste annahm. Auch in ihrem Fall war eine Auseinandersetzung in einem Pub die Ursache, dachte Lily bei sich.

Dann setzten sie sich und warteten.

Isaac legte einen Arm um sie, Lily schloss die Augen. Erst als sie sie öffnete, weil ein paar Betrunkene Zoff machten, bemerkte sie Zinnia, die ihr gegenübersaß und sie aus großen Augen tiefunglücklich ansah.

Zinnia sprang sofort auf und kniete sich vor sie hin. »Es tut mir so leid. Ich wollte dir nicht weh tun, ich konnte nicht wissen, dass du die Hand dazwischenhalten würdest.« Auf ihren Wangen waren Spuren von Tränen und Wimperntusche.

Lily schloss die Augen wieder. »Sonst wäre die Klappe auf Isaacs Kopf gelandet.«

»Das weiß ich jetzt auch. Ich habe mich auch schon bei ihm entschuldigt. Patsie geht nicht an ihr Handy, aber ich habe Roma verständigt«, flüsterte Zinnia.

»Meinst du nicht, sie hat schon genug Sorgen?«, fragte Lily benommen. Darauf sagte Zinnia nichts mehr.

Sie brachte das Röntgen hinter sich und wartete auf einen Arzt. Zinnia und Isaac standen neben ihrem Bett. Plötzlich erschien auch Roma, leichenblass und mit verweinten Augen. »Lily, mein Schatz«, sie nahm Lilys gesunde Hand und streichelte sie. »Wie hast du das nur gemacht?«

Lily kamen sofort die Tränen. »Es tut mir so leid, Mum.

Zinnia hat mir erzählt, du und Patsie trennen sich wegen mir, ich kann dir gar nicht sagen, wie leid mir das tut.« Sie unterbrach sich, weil sie vor lauter Verzweiflung und schlechtem Gewissen kaum noch Luft bekam.

Roma setzte sich auf die Bettkante, hielt aber weiter Lilys Hand. »Was willst du damit sagen?« Ihre Stimme zitterte leicht. »Patsie hat eine neue Liebe. Was hast du damit zu tun?«

Zinnia hielt entsetzt die Luft an.

Roma ergriff auch eine Hand von Zinnia. »Tut mir leid, dass ich es bin, die dir das sagt, Zin. Bei der Musikgruppe hat deine Mutter eine Frau kennengelernt. Wie du weißt, liebt sie klassische Musik, während ich eher auf *Meat Loaf* stehe. Egal, einstweilen ist sie in ein Hotel gezogen.« Sie stieß einen Laut aus, der irgendwo zwischen Lachen und Weinen lag. »Mal sehen, ob und was sich retten lässt.«

»Du lieber Himmel«, sagte Zinnia atemlos. »Du hast gesagt, dass es etwas ist, das vor ein paar Monaten passiert ist, sich aber schon lange angekündigt hat. Und für mich war ganz klar, dass es sich nur um Lilys Problem handeln konnte.«

Roma stieß ein verbittertes Lachen aus. »Wenn Lilys Problem, wie du es nennst, uns auseinandergebracht hätte, dann bereits vor sechsunddreißig Jahren und nicht erst jetzt.«

Ein Arzt kam und erklärte, dass Lily schwere Quetschungen an der linken Hand erlitten habe – wer hätte das besser gewusst als sie – und zwar Sehnen beschädigt, aber nichts gebrochen war. Er fuhr dann fort, über Hautverletzungen und Blutergüsse zu reden. Eine Schlinge würde es tun, und sie solle die Hand so weit wie möglich hochhalten.

»Sind Sie Rechts- oder Linkshänderin?«, fragte die Krankenschwester, die dann vom Arzt übernahm.

»Linkshänderin«, antwortete Lily alarmiert und warf einen Blick auf ihre geschwollene, von Blutergüssen übersäte Hand. Roma und Zinnia hatten sich in eine Ecke zurückgezogen, wo Zinnia, wie Lily sah, etwas zu erklären versuchte und Roma beschwichtigend zustimmte.

»Das passiert oft. Meist wird die dominante Hand verletzt, weil man automatisch die benutzt«, sagte die Krankenschwester. »Ich gebe Ihnen für die nächsten Tage Codein mit, danach kommen Sie mit Paracetamol und Ibuprofen aus. Was arbeiten Sie?«

»Ich habe einen Teilzeitjob in einem Pub, da ist es auch passiert«, seufzte Lily. »Ansonsten arbeite ich am Computer.«

Die Krankenschwester nickte. »Machen Sie mit der Arbeit im Pub für mindestens eine Woche Pause, wenn Sie dann immer noch nicht arbeitsfähig sind, bitten Sie ihren Hausarzt um ein Attest.«

»Montag geht es in die Schweiz«, sagte Lily kleinlaut. »Da muss ich mit.«

»O-kay«, sagte die Krankenschwester in einem Tonfall, der klarmachte, dass Lilys Pläne unrealistisch waren. »Die Reise könnte ungemütlich werden, und das Codein macht Sie unter Umständen müde.« Sie legte Lily die Armschlinge an. »Gehen Sie zu Ihrem Hausarzt, wenn die Schwellungen nach einer Woche nicht abklingen. Kann sich zu Hause jemand um Sie kümmern? Ihnen was kochen? Ihnen beim Anziehen helfen?« Die Krankenschwester warf Isaac einen Blick zu, als wollte sie sagen: »Der da? Haben Sie ein Glück!«

»Nein, aber es wird schon gehen«, sagte sie genau in dem Augenblick, als sowohl Roma als auch Zinnia ihr ein Bett anboten. Sie schüttelte den Kopf. »Ich will zurück nach Middledip.« Roma und Patsie hatten genug um die Ohren, und selbst wenn man die Brandschäden bei Zinnia außer Acht ließ, wollte sie nach allem, was passiert war, nicht unbedingt zu ihr gehen.

Die Krankenschwester verschwand kurz, um Papierkram zu erledigen und Codein zu holen. Zinnia drückte sich weiter in Lilys Nähe herum. »Lily, ich dachte wirklich … es tut mir so leid.« Sie schluckte schwer. »Das musst du mir glauben.«

Lily konnte den Anblick ihrer vom schlechten Gewissen geplagten Schwester nicht länger ertragen. »Das weiß ich doch, lass uns ein andermal weiterreden«, sagte sie.

Es war kurz nach ein Uhr nachts, als Lily endlich aus dem Krankenhaus entlassen wurde. In der Notaufnahme trieben sich immer noch Betrunkene herum, und Isaac schützte ihre verletzte Hand mit seinem ausgestreckten Arm gegen unbeabsichtigte Rempeleien. Sie hatte zwar ihre erste Ladung Codein intus, aber die Hand pochte immer noch heftig. Zinnia und Roma umschwirrten sie hilflos und winkten dem Auto nach, als Isaac vom Parkplatz fuhr.

Sie fuhren schweigend durch die Nacht. Nur einmal sagte Lily zu Isaac: »Du warst eine große Hilfe, vielen Dank.«

»Freut mich, dass ich dir helfen konnte«, sagte er und legte kurz seine Hand auf ihr Knie, dann zog er sie wieder zurück, um die Gänge zu wechseln, und beließ es dabei. Lily sah aus dem Wagenfenster, wo weihnachtlich geschmückte Fenster vorüberflogen. Aus der mehrspurigen Straße wurde irgendwann eine von kahlen Hecken gesäumte, von einem kalten Wintermond beschienene Landstraße.

Carolas Haus in Middledip war vollständig dunkel, nur die Beleuchtung über den Stufen zu Lilys Einliegerwohnung brannte. Sobald sie im Warmen war, ließ sie den Mantel von ihren Schultern gleiten und setzte sich auf ihr Sofa. Sie biss die Zähne zusammen. »Ich fühle mich zum Kotzen. Was wird jetzt aus der Reise in die Schweiz? Ich bin die Fahrerin, und wir fahren« – sie warf einen Blick auf die Uhr über der Mikrowelle – »morgen.«

Zehntes Kapitel

Die Tränen hatten Lilys Make-up weggeschwemmt, der Schmerz feine Linien in ihr Gesicht gezeichnet. Beim Anblick ihrer Hand, die angeschwollen und blutunterlaufen aus der Schlinge ragte, wurde Isaac ganz anders. Sie hielt sie so schonend, als wäre ihr schon die Berührung mit der Luft zu viel. Er wollte sich gar nicht vorstellen, was die schwere hölzerne Klappe mit seinem Kopf gemacht hätte, er hätte tot sein können.

Er hatte ihr viel zu verdanken.

Er ging zur Küchenzeile, setzte heißes Wasser auf und suchte in den Schränken nach Bechern und Kaffee. Dann nahm er Milch aus dem Kühlschrank und ließ seinen Blick durch das Zimmer wandern. Ihm gefiel das Aufgeräumte, Geräumige, das blaue Sofa, auf das Lily sich zurückgezogen hatte, die Workstation mit einem Laptop und an der Wand ein kleiner Tisch, davor zwei Stühle. Jenseits der Tür lag eine kleine Diele, von der ein Badezimmer abging und vermutlich ihr Schlafzimmer.

Würde er das jemals erfahren? Seit seiner misslungenen Reaktion auf ihre Annäherungsversuche war sie auf Distanz geblieben. Es hatte ein Unglück passieren müssen, damit zwischen ihnen wieder eine Annäherung stattfand.

Wahrscheinlich würden ihm das Krachen des Holzteils und Lilys Schreckensschrei sein Leben lang in den Ohren bleiben. Ihm lief es immer noch kalt den Rücken herunter, wenn er daran dachte. Aber wenigstens hatte er kühlen Kopf bewahrt – sofort erkannt, dass sie keinen Krankenwagen brauchte, und sie in die nächste Notaufnahme gefahren. Erst als sie dort gesessen und gewartet hatten, sie vor Schmerz zitternd, waren die Eindrücke auf ihn eingeprasselt.

Ihre geprellte, blutende Hand, ihre Schmerzen, die ihm kalten Schweiß auf die Stirn trieben – am liebsten hätte er sie in den Arm genommen, um ihr etwas von ihrer Pein zu nehmen.

Er hatte sich alle Mühe geben müssen, um gegenüber Zinnia höflich zu bleiben. Lily hatte sie leider nicht nach Hause geschickt, und so hatte sie bei ihnen gesessen und sich in einem fort tränenreich entschuldigt, bis ihm irgendwann fast herausgerutscht wäre: »Ein bisschen spät, findest du nicht?« Zinnia mit ihrem unbeherrschten Temperament. Was hatte sie sich eigentlich dabei gedacht, im Pub aufzutauchen und Lily anzuschreien? Was für eine beschissene Art, ihrer Schwester die Nachricht von der Trennung ihrer Eltern zu überbringen.

Er bereitete den Kaffee zu, setzte sich dann zu ihr aufs Sofa, achtete dabei darauf, dass ihre verletzte Hand nicht in Mitleidenschaft gezogen wurde und griff nach ihrer gesunden Rechten. »Solltest du vielleicht lieber hierbleiben und nicht in die Schweiz fahren?«

Sie ließ ihren Kopf von einer Seite auf die andere rollen. »Das geht nicht. Aber ich muss einen anderen Fahrer finden.«

Er streichelte ihre Hand. »Carola hat doch einen Führerschein, oder?«

»Ja, aber sie bekommt im Rechtsverkehr angeblich Panikattacken. Neil hat man vor ein paar Monaten den Führerschein entzogen, und damit fällt er ebenfalls aus. Und die Teenager sind zu jung, da macht die Versicherung nicht mit.«

»Und wie willst du einen anderen Fahrer finden?«

Ihre Lippen zitterten, der Anblick tat ihm unendlich leid.

»Keine Ahnung, aber es muss einfach gehen. Fürs Fliegen ist es zu spät. In diesem Winter hat es früh geschneit, und viele Leute haben noch im letzten Moment Flüge für ihre Skiferien gebucht, außerdem müssen wir erst mal zum Flughafen und zurückkommen. Und überhaupt, wie sollen wir die Instrumente und die Anlage transportieren? Irgendwie muss ich eine Lösung finden.«

»Vielleicht geht es aber auch gar nicht, du bist ernsthaft verletzt«, sagte er so sanft er nur konnte.

Sie wandte ihm langsam den Kopf zu, ihre Haut war von einer fast leuchtenden Blässe. »Egal, ich fahre«, sagte sie lakonisch. »Es geht nicht nur um die *Middletones*, die Messeveranstaltung und den Weihnachtsmarkt. Ich habe dir doch von meinen beiden Halbbrüdern erzählt, na ja« – sie atmete langsam aus –, »das sind Tubb und Garrick.«

»Wow«, sagte Isaac überrascht. Er versuchte, seine Gedanken zu ordnen. »Jetzt verstehe ich, warum du in dem Pub arbeitest und mit einem Kunden, der in der Schweiz sitzt, jetzt ist mir alles klar.«

Sie ließ ihren Kopf nach hinten gegen ein Sofakissen fallen.

»Mum sagt, die Suche nach meinen Brüdern hätte nichts mit der Trennung von Patsie zu tun, aber natürlich hat die Tatsache, dass ich immer noch hier in Middledip rumhänge, Zinnia noch wütender gemacht.«

Sie wirkte so erschöpft und unglücklich, dass in Isaac sofort wieder Wut aufflammte. »Zinnia hat überhaupt keinen Grund, dir an irgendetwas die Schuld zu geben, nach dem Auftritt heute schon gar nicht.«

Ihre Finger hielten seine fest umklammert. »Es geht um das, was sie fühlt, und Gefühle sind leider nicht immer logisch oder fair. Sie wollte mir sicher nicht weh tun. Aber ich gehe hier nicht weg, bevor ich nicht sicher bin, dass Tubbs Herzprobleme voll unter Kontrolle sind. Es reicht nicht, mit ihm hin und wieder über Skype zu kommunizieren, natürlich lächelt er dann und sagt, es sei alles okay. Und ich will erst auch noch Garrick kennenlernen.«

Wenn er auf Lilys Hand blickte, hatte er zwar nach wie vor eine Riesenwut auf Zinnia, aber er hielt es für weiser, das Thema fürs Erste auf Eis zu legen. Lily erklärte ihm stattdessen, warum sie Tubb noch nichts von ihrer verwandtschaftlichen Beziehung erzählt hatte, dass selbst lang zurückliegende Affären noch lange nachwirken könnten und Tubbs greise Tante in ihrer Zerstreutheit ihm von der Affäre des Vaters möglicherweise erzählt hatte, als wüsste er bereits davon.

Sie lächelte schwach. »Er hat sich unglaublich darüber aufgeregt und hat versucht herauszufinden, wann sein Vater diese Geliebte hatte. In der leicht verwirrten Erinnerung seiner Tante fiel die Affäre mit der Invasion der Falklandinseln zusammen, das wäre 1982 gewesen, als Garrick sechzehn und er selbst einundzwanzig Jahre alt waren. Ich bin aber 1983 geboren«, sagte sie leise. »Marvin hatte seiner Tante Bonnie anvertraut, dass diese andere Frau die Liebe seines Lebens gewesen war, was Tubb aus Solidarität mit seiner Mutter noch mehr gegen ihn aufbrachte. Nach dem Tod seines Vaters war Tubb zwischen Trauer, Wut und Enttäuschung hin und her gerissen.

Die zwiespältigen Gefühle sind ihm damals ziemlich an die Nieren gegangen.«

Lily unterbrach sich und griff nach ihrem Kaffeebecher. Isaac half ihr, ihn mit einer Hand zu balancieren. Nach ein paar Schlucken sprach sie weiter: »Tubb nahm an, dass die Geliebte zur Zeit der Affäre mehr oder weniger das gleiche Alter gehabt hatte wie sein Vater, also Anfang fünfzig. Er war sehr dankbar, dass sie damit zu alt war für Bälger, wie er sich ausdrückte, mit anderen Worten, in seinen Augen musste er wenigstens nicht die Existenz von Halbgeschwistern befürchten.« Ihre Lider flatterten. »Ich mag ihn trotzdem immer noch und möchte auch immer noch Garrick kennenlernen.«

Isaac half ihr, den Becher abzustellen und führte die Finger ihrer Rechten an seine Lippen. »Für dich ist das alles nicht einfach.«

Sie nickte hastig. »Vielleicht begreifst du jetzt, warum ich einen anderen Fahrer finden muss. Aber es ist bereits Sonntagmorgen, wenn auch noch sehr früh, und wir wollen morgen um neun Uhr aufbrechen.«

Isaac streichelte ihr über eine Wange. »Zinnia schuldet dir noch was.«

Ihre Augen blitzten auf. »Sie muss arbeiten, und ihr Haushalt ist nach dem Brand immer noch ein Chaos. Vor allem aber halte ich es im Moment für keine gute Idee, neun Tage mit ihr zu verbringen, vier davon in einem engen Kleinbus. Mum ist nach dem Auszug von Patsie mit den Nerven am Ende und muss ohnehin für einen Fotoauftrag nach Schottland. Patsie ist bei ihrer Arbeit im Gericht.« Sie lächelte ihn bedauernd an. »Auf dem Heimweg vom Krankenhaus ist mir das alles immer wieder durch den Kopf gegangen.«

Er hatte sie verärgert und verzweifelt erlebt, aber noch niemals derart niedergeschlagen. »Ich fahre«, sagte er spontan. »Ich bin in meinem Leben schon ein paarmal Kleinbus gefahren.«

Ihr Blick wurde erstaunt. »Und was ist mit dem Pub?«

»Das werden wir schon irgendwie organisieren. Als Dankeschön für deinen Einsatz, damit mir dieses Holzteil nicht auf den Kopf krachen konnte. Morgen früh rufe ich als Erstes Mister Tubb an.«

»Das war reiner Instinkt, jeder hätte so gehandelt.«

»Das glaube ich nicht. Aber ich werde nicht zulassen, dass du nicht auf diese Reise gehen und deine Brüder richtig kennenlernen kannst. Deshalb übernehme ich das Fahren.« Er unterbrach sich, als er in Lilys Augen Tränen sah. »Hey«, sagte er in scherzhaftem Tadel. »Das sollte dich eigentlich froh machen.«

Halb lachte, halb schluchzte sie. »Danke. Wenn du das mit Tubb hinbekommst … dann vielen Dank, wirklich!«

»Du musst jetzt ins Bett und dich erholen.« Er warf einen Blick auf seine Uhr. »Und wenn ich morgen um neun mit euch losfahren will, dann gehe ich auch besser schlafen.«

Lily gähnte und erhob sich schwankend vor Erschöpfung vom Sofa.

Er sah sie an, dann die Knöpfe an ihrem Polohemd, den Reißverschluss an ihrer Hose und wurde nachdenklich. »Kannst du dich denn allein ausziehen?«

»Tja«, sagte sie verunsichert und errötete leicht.

»Keine Sorge, ich mache mich nicht an Frauen ran, die sich nur mit einer Hand wehren können«, sagte er trocken. »Carola kannst du um diese Stunde unmöglich wecken, komm, ich helfe dir.«

Verschämt führte sie ihn in ihr Schlafzimmer, wo er sacht, als wäre sie aus Glas, zwei Knöpfe an ihrem Polohemd löste, ihr die Schlinge abnahm, ihr dann half, den gesunden Arm durch das Armloch zu fädeln, das Hemd über den Kopf zu ziehen und über den Arm mit der verletzten linken Hand. Beim Lösen des Knopfes an ihrer schwarzen Hose hämmerte ihm das Herz gegen die Brust, als er ihren weichen Bauch an seinen Fingerrücken spürte. Schweigend zog er ihr die Schnürsenkel auf, so dass sie sich Schuhe und Hose abstreifen konnte.

Dann hielt er inne, und sein Blick begegnete ihrem, sie wirkte verunsichert. »Wahrscheinlich ist das ein völlig unpassender Moment, aber ich wollte mich für meine Reaktion auf deinen zarten Vorstoß entschuldigen.« Er sah, wie heftige Röte über ihr blasses Gesicht floss. »Meine Worte sollten keine billige Entschuldigung sein, ich wollte das alles so wie du! Aber gleichzeitig hatte ich Angst, meinen Kopf zu verlieren. Du musst dir auch gedacht haben, was für ein Idiot, erst küsst er mich, und dann textet er mich mit Verhaltensregeln zu – an die ich mich übrigens bis dahin wirklich immer strikt gehalten habe. Aber jetzt ist Schluss damit, bei dir sollen sie keine Rolle mehr spielen.«

Er hatte sich alle Mühe gegeben und ihren halbnackten, nur mit knapper weißer Unterwäsche bekleideten Körper so gut es geht ignoriert, aber jetzt wanderte sein Blick zu den nackten Schultern, den runden Brüsten in den weißen seidenen Schalen ihres BHs, ihrer Taille, den gerundeten Hüften. »In meiner Phantasie habe ich mir diese Szene romantischer vorgestellt, aber … Lily, bitte glaube nicht, dass ich dich nicht will.«

»Ah!« Sie blinzelte und wurde tiefrot vor Verlegenheit.

Er lachte sanft und führte ihre gesunde Hand an seine Lippen, trat aber nicht näher. Ihm war klar, der richtige Augenblick musste warten, und das sollte sie wissen. »Ich helfe dir noch ins Bett, dann gehe ich. Wo ist dein Schlafanzug, du zitterst ja.«

»Oh, ich brauche … ich ziehe ihn mir im Badezimmer an.« Sie nahm hastig etwas Weiss-blau-Kariertes aus der Kommode und eilte damit ins Bad.

»Kommst du klar?«, fragte er. Ihr Rücken war ebenso ansehnlich wie das, was er bereits von ihr kannte.

»Ja!«, rief sie entschieden zurück. Bis ins Innerste aufgewühlt marschierte er in ihrem Schlafzimmer auf und ab und versuchte, das einladende, mit einem weißen Überwurf bedeckte Doppelbett zu ignorieren. Hoffentlich hatte er den Schaden etwas gutmachen können. Sie hatte auf seine Entschuldigung nicht weiter reagiert, ihn aber auch nicht rundweg abgewiesen.

Bald stand sie in ihrem Schlafanzug vor ihm, die Jacke hielt sie mit der gesunden Hand vorne geschlossen. »Gott sei Dank habe ich eine elektrische Zahnbürste, so war das Putzen kein großes Problem, aber mit den Knöpfen …« Sie blickte an sich herunter. »Ich könnte sie offen lassen, aber man hat mir gesagt, ich soll die Schlinge auch beim Schlafen anbehalten, und mit der bräuchte ich Hilfe.« Ihre Wangen glühten.

Er schluckte schwer. »Ich mache das mit den Knöpfen. Ich reiße mich am Riemen.«

Sie hielt weiter unbeholfen ihre Jacke zu, während er die Knöpfe nacheinander durch die Löcher schob. »Das ist wirklich eine Prüfung«, murmelte er, während er den zitternden Fingern bei ihrer Arbeit zusah. Sie kicherte, und er hoffte, ihr

Blick würde nicht unversehens zu seiner Körpermitte wandern.

Schließlich legte er ihr die Schlinge um, und sie führte mit einem Dankeschön ihre Hand hindurch.

Er wollte etwas darauf erwidern, »gern geschehen« zum Beispiel, holte aber stattdessen ein Glas Wasser und die nächste Dosis Schmerzmittel, stellte beides neben ihr Bett und schloss ihr Handy in Reichweite zum Aufladen an.

»Ruf mich an, wenn du etwas brauchst. Ansonsten melde ich mich morgen früh.«

Er wartete nicht ab, um zu sehen, wie sie in ihr Bett stieg. Seine Selbstbeherrschung hatte ihre Grenzen.

Elftes Kapitel

Isaac hatte immerhin fünf Stunden geschlafen, als der Wecker klingelte, aber er fühlte sich völlig zerschlagen. Er schleppte sich dennoch vom Bett in die Dusche, ihm war bewusst, dass er sich beeilen musste.

Bei seiner Morgenrunde mit Doggo joggte er, um dem Hund in kurzer Zeit möglichst viel Auslauf und Bewegung zu geben. Der Dezember hatte Cambridgeshire fest im Griff, die Landschaft war frostüberzogen und glitzerte wie eine Weihnachtskarte. Die Kälte biss ihm in die Ohren, als er über die Spielfelder rannte, die Port Road überquerte und in den üblichen Feldweg einbog; von dort ging es weiter zur Little Lane, dann wieder zurück zur Hauptstraße und zum Pub. Der gutmütige Doggo trottete freundlich an seiner Seite und fiel an seiner flexiblen Leine nur hin und wieder zurück, um etwas zu beschnüffeln oder seine Marke zu setzen.

Nach dem Frühstück in der Küche wandte sich Isaac den Aufgaben für den Tag zu. Er hielt Lilys Arbeitsunfall offiziell fest und überlegte dann, wie er die Schichten der anderen Mitarbeiter so legen konnte, dass seine Abwesenheit kein Problem war. Lily schrieb ihm eine Nachricht: Hast du das wirklich ernst gemeint? Habe noch viel zu organisieren …

Sicher bezog sie sich auf die Reise in die Schweiz, und er

schrieb zurück: *Ja, und bei mir ist es genauso. Bin bald bei dir, muss aber erst noch mit Tina und Mister Tubb reden.*

Zuerst meldete er sich bei Tina und hoffte, dass sie sich an einem Sonntagmorgen um neun Uhr nicht allzu gestört fühlen würde, zumal sie sich gerade von einer heftigen Erkältung erholte. Er begann mit einer Entschuldigung und schilderte ihr dann die Situation.

Als er seinen Monolog beendet hatte, seufzte Tina. »Na ja, wir können die Leute nicht einfach hängenlassen. Seit Monaten haben sich alle auf diese Reise vorbereitet, und Lily kann für ihre Verletzung nun wirklich nichts. Ich komme heute zur Arbeit und übernehme dann deine weiteren Schichten. Während dieser Zeit werde ich in einem der anderen Gästezimmer übernachten.«

»Du bist wirklich meine Rettung«, sagte Isaac erleichtert. Wenn Tina abgelehnt hätte oder noch zu erkältet gewesen wäre, hätte er erst einmal nicht mehr weitergewusst. Tubb wäre sicher nicht scharf darauf gewesen, jemanden zu suchen, der kurzfristig für ihn einspringen konnte, wenn man so kurzfristig überhaupt jemanden gefunden hätte. Außerdem hätte er auf mindestens ein Monatsgehalt verzichten müssen. »Kannst du vielleicht schon heute Nachmittag für mich übernehmen, dann kann ich die Reise organisieren. Dafür übernehme ich heute Abend die Schicht, damit du eine Pause hast. Vom zweiten bis zum neunten Dezember vertrittst du mich dann offiziell hier im Pub als Manager. Am Dienstag, den zehnten, bin ich für die Abendschicht wieder zurück.« Sie besprachen noch einige wichtige Fragen, dann beendete er das Telefonat.

Bei einer Tasse Kaffee legte er einen Dienstplan fest, in dem Tina so weit wie möglich entlastet würde, und den mailte er dann an Tubb, gefolgt von einer Textnachricht mit der Bitte um ein Telefonat via Skype. Innerhalb von zwei Minuten erhielt er einen Rückruf.

Tubbs Bild war etwas verwackelt und unscharf, aber seine Sorgenfalten konnte Isaac gut erkennen. »Was ist los?«, fragte er.

Isaac erklärte mit nüchterner, gefasster Stimme die Lage, ließ aber alle privaten Details zu dem Streit zwischen Zinnia und Lily beiseite. Die gingen Tubb vorerst nichts an.

Tubb wirkte betroffen und verärgert und strich sich über das dünne Haar. »Warum kommt Lilys Schwester einfach in den Pub und fängt einen Streit mit ihr an?«

»Sie hat sehr viel Temperament«, sagte Isaac diplomatisch. »Ich habe Ihnen einen neuen Dienstplan geschickt, damit Sie sehen können, was ich vorhabe. Ich weiß, ich hätte Sie fragen sollen, bevor ich mich als Ersatzfahrer angeboten habe. Ich habe mit Lily andere Lösungen überlegt, aber uns sind so kurzfristig keine Alternativen eingefallen. Es steht zu befürchten, dass die ganze Reise platzt.«

»So ein Mist«, sagte Tubb kurz und deutlich. Er wandte sich vom Bildschirm ab und sagte: »Hast du mitgehört, Janice? Wenn die Reise platzt, hat Max ein Problem. Vielleicht sollte ich hinfliegen und einspringen …«

Isaac war kurz alarmiert, doch da ließ sich aus dem Off eine weibliche Stimme vernehmen: »Das ist gegen die Anweisungen des Arztes, außerdem hat Isaac alles schon mit Tina arrangiert.« Das Gesicht von Janice erschien auf dem Schirm. »Hallo Isaac. Ein ziemlicher Mist, das Ganze, stimmt's? Sind die anderen Angestellten bereit, die Überstunden zu übernehmen?«

»Ich dachte, ich rede erst mal mit Mister Tubb.« Isaacs Blick flog kurz zur Uhrzeit, der Morgen verging wie im Fluge.

Tubb rieb sich besorgt das Kinn, aber er machte seine Mail auf und schaute sich den Dienstplan an.

Janice gab ihm einen beruhigenden Klaps auf die Schulter, während sie sich beide über den neuen Dienstplan beugten. »Alles wie damals, als wir zusammen in Urlaub gefahren sind, erinnerst du dich? Tina schmeißt wieder den Laden, und genau dafür hattest du ihr ja damals eine Schanklizenz besorgt.«

»Na ja, das stimmt schon.« Tubb machte den Eindruck, als wäre er bereit, sich überreden zu lassen.

Auf dem Schirm erschien das lächelnde Gesicht von Janice. »Wie lange ist Lily von der Arbeit fort? Laut Plan soll sie am dreizehnten wieder anfangen. Reicht ihr das, um wieder in Form zu sein?«

»Vielleicht.« Das war ein weiterer Punkt auf Isaacs To-do-Liste. »Meiner Meinung nach sollten wir ihr das Wochenende bezahlen. Wenn sie keinen Urlaub genommen hätte, wäre sie die nächste Woche krankgeschrieben.« Tubb war einverstanden. Dafür musste Lily ein ärztliches Attest beibringen und Isaac den Zwischenfall als Arbeitsunfall melden.

Tubb nickte. »Ausgerechnet Mitte Dezember, wenn der Laden brummt.«

Sie diskutierten weitere organisatorische Details, und es stellte sich heraus, dass Isaac sich gerade genug Urlaubstage für die Reise in die Schweiz erworben hatte.

Tubb grinste, sein Blick war schelmisch. »Also, ich will dir nicht im Wege stehen. Für Max und seinen Boss bist du vermutlich ein Held.«

Nach dem Anruf mit Tubb versuchte Isaac es bei Hayley,

erreichte aber nur den Anrufbeantworter. Er hinterließ ihr eine Nachricht mit der dringenden Bitte um Rückruf und textete ihr dann. Tut mir leid, dass ich dich damit überfalle, aber könntest du Doggo von heute bis zum 10. oder 11. Dezember nehmen? Es ist etwas Dringendes dazwischengekommen.

Die nächste Nachricht ging an Lily. Tina und Tubb sind einverstanden. Sitze noch an Details, aber kann den Fahrdienst übernehmen.

Als Nächstes rief er Flora an. »Kann ich kurz vorbeikommen und bei dir meine Winterkleidung vom Speicher holen? Und kannst du am Mittwoch, den vierten, eine Extraschicht einlegen?«

Flora klang erfreut. »Eine Gelegenheit, um was dazuzuverdienen? Immer gerne. Willow arbeitet am Mittwoch nicht und kann die Kinder übernehmen.«

»Wunderbar, vielen Dank.« Isaac versuchte es noch mal bei Hayley. Ihre Wohnung lag auf dem Weg zu Flora, und auf der Fahrt zu ihr hätte er auch gleich Doggo abliefern können. Aber sie antwortete wieder nicht. An diesem Wochenende war sie auch gar nicht vorbeigekommen, um Doggo einen Besuch abzustatten. Vielleicht war sie auf Reisen. Er versuchte es bei einigen Hundepensionen, bei denen sie Doggo bei Urlauben untergebracht hatten, aber es war überall ausgebucht. Bei anderen sagten ihm die Kundenbewertungen nicht zu. Das Glück war nicht auf seiner Seite.

Er überflog noch einmal kurz einige Hinweise an Tina für die Zeit seiner Abwesenheit, machte sich schnell ein Sandwich und rannte dann nach unten in den Pub, wo Tina mit ihrer gewohnten Seelenruhe gerade für das Mittagsgeschäft öffnete. »Nochmals vielen Dank«, rief er ihr zu. Auf dem Weg zu Floras Haus versuchte er es immer wieder bei Hayley und aß sein Sandwich. Bei seiner Schwester verbrachte er gut zehn Minuten mit Jeremy und Jasmine, die außer sich waren vor Glück, ihren Onkel zu sehen.

»Ich will mit nach oben in den Speicher!«, rief Jeremy und rannte schon zur Treppe voraus.

»Ich auch«, schrie Jasmine und heftete sich ihrem Bruder an die Fersen.

»Erst müsst ihr Mummy fragen«, sagte Isaac. »Aber ich fürchte, die wird nein sagen.«

»Auf gar keinen Fall«, sagte Flora entsetzt.

»Bitte, bitte«, bettelten die beiden Kinder.

Der Kompromiss bestand darin, dass Isaac sie einzeln an der Leiter hochhielt und sie im Licht der Taschenlampe in den Speicher mit seinen Kisten, Kasten und Spinnennetzen schauen durften. Dann überließ er die beiden wieder Floras Obhut und suchte seine Stiefel, warme Unterwäsche und gefütterten Hosen zusammen.

Er stellte noch den Weihnachtsbaum in den Ständer und prüfte das Funktionieren der Beleuchtung, dann war es schon wieder höchste Zeit, sich auf den Heimweg zu machen, obwohl die Kinder bettelten, er solle noch bleiben. Im Auto versuchte er es weiter vergeblich bei Hayley – es sah immer mehr so aus, als müsste er Doggo in die Schweiz mitnehmen. Wenigstens hatte der Hund einen gültigen Heimtierausweis.

Er begab sich direkt zu Lily. Als er an die Terrassentür klopfte, kam keine Reaktion, aber sie musste sein Ankommen bemerkt haben, denn sein Handy klingelte. »Ich bin bei Carola, kannst du bitte zur Haustür kommen?«

Dort erwartete sie ihn bereits. Die Leggings und der

schlabbrige lilafarbene Kapuzenpullover bildeten einen schönen Kontrast zum Blau ihrer Schlinge, und ihre Wangen waren nicht mehr ganz so blass wie in der Nacht. »Ich wollte dich gerade anrufen«, begrüßte sie ihn. »Vielleicht kommen wir wegen der Versicherung für den Kleinbus morgen später los. Ich kann deine Fahrerdaten erst morgen ab acht Uhr durchgeben, aber wir buchen den Autozug durch den Eurotunnel um und fahren einfach eine Stunde später, erreichen das Hotel in Châlons-en-Champagne aber trotzdem noch rechtzeitig.«

Sie blieb kurz stehen, drehte sich um und warf ihm einen Blick zu. Er tat so, als hätte er ihr nicht gerade auf den Hintern gestarrt, und sah ihr in die Augen. »Laut Don, dem Hausverwalter, bleibt uns, obwohl wir einen Sitzplatz mehr im Auto brauchen, trotzdem genug Raum fürs Gepäck und alles andere. Mit seinem Vorgesetzten hat er den Fahrerwechsel bereits abgesprochen. Die Dienstwege an diesem kleinen College sind kurz, und Dons Vorgesetzter würde ohnehin keine Band daran hindern, zu einem Konzert zu fahren.«

Sie betraten ein geräumiges Esszimmer. In einer Ecke war alles Mögliche aufgestapelt, auch der Tisch lag voller Sachen. Carola, das Haar hinter die Ohren gesteckt, saß inmitten des Chaos und hielt einen Laptop auf den Knien, auf dem sie gerade tippte. »Schön, dass du hier bist«, sagte sie kurz angebunden. »Ich buche gerade in Frankreich dein Zimmer für die Hin- und Rückfahrt.«

Er gab ihr seine persönlichen Daten und informierte die beiden Frauen, dass Doggo sehr wahrscheinlich mit von der Partie sein würde. »Ich kann Hayley nicht erreichen, und Flora kann den Hund nicht nehmen, weil ihre Tochter allergisch gegen Tierhaare ist.«

Lily stöhnte auf. »Immer, wenn man denkt, es ist alles geschafft, taucht das nächste Problem auf.«

»Gott sei Dank sind in dem Hotel Haustiere erlaubt«, unterbrach sich Carola beim Tippen.

»Doggos Reisezwinger wird einigen Raum beanspruchen«, warnte Isaac. »Wir könnten ihn auf einem zusätzlichen Sitz anschnallen, aber das würde weniger Platz fürs Gepäck bedeuten, und in einem Zwinger hat er es auch gemütlicher. Außerdem kann man Gepäck darauf stapeln.«

Lily rollte mit den Augen. »Unter jedem Sitz ein Rucksack, dazu zehn Leute mit ihren Koffern, Instrumente, die Anlage und jetzt auch noch ein Hund.« Lily wandte sich an Carola. »Egal, buchen wir einen Platz für Isaac und Doggo für den Autozug durch den Tunnel. Ich habe mit Max wegen deiner Übernachtungen in der Schweiz gesprochen, und er sagt, er kümmert sich darum. Er war so unendlich erleichtert, dass du die Reise gerettet hast und er gegenüber der Geschäftsleitung sein Gesicht nicht verliert. Er hätte dich wahrscheinlich sogar auf eigene Kosten in einem Hotel unterge-bracht.«

»Solange ich nicht im Bus übernachten muss, ist mir alles recht«, sagte Isaac.

Die beiden Frauen kümmerten sich weiter um die Buchungsänderungen. Dabei wirkte Carola angespannter als sonst und ging zweimal in den ersten Stock, um ihre Töchter zur Eile beim Packen anzutreiben.

»Wie geht es dir heute?«, erkundigte sich Isaac bei Lily, als sie gerade einen Augenblick allein waren.

»Gut«, sagte sie geistesabwesend und warf einen besorgten Blick auf die Sachen, die sich an der Tür auftürmten.

»Was meinst du damit? Deine Hand ist immer noch geschwollen und verfärbt, und außerdem musst du dich um diesen ganzen Mist hier kümmern, anstatt dich auszuruhen. Tut es immer noch sehr weh?«

Ein Lächeln huschte über ihr Gesicht. »Es geht mir den Umständen entsprechend gut. Ehrlich gesagt pocht die Hand wie verrückt. Aber morgen kann ich mich ausruhen, sobald wir unterwegs sind und unser persönlicher Chauffeur O'Brien das Steuer übernommen hat.« Sie unterbrach sich, schob sich mit der gesunden Hand das Haar zurück und schenkte ihm ein warmes Lächeln. »Ich glaube, ich habe mich noch gar nicht dafür bedankt, dass du dein Leben mal so eben auf Eis gelegt hast. Das ist wirklich toll von dir.«

Sie hielt ihm das Gesicht zugewandt, und ihre Augen lächelten, eigentlich die passende Gelegenheit für einen Kuss, aber Carola kehrte gerade in diesem Augenblick ins Zimmer zurück. Sie grummelte über ihre Töchter, die, typisch Teenager, mal wieder mit ihren Handys beschäftigt waren, anstatt zu packen.

»Du hast doch meinen Kopf gerettet. Eine Hand wäscht die andere.«

Eine Viertelstunde später raste Carola abermals nach oben, weil lautes Gezänke zu hören war. Wieder fand Isaac keine Gelegenheit für eine zärtliche Geste, denn Lily flüsterte ihm zu: »Carola ist wegen ihres Partners so angespannt. Owen hat mehrere Tage lang nichts von sich hören lassen. Sie ist sogar zu ihm nach Hause gefahren, aber da war er offenbar auch nicht.«

Er legte die Stirn in Falten. »Ist das etwa der Typ, den sie übers Internet kennengelernt hat? Ich hoffe, das ist kein Fall von Ghosting.«

Sie verzog das Gesicht. »Sind das die Fälle, wo jemand ohne Vorwarnung den Kontakt abbricht? Das hoffe ich nicht, er hat einen so netten Eindruck gemacht.«

Als Carola mit finsterer Miene wieder auftauchte, nahm Lily sie in den Arm. »Ich glaube, wir haben alles so weit erledigt. Ich habe Gott sei Dank bereits am Samstag gepackt, aber ich bekomme meinen Koffer nicht allein zu, und es müssen noch ein paar Dinge in meinem Rucksack verstaut werden. Kannst du kurz mit runterkommen, Isaac, und mir die Reißverschlüsse zuziehen?«

»Sehr gerne«, sagte er, was im Klartext hieß, ich freue mich darauf, endlich mit dir allein zu sein.

Sie verabschiedeten sich von der blassen, unglücklichen Carola, und Isaac folgte Lily durch Carolas exzellent ausgestattete Küche eine schmale Treppe hinunter in Lilys kleine, hübsche Wohnung. Carola hatte ein wirklich tolles Haus.

Isaac blieb vor Lilys Koffer stehen, der auf dem Boden lag. »Hast du auch das blaue Paillettenkleid eingepackt?«, fragte er hoffnungsvoll.

Sie lachte und errötete leicht. »Nur Pullover und Stiefel. Ich brauche jetzt unbedingt Schokolade.« Sie holte zwei Mars-Riegel aus dem Kühlschrank. »Und Codein.« Mit einer Hand drückte sie zwei kleine weiße Pillen aus einem Blisterstreifen und nahm sie mit einem Glas Wasser ein. Dann ließ sie sich vorsichtig auf das Sofa fallen und bot ihm einen Riegel an.

»Danke.« Er setzte sich neben sie. »Hast du heute schon von deiner Schwester gehört?«

Sie riss die Verpackung mit den Zähnen auf.

»Sie hat heute Morgen angerufen und wollte vorbeikommen, aber ich wollte nicht mit ihr reden. Sie hat sich tausendmal entschuldigt, und ihr tut das alles unendlich leid, aber ein Gespräch mit ihr würde Stunden dauern, und die Zeit habe ich gerade einfach nicht. Außerdem ist es besser, wenn wir beide uns erst mal beruhigen. Leider hat sich die Situation auch nicht grundsätzlich verändert. Was ich da gerade tue, geht ihr einfach an die Nieren.« Sie biss von ihrem Riegel ab, kaute, schluckte und sagte dann: »Ihr Verhalten mag nicht fair sein, aber ich kann ihre Gefühle auch nicht einfach ignorieren. Wir zwei waren immer ein Team gegen den Rest der Welt, gegen die, die sich wegen unserer Mütter das Maul zerrissen oder uns verarschten, und mitunter war das ziemlich übel. Wir haben immer zusammengehalten, obwohl wir recht verschieden sind. Und jetzt hat sie Angst, dass es damit vorbei ist.«

»Wegen deiner Brüder?« Isaac empfand ein gewisses Maß an Verständnis für Zinnia.

»Genau.« Lily seufzte. »Nach meiner Rückkehr aus der Schweiz muss ich mich entscheiden, wie es weitergeht.«

Die Aussage haute ihn erst mal um. »Du meinst, du hast dich eigentlich schon entschlossen, von hier wegzugehen?«

Sie wischte sich verstohlen eine Träne fort. »Ja, denn dann habe ich meinen ursprünglichen Plan umgesetzt und meine Brüder kennengelernt.«

Sie aßen schweigend ihre Schokoriegel. Isaac spürte, dass der Zucker ihm guttat. Vor ihm lag ein langer Tag. »Du hast also ziemlich viel Zoff wegen deiner Mütter erlebt?«

Lily knautschte das Papier zusammen. »Oh ja. Aber ich habe immer versucht, mit den Leuten zu reden, die uns dumm angemacht haben, während Zinnia meistens sofort hochgegangen ist.«

»Ach, das wundert mich aber«, sagte er ironisch.

Sie lachte schnaubend und sagte dann nachdenklich: »Du bist jünger als Hayley, was ja auch eher ungewöhnlich ist. Vielleicht hast du auch erlebt, dass Leute dumme Kommentare machen. Ich habe immer gewollt, dass die anderen unsere Situation besser verstehen. Schon als Kind wusste ich übrigens, dass meine Zeugung auch zwischen meinen Müttern für Diskussionen gesorgt hatte. Wie auch immer, unsere Familienkonstellation war zwar ungewöhnlich, aber ich hatte eine schöne Kindheit, was konnte also Schlechtes daran sein? Im letzten Grundschuljahr habe ich einem hämischen Mitschüler erklärt, dass es für Menschen keine Standards gibt, dass wir uns eben alle in Haut-, Haar- und Augenfarbe voneinander unterscheiden, verschieden groß und breit sind. Wir haben unterschiedliche Geschmäcker, Vorlieben, unterschiedliche physische und seelische Bedürfnisse. Er habe kein Recht zu glauben, er sei das Maß aller Dinge, habe ich zu ihm gesagt, und jeder, der davon abweiche, sei komisch. Das sei unlogisch, arrogant und dumm.«

»Nicht schlecht für jemanden im Grundschulalter.« Er rückte näher an sie heran, legte den Arm um ihre Schultern, und sie ließ sich nach einem Augenblick des Zögerns gegen ihn fallen. »Patsie hat so etwas in der Art oft zu Hause gesagt«, gab sie augenzwinkernd zu. »Aber meine Standpauke hat einen Lehrer, der das zufällig mithörte, dermaßen beeindruckt, dass er zusammen mit mir, natürlich mit der Erlaubnis von Roma und Patsie, eine Rede daraus gemacht hat, die ich vor der versammelten Schule gehalten habe. Ein paar Lehrer haben mir hinterher gratuliert, und ein paar Schüler konnte ich überzeugen. Andere fanden, dass ich schieflag. Wie gesagt, die Reaktionen waren gemischt. Einige Eltern wollten zum Beispiel nicht, dass ihre Kinder weiterhin zu uns nach Hause kommen. Und Zinnia hat auf den äußeren Druck auf ihre Art reagiert. Sie hat lautstark für positive Diskriminierung plädiert und erklärt, dass sie stolz sei, zwei Mütter zu haben.«

Darauf bedacht, ihre verletzte Hand nicht zu berühren, schob Isaac sich noch näher an sie heran. Lily saß jetzt dicht an ihn geschmiegt, und er drückte ihr einen leichten Kuss aufs Haar. »Vielleicht ist sie auch der Meinung, dass es immer nur einen Weg gibt, nämlich ihren.«

Sie schwieg eine Weile. Dann sagte sie: »Das beruht immer auf Gegenseitigkeit.« Sie wandte sich zu ihm hin. »Hast du mich gerade geküsst?«

»Habe ich.« Er sah ihr in die bunten Augen, grüne, goldene und graue Flecken vor blauem Hintergrund.

Ihr Blick wanderte forschend über sein Gesicht. »Was erwartest du jetzt von mir?«

»Ich habe überhaupt keine Erwartungen, nur Hoffnungen. Ich hoffe zum Beispiel, dass ich dich noch mal küssen darf.« Dabei sah er ihr direkt in die Augen.

»Und dann?«

Natürlich hatte er eine genaue Vorstellung davon, wie es seiner Meinung nach weitergehen sollte. »Darüber würde ich mich gerne mit dir unterhalten.« Ein Blick auf die Uhr. »Aber es ist bereits fünf, und ich habe Tina versprochen, ich würde sie um halb sechs ablösen. Ich muss dem Dienstplan den letzten Schliff geben, einen Blick in den Bierkeller werfen und für Montag die Bestellung für den Lieferanten fertig machen. Und natürlich packen. Außerdem sollte ich noch ein bisschen schlafen, denn morgen geht es los.«

»Klar, morgen musst du wach sein.« Zwischen ihre Augen

schob sich eine Falte. »Aber, nur um zu begreifen, was Sache ist: Ist es dir ernst mit uns? Auch wenn das gegen deine Prinzipien verstößt?«

Er musste kurz überlegen, so klar hatte er sich die Frage noch nicht gestellt, aber sie hatte es auf den Punkt gebracht. War sie ihm wichtiger als sein Job? Wow. Vor einer solchen Entscheidung stand er zum ersten Mal in seinem Leben.

»Ja«, sagte er.

Ihr Gesichtsausdruck hellte sich auf. »Na ja, wir arbeiten beide in temporären Jobs, warum nicht auch nach temporären Regeln?«

»Genau.« Er dachte kurz darüber nach. »Und was bedeutet das konkret?«

In ihren Augen stand ein Lächeln. »Lass uns die Zeit zusammen genießen! Und wie lang diese Zeit ist, bestimmen wir selbst! Und jetzt ab zum Pub, damit du uns morgen frisch und ausgeruht nach Frankreich kutschieren kannst.«

Er löste sich widerstrebend von ihr, aber ihre Hand verharrte leicht auf seinem Knie. »Aber erst müssen wir das mit einem weiteren Kuss besiegeln.«

Er kam gerade noch rechtzeitig zu *The Three Fishes*.

Zwölftes Kapitel

Montag, der zweite Dezember, begann vor lauter Aufregung im Chaos.

Die geschwollene Hand hatte Lily die ganze Nacht trotz Schmerzmittel wach gehalten. Sie wälzte sich schlaflos im Bett, die Stunden wollten nicht vergehen. Gegen sechs packte sie endlich das Reisefieber, und sie beschloss aufzustehen.

Sie duschte, trocknete sich umständlich mit einer Hand ab und schlüpfte in Skihosen und einen lilafarbenen Pullover, geschmückt mit einem rosa Einhorn in einem Kranz aus Stechpalmenzweigen. Mit Skihosen und Leggings würde sie sich leichter tun als mit Jeans, die Reißverschlüsse und Knöpfe aufwiesen, überlegte sie, also schob sie noch ein weiteres Paar in ihren Koffer.

Mit der verletzten Linken in der Schlinge textete sie dem *Middletones*-Team ein paar letzte Hinweise und rannte dann nach oben, wo Carola ihr das Haar bürstete, zu einem französischen Zopf flocht und zwischendurch ihren Töchtern nach oben zurief, sie sollten endlich aus den Betten kommen und sich fertig machen. Lily kam sich vor wie die dritte Tochter.

Nach einem raschen Frühstück fuhren Lily und Carola mit Carolas Auto zum Pub, wo Isaac sie bereits erwartete. Es war so bitterkalt, dass der Atem ihm weiß und wolkig vor dem Mund stand.

»Guten Morgen«, sagte er und nahm hinten im Wagen Platz. »Bevor du fragst, Lily, ja, ich habe meinen Führerschein dabei und eine Kopie an die Versicherung geschickt, die Adresse hattest du mir ja gegeben, ja, ich habe auch fertig gepackt, und Doggo können wir später reisefertig hier abholen.«

Lily kicherte. »Tut mir leid, dass ich dich eben zugetextet habe. Ich wollte nur sichergehen.«

Carola fuhr sie zum College, wo sie von Don erwartet wurden. Isaac versicherte ihm noch einmal, dass er bereits Kleinbusse gefahren habe, worauf Don ihn mit dem Fahrzeug vertraut machte. Die beiden Männer kratzten das Eis von den Fensterscheiben und luden die Instrumente und die Anlage in den Bus. Carola war unterdessen zum Treffpunkt der *Middletones* aufgebrochen, und Lily gelang es schließlich, auch noch jemanden von der Versicherung an die Strippe zu bekommen, um die letzten Formalitäten zu besprechen. Nachdem alles glücklich erledigt war, hielt Isaac ihr die Beifahrertür auf, und Lily kletterte auf ihren Sitz.

Er nahm neben ihr Platz, hob eine Hand, um Don noch einmal zu danken, und grinste Lily an. Dann fuhren sie zum Pub, gabelten dort Doggo in seinem Reisezwinger sowie Isaacs Gepäck auf und fuhren weiter zu Carola. Natürlich nicht, ohne sich vorher auf dem Parkplatz heimlich zu küssen.

Um Viertel vor neun hatten sie sich dort alle mit ihren Koffern und Rucksäcken versammelt. Während den Teenagern das Mundwerk nicht stillstand, hievten Neil und Isaac die Koffer in den Gepäckraum.

Irgendwann tauchte auch Franciszka auf und suchte sich in dem Kleinbus sofort ihren Sitz aus. Wie auf Kommando kletterten die Teenager ihr hinterher, und Doggo bellte in seinem Zwinger, als wollte er die beiden Männer beim Einladen antreiben. »Habt ihr alle eure Pässe dabei?«, fragte Lily noch einmal zur Sicherheit in die Runde.

»Mum hat uns das schon hundertmal gefragt«, maulte Charlotte.

»Macht nichts«, sagte Lily gutgelaunt und grinste, als alle mit ihren Pässen winkten.

Als im Gepäckraum Koffer, Instrumente und Doggos Zwinger gut verstaut und festgezurrt waren, setzte sich Isaac hinters Steuer, und Lily, die auf der Reise für die Formalitäten und die Route zuständig war, nahm zwischen ihm und Carola an der Beifahrertür Platz. »Alle bereit zur Abfahrt?«, rief Isaac nach hinten, worauf alle laut bejahten. Und endlich ging die Reise los.

Lily seufzte erleichtert auf. »Wir liegen sogar in der Zeit, jetzt kann ich mich entspannen.«

Carola lächelte dünn.

»Das gilt auch für dich«, sagte Lily zu ihrer Freundin. Aber die nickte nur und blickte aus dem Fenster auf die frostige Winterlandschaft.

Lily ahnte, dass Owens Funkstille Carola fertigmachte und sie deshalb so wortkarg war. Dafür war es in ihrem Rücken umso lauter. Lily nutzte die Geräuschkulisse, um sich zu ihrer Freundin zu neigen und zu fragen: »Immer noch nichts von ihm gehört?«

Carola schüttelte den Kopf. Sie sah Lily aus traurigen hellblauen Augen an, lächelte aber tapfer. »Das macht nichts, das

Wichtigste ist, dass die *Middletones* auf der Reise sind!« Und schon wanderte ihr Blick wieder aus dem Fenster. Sie fuhren gerade durch das weihnachtlich geschmückte Bettsbrough.

Lily spürte Isaacs unmittelbare Nähe. Sein Blick wanderte konzentriert zwischen Straße und Rückspiegel hin und her. Aber er hatte offenbar gemerkt, dass sie ihn ansah, und schenkte ihr ein rasches Lächeln, von dem ihr sofort warm ums Herz wurde.

»Wie geht's deiner Hand?«

»Ich versuche, möglichst an etwas anderes zu denken.« Sie bewegte mühsam die geschwollenen, blutunterlaufenen Finger. »Die Schaukelei gefällt meiner Hand nicht, aber es geht schon.«

Bevor Isaac etwas darauf sagen konnte, ließ sich sein Handy vernehmen. Er hatte es an Bluetooth angeschlossen, falls Tina oder Tubb ihn wegen des Pubs anrufen wollten. Nach einem raschen Blick aufs Display sagte er: »Hallo Mum.«

Eine Frauenstimme antwortete: »Hallo Isaac. Dad und ich haben gerade ein Paket mit zwei wunderbaren Wintermänteln bekommen. Hab vielen, vielen Dank! Du hättest für uns nicht so viel Geld ausgeben sollen, aber ich muss zugeben, die Mäntel sind wunderschön und warm!«

»Gerne«, sagte Isaac errötend. Er bremste wegen eines LKW vor ihnen ab. »Eigentlich sind sie für Weihnachten gedacht, aber ich fand es dumm, euch mit der Kälte so lange warten zu lassen.«

Lily war gerührt, dass Isaac sich so nett um seine Eltern kümmerte, und nach den leisen Ausrufen und Kommentaren in ihrem Rücken zu urteilen, ging es den anderen ebenso.

Isaac hüstelte und sagte dann: »Übrigens, Mum, ich bin in

einem Kleinbus auf dem Weg nach Frankreich und weiter in die Schweiz. Mein Handy ist auf Mithören gestellt. Das mit der Reise hat sich ganz plötzlich ergeben, gestern hatte ich alle Hände voll zu tun und noch gar keine Zeit, dir davon zu erzählen.«

»Ach.« Lily hörte die Enttäuschung in der Stimme. »Bist du bereits unterwegs zu einem deiner Kurse? Hast du deinen Job in dem kleinen Pub nicht mehr? Dann sehen wir uns Weihnachten also nicht? Oder kommst du dafür noch mal zurück?« Die letzte Frage war hoffnungsvoll.

Lily war sicher, dass Isaac eine Antwort schwerfiel. »Nein, ich bin nicht auf dem Weg zu meiner Ausbildung.« Er erläuterte in knappen Worten den Zweck der Reise. »Am Weihnachtstag arbeite ich auf jeden Fall im Pub. Aber jetzt kommt die gute Nachricht: Mister Tubb hat dich und Dad zum Lunch eingeladen, und zwar auf Kosten des Hauses. Ihr kommt doch sicher? Das wäre doch mal eine Abwechslung für euch!«

»Ach«, sagte Isaacs Mutter erfreut. »Wie nett von ihm! Danke, Isaac. Lass mich kurz mit Dad reden, aber ich bin sicher, dass wir gerne kommen.«

Lilys Augen brannten vor Mitgefühl. Isaacs Mutter freute sich so sehr über diese Einladung.

Isaac beendete das Gespräch und wirkte etwas verlegen. Und dann rief Charlotte von hinten zu allem Überfluss auch noch: »Na, wenn das kein Mustersöhnchen ist!«

Alle lachten, aber einer der Teenager übertönte sie: »Gut gemacht, Isaac«, und Lily wusste, dass Isaacs Telefonat mit seiner Mutter keinen ihrer Mitreisenden im Bus kaltgelassen hatte.

Unwillkürlich musste sie an die schwierige Situation denken, in der ihre Mutter sich gerade befand. Roma hatte Lily zwar versichert, sie solle sich keinen Kopf machen, aber sie konnte immer noch nicht fassen, dass die chronisch krisenanfällige Beziehung ihrer Eltern tatsächlich ernsthaft gefährdet war. Patsie hatte sich also in eine andere Frau verliebt. Lily musste zugeben, dass sie eher Roma eine Affäre zugetraut hätte als Patsie … Sie rutschte unbehaglich auf ihrem Sitz herum. Hoffentlich hatte sie durch ihre Aktion das Desaster nicht tatsächlich ausgelöst und Patsie nahm für Romas Liebelei mit Marvin verspätet Rache.

Seit Samstag hatte sie so viel um die Ohren gehabt, dass ihr erst jetzt, wo sie untätig im Auto saß und ihren Gedanken nachhängen konnte, klarwurde, wie sehr ihr die Trennung ihrer Eltern an die Nieren ging. Konnte man jemals alt genug werden, damit einem das nichts mehr ausmachte? Sie jedenfalls war noch nicht alt genug, denn trotz der fröhlichen Atmosphäre im Bus und den Klängen von *Frosty the Snowman*, die von hinten zu ihr durchdrangen, fühlte sie sich niedergeschlagen.

Sie ließ die verletzte Linke, die immer noch heftig vor sich hin pochte, behutsam in ihrer gesunden Hand ruhen.

»Alles okay?«, fragte Isaac leise.

Lily blinzelte. »Ich müsste mein Schmerzmittel einnehmen.«

Isaac setzte den Blinker. »Hier ist eine Raststätte, dann kannst du was dazu trinken.«

Als sie dort alle ausgestiegen waren, rief Lily: »Eine Viertelstunde Pause, dann geht es weiter. Wenn ihr keinen Lunch mitgebracht habt, dann solltet ihr euch hier welchen kaufen. Möglicherweise halten wir bis zur Weiterfahrt im Zug nicht mehr an.« Sie waren anderthalb Stunden gefahren, falls sie weiter so gut vorankamen, lag noch einmal die gleiche Reisedauer vor ihnen, bis sie das Eurotunnel-Terminal in Folkestone erreichten.

Carola vergewisserte sich nur, dass bei ihren beiden Töchtern alles klar war, und ließ sie dann vorgehen. Lily wollte unbeholfen ihren Rucksack über die Schulter schwingen, aber Isaac nahm ihn ihr ab. »Meinst du, es geht?« Seine Augen wirkten in dem harten Winterlicht noch dunkler als sonst.

Sie berührte ihn leicht mit ihrer gesunden Hand. Seine Haut war trotz der Eiseskälte warm. »Sobald ich meine Pillen genommen habe, ist alles wieder gut.« Als sie an der Tür der Raststätte von einem Trupp Motorradfahrer angerempelt wurde, zuckte sie besorgt zusammen, aber Isaac war sofort an ihrer Seite und schirmte sie ab. Auch als sie die Toilette verließ, wo sie dank der Skihose kein großes Problem gehabt hatte, wartete er bereits draußen auf dem Gang auf sie. Nachdem sie sich beide mit Kaffee und Sandwiches eingedeckt hatten, ging es durch das Gewimmel auf dem Parkplatz wieder zum Kleinbus zurück.

Carola war bereits vor den anderen zurückgekehrt und saß, an ihrem Tee nippend, auf dem Beifahrersitz. Sie sprang kurz aus dem Bus, um Lily einsteigen zu lassen und reichte ihr dann schweigend zwei Codeinpillen und Paracetamol. Unterdessen führte Isaac Doggo auf eine Rasenfläche. Allmählich trudelten auch die anderen ein, und nachdem der Hund wieder in seinem Reisezwinger war, rief Neil: »Alle vollzählig, weiter geht's«, und schon waren sie wieder unterwegs.

Lily trank ihren Kaffee, aber die unruhige Nacht und das Codein zeigten ihre Wirkung, und sie schlief die Strecke bis zum Eurotunnel-Terminal durch. Sie erwachte blinzelnd, als

Carola sie leise beim Namen rief. »Lily, wir brauchen die Tickets.« Und dann in ihrem gewöhnlichen strengen Tonfall: »Neil, kannst du bitte alle Pässe einsammeln und nach vorne reichen?«

Die Formalitäten waren im Handumdrehen erledigt. Toll, wie einfach das geht, dachte Lily bei sich, als sie Isaac die Papiere für die Passkontrolle reichte. Zwei Jahre zuvor, die sich anfühlten wie Lichtjahre, war sie hier angekommen, und zwar aus Barcelona. Isaac reichte der Angestellten zehn Reisepässe (Doggo brauchte seinen hier noch nicht) und beantwortete Fragen zur Reise. Er wirkte völlig entspannt. Trotz des Chaos am Samstagabend, trotz der Hetze am gestrigen Sonntag und des leicht verspäteten Aufbruchs heute Morgen hatten sie es rechtzeitig zum Zug geschafft. Man dirigierte sie zu dem Deck für Großfahrzeuge, und Isaac lenkte den Kleinbus vorsichtig auf den Autozug. Im Gegensatz zum Passagierzug gab es hier weniger Fenster, mehr Beleuchtung und natürlich keine Sitzplätze.

»Handbremse anziehen, Motor abstellen und Fenster öffnen«, sagte Isaac laut, um auch bestimmt keinen Handgriff zu vergessen.

»Ich hatte ganz vergessen, dass man die Fenster zum Druckausgleich öffnen muss.« Lily war wieder schläfrig und froh, dass sie auf dieser Fahrt, im Gegensatz zu Reisen mit dem Flugzeug, ihre Zeit nicht mit Schlange stehen verbrachte und sich ausruhen konnte.

Von hinten drang aufgeregtes Geplapper an ihr Ohr, nicht alle aus der Gruppe waren schon einmal durch den Eurotunnel gefahren. Die Türen ihres Abteils schlossen sich, und durch Lautsprecher ertönten Durchsagen mit Sicherheitshinweisen in englischer und französischer Sprache. Neil machte sich mit den anderen auf den Weg zu den Toiletten. Isaac gab Doggo etwas zu trinken und zu essen. Sie waren in ihrem Abteil das letzte Fahrzeug, und die Klappe des Busses ließ sich bequem öffnen.

Bevor Lily sich versah, war der Zug in den Tunnel eingefahren. Von einem Abstecher zu den Toiletten abgesehen – sehr geschmackvoll mit dem Foto von einem Lavendelfeld dekoriert – blieb sie im Auto sitzen und genoss ihr Sandwich. Sie verspürte nur einen leichten Druck auf den Ohren, ansonsten war von der rasanten Fahrt nichts zu merken. Immer wieder schloss sie ihre Hand zur Faust und öffnete sie, damit die Muskeln trainiert wurden, und plauderte unterdessen mit Neil und Franciszka in der Sitzreihe hinter ihr.

Als sie Calais erreichten und ins Tageslicht auftauchten, legten alle ihre Sicherheitsgurte an, und der Kleinbus rollte vom Autozug.

»Yippieee! Wir sind in Frankreich! Im Handumdrehen ist man in einem anderen Land, ist das nicht seltsam?«, rief Emily mit ihrer hellen Teenagerstimme. »Aber eigentlich sieht es hier gar nicht so viel anders aus.«

Da musste Lily ihr recht geben. Wenn man vom Rechtsverkehr und den Hinweis- und Ortsschildern in französischer Sprache absah. Die Landschaft war so flach wie bei ihnen zu Hause in Cambridgeshire. Ein bisschen Industrie, Felder, Straßen.

Nach dem nächsten Halt und einer weiteren Ladung Codein schlief Lily wieder ein. Wenn sie zwischendurch mal kurz erwachte, hoffte sie inständig, dass sie nicht geschnarcht hatte und ihr kein Speichelfaden aus dem Mundwinkel hing, und nickte sofort wieder ein. Obwohl ihr Arm in der Schlinge sich verkrampfte und die Position ungemütlich war, konnte sie ihre Augen einfach nicht offen halten.

Doch irgendwann hatte sie genug geschlafen und streckte ihre Beine aus. »Wo sind wir?«

»Châlons-en-Champagne«, antwortete Isaac und bog von einer breiten Landstraße in eine kleinere ein. Er parkte den Kleinbus und sah sie mit lachenden Augen an. »Wir sind am Hotel angekommen, Dornröschen.«

Erst jetzt bemerkte sie die Dunkelheit vor den Autofenstern und warf einen Blick auf ihre Uhr. Es war nach fünf. »Oh, daran war wohl das Codein schuld«, sagte sie immer noch halb benommen.

Alle lachten. Dann wurde aus dem Bus geklettert, sich ächzend gereckt und gestreckt und dabei das Hotel in Augenschein genommen, das nicht gerade viel hermachte. Rucksäcke wurden hervorgekramt, und alle warteten auf weitere Anweisungen. Stimmt, fuhr es Lily durch den Kopf, sie war ja die Reiseleiterin. »Lasst uns einchecken«, sagte sie, bemüht endgültig aufzuwachen und den Überblick zu bekommen.

Emily stand neben Carola und umarmte sie. »Schau mal, Mum, da hängen riesige Nester in den Bäumen.«

Isaac zog sie kurz an ihrem Pferdeschwanz. »Das sind Misteln.«

»Wirklich?« Alle standen da und begafften die immergrünen Zweige in den kahlen Ästen. Sie sahen aus wie zufällig hingehängte chaotische Vogelnester. Beim Wort Mistel musste Lily sofort ans Küssen denken. Konkreter, an Isaacs Küsse. Als hätte er ihre Gedanken gelesen, griff er nach ihrer Hand, und sie errötete.

Nachdem die Teenager im Schein der Parkplatzbeleuchtung unzählige Fotos von den Misteln gemacht und auf Instagram oder Snapchat gestellt hatten, gingen alle ins Hotel und checkten ein. Bis zum Abendessen um sieben zogen sie sich auf ihre Zimmer zurück. Die Jugend war nach der langen Fahrt, nach all dem Singen und Plaudern, sehr viel stiller als noch am Morgen.

In ihrem Zimmer, das in hübschen Beigetönen dekoriert war, ließ Franciszka sich aufs Bett fallen und schaltete den Fernseher an.

Lily hatte sich gerade aus ihrem Mantel gequält und die Stiefel von den Füßen gestreift, als sie von Isaac eine Textnachricht bekam. »Abendrunde mit Doggo. Kommst du mit?«

Ihr Herz machte einen Satz. Vielleicht würden sie unter einer von diesen Misteln haltmachen. »Super«, tippte sie hastig zurück.

»Bin in fünf Minuten im Foyer.«

Franciszka war offenbar bereits eingenickt. Lily putzte sich rasch die Zähne, dann schlüpfte sie wieder in ihre Stiefel und mit ihrem rechten Arm in den Mantel, die andere Hälfte schlang sie um den Körper. Sie schnappte sich die Zimmerkarte und fühlte sich mit einem Mal hellwach. Still und leise verließ sie das Zimmer und hastete den Flur hinunter.

Unten im Foyer war Doggo überglücklich, sie zu sehen. Isaac stellte sich auf ein Leinenende, damit sein Hund sich nicht auf und davon machte. »Du kannst unmöglich so nach draußen gehen, der Wind ist eiskalt«, sagte er und half auch ihrem zweiten Arm in den Mantel.

»Autsch, mein Ellbogen fühlt sich an wie verrostet«, sagte sie, genoss aber gleichzeitig die sanften Berührungen und seine

Nähe. »Mit dieser Schlinge verschlechtert sich die Durchblutung.«

Langsam zog er den Reißverschluss an ihrem Mantel hoch. Seine Hand hielt den Schiebergriff fest, aber als sie beim Hochziehen leicht ihre Brust berührte, flammte Lust in ihr auf. Er sah ihr in die Augen und lächelte vielsagend, dann half er ihr in die Schlinge, zog eine blaue Strickmütze aus der Jackentasche und setzte sie ihr auf den Kopf. »Fertig?« Als sie nickte, hielt er ihr die Tür auf und nahm Doggo an die kurze Leine.

»Der Arme will sich sicher auch die Beine vertreten.« Sie lachte, als Doggo derart an der Leine zog, dass Isaac fast der Länge nach hingeschlagen wäre.

»Er verhält sich selbst auf langen Reisen vorbildlich, aber danach muss man ihm seinen Auslauf lassen. Das hier scheint eine Gegend mit Landwirtschaft und ein bisschen Industrie zu sein. Ich habe im Internet nachgesehen, offenbar führen zwischen den Feldern Pfade hindurch, wo Doggo herumrennen kann.«

Draußen war es tatsächlich eiskalt, und Lily zog sich die Kapuze über den Kopf. Sobald sie außer Sichtweite des Hotels waren, griff Isaac nach ihrer gesunden Hand, um sie in der Jackentasche warm zu halten. Doggo war unterdessen an der flexiblen Leine auf Fährten unterwegs und schaute sich nur hin und wieder mal nach ihnen um, als wollte er sich vergewissern, dass man ihm folgte.

Isaac atmete tief durch. »Wie schön.«

Lily blickte überrascht zu ihm auf. »Findest du?«

Sie sah im Mondschein seine Zähne aufblitzen. Sie hatten Hotel und Hauptstraße hinter sich gelassen und bewegten sich auf weiter Flur. »Ich gehe gern auf Reisen, aber das war dieses Jahr wegen meiner Pleite nicht möglich. Jetzt habe ich endlich Ferien, bin draußen auf dem Land, in Begleitung einer schönen Frau. Und stehe kurz vor einem Abenteuer.«

Sie spürte, wie ihr die Wangen heiß wurden, ahnte, was er mit dem Abenteuer meinte, fragte aber trotzdem beiläufig: »Du meinst die Fahrt in die Schweiz?«

»Genau.« Er blieb stehen, ließ ihre Hand los und zog sie zu sich heran. »Die schöne Frau hat mir ein Weihnachtsabenteuer angeboten, und ich hoffe, es geht bald los.« Er sprach leise und hielt sie fest umarmt, seine warmen Lippen streiften ihre Wange, dann ihre Lippen.

»Diese Reise gefällt mir immer besser. Und nicht nur, weil ich viel Zeit für mich habe, während ihr euer Ding macht, und sozusagen einen Gratisurlaub genießen kann, sondern« – er unterbrach sich für einen Kuss, seine Lippen waren trotz der Eiseskälte warm – »weil ich auf diese Weise viel Zeit mit dir verbringen kann.«

Ihr Herz pochte heftig. »Aber man kann uns …« Sie zögerte. Wie sollte das gehen, wenn alle anderen die ganze Zeit um sie beide herum waren?

»Du meinst, wir können nicht, wie wir wollen?«, fragte er und küsste sie leicht. »Ist mir auch schon aufgefallen. Aber mach dir keine Sorgen, der Sex wird unter Ausschluss der Öffentlichkeit stattfinden.«

Jetzt glühten Lilys Wangen. »Du nimmst ja wirklich kein Blatt vor den Mund, dabei war von Sex bisher noch gar keine Rede.«

Isaac grinste. »Stimmt. Wenn ich dich mit auf mein Zimmer nehmen und mit dir schlafen könnte, ohne dich vor deinen

Freunden bloßzustellen, dann würde ich das sofort tun. Das ist nämlich genau das, was ich möchte.«

Sie musste kichern, weil der Frust in seinem Tonfall unüberhörbar war. Doggo hatte sich unterdessen zu ihnen gesellt und war über die Pause gar nicht begeistert. Er stieß ein heulendes, heiseres Bellen aus, als wollte er sagten, was steht ihr da herum.

Isaac warf einen finsteren Blick auf seinen Hund. »Willst du deinem Herrchen zeigen, wo es langgeht?«, sagte er gereizt. Er küsste Lily auf die Nasenspitze, und sie setzten ihren Spaziergang fort. Unterwegs zeigte Isaac ihr, dass ein kleines Plastikteil vorne an seiner Mütze, über das sie sich bereits gewundert hatte, eine Taschenlampe war, die ihnen in der Dunkelheit zwischen den Feldern gute Dienste leistete.

Ihrer verletzten Linken schien die Kälte zuzusetzen, trotzdem genoss Lily den Spaziergang unterm Sternenhimmel und den frischen frostigen Duft der Winterluft. Nach einer weiteren halben Stunde hatten sie genug und machten sich auf den Rückweg.

Bevor sie den Lichtkegel des Parkplatzes erreichten, blieben sie stehen. Die Hauptstraße war nah, sie hörten den Verkehr rauschen. Lily schmiegte sich an Isaac, der die Lampe an seiner Mütze abgeschaltet hatte, damit er sie nicht blendete, und küsste ihn auf den Hals, seine Bartstoppeln streiften ihre Wangen.

»Ach«, sagte er und streichelte ihr über den Rücken. »Was freue ich mich, wenn …«

»Oh, tut mir leid«, hörten sie mit einem Mal Carolas Stimme, sie trug eine Mütze mit Ohrenklappen und hatte die Hände in den Taschen vergraben.

Lily löste sich abrupt von Isaac, als hätte man sie mit einem

Jungen hinterm Fahrradschuppen bei der Schule erwischt, worauf Doggo ihr einen überraschten Blick zuwarf, denn er hatte Carola natürlich schon längst gewittert.

Carola sah Lily peinlich berührt an. »Das wusste ich nicht, entschuldige«, sagte sie steif, machte auf dem Absatz kehrt und war verschwunden.

»Macht nichts, ich …«, setzte Lily an, aber Carola war bereits außer Hörweite. »Das war jetzt blöd. Aber dass deine Freunde sich verlieben, ist wahrscheinlich so ziemlich das Letzte, das man erleben will, wenn man selbst Liebeskummer hat. Die Arme. Ich glaube, sie mochte Owen sehr. Und wenn er sie jetzt einfach so sitzengelassen hat, ist er wirklich ein feiger Mistkerl. Wie kann man sich gegenüber einer so netten Frau dermaßen scheiße benehmen?«

Isaacs Kiefermuskeln spannten sich an. »Ich wünschte, ich hätte eine Antwort. Flora hat ja die gleiche Erfahrung gemacht. Offenbar gelten für manche Leute beim Daten keine normalen Spielregeln mehr, sobald sie im Internet unterwegs sind.«

Der Reiz des Augenblicks war verflogen. Sie gingen zum Hotel zurück und suchten ihre Zimmer auf.

Als es Zeit fürs Abendessen war, ließ Isaac seinen Hund im Hotelzimmer und ging an die Bar. Die Teenager, inzwischen wieder voll in Form, spielten mit lauter Begeisterung Tischfußball. Bei einem Glas Bier textete Isaac Hayley, dass er sich mit Doggo in einem Kurzurlaub befinde. Sie hatte auf seine Nachrichten nicht geantwortet, und er wollte nicht, dass sie an ihrem freien Tag vergeblich im Pub aufkreuzte, um Doggo auszuführen.

Danach sah er den anderen bei ihrer Partie zu. Emily, die Jüngste, schien kein Glück zu haben. Charlotte, Eddie und Alfie machten sich ein bisschen lustig über sie, doch Warwick reagierte freundlich mit ein paar Tipps und langte um sie herum, um ihr zu zeigen, wie man an den Stangen ein bisschen schummeln konnte.

Als Emily mit großem Einsatz ein Tor gegen Charlotte erzielte, traf ihre jubelnde Faust Warwick fast ins Gesicht, worauf die anderen sich die Bäuche hielten vor Lachen. Isaac musste grinsen, als sie ihn darauf tröstend umarmte. Charlotte rächte sich sofort mit einem Gegentor, es brach lauter Protest los.

Doch dann trat Lily ein und beanspruchte sofort seine Aufmerksamkeit. Sie lachte gerade über etwas, das Neil und Franciszka gesagt hatten. Im Essbereich befand sich ein vornehmlich männliches Publikum, und Lily flogen viele interessierte Blicke zu. Als auch Carola erschien, stand Isaac auf und gesellte sich zu den dreien. Sie nahmen an einem der Tische Platz und wurden von dem Angestellten bedient, der sie auch eingecheckt hatte. Isaac radebrechte in Französisch, aber das war immer noch besser als das Englisch des Hotelangestellten.

Die Teenager plauderten ausgelassen, Franciszka erzählte Neil von ihrer Kindheit in Polen. Isaac wandte sich Carola und Lily zu. Carola lächelte angestrengt. »Tut mir leid, dass ich da eben reingeplatzt bin, ich wusste nicht …«

Lilys blasse Haut verfärbte sich sofort hochrot. »Das ist noch ganz frisch«, sagte sie leise.

Isaac begnügte sich mit einem Lächeln und erkundigte sich nach dem Repertoire der *Middletones* auf der Reise. Bei diesem Thema konnte auch Carola mitreden, und er hatte außerdem reichlich Gelegenheit, Lily zuzuhören, sie anzusehen und mit ihr zu plaudern.

Als die Teenager am Ende des Abendessens aufstehen wollten, unterbrach Carola kurz ihre Spekulationen darüber, wann sie am nächsten Tag wohl in Schützenberg eintreffen würden, und rief Charlotte und Emily zu: »Ihr bleibt schön in der Nähe, okay? Wir müssen morgen früh um acht Uhr los.«

»Alles klar«, riefen die beiden über ihre Schultern zurück.

Franciszka und Neil zogen sich ebenfalls für die Nacht zurück. Carola sagte gerade »ich gehe heute auch mal früh schlafen«, als ihr Handy klingelte. Sie zog es hektisch aus der Tasche, warf einen Blick darauf und steckte es seufzend zurück.

»Kein Owen?«, fragte Lily mitfühlend.

»Nein.« Carola rollte mit den Augen. »Ich bin nur völlig durchgedreht und schaue bei jedem Geräusch aufs Handy.«

»Ich weiß nicht, ob Lily dir davon erzählt hat«, begann Isaac. »Aber meine Schwester hat ebenfalls übers Internet nach einem Partner gesucht. Manche Webseiten scheinen eine ganz besondere Sorte von Männern anzuziehen. Jedenfalls kannst du davon ausgehen, dass du nicht die Einzige mit diesem Problem bist.«

Carola sah ihn melancholisch an. »Hat der Typ auch jeden Kontakt zu deiner Schwester eingestellt?«

»Nein, es ging um ihren Ehemann. Der hat diese Webseiten für seine Affären« – er wollte sagen »missbraucht«, aber das hätte Carola vielleicht noch weiter beunruhigt – »benutzt.«

»Wie Onlineshopping«, brummte Carola. »Wahrscheinlich passiert das häufiger, als man denkt. Ich habe in der vergangenen Zeit ein bisschen recherchiert. Wenn bei einem Profil steht: ›nichts Ernstes‹, dann heißt das übersetzt: ›Sex beim ersten Date‹, ach, was sage ich, Date, da geht es sofort zur Sache. Und wenn jemand schreibt: ›Ich suche jemanden, den ich lieben und dem ich vertrauen kann‹, dann kann das genauso gut das Gegenteil bedeuten. Überall nichts als Verlogenheit.« Tränen standen ihr in den Augen. »Aber es gibt auch Liebesgeschichten mit Happy End. Nicht wenige Leute lernen übers Internet die Liebe ihres Lebens kennen. Ich dachte, wenn ich mich an eine ordentliche Webseite halte … Vielleicht hätte ich bei seinen freundlichen Nachrichten und Geschenken sofort misstrauisch werden müssen. Aber wie sollte ich denn ahnen, dass es verdächtig ist, wenn man Blumen von dem Mann erhält, mit dem man ins Bett geht.« Sie putzte sich die Nase geräuschvoll mit einer Papierserviette. Lily streichelte mit ihrer gesunden Hand Carolas Arm.

»Normalerweise nicht«, sagte Isaac und schwankte gefühlsmäßig zwischen Mitgefühl und Wut, wie auch damals bei Billy und seiner Schwester Flora. »Jemanden mit Geschenken und Aufmerksamkeit zu überhäufen, ist nur dann schlecht, wenn dahinter die Absicht steht, den anderen zu manipulieren. Du hast ihm hoffentlich kein Geld geliehen.«

Carola putzte sich immer noch die Nase. »Nein, das nicht. Aber du hast recht, exzessives Schenken kann wirklich eine täuschende Fassade sein. Da macht jemand auf nett und freundlich, und man vergisst, dass er vielleicht auch andere Seiten hat. Und Owen passt genau ins Profil: umgänglich und gut aussehend. Und mit einer guten Entschuldigung für längere Abwesenheiten.«

»Kinder?«, fragte Isaac vorsichtig.

Carola stöhnte auf. »Nein, eine alleinstehende Mutter mit Arthritis. Angeblich ist er geschieden, ohne Kinder.« Sie spielte mit ihrer Serviette herum. »Ich konnte es nicht lassen, ich habe ihm über die App der Webseite Nachrichten geschickt, obwohl wir uns eigentlich immer direkt getextet haben. Ich habe auf den Social-Media-Kanälen nach ihm gesucht, obwohl er da angeblich nicht vertreten ist.«

»Bei gar nichts?« Lily konnte nicht glauben, dass jemand Facebook, Twitter, Instagram und Co. mied.

»Angeblich legt er Wert auf seine Privatsphäre. Er hat keine Lust, sein Leben der Öffentlichkeit preiszugeben, und das über Kanäle, die er nicht sehen kann und die von Leuten verwaltet werden, die er nicht kennt.« Carola stöhnte auf. »Und ich habe ihm das alles abgenommen! Ein typischer Fall von Ghosting, stimmt's?«

Isaac reichte ihr von einem Nachbartisch eine frische Serviette. »Falls es wirklich so ist, dann ist es auf keinen Fall deine Schuld. Das sind alles feige Typen, die Frauen manipulieren wollen.«

»Und er hat einen so netten Eindruck gemacht«, sagte Lily mitfühlend. »Was weißt du eigentlich über seine Ex?«

Carola verzog grantig das Gesicht. »Was weiß ich! Vielleicht möchte sie ihn am liebsten erschießen, vielleicht ist sie schwanger, vielleicht ist sie stocksauer!« Sie schluchzte leise auf. »Ich komme mir so blöd vor, aber vor allem hatte ich mich in ihn verliebt, und das tut weh.«

»Das kann ich verstehen«, sagte Lily und legte ihren gesunden Arm um Carolas Schultern. Doch dann wurden sie von Warwick unterbrochen, der hereingestürmt kam.

»Also, Carola«, sagte er atemlos. »Emily ist vom Baum gefallen.«

Isaac starrte den jungen Mann an. Ein origineller Auftritt,

das musste man ihm lassen. Aber Carola war bereits aufgesprungen, schnappte sich auf dem Weg nach draußen ein paar Servietten und rief Warwick zu: »Wo ist sie?«

»Das darf nicht wahr sein«, murmelte Lily. »Lass uns mal nachsehen.«

Als sie nach draußen kamen, befand sich Emily bereits in mütterlicher Umarmung, und ihre Schwester Charlotte verdrehte die Augen. Eddie und Alfie taten so, als hätten sie mit allem nichts zu tun.

»Sie hat einen Kratzer im Gesicht, ansonsten ist alles in Ordnung«, sagte Carola, mit einem Mal ganz kompetente Mutter, obwohl sie Sekunden zuvor noch ein Häufchen Elend gewesen war. »Warum bist du im Dunkeln eigentlich auf einen großen Baum gestiegen, Emily?«

Die schniefte.

Charlotte lieferte prompt die Antwort: »Sie wollte einen von diesen blöden Mistelzweigen, stimmt's? Sie hat gehofft, dass …«

»Halt deine Klappe«, fauchte Emily sie an.

Charlotte schenkte ihrer Schwester ein herablassendes Lächeln. »Ich wollte nur sagen, vielleicht hast du dir gewünscht, dass ein bestimmter Jemand dich küsst.«

Emily brach endgültig in Tränen aus. »Mum, ich bin in einem Kuhfladen gelandet. Ich habe Scheiße an meinen Leggings und auf meinen Converse, und mein Gesicht brennt.«

Mittlerweile standen sie im Hotelfoyer. Isaac zuckte leicht zusammen, als er die große Schramme und moosgrüne Schlieren an Emilys Wange sah. »Die Wunde muss gesäubert werden. Ich frage mal nach, ob es hier einen Erste-Hilfe-Koffer gibt.«

Aber Carola hatte offenbar vorgesorgt. »Ich habe das Wichtigste in meinem Rucksack. Komm, Emily.« Dann wandte sie sich ihrer Ältesten zu. »Und du kommst auch gleich mit, Charlotte. Mit dir habe ich ein Wörtchen zu reden.«

Charlotte gab sich aufgebracht. »Aber ich habe doch gar nichts gemacht.«

»Ich habe noch gar nichts gesagt, Charlotte, auf geht's!«

Mit einem Mal stand Isaac mit Lily allein im Foyer. Er warf einen Blick nach hinten Richtung Bar und überlegte, ob er Lily zu einem Drink einladen sollte. »Nicht hinsehen«, flüsterte er. »Franciszka und Neil sitzen auf Barhockern hinter einer Säule, als wollten sie nicht gesehen werden.«

Lily riss erstaunt die Augen auf. »Die beiden? Also das hätte ich wirklich nicht gedacht …« Und dann, nach kurzem Überlegen: »So ein Mist. Franciszka sollte mir heute Abend eigentlich beim Haarewaschen helfen. Mit einer Hand ist das wirklich mühsam.«

Er umschlang ihre Hüfte. »Komm mit auf mein Zimmer. Ich wasche dir die Haare. Als Schüler habe ich mal in einem Friseursalon ausgeholfen.«

»Das glaube ich jetzt nicht!«, rief sie, ließ sich aber trotzdem widerstandslos die Treppe hinauf zu Zimmer Nummer 204 führen.

»Es stimmt aber. Als Dad seine Farm aufgeben musste und wir nach Peterborough gezogen sind, suchte ein Friseursalon nach einer weiblichen Aushilfe zum Shampoonieren. Ich bin rein, habe ihnen gesagt, dass ich ihre Anzeige sexistisch fände, und den Job auf der Stelle bekommen. Nach der harten Arbeit auf der Farm bei Wind und Wetter waren Haarewaschen, Kaffeekochen und Kehren in einem schönen warmen Laden die reinste Erholung.« Er zwinkerte ihr zu. »Und nach einer Weile hatte ich sogar schöne weiche Hände.«

Sie betrachtete ihn aus zusammengekniffenen Augen. Er dachte kurz, das war's jetzt, aber dann lächelte sie nachdenklich und sagte: »Ich hole kurz Shampoo und Spülung.«

Dreizehntes Kapitel

Am Dienstagmorgen erwachte Lily in ihrem französischen Hotel und musste sich erst einmal orientieren. Im Nachbarbett lag Franciszka noch tief in den Federn und rührte sich trotz des Weckergeklingels nicht. Lily hatte ebenfalls geschlafen wie ein Stein. Vielleicht lag es am Codein, vielleicht aber auch an der langen, entspannenden Kopfmassage, die Isaac ihr die Nacht zuvor beim Haarewaschen verabreicht hatte.

Sie streckte sich und genoss die Erinnerung daran. In dem winzigen Hotelbadezimmer war es mehr als eng gewesen, zumal Doggo bei diesem lustigen Spiel unbedingt mit von der Partie sein wollte. Sie hatte sich auf den Hocker mit dem Rücken zum Waschbecken gesetzt, die verletzte Hand ruhte in ihrem Schoß. Mit geschlossenen Augen gab sie sich der sanften, ruhigen Massage ihrer Kopfhaut hin. Sie hätte nie gedacht, dass es dort so viele erogene Zonen gab.

Nur Doggo verdarb mitunter die Stimmung, weil er Lily unbedingt die Nase lecken wollte, während sie unter Isaacs erregender Haarwurzelmassage vor Lust leise stöhnte. Irgendwann hatte Isaac genug von seinem Hund und sperrte Doggo aus, worauf der vor der Tür laut heulte. Das ging natürlich auch nicht, am Ende würde man sie wegen des Krachs aus dem Hotel werfen. Also ließ ein völlig entnervter Isaac den

Hund erneut ins Bad, der sich sofort hechelnd und schwanzwedelnd wieder auf sie warf.

»Das hatte ich ganz vergessen«, hatte Isaac gemurmelt, während er Lily das Haar ausspülte und Pflegelotion darauf verteilte. »Wenn man eine Frau verführen will, sollte man den Hund zu Hause lassen.«

Lily musste lachen, aber dann massierten seine Hände weiter, und ein angenehmes Prickeln strahlte über den ganzen Körper aus, das sich durch Küsse an ihrem Hals noch verstärkte. Danach bewies er beim professionellen Trocknen der Haare, von den Spitzen zu den Wurzeln, dass er bei seinem Aushilfsjob im Friseursalon einiges gelernt hatte.

Lily setzte sich mit einem bedauernden Seufzer in ihrem Bett auf und bewegte ihre verletzte Hand. Die Schwellung war etwas abgeklungen, die Bewegungen leichter. Sie ließ Franciszka schlafen, so war sie die Erste im Bad. Unter der Dusche versuchte sie, ihren Kopf so gut wie möglich aus dem Wasserstrahl zu halten, denn das Haar hinterher mit einer Hand föhnen zu müssen, war eine Qual.

Danach weckte sie ihre Zimmergenossin, die grunzte und stöhnte, als wäre es zwei Uhr nachts und nicht sieben Uhr morgens. Sie zog sich an, mühte sich in ihre Armschlinge und ging zum Frühstück. Isaac war ebenfalls bereits auf den Beinen und trug ihr das Tablett an den Tisch. Dann musste er Doggo Gassi führen.

»Guten Morgen, wie geht es Emily?«, erkundigte sich Lily bei Carola, die Isaacs Platz eingenommen hatte.

Carola verdrehte die Augen. Lily war schon aufgefallen, dass sie das relativ häufig tat, wenn es um ihre Töchter ging. »Sie ist schlecht drauf. Laut Charlotte wollte Emily sich den

Mistelzweig holen, damit Warwick sie küsst. Emily bestreitet das natürlich heftig, folglich stimmt es wahrscheinlich. Ich habe Charlotte dazu verdonnert, gegenüber Warwick ihren Mund zu halten, aber das war vermutlich vergebliche Liebesmüh.«

»Und wie geht es dir heute Morgen?« Lily goss Milch über ihr Müsli. Schon ein merkwürdiges Gefühl, derart alltägliche Handlungen mit der »falschen« Hand zu verrichten.

»Ich muss endlich den Tatsachen ins Auge sehen.« Carola lächelte angestrengt. »Owen Dudley ist ein Mistkerl. Es ist vorbei, und mir tut es nur leid, dass ich neun Monate meines Lebens an ihn verschwendet habe.«

Nach und nach trudelten auch die anderen ein. Carola und Lily trieben sie zur Eile an, damit sie bald aufbrechen konnten. Über Nacht war über die Schramme an Emilys Wange eine zarte, an den Rändern nässende Kruste gewachsen. Alle zeigten Mitgefühl mit der Armen, aber das änderte nichts an ihrer Niedergeschlagenheit. Immer wieder bedeckte sie ihre Wunde verschämt mit der Hand.

Als sie sich um acht endlich alle am Kleinbus versammelt hatten, äußerte Emily den Wunsch, neben Doggo zu sitzen. »Das ist schöner für ihn, als die ganze Zeit im Zwinger zu hocken. Ich halte ihn fest.« Sie streichelte den großen Hundekopf, und Doggo schlug begeistert und zustimmend mit dem Schwanz.

»Tut mir leid, im Zwinger ist er am sichersten untergebracht«, sagte Isaac freundlich. Er wirkte ausgeruht, in Jeans und Sweater und mit feuchtem Haar, als wäre er nach seiner Morgenrunde mit dem Hund noch kurz unter die Dusche gesprungen. »Er fühlt sich dort geborgen, wie ein Wolf in seiner Höhle. Außerdem bekommt er jedes Mal eine Belohnung, wenn er reingeht.«

»Außerdem haben wir dann nicht genügend Sitzplätze«, wandte Charlotte ein bisschen von oben herab ein. »Oder hast du eine Idee, wer in den Zwinger soll?«

Anstelle einer Antwort warf Emily ihrer Schwester einen Blick zu, der klar signalisierte: »du«.

Sie verließen den Parkplatz für die zweite Etappe ihrer Reise. Eigentlich hatte Lily ohne Codein auskommen wollen, damit sie wach bleiben und Isaac jeweils genau abgezählt das Geld für die Mautgebühren reichen konnte, aber ihre Hand schmerzte beim Geruckel des Kleinbusses bald wieder. Also blieb ihr nichts anderes übrig, als ein paar Pillen einzuwerfen. Dann checkte sie kurz ihre E-Mails und Textnachrichten und schrieb ein paar Worte an Max und Kirstin. »Gerade von Châlons aufgebrochen und auf der A4 Richtung Straßburg unterwegs. Alles okay. Bis heute Nachmittag!«

Draußen flogen kahle Bäume, frischgepflügte Äcker mit rötlicher lehmiger Erde und üppige grüne Weiden vorüber, über allem hing ein grauer Himmel. Doch nach und nach wurde die Landschaft jenseits der Autobahn hügeliger und bewaldeter.

Die Teenager vergnügten sich mit einem englischen Kinderlied, als Charlotte davon genug hatte, stimmten sie *All I Want for Christmas Is You* an. Eddie begleitete sie auf der Gitarre, irgendwie musste er die zwischen dem Gepäck hinten hervorgeholt haben.

Danach ging es weiter mit Weihnachtssongs, und irgendwann schüttelte Isaac bewundernd den Kopf. »Ein paar von den Songs habe ich noch nie von euch gehört, ihr habt echt was drauf.«

Lily grinste. »Die gehören nicht einmal zu unserem Repertoire. Ich nehme an, dass sie sich Text, Melodie und Begleitung jeweils auf ihre Handys runterladen.« Die Singerei wirkte einschläfernd, und sie wachte erst bei der ersten Tank- und Pinkelpause auf. Sie blieb bei Isaac, um mit ihrer Kreditkarte das Benzin zu bezahlen; Eddie, Alfie und Warwick führten Doggo unterdessen zu einem kleinen Rasenstück. Dort sprangen der Hund und die Jungen bald herum wie verrückt.

In der Nähe von Straßburg veränderten sich die Häuser, sie wurden bunter und behäbiger. Sie fuhren an der Stadt vorbei und bekamen wenigstens den Turm der Kathedrale zu sehen, der über die Dächer hinausragte.

Dann ging es eine Stunde lang weiter über flaches Weide- und Ackerland, das – sie trauten ihren Augen kaum – an beiden Seiten der Straße von Schnee gesäumt war, der in der Morgensonne glitzerte. »Wow«, seufzte Emily glücklich. »Schnee schimmert so wunderschön, wie Zuckerguss.«

»Und meine Wetter-App verspricht Schnee in Schützenberg«, sagte Charlotte. »Ich kann es kaum erwarten, den ersten richtig dicken Schnee zu sehen.«

Auf der Hohkönigsburg aßen sie zu Mittag. Sie waren auf ihrer Reise durch Frankreich so gut vorangekommen, dass Lily sich innerlich entspannte. Diese Pause war zeitlich drin. Warwick half Emily galant beim Bestellen, als sie ins Stocken geriet. Und als Emily sich darauf mit einem glühenden Blick bedankte, konnte ihre Schwester sich nicht verkneifen zu fragen: »Hör mal, Warwick, wie ist eigentlich deine Freundin so? Nicht zufällig ein blonder Kindskopf, vorne flach wie ein Brett?«

Warwick sah sie verwirrt an. »Nein, sie hat dunkles Haar

und … na ja, sie ist genauso alt wie ich.« Emily sah aus, als wollte sie augenblicklich im Erdboden versinken. Sie hatte Charlottes Worte nur allzu gut verstanden, Warwick glücklicherweise nicht.

Lily hatte die Szene mitbekommen und sorgte dafür, dass sie auf dem Weg zum Kleinbus neben Charlotte ging. Ihr war kalt, denn sie hatte sich den Mantel wegen der umständlichen Schlinge nur über die Schultern geworfen. »Wusstest du eigentlich, dass meine Schwester mir das mit der Hand eingebrockt hat?«

Charlotte riss verwundert die Augen auf. »Aber das war doch ein Unfall, oder nicht?«

»Na ja …« Lily überlegte kurz. »Rein technisch gesehen schon. Aber eigentlich ist sie so in Wut geraten, dass sie mir die Tresenklappe auf die Hand geknallt hat. Und das haben natürlich alle mitbekommen.« Und als sie Charlottes verunsicherten Blick bemerkte, fügte sie hinzu: »Man glaubt es kaum, aber die Umgebung bekommt oft mit, wenn eine Schwester die andere drangsaliert.«

Charlotte fixierte den Boden zu ihren Füßen. Lily umarmte sie kurz und stieg dann in den Bus. Aus Charlottes betretener Reaktion zu schließen, war ihre Bemerkung nicht auf taube Ohren gestoßen.

Eine halbe Stunde später meldete sich Zinnia auf Lilys Handy. Wenn man vom Teufel spricht, dachte Lily. Sie beschloss, den Anruf entgegenzunehmen. Seit dem Zwischenfall waren ein paar Tage vergangen, und sie hatte sich innerlich ein wenig vom ersten Schock erholt.

»Oh!«, rief Zinnia und klang ein wenig überrascht, dass Lily antwortete. »Ich wollte nur wissen, wie es dir geht.«

»Langsam wieder besser«, sagte Lily wahrheitsgemäß. Es war nicht mehr weit bis zum Grenzübergang zur Schweiz bei Basel.

»Ach, da bin ich froh. Seid ihr trotzdem gefahren?«

»Klar. Ach.« Lily überlegte kurz. »Du hast doch nicht etwa gehofft, dass ich meine Reise wegen der Hand abblasen würde?« Und auf diese Weise meinen Bruder nicht kennenlerne, fügte sie im Geiste hinzu. Aber sie sprach ihren Gedanken nicht aus, denn dann hätte Carola neben ihr sich gewundert. Zinnia würde auch so verstehen, was sie sagen wollte.

»Um Gottes willen, nein«, beteuerte Zinnia. »Das Ganze tut mir so leid, das musst du mir glauben. Für den Fall, dass du zu Hause gewesen wärst, hätte ich dich nur gerne kurz besucht. Ich habe darüber nachgedacht, was ich angerichtet habe, und schäme mich in Grund und Boden. Aber ich war außer mir, weil Mum und Roma sich trennen, sie waren bei meinem Besuch beide in Tränen aufgelöst, Mum war am Packen ... Ich konnte einfach nicht mehr klar denken. Ich möchte, dass wir uns wieder versöhnen, Lily. Ich versuche, die Geschichte mit deinen Brüdern zu verstehen, und schwöre dir, dass ich mich von jetzt an zusammenreiße.«

Lily fühlte sich sofort versöhnlich gestimmt. »Die Trennung unserer Mütter hat uns beide hart getroffen, glaube ich. Mir wird ganz anders, wenn ich nur daran denke.«

»Ja, das ist einfach furchtbar. Ich habe keine Ahnung, wie es weitergehen soll.« Aber beim nächsten Satz klang Zinnia gar nicht mehr verstört, sondern kicherte fast. »Ich glaube übrigens, meine Hormone haben da gerade verrücktgespielt.«

Lily war sofort ernüchtert. Wollte Zinnia ihre kopflose Aggressivität etwa mit ihrer Menstruation abtun? Ihre Linke pochte in lautem Protest. »Ich verstehe«, sagte sie kurz angebunden. »Ich muss leider Schluss machen, denn wir nähern uns allmählich der Grenze zur Schweiz. Danke für dein Versöhnungsangebot, aber ich glaube, wir reden besser weiter, wenn wir uns sehen.«

»Oh, okay, wie du willst.« Zinnia klang nun verunsichert.

Das Telefonat war gerade beendet, als Isaac sie auf die Welt vor den Autofenstern aufmerksam machte. Die Teenager waren bereits in lauten Jubel ausgebrochen, denn draußen taumelten Schneeflocken herab, die sich bald wie Zuckerglasur über die Landschaft legten.

»Schnee!«, riefen alle begeistert. »Super!«

Sogar Carola musste lächeln. »Typisch Engländer, sich derart über Schnee zu freuen.«

Isaac schaltete einen Gang runter. »Gott sei Dank sind die Straßen auf dem Kontinent besser geräumt als in England, die Fahrt sollte kein Problem sein, besonders mit den Winterreifen.«

Er sollte recht behalten. Obwohl es weiter schneite, fuhren sie bequem dahin. Und schon bald fingen alle wieder an zu singen, diesmal den Lieblingssong *Let it Snow*. Lily stimmte mit ein, nach dem Telefonat mit Zinnia tat es gut, sich das ungute Gefühl einfach von der Seele zu singen. Die weißen Flocken tanzten und taumelten vor den Autofenstern und bedeckten Dächer, Häuser und Felder mit einer weichen weißen Decke.

An der Grenze folgte Isaac einer eingefahrenen Spur durch den Schnee hin zum Kontrollhäuschen, aber der Grenzbeamte winkte sie durch.

»War das schon alles?«, fragte Alfie von hinten. »Sind wir jetzt in der Schweiz?«

»Ganz genau!«, bestätigte Lily aufgeregt. »Schützenberg, wir kommen!« Alle jubelten, sogar Carola, die die ganze Fahrt über niedergeschlagen gewesen war. Isaac folgte den Hinweisschildern Richtung Zürich.

Sie hatte beim Mittagessen zwar einige Schmerztabletten eingenommen, trotzdem war Lily hellwach. Seit Monaten hatte sie auf diesen Augenblick hingearbeitet, in unzähligen Proben, bei der Reiseplanung. Jetzt war sie am Ziel, sie würde dieses wunderschöne Land kennenlernen, ihre Entwürfe für den Messestand realisiert sehen, singen und sich amüsieren.

Ihr Herz machte einen Freudensprung, sie war gespannt und neugierig zugleich. Sie würde ihren anderen Halbbruder und seine Familie, ihre Schwägerin, die Nichte und den Neffen kennenlernen. Wie lange hatte sie darauf gewartet! Sie hatte bereits Fotos von Garrick gesehen, anscheinend eine jüngere Ausgabe von Tubb. Und sie wusste, dass Garrick im Gegensatz zu Tubb, der sehr in Middledip verwurzelt war, viele Jahre im Marketing und PR in den USA gearbeitet hatte. Tubb hatte ihn während der Ferien dort besucht.

Garrick wusste natürlich noch nicht, wer Lily wirklich war …

Bald waren sie von einer tief verschneiten Hügellandschaft umgeben, und die Straße verlief immer wieder durch hell erleuchtete Tunnels. Sobald sie durch besiedelte Gegenden fuhren, fielen Carola die zahlreichen Graffiti auf.

»Jetzt such doch nicht gleich nach Schönheitsfehlern«, bat Lily und tätschelte mit ihrer gesunden Hand Carolas Arm. »Wir werden hier eine herrliche Zeit verbringen.«

Carola drehte sich mit einem gequälten Lächeln zu ihr um. »Ganz bestimmt, es wird sicher schön.«

Die jungen Leute hinten im Bus jubelten über den Schnee und warfen sehnsüchtige Blicke aus dem Fenster. Lily sah Isaac von der Seite an. »Vielleicht sollten wir an einer Raststätte anhalten, dann können sie sich ein bisschen austoben. Wir haben lange genug gesessen.«

Isaac nickte. »Gerne, ich bin hier nur der Fahrer.«

Etwa zwanzig Minuten später hatten sie die Raststätte Würenlos erreicht, die sich über die Autobahn spannte. Sobald der Bus stand, sprangen Eddie und Alfie hinaus.

»Ist das kalt«, klagte Carola, zog sich die Kapuze über den Kopf und kniff die Augen gegen den heranfliegenden Schnee zusammen.

»Auf zur Schneeballschlacht!«, brüllte Warwick und rannte bereits zum Rand des Parkplatzes, wo der Schnee noch unberührt dalag. Alfie, Eddie, Charlotte und Emily waren sofort mit von der Partie.

»Na, denen werden gleich die Hände abfrieren«, bemerkte Isaac, schloss den Reißverschluss an seinem Parka und zog sich Handschuhe über.

Bald schon flogen die Schneebälle nur so hin und her, und auch Neil und Franciszka schlossen sich dem Treiben an, ebenfalls mit Handschuhen. Isaac ließ Doggo aus seinem Zwinger und führte ihn zu einem schneebedeckten Rasenstück. Natürlich wollte der auch sofort bei der Schneeballschlacht mitmachen, und Isaac ließ ihn an der langen Leine.

Einhändig in eine Schneeballschlacht? Das traute Lily sich nicht zu und verkündete, nachdem sie eine Weile der Toberei zugesehen hatte, sie werde in die Raststätte gehen. Weiterfahrt in einer halben Stunde. Das war Auslauf genug. Carola begleitete sie.

Drinnen öffneten sie ihre Mäntel, betrachteten ihre Spiegelbilder an den Glasfassaden und waren fast geblendet von dem Licht der unzähligen weißen Weihnachtslichter. »Wow, das nenne ich eine luxuriöse Raststätte«, sagte Lily, als sie den Hinweisschildern zu den Toiletten folgten und auf dem Weg immer mal in Läden mit biologischen Lebensmitteln und teuren Klamotten linsten. Nach dem Toilettenbesuch, der sie zu Carolas Entrüstung zwei Franken kostete, hatten sie dann Zeit und Muße für längeres Schaufensterbummeln.

Lily verguckte sich in eine Auslage mit zarter Spitzenunterwäsche. Und dort, war das wirklich …? »Carola«, zischte sie, »guck mal, ein Sexshop.«

Carola folgte ihrem Blick. »Mein Gott, Vibratoren!«, sagte sie laut.

In diesem Augenblick hörten sie hinter sich ein Lachen, und Isaac, der gerade auf dem Weg zu den Toiletten war, fragte: »Und, ist was für euch dabei?«, und grinste dabei breit.

»Na, das hat ja gepasst«, stöhnte Lily auf und wäre am liebsten in den Erdboden versunken. »Natürlich mussten wir ausgerechnet vor diesem Laden stehen, als er vorbeikam.«

Zum ersten Mal seit einer Woche lachte Carola lauthals. Sie hakte sich bei Lily unter. »Und wie läuft es bei euch beiden?«

»Na ja«, sagte Lily. Aber warum sollte sie nicht sagen, wie die Dinge lagen? »Wir planen was Temporäres, bis er Middledip verlässt.«

Carolas Lächeln verblasste. »Es wäre natürlich ideal, wenn man seine Gefühle auf temporär programmieren könnte. Aber nach meiner Erfahrung haben die Gefühle einen im Griff und nicht umgekehrt.«

»Wie wahr, wie wahr.« Lily wusste, dass Carola recht hatte,

aber selbst bei dem Gedanken an was Temporäres mit Isaac klopfte ihr Herz schneller. Da konnte sogar die Aussicht auf eine erste Begegnung mit Garrick nicht mithalten.

Carola wollte unbedingt in einem Café einen Kaffee mit einem Stück Kuchen ausprobieren, und während sie dort standen und dem strömenden Verkehr zwischen schneebedeckten Hügeln zusahen, gesellte sich Isaac zu ihnen. Er grinste zwar wieder anzüglich, erwähnte den Sexshop aber mit keiner Silbe.

Als Nächstes tauchten Neil und Franciszka auf, die von der Schneeballschlacht genug hatten. »Die Kids werden steifgefroren sein«, kommentierte sie mit ihrem starken polnischen Akzent und blies über ihre heiße Schokolade.

Und tatsächlich ließen die Kids sich auch bald sehen, fröhlich, aber mit vor Kälte roten Händen. Sie wärmten sich ebenfalls mit heißer Schokolade auf, auch wenn der Preis pro Tasse für Erstaunen sorgte.

Isaac zuckte mit den Achseln. »Die Schweiz war immer schon ein teures Pflaster. Eigentlich kann man sich das Leben hier nur mit einem Schweizer Gehalt leisten oder wenn man in Frankreich, Deutschland und Italien lebt und hier als Grenzgänger arbeitet.« Dann erzählte er ihnen allen begeistert von seinen neuen Berufsplänen und der Hoffnung auf viele Reisen.

Lily ermahnte sich, dass Isaacs Zukunftspläne nicht zu einer festen Beziehung passten, und trotzdem, als sie ihn dort so lachend und plaudernd stehen sah, ging ihr Herz seine eigenen Wege.

Vierzehntes Kapitel

Sie fuhren auf eine Gebirgskette mit schneebedeckten Felsgipfeln zu, zwischen denen die Wolken hingen wie Wollschals. An den Hängen wechselten sich Weiden und hoher Nadelwald ab, dazwischen lagen Dörfer mit modernen Gebäuden und den typischen Schweizer Bauernhäusern. Nach unzähligen Tunnels stieg die schneegeräumte Straße während der letzten Viertelstunde an, führte östlich am Ägerisee vorbei und durch ein Dorf namens Alosen.

Und dann endlich kamen sie an einem Ortsschild vorbei, auf dem »Schützenberg« zu lesen war, und Emily rief: »Wir sind da!« Sie konnten sich nicht sattsehen an den Häuschen, die sich an die steilen Hänge klammerten, an den bunten Gasthäusern mit ihren hölzernen Fensterläden. In der Nähe der Kirche mit dem hohen Turm, der so spitz war, dass sich dort kein Schnee hielt, drängten sich ein paar Läden. Die Balkone waren mit Weihnachtsbäumen und Sternenlichtern geschmückt, auf den Dächern türmte sich der Schnee, und auf einer Terrasse stand aus irgendeinem Grund eine orangefarbene lichterbehangene Plastikkuh. Sie sah sie aus großen verwunderten Augen an.

»Max sagt, sein Haus am Terrassenweg liegt ziemlich weit oben«, sagte Lily, als Isaac einen Gang runterschaltete und sie laut Navi noch weiter bergauf fahren mussten. Sie konnte vor Aufregung kaum noch stillsitzen.

Isaac lächelte. »Gott sei Dank haben wir Winterreifen.«

Offenbar hatten sie den Ortskern bereits verlassen und befanden sich in einer Wohngegend. An den Einfahrten der Häuser türmte sich geräumter Schnee. Kinder waren auf dem Heimweg von der Schule und schlitterten über die geräumten Wege.

Irgendwann bog Isaac rechts ab, und das Navi verkündete, das Ziel sei erreicht. Das Gebäude, vor dem sie standen, war groß und grau, mit Weihnachtslichtern an den Balkonen. Isaac sah Lily erwartungsvoll an.

»Mein Gott, ich sollte Max ja anrufen«, fuhr sie aus ihren Tagträumen auf. Aber dazu kam es gar nicht mehr, denn mit einem Mal rannten drei fest vermummte Gestalten durch die Einfahrt auf den Bus zu. »Tubb!«, rief Carola als Erste und fummelte an dem Türgriff. »Janice!«

Autotüren wurden aufgerissen. Die Reisenden sprangen aus dem Bus, und es verschlug ihnen in dieser Höhenlage kurz den Atem von der Kälte. Eilig wurden Kapuzen hochgeschoben und Mäntel fest geschlossen.

Isaac legte eine Hand auf Lilys Knie. »Alles okay?«

Sie nickte, und ihr fiel wieder ein, dass er als Einziger in der Gruppe wusste, warum sie noch gekommen war.

Sein Griff wurde fester. »Genieß es! Du wirst schon das Richtige tun, wenn der Moment gekommen ist. Ganz schön aufregend, was?« Dann stiegen auch sie beide aus dem Bus und gesellten sich zu der Gruppe. Isaac ließ Doggo aus seinem Zwinger, und der zeigte sich wieder ganz begeistert vom Schnee.

Lily begrüßte Tubb, der seine blaue Wollmütze tief über die Ohren gezogen hatte. »Hallo! Wie geht's?«

Er strahlte über kältegerötete Wangen. »Ausgezeichnet.«

Janice nahm Lily in die Arme. »Das gilt so lange, wie er sich ausruht. Wenn nicht, macht er sofort schlapp. Trau bloß nicht seinem Mir-geht-es-gut-ich-bin-ein-Mann-Geschwätz!«

Tubb legte Janice eine Hand auf den Mund. »Hör nicht auf diese vorlaute Kellnerin!«

Darauf tat Janice so, als wollte sie ihn knuffen, und Lily musste über ihre Schäkereien lachen. Sie war so erleichtert, ihren Bruder in guter Verfassung zu sehen. Er hatte sichtlich abgenommen. Die Ärzte hatten ihn ermahnt, seine Ernährung umzustellen, und offenbar hatte er sich bei Schweizer Käse und Schokolade zurückgehalten.

Tubb grinste über Lilys Schulter hinweg und streckte Isaac seine Rechte entgegen. »Isaac. Vielen Dank, dass Sie kurzfristig in die Bresche gesprungen sind und die Reise gerettet haben.«

»Das kann man laut sagen!«, stimmte Max zu, der Isaac jetzt ebenfalls per Handschlag begrüßte. Er tat so, als würde er sich Angstschweiß von der Stirn wischen. »Ohne Sie wäre ich verloren gewesen und Los the Boss überhaupt nicht glücklich.« Er umarmte Lily. »Übrigens essen wir heute Abend bei Los, er und seine Frau wollen ein Buffet mit traditionellen Schweizer Gerichten vorbereiten. Aber lasst uns doch reingehen. Bei Kaffee, Tee und Kuchen können wir dann die Zimmer verteilen.«

»Kuchen? Super!«, ließ sich Warwick vernehmen, und Alfie stimmte zur allgemeinen Heiterkeit sofort mit ein.

Max' Heim bestand aus einer Wohnung über zwei Etagen

plus Garten. Im Rest des Gebäudes befanden sich kleine Einzelapartments. Max' Söhne Dugal und Keir, fünf und drei Jahre alt, erwarteten die Reisenden schon gespannt, hoch erfreut über den Besuch. Ona, die hochschwangere Ehefrau von Max, lächelte sie vom Sofa aus an. Ihr war wegen gesundheitlicher Probleme so viel Ruhe wie möglich verordnet worden.

»Willkommen«, rief sie in ihrem unverkennbar schottischen Akzent. »Immer herein. Dugal, Keir, macht ihnen Platz.«

»Kriegen wir jetzt endlich Kuchen?«, fragte Dugal, er ging gespannt auf Zehenspitzen und konnte vor Aufregung kaum an sich halten.

»Kuchen!«, rief auch sein Bruder.

Bald war das Wohnzimmer voller Leben, es wurden lautstark Neuigkeiten ausgetauscht oder die Aussicht auf den Garten kommentiert, in dem Abdrücke von kleinen Stiefeln kreuz und quer liefen. Die Inneneinrichtung war modern, überall hing bunter Weihnachtsschmuck, dazwischen lag verstreut Kinderspielzeug. Alle waren einander in Middledip bereits begegnet, wenn auch Neil, Warwick, Eddie und Alfie das Pub-Paar Tubb und Janice nicht besonders gut kannten. Doch bei Kaffee, Tee und Kuchen war das Eis bald gebrochen.

Danach ging es mit dem Minibus unter der Führung von Max, der in seinem blauen Audi vorausfuhr, zu einem modernen Gebäude mit Ferienwohnungen. Dort wurde das Gepäck von Neil, Eddie, Alfie, Warwick, Carola, Emily und Charlotte ausgeladen, und nur Lily, Isaac und Franciszka blieben im Kleinbus sitzen und freuten sich an der Aussicht auf die gegenüberliegende Hangseite mit ihren romantischen Bauernhäusern. In der Ferne ragten majestätisch Berggipfel auf und färbten sich golden, wenn die Sonne durch die Wolken brach.

»Ich mag Schnee, er erinnert mich an Polen«, sagte Franciszka.

»Liegt das weit entfernt von hier?« Lily versuchte, sich die Karte von Europa in Erinnerung zu rufen.

»Ich komme aus einer Gegend östlich von Warschau, von hier sind das ungefähr noch mal zwei Tage im Bus.« Franciszka lachte. »Ich habe Polen als junge Frau verlassen, jetzt bin ich Ende vierzig. In Polen habe ich noch Verwandte, aber für mich ist jetzt England meine Heimat.«

Unterdessen war Max zurückgekommen und rief ihnen zu: »Ich bringe euch jetzt zu eurer Unterkunft.« Er klopfte den Schnee von seinen Schuhen und stieg ins Auto. Sie fuhren wieder in das Viertel zurück, wo Max wohnte, und machten in der Toblerstraße vor einem weißen Bauernhaus halt. »Hier wohnen Los und Tanja. Es ist ein Einfamilienhaus mit einem Anbau. In den Ferienwohnungen sind keine Haustiere erlaubt, deswegen haben wir Isaac hier untergebracht. Lily und Franciszka, ich hoffe, es macht euch nichts aus, in einem Zimmer zu schlafen.« Von hier aus hatten sie einen wunderbaren Blick auf Schützenberg, das dalag wie ein Schweizer Musterdorf – kleine Straßen, schneebedeckte Dächer und Gärten, dazwischen ein kleiner Bach, ein paar größere Gebäude mit Höfen, Park- oder Sportplätzen, das war im Weiß des Schnees nicht gut zu erkennen. An vielen Balkonbrüstungen glitzerte Weihnachtsdekoration, fröhliche Kinderstimmen drangen zu ihnen herauf, und dann auch das Läuten der Kirchturmglocke. Die Bergluft war rein und würzig.

Max zeigte auf einen modernen Quader am gegenüberliegenden Hang. »Seht ihr, dort liegt das Haus mit den Ferienwohnungen, wo der Rest der Gruppe untergebracht ist.« Lily freute sich, dass sie in einem richtigen Schweizer Chalet schlafen würde.

Sie luden ihr Gepäck aus dem Bus, und Doggo tobte sofort begeistert durch den Schnee. Max nahm Lilys Koffer und führte sie an einer Hausseite über einige Stufen hinunter zu einem eingeschossigen Gebäude, das unmittelbar an der Hauptstraße lag. Über der Eingangstür ragte ein kleines lichtgeschmücktes Dach. »Los hat mir die Schlüssel gegeben, denn er und Tanja sind noch bei der Arbeit.« Sie betraten eine schlichte geflieste Diele.

Max führte sie durch die kleine Wohnung, ein Einzel-, ein Doppelzimmer, zwischen beidem ein Bad, außerdem ein Wohnraum mit Sofas, einem Tisch und einer Küchenzeile. Doggo schnüffelte überall aufgeregt herum, nur das Doppelzimmer ließ Isaac ihn nicht betreten.

»Wie schön!« Lily ließ ihren Blick durch die elegante, in Blau- und Gelbtönen gehaltene Wohnung gleiten, und hing kurz dem Gedanken nach, wie romantisch es gewesen wäre, Sofas und Doppelbett mit Isaac zu teilen. Sie strahlte Max an. »Einfach toll!«

Nachdem Max sich verabschiedet hatte, fragte Isaac: »Macht es euch etwas aus, wenn Doggo im Wohnzimmer schläft? Ich möchte ihm nicht angewöhnen, immer bei mir in meinem Schlafzimmer zu sein. Im Hotel ging das nicht anders, aber hier vielleicht schon.«

Lily wich seinem Blick aus. »Kein Problem.« Doggo in Isaacs Hotelzimmer war wirklich keine gute Idee gewesen. Als sie das Zimmer betrat, das sie mit Franciszka teilte, stellte sie sich Isaac auf der anderen Seite der Wand vor, wie er auspackte, sich vielleicht kurz ausstreckte und an sie dachte …

Aber dann hörte sie, wie er rief: »Ich drehe eine kurze Runde mit Doggo«, und dann die Haustür, die ins Schloss fiel. Sie beschloss, sich kurz hinzulegen und endlich ihren Arm aus der Schlinge zu nehmen.

»Lily, Lily!«

»Was?« Lily erwachte davon, dass eine vergnügt grinsende Franciszka sie leicht schüttelte.

»Es ist schon nach sieben, und man erwartet uns um halb acht zum Essen.« Franciszka war bereits angezogen, sie trug ein grünes Baumwollkleid, das sich um ihre ausladenden Hüften spannte.

Lily brauchte eine Weile, um wach zu werden. »Wow, ich habe mehr als zwei Stunden geschlafen«, stöhnte sie, ließ sich auf die Seite rollen und stand schwankend auf. Sie zwängte sich in ihren Bademantel, griff nach ihrem Kulturbeutel und machte sich auf den Weg ins Bad, das glücklicherweise unbesetzt war. Eine schnelle erfrischende Dusche, und schon schlüpfte sie vorsichtig in ein schwarz-grau-rot gemustertes Jerseykleid mit einem hübschen Glockenschnitt. Franciszka half ihr mit den Haaren und trug ihr die Wimperntusche auf, wozu Lily mit ihrer Rechten nicht in der Lage war. Sie wurden auf die Minute pünktlich fertig, draußen hörten sie bereits, wie Max an Isaacs Tür klopfte und ihn kurz begrüßte.

»Wir sind fertig!«, rief Lily aufgeregt und schnappte sich Mantel und Handtasche. Die Schlinge wollte sie für den Abend nicht anlegen, ihre Hand war abgeschwollen, und es war angenehm, den Arm einmal in einer natürlichen Position zu halten.

Max, das sandfarbene Haar ordentlich gestutzt und gekämmt, setzte ein Lächeln auf, das durch die Sommersprossen jungenhaft wirkte. »Mein Kompliment an die beiden Damen. Die anderen sind bereits im Haus. Ich habe sie zu Fuß hierherbegleitet, so musste Isaac nicht erst den Bus freischaufeln und sie abholen.«

»Freischaufeln?«, fragte Lily. Doch als Max die Tür öffnete, begriff sie sofort, was er meinte. Überall lag frischer Schnee, den der Wind gegen die Hauswand und zur Tür hereinblies. Max' Fußstapfen waren noch schwach erkennbar, ansonsten lag der Garten unter unberührtem makellosem Weiß, und an einem Gartentisch häufte sich eine kleine Schneewehe. »Oh, wie schön!«, rief Lily und sog tief die frische Winterluft ein.

Max führt sie zur Tür des Haupthauses. Beim Eintreten kamen ein Mann und eine Frau um die fünfzig auf die Gruppe zu. Die Frau trug ihr braunes Haar in einem modischen Kurzhaarschnitt, der Mann einen grauen Schnurrbart und eine Brille. »Willkommen«, sagte der Mann. »Ich bin Los, und das ist meine Frau Tanja.«

»Wie schön, Sie kennenzulernen, und vielen Dank, dass sie die Schweizreise der *Middletones* als Sponsor unterstützen«, sagte Lily höflich. Bislang hatte sie noch niemals mit Los direkt zu tun gehabt, sondern während der Zusammenarbeit mit BCF immer nur mit Max, Garrick und Kirstin kommuniziert.

Los strahlte. »Bitte kommen Sie doch herein und gesellen Sie sich zu unseren Freunden und ein paar Kollegen von BCF.«

Lily blieb keine Zeit für Nervosität, denn Los führte sie bereits über drei Treppen hinunter in ein großes elegantes Wohnzimmer, in dem Gäste, Gläser in der Hand, lachten und plauderten. Sie musste unwillkürlich lächeln, das hier waren also ihre Kollegen von BCF.

»Hallo Lily, darf ich dir meinen Bruder Garrick vorstellen«, sagte Tubb.

Er stand tatsächlich vor ihr.

Ein breiter, leicht übergewichtiger Mann, mit Tubbs Lächeln, aber Anfang fünfzig und damit etwas jünger und mit mehr Haaren auf dem Kopf. Sie sah ihm in die Augen und war wie bei ihrer ersten Begegnung mit Tubb überwältigt von dem Gedanken, dass sie einen gemeinsamen Vater hatten. Sie waren tatsächlich blutsverwandt, Schwester und Bruder. Auch wenn er noch nichts davon ahnte.

Garricks Augen glänzten. »Wie schön, dich endlich persönlich kennenzulernen. Ich weiß, du arbeitest bereits seit einiger Zeit bei meinem Bruder im Pub, aber wir sind in diesem Sommer aus den USA in die Schweiz umgezogen und hatten keine Zeit für einen Besuch in England.« Er wandte sich um und streckte einen Arm zu einer grauhaarigen Frau aus. »Das ist meine Frau Eleanor, unsere Kinder Myla und Xander sind irgendwo dort hinten.« Er wies in eine Zimmerecke, wo sich die Teenager versammelt hatten.

Lily machte einen großgewachsenen Jungen mit Akne aus und ein Mädchen, dessen Haar an einer Schläfe abrasiert war, das waren die Einzigen, die sie noch nicht kannte. Lily musterte sie eingehend und dachte dabei, meine Familie, ihr gehört zu meiner Familie.

Unterdessen hatte Isaac ihr ein Glas mit Fruchtsaft in die Hand gedrückt und war bereits in eine Unterhaltung mit Garrick und Eleanor vertieft. Wo das Leben ihnen denn besser gefalle, in den USA oder in Europa? »Der Lebensstandard in Connecticut hat uns sehr zugesagt, aber Zug ist auch sehr wohlhabend. Für Unternehmen ist es hier natürlich wegen der niedrigen Steuersätze attraktiv.«

»Für uns als Familie ist es attraktiv, weil man viel verdient und viel ausgeben kann«, sagte Garrick.

Lily entspannte sich und war bald Teil der Runde. Wie angenehm Garrick war! Er legte nicht die übliche geschäftsmäßige Freundlichkeit an den Tag, weil man sich bereits aus zahlreichen E-Mails kannte und bei einem Projekt zusammengearbeitet hatte, sondern zeigte natürliche Wärme und Herzlichkeit, als wäre man bereits befreundet. Mit Tubb hatte sie die gleiche Erfahrung gemacht, als sie ihn in Middledip kennengelernt hatte. Sie hörte gespannt zu, während Garrick von Familienurlauben erzählte und wie sehr sie sich auf Winteraktivitäten wie Skifahren und Schneeschuhwandern freuten.

Er schenkte Lily ein Lächeln. »Ich will dich Kirstin, Stephen und Felix vorstellen. Kirstin kennst du ja bereits aus dem gemeinsamen Projekt, Stephen und Felix haben zusammen mit ihr auf der Messe Standdienst.« Garrick war in seiner Rolle als Key-Account-Manager vor allem für die Geschäftstermine verantwortlich. Mit der Messeorganisation und dem Stand hatte er weniger zu tun.

Lily nickte lächelnd und machte sich mit einem großen Schluck Wein Mut, während Garrick sie durch die Grüppchen von Gästen steuerte. Eine Hand ruhte auf ihrem Ellbogen, und sie war sich dieser Berührung ihres Bruders sehr bewusst. Aber sie versuchte, nicht daran zu denken und sich auf das Gespräch mit Kirstin zu konzentrieren, einer schlanken, dunkelhaarigen Person, die recht entschlossen und ehrgeizig wirkte. Ihre Großeltern waren aus Asien in die Schweiz eingewandert, und neben Bengali sprach sie Deutsch, Englisch und Französisch. Stephen und Felix hätten mit ihrer hellen Haut und dem mausgrauen Haar Brüder sein können. Alle drei waren in aufgekratzter und etwas nervöser Stimmung, denn immerhin waren sie heute Abend bei ihrem Chef zu Gast.

»Was für ein tolles Projekt«, sagte Kirstin leise und blickte sich dabei fortwährend um. »Wir sind zwar ein Schweizer Unternehmen, aber das Englische spielt eine immer größere Rolle. Alle reden nur noch vom ›Besuch aus England‹.«

»Für uns ist das ebenfalls eine großartige Gelegenheit, um aufzutreten. Arbeiten bei euch eigentlich viele Engländer?«, fragte Lily und nahm Platz, denn Garrick hatte sich entfernt und unterhielt sich gerade mit Carola und Neil.

Stephen nickte. »Hier bei uns in Zug arbeiten viele Engländer, aber auch Franzosen, Holländer, Italiener und Deutsche. Los ist ein ausgezeichneter Geschäftsmann, er holt immer die richtigen Leute ins Unternehmen, die Nationalität spielt dabei überhaupt keine Rolle.«

»Einfach toll«, sagte Lily und dachte dabei an Max und Garrick, die für BCF mit Kind und Kegel aus den USA in die Schweiz umgezogen waren. Danach schwenkte die Unterhaltung auf Lilys Unfall ein, Lily stellte Isaac Kirstin vor, und die bedankte sich wie ihr Chef dafür, dass er die Reise gerettet hatte.

Im Laufe des Abends landete Lily irgendwann auch in der Teenager-Ecke, mit einer trotz ihrer verkrusteten Schramme strahlenden Emily, die ein kleines Sofa mit Warwick teilte.

Lily klopfte kurz das Herz bis zum Halse, als sie sich Myla und Xander vorstellte. Xander grinste nur schüchtern und wandte sich dann sofort wieder Charlotte zu, aber Myla war recht gesprächig. Sie hatte einen breiten amerikanischen Akzent und konnte es anscheinend kaum erwarten, mit dem Studium zu beginnen. »Europa ist voll cool«, sagte sie immer wieder. »Wenn man sich für Sprachen interessiert, kann man hier richtig viel anfangen. Sobald ich ein bisschen herumgereist bin, geht es los.«

»Ich habe ein paar Jahre in Spanien gelebt«, sagte Lily und erzählte von Sergio und seiner Familie.

Myla biss sofort an. »Vielleicht könntest du mir dort einen Job besorgen, das wäre voll cool.«

Lily hatte sofort das Bedürfnis, ihre Nichte, die von ihrer Verwandtschaftsbeziehung nichts wusste und vielleicht auch niemals erfahren würde, unter ihre Fittiche zu nehmen. »Auf keinen Fall in der Bar *Barcelona*«, sagte sie entschlossen. »Da geht es drunter und drüber.«

»Na, dann bin ich ja genau richtig«, sagte Myla lachend und unterhielt sich dann mit Eddie und Alfie weiter, die mit vom Bier hochroten Köpfen die ganze Zeit Myla anstarrten.

Tanja und eine junge Frau bauten unterdessen an der Wand das Buffet auf – Brot und Brötchen, Käseküchlein, kleine Gläser mit Karotten-Koriander-Suppe, eine Auswahl an Käse, Würstchen im Schlafrock, mit Frischkäse gefüllte Roastbeef-Röllchen, Lachs, Hähnchenflügel, Krautsalat, Hummus, Pizza, in Sesam gerollte Mangoscheiben, gefülltes salziges Gebäck … es war ein reichhaltiges Speisenangebot.

Isaac neben ihr sagte: »Wenn ich das alles sehe, knurrt mir der Magen …«

Lily stimmte ihm zu. »Und es duftet verlockend.«

»Dann wollen wir mal, ich halte deinen Teller, und du bedienst dich mit deiner Rechten.«

Die Teenager machten sich ebenfalls bereits über das Buffet her. Carola war außer sich, man solle den Gastgebern Vortritt lassen, aber Los lachte nur gutmütig. »Die Gäste natürlich zuerst! Die Jugend soll reinhauen!«

Tanja amüsierte sich ebenfalls. »In der Küche gibt es noch Nachschub.«

Als Lily und Isaac sich bedient hatten, setzten sie sich auf eines der Sofas. Die Teenagergruppe hatte sofort die Hocker an der Bar zwischen Küche und Wohnzimmer in Beschlag genommen.

Lilys Hand pochte gerade wieder heftig; sie ließ sie in ihrem Schoß ruhen und verzog vor Schmerz das Gesicht. »Ich hatte nicht daran gedacht, dass die Leute, wenn sie eine Armschlinge bemerken, meist einen weiten Bogen um dich machen. Ansonsten wird man so oft angerempelt, bis es jedes Mal richtig weh tut.«

Isaac setzte seinen Teller ab. »Ich hole sie dir.«

Lily fand das sehr aufmerksam, schüttelte aber den Kopf. »Ich bleibe ohnehin nicht mehr sehr lange. Morgen ist recht viel los, ich muss morgen früh nach Zürich, den Stand in Augenschein nehmen und mich vergewissern, dass alles funktioniert. Dann stoße ich fürs Mittagessen zu euch, und wir drehen ein paar Runden zur Stadtbesichtigung, bevor es am Abend zu unserem Auftritt auf dem Weihnachtsmarkt geht.«

Er nickte. »Max hat mir bereits ein paar Vorschläge gemacht, wie ich meine Zeit verbringen könnte.«

Sie war alarmiert. »Nehmen wir dich zu sehr in Beschlag? Nach dem alten Plan war ich die Fahrerin und natürlich immer verfügbar.«

Er schaute sie überrascht an. »Das bin ich natürlich auch.

Aber ich habe Max von meinen beruflichen Plänen erzählt. Er will einen seiner Nachbarn bitten, mir etwas über Sommerexkursionen in die Berge zu erzählen, über Wandern, Klettern und Wassersport.« In seinen Augen stand ein Leuchten.

»Wie schön«, sagte sie begeistert, aber gleichzeitig wurde ihr wieder bewusst, dass die Uhr für ihre Beziehung bereits tickte, bevor diese richtig begonnen hatte.

Zwischen Stimmengewirr und Besteckklappern steckte Isaac seinen Kopf mit ihr zusammen und fragte leise: »Und wie findest du Garrick?«

»Viel netter, als ich zu hoffen gewagt habe«, flüsterte Lily zurück. »Ich weiß, ich klinge wie ein entflammter Teenager, aber es ist einfach so wunderbar, ihn endlich kennenzulernen. Es wäre vielleicht anders, wenn wir zusammen aufgewachsen wären, aber …« Sie musste rasch eine Träne wegdrücken. »Eleanor macht auch einen netten Eindruck. Xander ist nicht sehr gesprächig, aber mit Myla komme ich gut zurecht. Es war toll, sie alle zu sehen«, fügte sie etwas missglückt an.

Auf Isaacs Gesicht lag ein warmes Lächeln, offenbar teilte er mit ihr die Magie dieser Augenblicke. »Ich freue mich für dich.« Sie spürte seinen warmen Atem in ihrem Nacken. »Jetzt müssen wir nur noch ein bisschen Zeit für uns beide finden, dann ist alles perfekt.«

Lily wurde plötzlich heiß. Sie wollte gerade sagen: »Ich bin nicht sicher, dass das möglich ist«, als an Gläser geklopft wurde und ein Mann um die vierzig sich laut vor einer Rede räusperte.

»Entschuldigen Sie, dass ich das Essen unterbreche, aber ich habe gerade herausgefunden, dass eine unserer neuen Freundinnen wie ich aus Polen stammt!« Es folgten Ausrufe des Erstaunens. »Sie hat sich bereit erklärt, mit mir zusammen ein polnisches Weihnachtslied zu singen, es heißt *Anioł Pasterzom Mówił*, was so viel bedeutet wie ›der Engel verkündete den Schäfern‹.«

Franciszka wurde mit lautem Applaus bedacht, als sie errötend vortrat. »Wir haben heute Abend keine Instrumente dabei, aber vielleicht können die anderen *Middletones* mich ein bisschen unterstützen?« Sie warf Lily einen Blick zu.

Während sie so tat, als müsste sie erst ihren Teller abstellen, murmelte Lily für sich: »Na toll, das letzte Mal war das eine Katastrophe«, aber sie setzte ein Lächeln auf und gesellte sich zu Franciszka. Auch die anderen Mitglieder der *Middletones* kamen mit besorgten Gesichtern heran und gruppierten sich hinter den beiden.

Carola übernahm die Führung. »Wir begleiten dich mit gehaltenen Tönen und überlassen den Liedtext dir, Franciszka.«

Die nickte zustimmend, und nachdem sie sich alle kurz eingesungen hatten, stimmte Franciszka das Weihnachtslied mit halb geschlossenen Augen an, und es klang einfach und schön, obgleich der Text, von dem Wort »Bethlehem« abgesehen, allen unverständlich blieb.

Die *Middletones* übernahmen die Begleitung, und das Ergebnis sorgte trotz einiger Improvisation für Begeisterung im Raum. Lily entspannte sich und konzentrierte sich ganz auf ihre Stimme, schließlich waren sie zum Singen in dieses fremde Land gekommen. Und im Singen fand sie auch ihre Selbstsicherheit wieder.

Carola ging es offenbar genauso, denn als Franciszka mit ernstem Gesicht eine Runde Applaus entgegengenommen hatte, schlug sie vor, *Let it Snow* anzustimmen. Offenbar war der Song auch in der Schweiz bekannt, und schon bald erfüllten Freude und Freundschaft den großen Raum. Noch niemals hatte sie sich so glücklich gefühlt, davon war Lily überzeugt. Das also war die Belohnung für all die Mühe und Arbeit, die sie während des Jahres in diese Reise gesteckt hatte, auch wenn diese um ein Haar geplatzt wäre. Und sie empfand noch eine ganz spezielle Freude, die nur ihr allein gehörte, denn sie hatte weitere Mitglieder ihrer Familie kennengelernt.

Und in ihr Herz geschlossen.

Fünfzehntes Kapitel

Am Abend zuvor war sie erschöpft ins Bett gefallen, aber an diesem Mittwochmorgen fühlte sich Lily ausgeruht und ausgeschlafen, als sie in aller Frühe aufstand. So kam sie als Erste ins Bad und konnte auch noch in Ruhe ihre Eltern anrufen. Sie hatte seit Samstag nichts mehr von Roma und Patsie gehört und machte sich mittlerweile Sorgen. Um niemanden zu stören, zog sie sich mit ihrem Handy ins Wohnzimmer zurück. Ihre Mütter standen eigentlich immer früh auf, es war unwahrscheinlich, dass sie sie mit ihrem Anruf weckte.

Sie versuchte es zuerst bei Roma.

»Hallo meine Süße«, sagte die geliebte Stimme ihrer Mutter. »Bist du gut angekommen? Liegt dort Schnee?«

»Bin ich, danke, und es liegt tatsächlich Schnee.« Lily erzählte von der Fahrt und der Willkommensparty des Vorabends.

Roma zögerte. »Bist du ihm begegnet?«

»Ja.« Lily wünschte sich, ihr wäre die Frage nicht so peinlich. Gerade so, als wäre sie in einer festen Beziehung und müsste eine Affäre eingestehen. »Wir haben uns auf Anhieb gut verstanden. Und wie geht es euch?«

Roma folgte dem Themenwechsel bereitwillig. »Patsie geht immer noch ihre eigenen Wege«, sagte sie bekümmert. »Wir überlegen hin und her, und ich nehme an, sie trifft sich weiterhin mit ihrer neuen Freundin.«

Lilys Herz verkrampfte sich. »Ich weiß nicht, was ich sagen soll.«

»Dazu gibt es auch nichts zu sagen.« Roma atmete schwer. »Heute breche ich für einen Arbeitsauftrag nach Schottland auf, das lenkt mich wenigstens ab. Aber mach dir keine Sorgen um uns, mein Herz. Wir sind alt genug, um uns irgendwie zusammenzuraufen. Genieß deine Reise und melde dich bei uns – bei mir –, wenn du wieder zu Hause bist.«

Lily fühlte sich überhaupt nicht beruhigt, als Roma sich selbst verbessert und das Uns niedergeschlagen in ein Mir verwandelt hatte, und rief umgehend Patsie an. Die antwortete sofort und klang, als wäre sie mit ihren Worten auf der Hut. »Lily, was für eine schöne Überraschung.«

»Ich wollte mich nur mal zu Hause melden«, sagte Lily, überrascht von dem vorsichtigen Tonfall. Das war doch wohl hoffentlich kein erstes Anzeichen für Entfremdung zwischen ihnen, nur weil sich die Beziehung zwischen ihren Müttern gerade änderte? »Tut mir leid für die Funkstille, seitdem ich von euren Neuigkeiten erfahren habe«, sagte sie. Aber hätte sich nicht auch Patsie einmal melden können? »Wahrscheinlich weißt du bereits von meinem Missgeschick am Samstag, wir mussten die Reise in die Schweiz umorganisieren, damit sie überhaupt stattfinden konnte …«

»Was für ein Missgeschick? Nein, davon weiß ich nichts.« Patsie klang überrascht.

Lily zögerte kurz. Sie hatte fest damit gerechnet, dass Zinnia oder Roma ihr davon erzählt hatten, aber sich auszutauschen gehörte offenbar der Vergangenheit an. »Ich habe mir nur eine Hand gequetscht«, sagte sie leichthin. »Aber wie geht es euch? Ich habe meinen Ohren nicht getraut, als Zinnia mir von dir und Mum erzählt hat.«

Patsie klang peinlich berührt. »Tut mir leid, mein Schatz, ich habe gerade leider keine Zeit. Ich muss heute Morgen zum Gericht. Eine tolle Zeit in der Schweiz, wir sprechen uns, wenn du wieder zurück bist. Tschüs.« Dann legte sie auf.

Lily legte ihr Handy beiseite. Patsie hatte distanziert geklungen, auf jeden Fall anders als sonst. Hatte ihre neue Freundin bei dem Gespräch mitgehört? Wie unangenehm. Aber vielleicht war das auch ein falscher Verdacht. Jedenfalls hatte Patsie geklungen, als wollte sie nicht mit Lily sprechen.

Zum ersten Mal in ihrem Leben wurde Lily so richtig bewusst, dass Patsie nicht durch Blutsbande mit ihr verbunden war. Kein schönes Gefühl.

Max wollte Lily um Viertel nach acht abholen. Sie schlüpfte in ihren Mantel und schob ihren Arm in die Schlinge, Doggo blieb ihr schwanzwedelnd auf den Fersen. »Tut mir leid, ich kann dich nicht mitnehmen«, flüstert sie ihm zu. Sie ging vor die Haustür, um dort auf Max zu warten.

Auf der Straße waren bereits Leute mit Schneefräsen und -schaufeln unterwegs und räumten Einfahrten frei. Die eiskalte Luft zwickte Lily in Wangen und Ohrläppchen, und sie war froh, dass sie so dick vermummt war. Der Himmel leuchtete tiefblau, und die Sonnenbrille leistete bei dem gleißenden Winterlicht gute Dienste.

Max erschien pünktlich. »Los will uns am Stand treffen. Er interessiert sich sehr für deine Arbeit.«

»Wie weit müssen wir fahren?« Lily fummelte mit einer Hand an ihrem Sicherheitsgurt.

»Ungefähr eine Stunde. Das Messegelände liegt in der Nähe des Flughafens.« Er half ihr mit dem Gurt und zwinkerte ihr freundlich zu. »Ich bin schon ganz gespannt auf den Stand. Der ist das Wichtigste.«

»Ja, doch«, sagte Lily unbestimmt. Die Schmetterlinge in ihrem Bauch flatterten nicht nur wegen Garrick und Isaac, stellte sie fest, sie spürte sie auch jetzt gerade. Seit langem hatte sie kein Projekt mehr betreut, das ihr so sehr am Herzen lag.

Auf der Fahrt ins Tal verzog sich der Schnee, Zürich lag immerhin sechshundert Meter tiefer als Schützenberg. Max hatte bereits die Messepässe für sie beide bereit, sie betraten die Halle, und das Herz schlug ihr höher. Der Stand von British Country Foods, Nummer E11–07, war bereits aufgebaut, bemerkte sie aus der Ferne. »Sieht auf den ersten Blick alles okay aus«, sagte sie erleichtert. »Die Farben auf den selbsthaftenden Postern sind gut herausgekommen.« Und schon betrat sie den in Rot, Weiß und Blau dekorierten Stand und betrachtete die Früchte ihrer Arbeit.

Kirstin, Felix und Stephan, alle in geschäftsmäßigem Aufzug, waren mit dem Messestart am folgenden Tag beschäftigt. Sie legten Broschüren aus, stapelten Kühlboxen mit Kostproben aus dem Angebot und präsentierten auf Regalen, die Lily im entfernten Middledip entworfen hatte, das Warenangebot von BCF.

Lily hatte ihren Auftraggebern aus der Ferne zugearbeitet und die Umsetzung ihrer Ideen und Entwürfe nur selten zu sehen bekommen. Endlich konnte sie Aufsteller, Poster und Video begutachten, und der Morgen verging wie im Flug. Der Stand befand sich am Ende eines Gangs. Für die Vorstellung der *Middletones* hatte sie eigens eine aufklappbare Werbefläche entworfen, vor der sie sich zum Singen versammeln sollten.

Los ließ sich für eine halbe Stunde sehen und nahm den Stand von allen Seiten in Augenschein. »Ausgezeichnet, Lily, sehr beeindruckend«, sagte er am Ende und verschwand dann wieder zu seinem Büro in Schützenberg.

Irgendwann legte Max ihr eine Hand auf die Schulter und unterbrach die Unterhaltung mit Felix über soziale Medien. »Ich möchte ein Foto von dir vor dem Stand machen. Und dann fahre ich dich zum vereinbarten Treffpunkt fürs Mittagessen, deine Freunde werden sicher schon auf dich warten.«

Lily verließ die Messehalle nach dem Fototermin fast widerwillig und im Rückwärtsgang, sie konnte sich vom Anblick des Stands kaum trennen. »Das Resultat hat meine Erwartungen übertroffen, und auch Los schien der Stand zu gefallen. Oder nicht?«, fragte sie Max.

Der klopfte ihr freundlich auf die Schulter. »Wenn's anders wäre, hätten wir es erfahren.« Er hörte ihr gutmütig zu, während sie ihm von dem *Middletones*-Konzert anlässlich der Messeeröffnung erzählte. Am Restaurant Raten hielten sie an, der Parkplatz war gründlich geräumt, die umliegenden Hänge lagen in gleißendem Sonnenlicht. In der Ferne ragten die majestätischen Massive der Zentralschweiz auf.

Max machte sie auf den Skibetrieb aufmerksam. »Siehst du den Schlepplift? Die Saison hat gerade begonnen.« Er zog den Reißverschluss an seinem Anorak hoch und wies auf ein Zeltdach. »Und da drüben liegt die Skibar, dort kann man auch mit Stiefeln rein. Dort steht euer Kleinbus, deine Freunde sind offenbar bereits da.«

Sie saßen im Restaurant an einem langen Tisch und schauten stirnrunzelnd in ihre Speisekarten. Der Gastraum war weihnachtlich geschmückt, überall glitzerte es in Weiß und Türkis. Isaac sah auf und lächelte die beiden Neuankömmlinge an. »Und, wie lief es?«

Lily ließ ihr Handy mit den Aufnahmen vom Stand herumgehen.

»Ich glaube, unser Konzert dort wird großartig. Wir sind für den späten Vormittag und nachmittags eingeplant. Zwischendurch bekommen wir ein Mittagessen.«

Mit Hilfe von Max bestellten alle eine sämige Suppe aus Gerste, Gemüse und Speck mit getoastetem Brot und Getränke. »Und was habt ihr den ganzen Morgen über so getrieben?«

Warwick zuckte mit den Schultern und sagte: »Die übliche Schneeballschlacht.« Emily, Charlotte, Eddie und Alfie nickten strahlend.

»Ich war dermaßen durchweicht, dass ich mir frische Jeans anziehen musste«, sagte Emily.

»Wir haben nur einen Winterspaziergang gemacht, da war kein Kleiderwechsel nötig«, sagte Neil und machte eine Geste in Richtung Franciszka und Carola.

Isaac grinste. »Der Nachbar von Max hat mich über Outdoor-Aktivitäten aufgeklärt, ich glaube, ich muss unbedingt das Klettern bei Schnee lernen.«

Max lächelte, während die Bedienung das Essen servierte. »Vielleicht könnten wir nach dem Mittagessen den Naturpfad hinaufwandern, das ist wirklich ein Erlebnis.«

Und so vermummten sich alle nach dem Genuss der köstlichen Suppe, und Doggo wurde im Kleinbus aus seinem

Zwinger gelassen. Er sprang steifbeinig und schwanzwedelnd umher und freute sich, dass er wieder bei seiner Meute war.

Lily warf einen enttäuschten Blick auf ihren Handschuh, der nicht über die geschwollene Linke passte. Isaac überließ Alfie die Hundeleine. »Ich habe irgendwo noch ein paar Fäustlinge.« Und schon zauberte er aus seinem Rucksack zwei Miniaturboxhandschuhe hervor. Er nahm Lilys Hand in Augenschein. »Die ist noch ganz schön verfärbt.«

»Aber nicht mehr so steif und geschwollen wir vorher.« Sie ließ ihre gequetschten Finger langsam durch die Öffnung des Fäustlings gleiten, den Isaac ihr so weit wie möglich geöffnet bereithielt. »Danke, das ist viel besser, so bekomme ich wenigstens keine Frostbeulen.«

Sie folgten Max über einen steil ansteigenden Pfad auf ein Waldstück zu. Der Schnee knirschte unter ihren Stiefeln. Doggo nutzte die flexible Leine, um immer wieder vor und zurück zu rennen. Der Weg stieg immer weiter an, und bald keuchten alle, sogar Isaac.

»Wir befinden uns etliche Meter über dem Meeresspiegel. Hier herrschen im Vergleich zu Middledip andere Bedingungen«, sagte er und legte eine kurze Atempause ein. Er beschirmte seine Augen gegen die Sonne und warf einen Blick über die schneebedeckten, von Nadelwald gesäumten Hänge. In der Höhenluft schien alles zum Greifen nah.

Von dem Restaurant abgesehen, waren keine anderen Gebäude in Sicht.

»Schaut euch diese hübschen Schnitzarbeiten an«, machte Carola sie aufmerksam. Ein Stück weiter oben standen zwei aus Baumstümpfen geschnitzte Skulpturen, eine Schnecke und ein Bär, am Wegesrand. Die Stämme der Nadelbäume glänzten gelblich im Sonnenlicht. Sie glitschten und keuchten weiter bergauf, und bald gelangten sie zu Schildern mit Informationen zur Umgebung. Sogar ein paar Kuhglocken zum Läuten hingen bereit. Der Baumbestand wurde dünner, und sie erreichten den Weiler St. Jost, eine Lichtung mit einem geschlossenen Café, auf dessen Dach sich hoch der Schnee türmte, und einer Kirche mit gotischen Spitzfenstern und einem Zwiebelturm. Die Lichtung war von Nadelbäumen umstanden, und in der Ferne waren Jungfrau, Mönch und Eiger zu sehen.

Isaac ließ Doggo von der Leine, der wie ein Wilder durch den Schnee tobte.

»Doggo ist ein wedelnder Schwanz, an dem ein Hund hängt«, lachte Lily, während sie neben Isaac herging.

Isaac verlangsamte seine Schritte, und Lily tat es ihm gleich. »Was sind eigentlich die Pläne für heute Abend, nachdem ihr auf dem Weihnachtsmarkt gesungen habt?«

Sie zuckte mit den Achseln. »Kirstin hat mir eine Liste mit Kneipen gegeben, aber offenbar ist es viel billiger, auf dem Markt eine Bratwurst oder etwas Ähnliches zu erstehen.«

»Und danach?«, fragte Isaac geduldig weiter. Er sah ihr in die Augen. »Ich hatte gehofft, wir könnten uns vielleicht von der Gruppe absetzen und etwas allein unternehmen.«

»Oh, das wäre toll«, sagte sie und fühlte sich mit einem Mal ganz verlegen. Die anderen befanden sich immer noch in der Nähe der kleinen Kirche, und die Teenager waren erneut mit einer Schneeballschlacht beschäftigt und mussten auf jedem unberührten Fleckchen Schnee ihre Fußabdrücke hinterlassen.

»Aber was sagen wir den anderen zur Entschuldigung?«

»Zum Beispiel, ich verbringe den Abend mit Isaac, und ich

sage, ich will den Abend mit Lily verbringen.« Er versuchte, nach ihrer gesunden Hand zu greifen, aber mit seinen Fäustlingen war das schwierig.

Lily spürte wieder Schmetterlinge im Bauch. »Es hört sich irgendwie komisch an.«

Er blieb stehen und sagte leise: »Wenn du dich unwohl damit fühlst, können wir auch mit Doggo einen Spaziergang machen, aber ich möchte Zeit mit dir verbringen. Nicht mit der Lily, die sich um die *Middletones* kümmert oder um die Geschäfte von British Country Foods, oder die sich mit ihrer Familie herumschlägt oder im Pub bedient, sondern mit der Lily, wie sie leibt und lebt.« Sie bemerkte seinen Ohrring, der neben ein paar dunklen Haarsträhnen aus der Mütze ragte.

»Klingt toll«, murmelte sie.

Doggo rannte zwischen ihnen und den anderen hin und her, und sie gesellten sich wieder zur Gruppe, wo Max gerade den Sinn und Zweck der zwei Meter hohen Stangen am Rande des Pfads erklärte. »Die sind ja höher als ich«, sagte Emily. »So hoch kann der Schnee unmöglich liegen.«

Max grinste. »Kann er, das kannst du mir glauben. Im Januar und Februar würdest du hier einfach verschwinden vor lauter Schnee.«

Es wurde merklich kühler und die Schatten länger, und sie machten sich über den steilen Pfad schlitternd auf den Rückweg nach Schützenberg. Schließlich mussten sie sich noch für ihren Auftritt auf dem Weihnachtsmarkt fertig machen.

Als sie unten den Parkplatz erreichten, begann es von neuem zu schneien. Die weißen kalten Flocken fühlten sich auf den Wangen an wie zarte Liebesbisse von der Schneekönigin.

Als Isaac sich hinter das Steuer des Kleinbusses setzte, genoss er wieder dieses wunderbare Gefühl von Freiheit und Abenteuer. Um ihn herum tanzten Schneeflocken in der Dunkelheit. Typisch Mann, dachte er, während er den Kleinbus aus der Toblerstraße fuhr, um die anderen abzuholen. Alle waren voll des Lobs und Danks dafür, dass er alles stehen und liegen gelassen hatte, um mit auf die Reise zu kommen, und er hatte seinen Spaß, besonders mit Lily, die neben ihm auf dem Sitz aufgeregt hin und her rutschte.

Als sie die Ferienwohnungen erreichten, waren die anderen schon bereit und stiegen in aufgekratzter, erwartungsvoller Stimmung hinten zu Franciszka in den Bus.

»Hat jeder alles dabei, Shirt, Mütze, Schal?«, fragte Lily über die Kopfstützen hinweg. Man versicherte ihr, dass alles okay sei, und Isaac fuhr bergab zum Parkplatz in der Nähe des Marktplatzes.

Damit war seine Pflicht getan, er wurde erst wieder für die Rückfahrt gebraucht. Er schlenderte mit der Gruppe durch die weihnachtlich beleuchteten Straßen. Er hatte sich die Kapuze gegen den Schnee übergezogen, während die *Middletones* ihre schwarzen Shirts über die Anoraks zogen und die roten Mützen und Schals anlegten. Eddie schwang sich seine Gitarre auf den Rücken, Warwick trug sein Keyboard, Alfie nahm den Notenständer und Neil die Anlage. Sie waren ein Team, kein Zweifel.

Durch die vom Himmel tanzenden Schneeflocken folgten sie alle Lilys App mit der Wegbeschreibung. Es ging durch ein paar kleine Straßen bis zum Marktplatz, der leicht nach unten abfiel und von Häusern in Pastellfarben umstanden war. An manchen Fassaden befanden sich wunderschöne Ornamente.

»Wie hübsch«, sagte Lily leise, und in ihren Augen spiegelten sich die vielen Lichter des Weihnachtsmarkts, die wie Sterne über den kleinen roten Häuschen standen. Jeder Stand war glitzernd mit Laternen und Sternen geschmückt, der ganze Markplatz strahlte in weihnachtlichem Glanz.

An den Ständen wurden Spezialitäten, Weihnachtsdekoration, Schmuck und Glühwein angeboten. Besucher in grellbunten Skianoraks, festen Stiefeln und Mützen in allen möglichen Formen und Farben drängten sich durch die Gänge zwischen den Häuschen. Ein verführerischer Duft nach Bratwurst und heißen Waffeln lag in der Luft, und Warwick, Eddie und Alfie schnupperten begeistert.

»Ich glaube, unser Stand befindet sich neben dem Karussell.« Lily zeigte ein Stück weiter hoch auf bunte kreiselnde Pferdchen, die sich an Stangen zu Musik auf und ab bewegten, auf ihrem Rücken fröhliche Kinder.

Isaac überragte die meisten Besucher wegen seiner Länge und hatte Kirstin ausgemacht.

»Sehr gut.« Lily führte die Gruppe zum Stand. Sie und Kirstin begrüßten sich mit einem Wangenkuss, und dann begutachtete Lily den Stand. Zwei lächelnde Damen verkauften Kunden typisch englische Spezialitäten wie Chutney, Pies mit Schweinefleischfüllung, Cornish Pasties, Schottische Eier und Crumpets. Lily begrüßte die beiden, Melina und Sarah.

Unter dem Vordach des Stands zog Lily sich die Kapuze herunter, und ihr blondes Haar glänzte im Licht. Isaac sah sie übers ganze Gesicht strahlen, während sie sich mit Carola beriet und hin und wieder einen Blick auf ihre Uhr warf. Die anderen *Middletones* standen lächelnd um sie herum und hörten zu.

Sie weiß immer, wo es langgeht, und gibt anderen die Richtung vor, dachte er bei sich. Auf ihre freundliche Bitte hin brachte Kirstin ein elektrisches Kabel für die Musikanlage. Die Teenager und Neil bauten unter einem Schutzdach Anlage und Instrumente auf. Eddie und Warwick spielten einige Akkorde, worauf Lily einen Blick in Carolas Richtung warf. Es ging los. Die anderen gruppierten sich um Warwick und Eddie.

Alle Blicke waren nun auf Carola gerichtet, sie gab Warwick und Eddie den Takt vor und den anderen dann den Einsatz. Der erste Song war *I Wish it Could be Christmas Everyday*. Einige Leute blieben sofort stehen, andere holten sich an einem der Nachbarstände noch rasch einen Glühwein oder heiße Schokolade und lauschten dann der Gratisvorstellung.

Der Song wurde mit Applaus bedacht, dann hielt Kirstin auf Schweizerdeutsch eine kleine Rede, dankte den *Middletones* auf Englisch für ihr Kommen und überließ dann wieder das Feld Carola und traditionellen Weihnachtsliedern wie *Once in Royal David's City* und am Schluss *Silent Night*. Isaac bemerkte, dass Zuhörer mit einstimmten, manche davon auf Deutsch, und wieder folgte begeisterter Applaus.

Die Menge wurde immer größer, und auch Tubb, Janice, Garrick und Eleanor hatten sich am Rande hinzugesellt.

Lily wirkte überglücklich. Vielleicht war sie sich des Erfolgs dieser Reise nicht immer ganz sicher gewesen, dachte er, als er sie so sah. Die Gruppe stimmte *Let it Snow* an, und prompt fiel der Schnee in dicken Flocken herab, als wollte er zur feierlichen Atmosphäre beitragen. Melina ging mit zwei Platten durch die Menge der Zuhörer, auf denen sich jeweils süße und salzige Häppchen befanden. Isaac bediente sich mit einem

Stückchen Teekuchen und genoss das leichte süße Aroma und den Rosinengeschmack. Kirstin machte unterdessen mit ihrem Handy Fotos und Videos.

Nach weiteren zehn Minuten hatten die *Middletones* ihr Repertoire mit einem volltönenden *We Wish You a Merry Christmas* beendet und wurden von der Menge mit begeistertem Applaus und Pfiffen bedacht. Carolas Gesicht leuchtete förmlich. »Vielen Dank für die freundliche Aufnahme«, sagte sie auf Englisch. »Die *Middletones* singen noch einmal am Samstagnachmittag und -abend.«

Dann trat Kirstin vor und ergänzte: »Und an unserem Stand können Sie bis Sonntag, wenn der Weihnachtsmarkt endet, Köstlichkeiten aus England erwerben.«

Die erste Vorstellung war zu Ende. Die Menge der Zuhörer löste sich auf, einige verharrten noch vor dem Stand und begutachteten die Waren, andere plauderten mit Sarah und Melina. Garrick, Eleanor, Tubb und Janice kamen heran und begrüßten die Musiker. »Ich hoffe, ihr seid nicht böse, dass wir uns nicht lange aufhalten, wir sind gerade auf dem Weg zum Essen.«

Isaac bemerkte, dass ein Schatten über Lilys Gesicht fiel, als sie ihren Brüdern nachsah, die sich gemeinsam einen schönen Abend machten. Warwick und Eddie verstauten ihre Instrumente und die Anlage hinten im Stand, und alle befreiten sich von den schwarzen Shirts.

Kirstin nahm Lily beiseite. »Ihr seid alle zum Adventsbrunch der Gemeinde am Samstag eingeladen. Habt ihr Lust, bei dieser Gelegenheit ebenfalls zu singen? Es geht in diesem Fall nicht ums Unternehmen, aber Los legt Wert auf derartige Aktivitäten.«

»Gerne, das ist bestimmt ein Erlebnis«, sagte Lily.

Die anderen waren bereits mit den kulinarischen Genüssen der Umgebung beschäftigt. Warwick beäugte gierig einen Bratwurststand. »Ich bin fast am Verhungern und werde mir jetzt eine von diesen Riesenbratwürsten holen.« Eddie, Alfie, Emily und Charlotte waren sofort mit von der Partie, Franciszka und Neil gingen ihre eigenen Wege. Isaac harrte trotz zunehmender Kälte am Stand aus, bis Lily und Carola ihre Unterhaltung mit Kirstin beendet hatten.

Lily strahlte immer noch, und auch Carola war offenbar von ihrem Unglück mit Owen abgelenkt und tat es ihr nach. »Das ist super gelaufen«, sagte Carola.

Lily legte ihren gesunden Arm um die Schulter ihrer Freundin »Super? Es war einfach brillant! Wir waren hinreißend!« Sie fragte Isaac: »Hat doch gut geklungen, oder?«

»Phantastisch«, antwortete er wahrheitsgemäß. »Ihr seid bei den Leuten richtig gut angekommen und habt für Stimmung gesorgt, da wurde im Takt mitgeklopft und mitgesungen, ein älteres Ehepaar hat sogar ein bisschen geschmust bei eurer Musik.«

Die nächste Stunde verbrachten sie damit, den Weihnachtsmarkt zu erkunden. Sie erstanden die gute Schweizer Schokolade, bewunderten Glasbläser- und Schnitzarbeiten und ließen sich an einem Stand mit hölzernen Tischen und Bänken Bratwurst und Bier schmecken. Dort saß auch bereits die Teenagergruppe. Zum Nachtisch gab es Waffeln mit Schwarzkirschen. Dann war Carola nach einer Tasse Tee.

Sie mussten lachen über ihre typisch englischen Gewohnheiten, aber Isaac holte sofort drei Becher an einem mit Lametta, Silberkugeln und weiß bemalten Tannenzapfen geschmückten

Stand. Es schneite nicht mehr so heftig, dafür war die Luft kälter geworden.

Beim Zahlen warf Isaac einen kurzen Blick über seine Schulter auf Lily, die mit Carola in ein ernstes Gespräch vertieft war. Was für eine schöne Zeit er mit den *Middletones* hier verbrachte.

Aber wenn er ehrlich war, sehnte er sich jetzt nach ein bisschen Zweisamkeit mit Lily.

Am Ende ergab sich das ganz einfach. Der Weihnachtsmarkt wurde um acht Uhr geschlossen. Sie holten ihre Sachen aus dem BCF-Stand und gingen zum Parkplatz zurück. Isaac fuhr zuerst zu den Ferienwohnungen, wo die meisten Mitglieder der Gruppe ausstiegen. Eddie nahm nur seine Gitarre an sich, die restliche Ausrüstung würde über Nacht im Bus bleiben. Beim Haus von Los und Tanja angekommen, parkte Isaac den Bus, und sie liefen über den geräumten Weg zu dem Anbau, in dem die drei untergebracht waren.

»Habt ihr was dagegen, wenn ich mich aufs Bett lege und mir die siebte Staffel von *The Walking Dead* auf DVD anschaue?«, sagte Franciszka, als sie die Einliegerwohnung betraten. Sie legte rasch ihren Mantel ab und machte es sich vor den Fernseher gemütlich.

Vielleicht hatte sie ja bemerkt, dass sich zwischen Lily und Isaac etwas anbahnte, und wollte sich taktvoll rarmachen. »Kein Problem«, antwortete Isaac auf ihren Vorschlag, »wir gehen eine Runde mit Doggo und genehmigen uns vielleicht noch einen Drink.« Er musste gegen Doggos sonores Bellen anreden, der sofort wie wild um sie alle herumtanzte. Als Doggo sah, dass Isaac tatsächlich nach der Leine griff, drehte er sich noch einmal um die eigene Achse und verharrte dann stocksteif, während Issac ihm das Hundegeschirr anlegte.

»Du bist schon wirklich außer Rand und Band«, sagte Lily lachend.

Sie traten hinaus ins kalte Dunkel, folgten dem Weg ums Haus und gingen die Toblerstraße hinunter. Nachdem er sich vergewissert hatte, dass Lily links von ihm ging, griff er nach ihrer Hand, auch wenn die Handschuhe die zärtliche Berührung ein wenig dämpften. Doggo freute sich sofort wie immer über den Schnee, beschnüffelte aber schon bald jede Fährte auf dem Weg.

»Mir gefällt die Schweizer Lily, denn sie lächelt immer«, sagte Isaac mit einem Grinsen.

Sie verzog die Augenbrauen. »Ist das denn in England nicht so?«

»Doch, aber hier hast du stets ein Lächeln im Gesicht, als wärst du richtig froh.« Sie hielten sich auf ihrem Weg bergab links, Richtung Dorfzentrum. An den Balkonen funkelten Weihnachtslichter und ließen die Schneekristalle in der Umgebung aufleuchten. Hin und wieder wurden sie von Autos oder dick vermummten Passanten überholt.

»Ich finde das Dorf toll und kann immer noch nicht glauben, dass wir tatsächlich hier sind«, sagte sie.

»Ich nehme an, die Luftveränderung tut dir gut.« Sie überquerten eine Straße und spazierten weiter ihre Straße entlang.

Ihr Lächeln war dünner geworden. »Du meinst, einfach die Probleme in Familie Nummer eins mal hinter sich zu lassen? Das heißt aber nicht, dass ich nicht trotzdem daran denke.« Sie seufzte. »Leider schaue ich Familie Nummer zwei bislang lediglich von außen beim Leben zu.«

Er umschlang ihre Taille und genoss ihre Nähe trotz der umfangreichen Daunenanoraks. »Findest du?« Ihre Worte gingen ihm nahe.

Auch sie umschlang ihn mit ihrem gesunden Arm. »Ja, das ist zumindest mein Eindruck.«

Sie gingen eine Weile schweigend nebeneinander her. »Aber ich bin froh, dass es ihnen so gut geht. Je mehr ich darüber nachdenke, desto mehr hätte ich gute Lust, alles so zu lassen, wie es ist. Es gibt Schlimmeres, als mit seinen eigenen Brüdern lediglich befreundet zu sein.«

Er dachte darüber nach. Sie waren auf dem Weg zu einer Kneipe, die er heute Morgen während ihres Ausflugs zum Messestand gegoogelt hatte. »Wegen Zinnia?«

»Nein, es geht nicht um ihre Szenen, was Garrick und Tubb angeht. Vielleicht hätte ich mich ihr nicht so offen anvertrauen sollen. Es gibt einen anderen Grund. Im Augenblick habe ich eine gute Beziehung zu meinen Brüdern. Aber ich habe keine Ahnung, wie sie reagieren, wenn ich die Karten auf den Tisch lege. Und wie die Dinge liegen, bin ich wieder mehr geneigt, doch in Middledip zu bleiben. Zinnia hat sich beruhigt und sich für ihr Verhalten entschuldigt, was will man mehr. Mum und Patsie haben zwar ihre Probleme, aber offenbar bin ich nicht der Auslöser. Und wer weiß, ob Tubb überhaupt jemals nach England zurückkehrt.« Sie seufzte, setzte ein gequältes Lächeln auf. »Meine Suche ist vorüber. Das Resultat ist nicht ganz so, wie ich es mir gewünscht habe, aber auch kein Desaster.« Vor ihren Augen funkelte und glitzerte ein aufwendig geschmücktes Areal, der Eingang erstrahlte in blauem Licht. »Ist das unser Ziel?«

»Das Eisstadion am See. Mir ist natürlich klar, dass du mit deiner verletzten Hand nicht eislaufen darfst, aber es gibt hier eine Bar, wo auch Doggo reindarf. Habe ich heute Morgen im Internet ausfindig gemacht.«

Sie ließen Doggo kurz am See Wasser schlabbern, überquerten dann eine Straße und trafen auf einen Pfad, der zu einer Fußgängerbrücke mit gelben Laternen führte.

»Wie schön«, flüsterte Lily.

Das Eisstadion lag in blauem Licht, ein paar vermummte Kinder und zwei Teenager, die mit Hockeyschlägern einen Puck zwischen sich hin und her schoben, vergnügten sich dort. Lily sah ihnen lächelnd zu. »Schau dir die Kleinen dort an, die sich an Plastikpinguinen festhalten, damit sie das Gleichgewicht behalten.«

»Ja, toll«, sagte er geistesabwesend, denn er hatte nur Augen für sie.

Ein paar Minuten später betraten sie die Bar, die an diesem Abend gut besucht war. Das Publikum war bunt gemischt, alle Altersklassen vertreten. Sie hängten ihre Mäntel auf, und Isaac besorgte etwas zu trinken, während Lily sich an einen kleinen Tisch setzte.

Isaac begutachtete ihre Linke. »Immer noch alle Farben des Regenbogens.« Er drehte sie sanft. Das Wundpflaster war ab, die Wunde gut verheilt.

»Die Hand ist nicht mehr so geschwollen.« Sie hatten die Köpfe zusammengesteckt. »Es pocht auch nicht mehr so, sondern tut eher weh.«

Er streichelte mit der Daumenspitze sanft die verfärbte Prellung und stellte ihr dabei all die Fragen, die ihn schon seit langem beschäftigten: Wo hatte sie studiert? War sie in Peterborough aufgewachsen? Hatte sie die *Juno Lounge* jemals von innen gesehen? Dabei kam es ihm so vor, als läge die Zeit dort Lichtjahre entfernt. Wo würde sie in den Ferien gerne hinfahren? Welche Filme mochte sie? Welche Musik hörte sie bei der Arbeit, und wie liefen ihre Geschäfte?

Ihre Mundwinkel verzogen sich nach unten. »Ich habe so viel Arbeit in dieses Projekt hier gesteckt, dass ich im Augenblick nichts anderes auf der Pfanne habe, wenn ich ganz ehrlich bin. Entweder finde ich bald das nächste Projekt, und das wird nicht so einfach sein, oder ich gebe mich geschlagen und suche mir eine Vollzeitanstellung.«

Mit der letzten Option hatte er nicht gerechnet. »Und was passiert dann mit der Arbeit im Pub?«

Sie zuckte mit den Schultern. »Ich werde kündigen, nehme ich mal an. Das ist ein toller Teilzeitjob, aber als Vollzeitanstellung weiß ich nicht recht. Mir gefällt der soziale Aspekt, aber eigentlich habe ich dort nur angefangen, um Tubb kennenzulernen.« Sie zog eine Augenbraue hoch. »Aber bis dahin hast du wahrscheinlich deine Ausbildung abgeschlossen und kletterst oder marschierst irgendwo im Ausland durch die Wildnis.«

Nun war das Schulterzucken an ihm. »Zumindest ist das der Plan.« Aber eigentlich wollte er jetzt nicht an die Zukunft denken, sondern an die unmittelbare Gegenwart. »Lass uns von etwas anderem reden.«

Nach einem weiteren Drink tauchte Doggo von seinem Platz unter dem Tisch auf und drückte seine Schnauze an Isaac, um ihn zum Aufbruch zu drängen. Und so zogen sie ihre Anoraks und Mützen an und brachen zu einem Spaziergang auf dem beleuchteten Rundweg um den See auf.

»Wie wunderschön. Zwar kalt, aber schön.« Lily seufzte glücklich und betrachtete den Lichtschein der Laternen.

Sobald sie sich ein Stück vom Eisstadion entfernt hatten, führte Isaac den Hund an der langen Leine, und der stöberte sofort in der Dunkelheit. Isaac hielt in dem unbeleuchteten Bereich zwischen zwei Laternen an und zog Lilly zu sich heran, küsste ihre geöffneten Lippen und fuhr mit seiner Zunge sanft bis zum Ohrläppchen, an dem er zärtlich nibbelte.

Lily stöhnte lustvoll und schien seine Erektion selbst durch die dicken Daunenschichten zu spüren, denn sie drückte sanft ihr Becken dagegen.

Er mochte ihr offenes Haar, das über die Schultern fiel, ließ es durch die Finger einer Hand gleiten und umschloss mit der anderen ihren Hinterkopf. »Wollen wir uns ein Hotelzimmer nehmen?« Aber dann beantwortete er sich die Frage sofort selbst. »Mist, ich kann Doggo nicht in der Ferienwohnung alleine lassen. Franciszka denkt morgen früh vielleicht nicht daran, mit ihm rauszugehen, wenn wir noch nicht zurück sind.«

Sie murmelte an seiner Wange. »Vielleicht ist sie auch bereits zu Bett gegangen. Sie machte einen ziemlich erledigten Eindruck.«

Seine Erektion pochte, er konnte keinen klaren Gedanken fassen und hatte nur eins im Sinn, ihr die Kleider vom Leib zu reißen und endlich ihre Haut zu spüren. »Versuchen wir's«, murmelte er. »Doggo hat sicher nichts dagegen, die Nacht auf dem Wohnzimmersofa zu verbringen.« Aber es vergingen noch einige Minuten bis sie weitergingen, denn er konnte nicht von ihr lassen.

Irgendwann wurde es Doggo aber zu viel, und er stupste sein Herrchen mahnend an.

Vor der Tür des Anbaus blieben sie beide stehen. »Lass uns ganz leise sein, damit wir sie nicht wecken, falls sie wirklich schon im Bett liegt«, flüsterte er.

Doch als sie ins Warme kamen, spazierte eine höchst muntere Franciszka mit ihrem Handy durch die Räume des Anbaus und zeigte per Skype ihrer Familie in Polen, wie es dort so aussah.

»Und hier kommen gerade Lily und Isaac«, sagte sie auf Englisch und hielt ihnen ihr Handy entgegen.

Sie schenkten den unbekannten Gesprächspartnern am anderen Ende der Leitung ein schwaches Lächeln, dann ließen sie voneinander und zogen sich in ihre Zimmer zurück.

Sechzehntes Kapitel

Die *Middletones* waren mit dem Kleinbus unterwegs zur Messe *Food, Lifestyle & Health.* Es war Donnerstagmorgen, und die Gruppe sollte um halb zehn dort sein. Lily schwankte zwischen Freude und Nervosität, denn Garrick hatte ihr eine Nachricht getextet. Er wolle die Gruppe zwischen den Vorstellungen am Morgen und am Nachmittag zum Lunch einladen.

Isaac saß hinterm Steuer und konzentrierte sich auf den dichten Verkehr in Richtung Zürich und die leicht verschneiten Straßen. Lily und Carola gingen gemeinsam noch einmal das Programm durch, aber eigentlich kannten sie es auswendig.

»Und wie geht es dir?«, erkundigte sich Lily so leise, dass sie von den Motorgeräuschen und dem Geplauder der anderen übertönt wurde. »Immer noch keine Nachrichten von Owen?«

»Owen, du meinst unseren Oh-wenn-Owen?« Carola lächelte, um ihre Traurigkeit zu überspielen. »Totale Funkstille. Der grast schon wieder woanders. Duncan hat mich wegen einer Jüngeren sitzenlassen, Owen hat mich geghostet, Männer sind einfach Arschlöcher.«

»Also bitte«, sagte Isaac leise und fuhr ein wenig langsamer, weil der Verkehr vor ihnen dichter wurde.

»Anwesende natürlich ausgenommen«, sagte Carola, klang aber nicht überzeugt.

»Du darfst nicht alle Männer über einen Kamm scheren«, sagte Lily und tätschelte die Hand ihrer Freundin. »Aber du hast wirklich was Besseres verdient. Vielleicht wartet dein Märchenprinz schon irgendwo auf dich.«

Carola schnaubte. »Der soll mich bloß in Ruhe lassen. Es ging mir nach Duncan richtig gut. Und es wird mir bald wieder gut gehen, aber dazu brauche ich keinen Mann.«

»Natürlich nicht«, stimmte Lily zu. Aber letzte Nacht hatte sie Isaac definitiv gebraucht, als sie sich in der Kälte unten am See geküsst hatten und sie ihn durch die Lagen Winterkleidung gespürt hatte. Kein Zweifel. Später im Bett hatte sie sich ausgemalt, wie es gewesen wäre, wenn die Reise nicht im Winter, sondern im Sommer stattgefunden hätte, mit einem ruhigen Plätzchen auf einer Wildblumenwiese ... In ihrer Phantasie bekam Doggo von ihrem leidenschaftlichen Schäferstündchen nichts mit, weil er fest schlief.

Neben ihr schnippte Isaac plötzlich kurz mit den Fingern. »Ich muss noch einen Tierarzt finden, der Doggo am Freitag entwurmt, sonst darf er nicht nach England einreisen.«

Lily griff nach ihrem Handy und suchte in Schützenberg nach Tierärzten. Isaac hatte schließlich alles stehen und liegen gelassen, um den *Middletones* zu helfen, das war das Mindeste, was sie für ihn tun konnte. »Es gibt zwei, ich schicke dir die Links.«

»Super, danke.« Er lächelte sie kurz an und fuhr dann von der Autobahn ab in Richtung Messehallen. Bald warteten sie mit anderen in einer langen Schlange darauf, dass man ihnen einen Parkplatz zuwies. Nach einem Sicherheitscheck am Eingang händigte man ihnen die Messepässe aus. Mäntel und Anoraks gaben sie an einer Garderobe ab, und dann betraten sie endlich die riesige, geschäftige und hell erleuchtete Halle.

Lily bildete mit Neil und Franciszka das Schlusslicht der Gruppe. Die beiden waren so sehr in ihr Gespräch vertieft, dass sie von der Umgebung nicht viel mitbekamen. Lily dagegen hatte alle Hände voll zu tun, die Teenager zusammenzuhalten. Warwick wollte sich unbedingt Modelle von Reisetassen anschauen, die es ihm angetan hatten, Eddie und Alfie hatten bereits wieder Hunger und daraufhin an einem Stand ein paar kostenlose Proben von Vollkornsnacks mitgehen lassen, und Charlotte interessierte sich für einen Stand mit Kuchendekorationen. Carola schritt an der Spitze voran.

Isaac hatte sich noch am Eingang verabschiedet. »Wenn ich den Plan richtig verstehe, gibt es hier eine Outdoor-Abteilung. Texte mir kurz die Details zu unserem Mittagessen.« Nachdem er sich vergewissert hatte, dass gerade keiner in ihre Richtung blickte, drückte er ihr kurz einen Kuss aufs Haar und verschwand.

Am BCF-Stand war alles, wie es sein sollte. Kirstin und Garrick warteten bereits auf sie, für die Musikanlage war ein Anschluss gelegt, und sie mussten sich nur noch auf ihren Auftritt vorbereiten. »Für Mützen und Schals ist es hier drin zu warm, wir ziehen nur unsere Shirts an«, beschloss Lily. Ohne die Anoraks und Mäntel darunter waren sie recht weit, aber wen störte das? Los traf ebenfalls ein, und Kirstin wurde sehr geschäftig und fotografierte ihn mit den *Middletones*, stellte dann auch noch Garrick dazu und Felix, der gerade ein Kundengespräch beendet hatte, und jetzt zwei kleine Flaggen schwenkte, eine mit dem Union Jack, die andere in den Farben von BCF.

Einige Besucher blieben vor dem Stand stehen, um die Fotosession mitzuverfolgen. Felix packte die Gelegenheit sofort beim Schopf und verteilte englische Schokolade. Dann traten Los und Garrick zur Seite und überließen den *Middletones* das Feld. Carola stellte sich vor die Gruppe und gab den Takt für *White Christmas* vor, und schon bald hatte sich eine kleine Menge versammelt. Ein Song folgte auf den anderen, und Lily wurde so mitgerissen, dass sie sich nicht einmal wie sonst Sorgen um die hohen Töne von *Walking in the Air* machte, sondern ihrer Stimme einfach vertraute. Kirstin schoss unterdessen Fotos für die sozialen Medien. Als *We Wish You a Merry Christmas* verklungen war, wünschten sich ein paar Zuhörer ein Foto mit den *Middletones*, was Los offenbar sehr zufriedenstellte und Kirstin strahlen ließ.

Nach der Vorstellung räumte Lily den Aufsteller für die *Middletones* fort und diskutierte mit Kirstin über Hashtags, Los verschwand, und Stephen und Felix widmeten sich Kundengesprächen. Eine knappe halbe Stunde später beendete Garrick seine Unterhaltung mit einer Dame in einem roten Kleid und bot Lily, ganz Kavalier der alten Schule, seinen Arm. »Darf ich euch jetzt zum Lunch ausführen?«

Ihr Herz machte einen Freudensprung, als sie ihre Hand auf seinen Arm legte. »Sehr gerne«, hauchte sie schüchtern.

Auf dem Weg durch die Menge legte Lily ihre verletzte Hand schützend gegen die Brust, sie wollte verhindern, dass jemand dagegen rempelte. Garrick versicherte ihr unterdessen: »Los ist sehr zufrieden. Er hätte das Projekt mit dem Argument kippen können, dass es für BCF keinen unmittelbaren

Gewinn einfährt, aber er hat auf unseren Vorschlag gehört und grünes Licht gegeben.«

»Ohne sein großzügiges Sponsoring wäre die Reise nicht möglich gewesen«, sagte Lily. Neben dem Singen, ihrer einzigen Verpflichtung, blieb wirklich noch viel freie Zeit, um den Aufenthalt in der Schweiz zu genießen. Sie durfte nicht vergessen, sich bei Los und allen anderen, mit denen sie zusammengearbeitet hatten, mit einer Karte zu bedanken, auf der alle *Middletones* unterschreiben mussten.

Der Rest der Gruppe erwartete sie am Fuße der Treppe zu einem Messerestaurant, in dem bereits ein großer Tisch für sie reserviert war. Zwei junge Kellner servierten sofort Vorspeisen und Getränke. »Geil«, sagte Eddie, während er Platz nahm. »Reich mal die Pizzaecken rüber.«

Beim Mittagessen fand Lily ihren Halbbruder Garrick immer sympathischer. Sie mochte Tubb ebenfalls, aber er konnte recht launisch und geizig sein. Garrick wirkte entspannter und großzügiger. Er war ein großartiger Gastgeber, der dafür sorgte, dass bei den Gesprächen am Tisch keine Verlegenheitspausen eintraten und es genug zu essen und zu trinken gab. Es gelang ihm sogar, Carola mit ein paar Scherzen zum Lächeln zu bringen. Schon das allein machte ihn in Lilys Augen liebenswert.

Irgendwann klingelte sein Handy. Ob er den Anruf kurz entgegennehmen dürfe? »Hallo Eleanor, nein, kein Problem, ich sitze gerade mit Lily und den anderen beim Essen. Harry meinte, ich sollte sie alle einladen …« Dann wurde sein Gesicht ernst. »Wie bitte? Einen Augenblick.« Er stand auf, entschuldigte sich bei der Runde und eilte, das Handy am Ohr, aus dem Restaurant.

Ausgerechnet jetzt, dachte Lily, wo sie die Nähe zu ihrem Bruder so richtig genoss. Garrick nannte seinen Bruder offenbar Harry. Wozu wollte er sie alle eigentlich einladen? Dann vibrierte ihr Handy, eine Textnachricht von Zinnia.

Redest du wieder mit mir? Und ein Emoji, das eine Träne vergoss.

Lily wurde sofort warm ums Herz, und sie hatte fast ein schlechtes Gewissen, weil sie eine Zeitlang gar nicht mehr an ihre Schwester gedacht hatte, vor allem in Garricks Gesellschaft. Sie schrieb sofort zurück. Ja. Lass uns reden, wenn ich zurück bin. Sind auf der Messe und müssen bald wieder singen.

Ja, super! xx, kam es sofort von Zinnia zurück. Diesmal mit einem Emoji mit Herzchenaugen.

Als Garrick wieder an den Tisch zurückkam, war er in strahlender Gastgeberlaune. »Ich soll euch heute Abend zu dem Umzug von Samichlaus einladen. Leider kann ich euch nicht viel dazu erzählen, denn auch ich werde ihn zum ersten Mal sehen. Vorher haben euch mein Bruder und Janice bei Max zum Essen eingeladen.« Und zu Isaac gewandt: »Wenn du etwas trinken möchtest, kein Problem. Es sind nur zwanzig Minuten bis zu der Kreuzung, an der der Umzug vorbeikommt.«

Alle am Tisch waren begeistert. Garrick begann ein Gespräch mit Neil, und Lily hatte Gelegenheit, Isaac, der ihr gegenübersaß, zu fragen, wie der Morgen für ihn gelaufen war.

»Der Bereich mit den Outdoor-Ausstellern ist einfach großartig. Ich habe viele tolle Infos zu Zelten, Ausrüstung und dergleichen mehr bekommen.« Er strahlte über das ganze Gesicht.

»Das klingt gut.« Sie erwiderte sein Lächeln, auch wenn ihr

das Herz schwer wurde. Seine Antwort hatte sie unsanft auf den Boden der Tatsachen zurückbefördert – in ein, zwei Monaten würde das Intermezzo in *The Three Fishes* für Isaac beendet sein und er sich auf den Weg in eine neue Zukunft machen, mit neuen Herausforderungen, einem neuen Beruf. Das Techtelmechtel zwischen ihnen hatte keine Zukunft. Traurig, aber zugleich ein guter Grund, nicht länger Zeit zu verlieren. Sie sprach ihre Gedanken laut aus. »Schon komisch, findest du nicht auch? Die schönen Dinge im Leben vergehen wie im Fluge.«

Isaac sah sie verwundert an. »Wir kommst du jetzt darauf?«

Sie errötete, wollte sich aber nicht näher dazu äußern, schon gar nicht vor den anderen. Und so zuckte sie nur mit den Schultern. »Ich habe gerade an unsere Reise gedacht. Es ist so viel Zeit mit der Planung draufgegangen, dass ich jetzt wirklich jede Minute genießen möchte. Wie schön, dass es dir hier auch gefällt.«

Sein Lächeln war vielsagend. »Es wird immer besser.«

Am frühen Abend spazierte sie mit Isaac und Franciszka durch frischen Schnee zum Haus von Max. Neben den *Middletones* waren natürlich auch Garrick und seine Familie eingeladen. Tubb und Janice hatten aufgekocht und spielten die Gastgeber, während Max sich alle Mühe gab, seine Söhne Dugal und Keir im Zaum zu halten, die wegen der Gäste außer Rand und Band waren. Ona wirkte erschöpft und streichelte verdrossen ihren riesigen Bauch, sie sei bloß froh, wenn ihr Kind endlich auf der Welt sei. Sie hatte gerade wieder einen kurzen Krankenhausaufenthalt wegen Blutungen hinter sich.

»Samichlaus ist zu uns nach Hause gekommen!«, brüllte Dugal aufgeregt. »Mummy hat ihm Geld gegeben, und er hat uns Nüsse und Mandarinen geschenkt.«

Max versuchte, seine Söhne zu beruhigen, und erklärte über ihre Köpfe hinweg: »Samichlaus sieht ein bisschen aus wie unser Weihnachtsmann, nur mit Bischofsmütze und Stab. Er und seine Helfer sammeln Geld, das Wohltätigkeitsvereinen für Kinder zugutekommt.«

Plaudernd nahmen sich alle von den Fleischgerichten, von dem Käse, dazu Bier oder Limonade, und als Dessert von dem mit Walnüssen dekorierten Schokoladenkuchen. Lily saß an einer Ecke des Esstisches mit Garrick zusammen und nutzte die Gelegenheit, um ihn zu fragen, wo er und seine Familie denn im Dorf genau lebten. Sie versuchte, auch Eleanor ins Gespräch zu ziehen, aber die gab sich wortkarg und fast so abweisend wie der Winter draußen. Was für ein Gegensatz zu dem gesprächigen und zugänglichen Garrick.

Irgendwann wandten sich die beiden Ona zu, und Lily verfolgte die Unterhaltung zwischen Isaac und Tubb über den Pub. Isaac äußerte seine Ansichten, wie man den Umsatz erhöhen könne, ohne die gemütliche Atmosphäre anzutasten. Er erklärte gerade, dass die Bindung an eine Brauerei keine Ersparnis bedeutete, der Rabatt bei der Pacht in der *Juno Lounge* hätte die festen Kosten für die Schankausstattung und das Bier am Ende nicht wettgemacht. Dann diskutierten sie, ob das Ausstrahlen von Sportsendungen wirklich mehr Gäste anlocke und angebliche Umsatzzuwächse von bis zu zweihundert Prozent realistisch seien.

»Wenn *The Three Fishes* mir gehören würde, hätte ich den Bereich mit dem Dartboard und dem Fernseher abgetrennt, damit Stammgäste, die Sportsendungen und das Gebrüll von zwanzig Leuten nicht ausstehen können, nach wie vor gerne kommen.« Tubb nickte interessiert. Schade, dass Isaac das Gastgewerbe aufgeben wollte, von dem er so viel verstand, dachte Lily bei sich.

Dann schlüpften alle in ihre Anoraks und Stiefel und spazierten ins Dorfzentrum von Schützenberg – nur Ona blieb zurück und machte es sich seufzend auf dem Sofa gemütlich. Doggo gähnte einmal kurz und ließ sich dann neben ihr nieder.

Außer ihnen waren bereits viele andere Leute gegen die Kälte eingemummt in dieselbe Richtung unterwegs, lachend und schwatzend spazierten sie die weihnachtlich geschmückte Straße hinunter. Das Ortszentrum war gesperrt und geräumt. Der Wind trug einen gedämpften rhythmischen Lärm heran, und hangaufwärts sahen sie eine Lichterkette.

»Das ist einer der Umzüge.« Max hatte Keir auf seinen Schultern. »Offenbar gibt es sechs davon, und sie treffen alle an der Kreuzung zusammen.«

»Da sind auch Esel dabei, stimmt's, Daddy?«, fragte Dugal, den Janice an der Hand hielt.

»Stimmt.« Max setzte eine bedauernde Miene auf. »Ich habe vergeblich versucht, von den Schweizern in unserem Unternehmen etwas über die Tradition dieser Umzüge herauszubekommen. Manche behaupten, heute werde der Geburtstag von Sankt Nikolaus gefeiert, andere meinen, es sei sein Todestag, aber ich habe keine Ahnung, was die Laternen und Esel dabei sollen. Sankt Nikolaus oder auch Samichlaus hat auf jeden Fall den Armen Geld gegeben. Besser, ihr haltet ebenfalls ein paar Geldstücke bereit.«

Sobald sie einen guten Standort gefunden hatten, warteten sie mit all den anderen Leuten auf den Umzug. Der Atem hing ihnen in der Kälte als Wolke vor den Mündern.

»Na, hoffentlich ist das die Warterei wert«, murmelte Carola und zog sich ihren Schal fester um den Hals.

Das rhythmische Lärmen von eben wurde immer lauter, dazwischen Krachen wie von Pistolenschüssen. Die Zuschauer drängelten sich so nah wie möglich an den Straßenrand und reckten die Hälse.

Unter großem Getöse und Peitschenknallen kamen Männer in weißen Gewändern aus jeder der Straßen auf die Kreuzung. Die Peitschen mussten recht schwer sein, denn die Männer hielten den Stock mit beiden Händen, wenn sie schwingend ausholten und die Schnur in der Luft krachen ließen. Lily war beeindruckt, machte aber unwillkürlich einen Schritt zurück.

Immer mehr peitschenschwingende Männer traten auf und stellten sich in einem Sicherheitsabstand voneinander auf. Als Nächstes erschienen weiß gekleidete Figuren mit hohen schmalen Laternen, an ihrem Hals baumelten dunkel tönende Kuhglocken. Am Ende kamen Hornbläser und ließen ihre Instrumente klingen.

Mittelpunkt jedes Zugs war jeweils ein Samichlaus mit seiner Entourage und einem Pony oder Esel, die sich von dem Getöse aus Peitschen, Kuhglocken und Hörnern aber nicht aus der Ruhe bringen ließen. Die Gruppen vermischten sich, Beutel für Geldspenden wurden herumgereicht.

Lily dröhnte der Kopf von dem Lärm. Sie drehte sich zu Franciszka um. »So einen Krach habe ich noch nie gehört.«

Franciszka nickte. »In Polen feiern wir morgen Nikolaustag, Mikołajki, bei uns bekommen die Kinder Geschenke.« Dann verfolgten beide weiter das Spektakel vor ihren Augen. Interessant, wie sehr sich die Weihnachtstraditionen von Land zu Land unterschieden. Der englische Santa Claus war auf jeden Fall sehr viel knuddeliger als Samichlaus, überlegte Lily.

Am Ende kehrte jede Gruppe in die Straße zurück, von der sie gekommen war. Immer noch wurden Hörner geblasen und Kuhglocken geschwenkt, als Letztes folgten die peitschenschwingenden Männer.

Lily wollte gerade die anderen daran erinnern, dass sie morgen ihren freien Tag hatten und ein Besuch in Zürich geplant war, als Franciszka zu ihr sagte: »Heute Nacht schlafe ich woanders.« Sie zwinkerte ihr zu. »Ich habe Eddie darauf aufmerksam gemacht, wie schade es ist, dass er das Zimmer nicht mit seinen Freunden Alfie und Warwick teilt. Darauf hat er seinen Vater um Erlaubnis gefragt.« Sie lächelte verschmitzt. »Wer will schon beim Vater im Zimmer schlafen, während die Freunde sich nebenan eine schöne Zeit machen.«

Lily traute ihren Ohren nicht, das war ja wunderbar! »Dann bist du bei …?«

»Ich schlafe bei Neil.« Franciszkas Augen strahlten mit der Weihnachtsbeleuchtung um die Wette. »Wir machen es uns schön.« Sie zwinkerte ihr noch einmal vielsagend zu und ging dann zu Neil, der in einiger Entfernung auf sie wartete.

Lily sah ihr nach. Franciszka fackelte nicht lange, das musste man ihr lassen. Tubb und Janice kamen ihr in den Sinn, zwei einsame Seelen, die letztes Jahr an Weihnachten zueinander gefunden hatten; dann ihre Mütter, über vierzig Jahre lang verheiratet, jetzt kurz vor der Trennung; Carola, todunglücklich, weil ihr Liebster sie sitzen gelassen hatte; und schließlich ihre eigene Ehe, wie gewonnen, so zerronnen.

Das Glück ließ manchmal auf sich warten, es kam, wann immer es ihm passte, und verschwand eben manchmal wieder.

Die Gruppe zerstreute sich. Isaac und Lily gingen in dieselbe Richtung wie Tubb und Janice sowie Max und seine Söhne. Max trug Keir auf seinen Schultern, Isaac nahm Dugal auf den Rücken.

Die Nacht war frostig, sie mussten aufpassen, dass sie auf dem Glatteis nicht ausrutschten. Zu Hause bei Max nahmen Isaac und Lily von Ona den Hund in Empfang und verabschiedeten sich. Auf dem Weg den Hang hinauf hielten sie sich an den Händen. Isaac lächelte Lily an, um sie herum funkelten Weihnachtslichter. Er drückte ihre Hand und sagte mit leiser, sinnlich rauer Stimme: »Hast du gesehen? Franciszka ist mit den anderen zu den Ferienwohnungen gegangen. Was meinst du, wie viel Zeit bleibt uns?«

Sie sah ihn von der Seite an. »Die ganze Nacht.« Er hob überrascht die Augenbrauen, und sie wiederholte, was Franciszka ihr anvertraut hatte. »Wir machen es uns schön, hat sie gesagt. Gefällt mir.«

Isaac blieb stehen und küsste sie zärtlich mit warmen weichen Lippen. »Mir auch«, flüsterte er. »Lass uns gleich damit anfangen.«

Siebzehntes Kapitel

Wortlos eilten sie keuchend zu dem hübschen weißen Haus von Los hinauf. Durch die Fensterläden fiel noch Licht, auf einem Balkon im ersten Stock glitzerte ein Weihnachtsbaum. Sie bogen in den von seidig weichem Schnee bedeckten Weg ums Haus ein. Isaac schloss die Tür auf und ließ Doggo von der Leine. Der Hund schüttelte sich, warf einen Blick in seinen Fressnapf, vielleicht hatte der sich in seiner Abwesenheit ja auf wundersame Weise gefüllt, schlabberte ein bisschen Wasser und sah Isaac an.

Isaac zeigte auf sein Bett. »Gute Nacht, Doggo.« Doggo erwiderte den Gruß mit einem Schwanzwedeln und ließ sich gähnend auf sein Hundebett fallen.

Sekunden später stand Lily in Isaacs Schlafzimmer und sah ihm dabei zu, wie er sich in Windeseile der Handschuhe, Mütze, Stiefel und des Mantels entledigte.

Dann stand die Welt still.

Er zog sie sanft zu sich heran. Sie genoss seinen leidenschaftlichen Kuss, fühlte, wie er ihr behutsam Mütze und Handschuhe abnahm und dabei auf ihre verletzte Hand achtete. Sie streichelte sein Gesicht, während er den Reißverschluss ihres Anoraks aufzog und ihn von ihren Schultern streifte.

Es war warm im Zimmer und wurde mit jeder Sekunde

wärmer. Seine Haut duftete nach frischer Luft, seine Lippen küssten ihre Wangen, Lider, und sie gab sich seinen Zärtlichkeiten hin. Seine Hände waren mit ihrer Jacke beschäftigt. »Sag mir Bescheid, wenn ich die Dinge überstürze«, hauchte er, als er eine Hand unter ihr Hemd gleiten ließ. Er streichelte ihren Rücken, und sie spürte, wie sie von seiner Berührung eine lustvolle Gänsehaut bekam.

»Mach weiter«, keuchte sie. Er zog ihr das Hemd über den Kopf, ihr Haar fiel seidig über Schultern und Oberarme.

»Wunderschön.« Sein Blick fiel auf ihre Brüste, die in lavendelfarbenen Spitzenkörbchen lagen, über die er jetzt mit seinen Fingerspitzen fuhr. Wieder bekam sie vor Lust eine Gänsehaut, er öffnete ihren BH, streifte ihn ab und küsste sie so leidenschaftlich, dass sie nicht mehr wusste, wo oben und unten war.

Sie presste sich gegen ihn, streichelte die nackte Haut unter seinem Hemd, lustvoll seufzend, als sie die kräftige, aber weiche Behaarung unter ihren Fingern spürte. Eine Sekunde später zog er sich das Hemd über den Kopf, sie fummelte am Reißverschluss seiner Jeans.

»Diese blöde Hand«, stöhnte sie. »Ich bekomm's nicht hin.«

Er lachte kehlig. »Lass mich machen.« Ruckzuck war er aus den Jeans.

Dann ließ er sie sanft auf das Bett gleiten, in ihrem Rücken spürte sie den weichen Baumwollbezug des Oberbetts, ihre Finger fühlten ihn, hart und seidig zugleich, er atmete stoßweise, während sie seine Nacktheit mit Küssen bedeckte.

Sie hatte Mühe, ihre verletzte Hand aus dem Spiel zu halten, und liebkoste ihn mit der ihr ungewohnten Rechten, war kurz verwirrt, als er leidenschaftlich ihren Körper erforschte, zog ihn zu sich heran und umschlang ihn mit ihren Beinen. Seine Haut duftete frisch, sein feines Körperhaar streifte über ihre Haut, und sie verlor sich in den Berührungen.

Die Gedanken schwiegen, wichtig war nur noch, was sie fühlte und empfand.

Er behielt genügend Geistesgegenwart, um das Kondom nicht zu vergessen. Sie spürte seinen lauten Atem, als er in sie eindrang. Er füllte sie aus, liebkoste sie mit jedem Stoß, mit jeder Bewegung, und sie gab sich ihm hin. Nichts zählte mehr, nur dieser Mann, dieser Moment.

Sie bekamen wenig Schlaf in dieser Nacht. »Wir müssen unsere Zeit nutzen«, murmelte sie, als sein warmer Körper und seine liebkosenden Hände sie aus ihrem Schlummer rissen. Mal weckte er sie, mal sie ihn, der Sex war immer genussvoll und zärtlich. Isaac liebte leidenschaftlich, liebte es, ihren Körper zu erforschen, zog sie beide in eine Welt aus Lust und Selbstvergessenheit.

Dann klingelte an diesem Freitagmorgen der Wecker. Isaac streckte sich und zog Lily zu sich heran. »Ich muss Doggo noch zum Tierarzt bringen, sonst darf er nicht nach England einreisen. Ona hat angeboten, ihn heute aufzunehmen, während wir unterwegs sind.«

»Oh, ich möchte noch im Bett bleiben.« Sie schmiegte sich an seinen Hals.

Sein Lachen klang mitfühlend, er streichelte ihr über den Hintern. »Wenn du möchtest, dass die anderen ihre Stadtbesichtigung von Zürich ohne uns machen, kein Problem.«

»Aber sie kommen ohne dich nicht zum Bahnhof in Biberbrugg. Ich hoffe nur, dass Franciszka auch heute Nacht bei Neil bleibt«, stöhnte sie, löste sich widerstrebend aus seinen

Armen und stand auf, um ihre Kleidungsstücke zusammenzusuchen.

»Weihnachten in diesem Land ist einfach geil!«, verkündete Alfie. Sie streiften über den Zürcher Christkindlimarkt am Hauptbahnhof, kosteten Schokoladenkuchen und wurden blass bei den Preisen, fünfzig Franken für ein Stück Weihnachtsschmuck aus Glas, wenn auch zugegebenermaßen sehr schön.

Der mit Swarovski-Kristallen geschmückte Weihnachtsbaum war eine Attraktion und in seiner Höhe, seinem Glanz und seiner Pracht überwältigend schön. Umringt war er von Ständen mit Kunsthandwerk und Schmuck, auf den Charlotte und Emily begehrliche Blicke warfen. »Mum …?«

Carola lachte auf, als hätte sie falsch gehört. »Ihr Süßen, wenn ihr glaubt, ich hätte genug Geld, um euch etwas von Swarovski zu kaufen, dann habt ihr mich leider mit einer anderen Mutter verwechselt.«

Sie verließen den Bahnhof mit seinem glitzernden stilvollen Lichtermeer. Isaac trat an Lilys Seite und griff nach ihrer gesunden Hand. Eben fuhr eine alte, weihnachtlich geschmückte rote Straßenbahn voller Kinder vorbei. Lily bemerkte, dass die anderen aus der Gruppe ihnen beiden kurz verstohlene Blicke zuwarfen, dann wurde das Händchenhalten aber offenbar schnell akzeptiert, vor allem, als Franciszka und Neil es ihnen gleichtaten. Carola beäugte die beiden Paare mit heimlicher Wehmut.

Es war ein perfekter Tag. Sie nahmen die rote Polybahn, eine Standseilbahn, die vom Central hinauf zur Eidgenössischen Technischen Hochschule fuhr, von wo aus sie den Blick über den Zürichsee und die Berge genossen. Sie fuhren mit der Tram durch die Bahnhofstraße, überquerten die Limmat und machten einen Spaziergang im Unterdorf. Dort kehrten sie ins Café Schober ein und genossen zwischen rotem Plüsch heiße Schokolade, feinste Kuchen und Torten.

Die Kalorien arbeiteten sie später ab, als sie den Turm im Großmünster bestiegen und von dort die Aussicht über die Stadt und den See genossen. Lily wunderte sich über Graffiti in zwei Räumen, die einen Totentanz zeigten, offenbar war hier in Zürich so etwas möglich.

Vor der Oper empfing sie dann ein weiterer Weihnachtsmarkt, wo sie Bratwurst und Waffeln erstanden. Sie kauften auch Glühwein, den aber nur Carola, Franciszka und Isaac wirklich mochten, für Lily schmeckte er nach Hustensaft. Warwick trank seinen ebenfalls aus, und auch Eddie hielt es geradezu für seine Pflicht, mit seinen achtzehn Jahren angebotenen Alkohol nicht zu verschmähen, auch wenn ihm danach übel war.

Während sie ihren Imbiss an Holztischen genossen, klingelte Lilys Handy. Überrascht sah sie, dass Tina sie anrief. »Vielleicht möchte sie wissen, wann ich wieder zur Arbeit komme«, sagte sie zu Isaac. Doch Tina wollte gar nicht mit ihr sprechen, sondern mit Carola. »Ist sie bei euch?«, fragte Tina in ihrer direkten Art.

»Ich reiche dich weiter«, sagte Lily.

Carola war überrascht. Sie lauschte mit gerunzelter Stirn, und ihre Miene wurde immer besorgter. »Wirklich?« In ihren Augen standen Tränen. »Ich glaub's nicht!«

»Was ist los?«, fragte Charlotte, die gerade mit Eddie und Alfie im Gespräch gewesen war.

Carola lächelte ihre Tochter unter Tränen an. »Keine Sorge, alles gut.« Sie sprang, das Handy am Ohr, hastig auf und wandte der Gruppe den Rücken zu.

Ihre Töchter warfen einander trotzdem alarmierte Blicke zu.

Lily lenkte sie ab, indem sie die beiden um Hilfe bei einer Stadtplan-App bat, obwohl sie eigentlich Bescheid wusste. Die beiden erklärten ihr mit der typischen Herablassung von Teenagern, wie alles funktionierte. Zwischendrin warf Lily besorgte Blicke Richtung Carola, die sich immer wieder die Augen mit einem Ärmel trocknete.

Als Carola sich endlich wieder zu ihnen umdrehte und an den Tisch zurückkam, war Lily genauso neugierig wie die beiden Töchter. Sie lächelte unsicher, ließ sich auf die Bank fallen und reichte Lily ihr Handy zurück. »Tja.«

»Was ist los?«, fragte Charlotte.

»Erzähl«, stimmte Emily mit ein, nestelte an ihren Fäustlingen und sah plötzlich wieder aus wie ein kleines verunsichertes Mädchen.

»Stellt euch vor, Owen war bei Tina im Pub. Owen! Er ist überfallen worden.« Sie wischte sich über die Augen. »Dabei hat er Handy und Laptop eingebüßt und musste ein paar Tage im Krankenhaus bleiben. Seine Adressen waren natürlich alle weg, Back-up hatte er keines. Er war krankgeschrieben und hatte deshalb auch keinen Zugang zu einem Computer, um mir eine Nachricht zu schreiben. Sobald er wieder einigermaßen auf den Beinen war, das war am Montag, hat er einen Freund gebeten, ihn zu mir nach Hause zu fahren, aber wir waren bereits unterwegs. Erst dachte er, er müsste unsere Rückkehr abwarten, aber dann ist ihm der Pub eingefallen, von dort würde mich sicher jemand erreichen können.« Mittlerweile strahlte Carola übers ganze Gesicht. »Kein Fall von Ghosting!«

»Ach, hatte er sich nicht mehr bei dir gemeldet?«, fragte Charlotte nach und offenbarte damit, wie wenig sie über das Leben ihrer Mutter wusste.

Vielleicht konnte nur Lily wirklich erahnen, wie glücklich und erleichtert sich Carola fühlte. »Toll!«, sagte sie und umarmte ihre Freundin. »Dann ist also alles in Ordnung?«

Carola nickte froh. »Ja. Ich rufe ihn später noch einmal an, damit wir länger miteinander reden können. Ich habe ein ganz schlechtes Gewissen, weil ich ihm alles Mögliche unterstellt habe, und möchte eigentlich nur noch nach Hause, um zu sehen, wie es ihm geht. Eine schwere Gehirnerschütterung ist kein Kinderspiel.«

Lily flüsterte Isaac zu: »Lass dich bloß nicht dazu überreden, früher nach Hause zu fahren. Heute ist erst Freitag, und morgen singen wir noch mal auf dem Weihnachtsmarkt und beim Adventsbrunch. Wir fahren am Montag und keinen Tag früher, verstanden?«

»Das musst du mir aber schmackhaft machen, Süße.«

Sie grinste, und ihr Blick verriet, dass sie in dieser Hinsicht um Einfälle nicht verlegen war. Offenbar hatte er ihr Schweigen richtig gedeutet, denn sein Blick wurde leidenschaftlich, und eine Hand wanderte auf ihren Oberschenkel.

Als alles aufgegessen war, warf Lily einen Blick auf die Uhr. »Stephen hat mir von einem Laden mit Kuckucksuhren erzählt, offenbar gehen die Leute zur vollen Stunde dorthin, um das Spektakel zu bewundern.«

»Wie schön«, hauchte Emily andächtig. »Mum, kann ich so

eine Uhr für mein Zimmer haben, als spezielles Weihnachtsgeschenk?«

Carolas Gesicht leuchtete seit Owens Anruf immer noch vor Freude. Sie umarmte ihre Jüngste. »Wahrscheinlich sind die Uhren ziemlich teuer, aber wir können sie uns ja mal ansehen.«

»Eine Kuckucksuhr würde mir auch gefallen«, sagte Lily und schloss mit Emily auf. »Ich habe noch nie eine in echt gesehen, aber ich glaube, die sind wirklich recht teuer.«

Der Souvenirshop an der Limmat führte unzählige Modelle der Schweizer Marke Lötscher. Sie hingen alle in einer Ecke des Ladens. Ein Angestellter erzählte ihnen von der mehr als hundertjährigen Geschichte des Unternehmens und der aufwendigen handwerklichen Herstellung der Uhren, die Stück für Stück mit Liebe zum Detail gefertigt wurden. Lily bestaunte die Kunstwerke, die Figuren und die Szenen vor den Schweizer Chalets wirkten fast wie aus dem richtigen Leben.

Emily flüsterte neben ihr. »Welche gefällt dir besonders? Ich hätte gerne das Chalet mit dem Weihnachtsmann.«

»Das gehört leider zu den teuersten, es kostet über zweitausend Franken!«, flüsterte Lily zurück. »Mir gefällt das Brienz-Chalet, aber ich habe leider keine vierhundert Franken übrig.« Das kleine Haus hatte Blumenkästen vor den Fenstern und am Balkon. An einer Hauswand lag ein Holzstapel, der nur darauf wartete, reingetragen zu werden. Über der Uhr befand sich das kleine Fenster für den Kuckuck. Die Gewichte waren aus Messing und in der Form von Tannenzapfen, dahinter schwang sanft ein Pendel.

Der Verkäufer hatte Lilys begehrliche Blicke bemerkt. »Das

ist unser Klassiker, für manche ist es die einzige echte Lötscher-Kuckucksuhr.« Er zwinkerte Emily zu. »Sie haben einen etwas ausgefalleneren Geschmack, das Weihnachtsmann-Chalet hat bewegliche Ebenen für die Geschenke und das Rehkitz.«

Dann schlug es vier Uhr, und auf einen Schlag öffneten sich an allen Uhren Türchen, aus denen rufende Kuckucke auftauchten, bei aufwendigeren Modellen erklang auch noch eine Spieluhr und drehten sich Figürchen.

Carola umarmte ihre Tochter tröstend. »Tut mir leid, mein Schatz. Entweder wir finden eine billigere, massenproduzierte Uhr, oder du musst etliche Jahre lang dein Taschengeld zurücklegen.«

Sie bedankten sich bei dem freundlichen Verkäufer und verließen das Geschäft. Draußen dunkelte es bereits, die Temperatur war deutlich gefallen. Die Weihnachtslichter strahlten um die Wette, als sie alle zur letzten Station von ihrer Tour durch Zürich aufbrachen, dem *Singing Christmas Tree* am Werdmühleplatz. Max hatte sie darauf aufmerksam gemacht. In einer mit Tannenzweigen verkleideten Pyramide standen die Sänger eines Chors auf Ringbalkonen. Sie trugen rote Mützen und Handschuhe und sahen aus der Ferne aus wie singende Kerzen. Am Fuße der Pyramide begleitete eine Band den Chor. Man gab Hits wie *Joy to the World* und *Feliz Navidad* zum Besten. Ein Stand daneben bot Bier und heiße Schokolade an, die Zuschauer sangen und tanzten, und auch die *Middletones* ließen sich nicht zweimal bitten. Lily hielt alles in einem Video fest und hatte sich in ihrem Leben kaum jemals so im Einklang mit sich und der Welt gefühlt.

Es war einer jener seltenen Augenblicke im Leben, wenn

alle Probleme des Alltags in den Hintergrund treten und ein Glücksgefühl Herz und Seele wärmt.

Doch kaum war *White Christmas* verklungen, hörte sie Isaacs Stimme. Er sprach schnell und verärgert in sein Handy. »Jetzt halt mal kurz die Luft an. Ich bin im Ausland und kann nicht einfach alles stehen und liegen lassen«, fauchte er. Dann, in einem veränderten Tonfall: »Was willst du damit sagen? Was ist mit Hayley?«

Achtzehntes Kapitel

»Nicola, einen Augenblick, ich gehe an einen ruhigeren Ort.« Isaac wandte sich von der singenden, tanzenden Menge ab, die ihn gerade eben noch mitgerissen hatte, und trat aus dem Lichtkreis.

Er ließ sich auf die nächste Bank fallen. »Was ist passiert?«, fragte er.

Nicolas Stimme klang angespannt und besorgt. »Glaub bloß nicht, dass mir dieser Anruf Spaß macht, ich will dich auch nicht ärgern. Ich rufe dich an, weil wir keine andere Wahl haben.«

»Schieß los«, sagte er nachdrücklich.

Das tat Nicola, in knappen Sätzen wie Faustschläge. »Bei Hayley hat man vor ein paar Wochen Brustkrebs diagnostiziert. Am Montag wurde sie operiert. Mastektomie und operativer Brustersatz. Die OP war der Grund, warum du Doggo nehmen solltest. Ihr war klar, dass sie nicht für sich selbst sorgen kann. Meine Schwester Vicky und ich haben sich in den letzten Wochen um sie gekümmert, für sie gekocht, ihr beim Anziehen und Waschen geholfen, sie zu Arztterminen gefahren, und wir waren an ihrer Seite, als sie den Befund erhalten hat. Sie kann kaum einen Wasserkessel heben, außerdem hat sie Schmerzen von der Wunde und der Drainage.«

Isaacs Herz hämmerte in seiner Brust. »Warum hat sie mir nichts davon gesagt?« Aber natürlich kannte er die Antwort. Als Hayley im Pub aufgetaucht war, hatte er sich misstrauisch und abweisend verhalten, für sie bestimmt nicht die geeignete Atmosphäre, um sich anzuvertrauen. Er hatte angenommen, sie wollte ihn kontrollieren oder einen Neuanfang ins Spiel bringen, während sie ihm wahrscheinlich von ihrer Diagnose erzählen wollte. Was für ein furchtbares Missverständnis.

»Dazu habe ich meine Meinung, aber es ist besser, wenn du sie selbst fragst«, sagte Nicola kurz angebunden. »Also, ich möchte dich bitten, ihr zu helfen. Die OP liegt gerade mal vier Tage zurück. Unser Dad ist in Cornwall von einem Auto angefahren worden und ohne Bewusstsein. Vicky und ich müssen uns um ihn kümmern.« Ihre Stimme wurde unsicher. »An einem Freitag für Hayley so kurzfristig eine Pflegekraft zu organisieren, ist ein Ding der Unmöglichkeit, wir haben wirklich alles versucht. Und wie du weißt, hat sie keine Familienangehörigen außer ein paar Cousins, zu denen sie aber keinen Kontakt hat. Wenn uns außer dir noch jemand einfallen würde, an den wir uns wenden könnten, wir würden es sofort tun. Aber immerhin wart ihr mal zusammen …«

»Okay«, sagte Isaac wie betäubt. Sein Herz hatte sich so rasch beruhigt, dass ihm fast schwindelig war. Er überlegte, wie er schnell wieder nach England zurückkehren könnte, und gleichzeitig versuchte sein Gehirn, Begriffe wie Krebs und Mastektomie zu verarbeiten. Während Nicola wie ein Wasserfall auf ihn einredete, stellte er sich Hayley vor, die jetzt nur noch eine Brust hatte. Er hatte keine Ahnung, wie ein Implantat eingesetzt wurde, aber der Eingriff war sicherlich unangenehm.

»Hör mal«, unterbrach er ihren Redefluss. »Ich komme natürlich sofort, aber ihr müsst mir Zeit geben, meine Rückreise zu organisieren.«

»Aber du kommst hoffentlich heute Abend noch«, drängte Nicola. »Ich muss meine Mum und meinen Dad …«

»Je eher ich mich um meine Reise kümmern kann, desto schneller bin ich da«, fauchte er zurück.

Darauf legte Nicola einfach auf.

Isaac erhob sich von der Bank. Die Welt um ihn herum schien auf einen Schlag wie verändert. Der Chor sang immer noch in dem *Singing Christmas Tree*, die Musik tönte nach wie vor zu ihm herüber, auch die Lichter funkelten weiter wie vor dem Anruf, und doch war alles anders. Er bemerkte eine Gestalt, die sich näherte. Lily.

Lily.

Sein Herz verkrampfte sich. Aus der Traum.

»Alles okay?«, fragte sie ein bisschen außer Atem.

Er schüttelte den Kopf. »Nein.« Er gab mit dürren Worten das Telefonat wieder und sah, wie sich ihr Gesichtsausdruck von Schock und Schrecken zu Mitgefühl wandelte. »Ich habe keine andere Wahl, ich muss zurück.« Er unterbrach sich, weil ihm das Gewicht seiner Worte klarwurde. Er würde nicht nur die Frau im Stich lassen, mit der er die vergangene Nacht verbracht hatte, sondern die ganze Gruppe, und das alles, um seine Ex zu pflegen.

Lily blickte ihn an. Ihre Miene verriet, dass ihr gerade die gleichen Gedanken durch den Kopf gingen.

»Es tut mir leid«, sagte er. »Offenbar ist das die einzige Lösung. Vicky und Nicola sind ihre besten Freundinnen. Eigentlich wollten sie die Pflege nach der OP übernehmen. Aber jetzt gibt es diesen Notfall in der Familie, und als Schwestern müssen sie sich natürlich beide um die Eltern kümmern.«

Sie runzelte die Stirn.

»Hayley und ich sind nicht mehr zusammen«, sagte er.

»Natürlich musst du zu ihr«, sagte sie schlicht. »Ich sage nur noch den anderen Bescheid, dass wir uns so schnell wie möglich auf den Weg zum Bahnhof machen. Im Zug können wir dann nach Flügen suchen.«

Ihr Stirnrunzeln war offenbar kein Zeichen von Verärgerung gewesen, sie hatte einfach nur überlegt, wie sie ihm helfen könnte.

Sie eilten zur Gruppe zurück. Lily nahm Carola beiseite und redete hastig auf sie ein. Carola wirkte schockiert, nickte und sagte über den Lärm und die Musik hinweg: »Wir kommen allein nach Hause zurück, wenn wir so weit sind, mach dir keine Gedanken.«

Dann nahm Lily Isaac an der Hand, und sie joggten beide zwischen Menschentrauben hindurch zum Bahnhof. Es schneite wieder leicht, die Kristalle stachen ihnen beim Rennen ins Gesicht.

Lily hatte die Führung übernommen. Am Bahnhof angekommen, entdeckte sie auf der Tafel mit den Abfahrtszeiten den nächsten Zug nach Biberbrugg. In zwei Minuten. »18.43 Uhr, Bahnsteig fünf. Los!« Dann blieb sie so abrupt stehen, dass er gegen sie prallte. »Halt.« Sie keuchte und fragte, den Blick auf die Abfahrtszeiten gerichtet: »Hast du zufällig deinen Pass dabei?«

Er klopfte gegen eine Anoraktasche. »Hab ich, ich gehöre zu den Touristen, die ihn immer bei sich tragen.«

Sie sah ihn an. »Falls es nicht sehr späte Flüge nach England gibt, schaffen wir es nie rechtzeitig bis Biberbrugg und von dort noch bis Schützenberg, um zu packen. Du hast doch Klamotten zu Hause, lass uns den nächsten Zug zum Flughafen nehmen. Der Shuttle fährt in ein paar Minuten. Ich kann deine Sachen mitbringen und kümmere mich auch um Doggo.«

»Doggo! Ach Gott, der ist ja auch noch da …« Er versuchte, einen klaren Gedanken zu fassen. »Du hast recht. Wir machen es so, wie du vorgeschlagen hast.« Sie eilten zum Fahrkartenschalter. Eigentlich sollte nicht Lily, sondern er selbst an alles Notwendige denken, fuhr es ihm durch den Kopf, aber er konnte sich kaum auf den Beinen halten und war froh, dass er einfach nur Lilys Anweisungen zu folgen hatte, die ihn bald darauf in einen Zug schob.

Krebs. Mastektomie. Hayley, hämmerte es in seinem Kopf.

Eine Katastrophe.

Hayley war es sicher nicht leichtgefallen, um Hilfe zu bitten. Wie sie sich wohl fühlte? Die Verärgerung und Abneigung der letzten Monate, immer wenn er an sie dachte, waren verflogen.

Der Shuttle hatte sich noch nicht in Gang gesetzt, als Lily sich im Internet bereits über Flüge informierte. »Um zehn vor neun geht ein Flug nach Luton, das könntest du schaffen. Jetzt ist es kurz vor sieben.« Sie suchte weiter. »Das ist eigentlich die einzige Option für heute Abend. Ich kaufe dir ein Ticket.«

Er reichte ihr gedankenverloren seine Kreditkarte und sah zu, wie sie den Flug buchte. Ihre Finger flogen über die Handytastatur, ihr Körper schwang mit jeder Bewegung des Zuges mit. »Du landest um 21.40 Uhr, englische Zeit. Von Luton aus erreichst du Peterborough kurz nach Mitternacht beziehungsweise kurz nach eins. Dann musst du aber auch noch zu Hayley fahren. Ich glaube, es ist besser, wir buchen dir direkt ein Auto.«

Er nickte und sah ihr geistesabwesend erneut dabei zu, wie sie die Daten von seiner Kreditkarte eintippte. Aber dann durchfuhr ihn ein Gedanke. »Du fährst gerade mit mir zum Flughafen. Aber anschließend musst du die ganze Strecke alleine zurückfahren.«

Ihre Augen glänzten. »Zehn Minuten vom Flughafen zum Bahnhof, dann von Zürich nach Biberbrugg, und ich habe bereits ein Ticket, alles kein Problem. Und dann hole ich den Bus …« Sie unterbrach sich. »Apropos Bus … ich brauche die Schlüssel von dir. Keine Ahnung, wie die anderen von Biberbrugg nach Schützenberg zurückkommen, aber Carola hat die Handynummern von Max, Tubb und Garrick. Sie werden sicher eine Lösung finden.«

Er fluchte leise, worauf ihm eine ältere Dame einen pikierten Blick zuwarf. Der erste Schock war abgeklungen, allmählich kam sein Verstand wieder in Gang. »Aber was ist mit deiner Hand, Lily? Damit kannst du doch nicht fahren.«

»Wenn ich muss, dann kann ich«, widersprach sie ihm. »Meiner Hand geht es schon viel besser, außerdem pumpe ich mich mit Paracetamol voll. Die einzige Sorge, die ich im Augenblick habe, ist Doggos Einreise nach England. Sobald du zu Hause bist, rufst du mich bitte an und beschreibst mir genau, wo sein Ausweis ist und was ich befolgen muss.«

Er legte einen Arm um sie und ließ sein Kinn auf ihrem Scheitel ruhen. »Du bist ein Schatz. Du tust, als wäre das alles die einfachste Sache von der Welt, dabei ist es eine ganz schön verzwickte Situation, auf die du dich nicht hättest einlassen müssen. Nach dem Motto: Nicht mein Problem.« Er hob ihr Kinn und küsste sie sanft auf den Mund. »Danke dir für alles.«

Er sah auf und bemerkte, dass die ältere Dame von eben ihn nun mit einem etwas milderen Blick musterte.

Lily umarmte ihn, als sie in den Flughafen einfuhren. »Im Vergleich zu Hayley habe ich es leicht.«

Lily begleitete Isaac bis zur Abflughalle und wartete dann noch, bis er zwischen den anderen Reisenden verschwunden war. Schon komisch, den sonst so bestimmten Isaac unter Schock und derart gedankenverloren zu erleben. Er konnte Hayleys Situation schier nicht fassen. Beim Abschied hatte er sie fest an sich gedrückt und leidenschaftlich geküsst, war dann aber schnurstracks zur Sicherheitskontrolle marschiert und hatte sich nur noch einmal umgedreht, als wäre er sich nicht sicher, ob er wirklich heimfliegen sollte. Aber dann hatte er doch resigniert seinen Weg fortgesetzt.

Es hatte keinen Sinn, noch länger zu warten. Die Anspannung wegen des überstürzten Aufbruchs fiel langsam von ihr ab, und sie kam sich mit einem Mal mutterseelenallein vor. Und so machte sie sich auf den Weg zum Shuttle. Isaac hatte sich überschwänglich für ihre Hilfe bedankt, was sie beschämte, denn tief in ihrem Herzen war sie eigentlich stocksauer auf diese Nebenbuhlerin mit Brustkrebs, die ihre schöne Schweizreise ruiniert hatte.

Die vergangene Nacht war sie in seinem Bett in einer ganz eigenen Welt gewesen. Und so sehr sie innerlich darauf gefasst war, dass ihre gemeinsame Zeit knapp bemessen sein würde – eine einzige Nacht war doch kümmerlich wenig.

Als der Zug aus dem Bahnhof fuhr, begann ihre Hand von der Rennerei zum Bahnhof zu schmerzen. In Zürich kaufte sie sich eine Flasche Wasser und nahm Paracetamol ein. In Wädenswil stieg sie Richtung Biberbrugg um.

Carola hatte ihr eine SMS geschickt. Alles gut? Wir sind zurück. Max und Garrick haben uns in Biberbrugg am Bahnhof abgeholt.

Lily antwortete. Ja, alles okay. Isaac sitzt im Flugzeug. In zwanzig Minuten komme ich in Biberbrugg an. Morgen telefonieren wir. Sie hatte keine Lust, heute Abend Carolas Fragen zu beantworten.

Erst um halb zehn Uhr abends war sie bei dem schneebedeckten Kleinbus. Sie holte einen Gummiwischer aus der Seitentasche in der Fahrertür, stellte sich auf die Zehenspitzen, um das Dach freizubekommen und schob dann den Schnee von den Fenstern. Das Ausparken war mühsam, denn zum Einlegen des Rückwärtsgangs musste sie den Schaltknüppel mit der Handinnenfläche herunterdrücken, was immer noch sehr weh tat.

Mit einem lauten Fluch bekam sie das endlich hin und folgte dann den Anweisungen des Navis zurück nach Schützenberg in die Toblerstraße, wo sie vor dem Haus einparkte. Mittlerweile pochte ihre Hand und fühlte sich heiß an. Sie holte Doggo bei Max ab und ging niedergeschlagen zum Anbau.

Sie fühlte sich am Boden zerstört. Wäre sie doch nur heute Nacht nicht allein.

Isaac traf zehn Minuten vor Mitternacht bei Hayley ein. Er hatte Nicola von unterwegs angerufen und mit ihr die Übergabe vereinbart, bevor sie ihrer Schwester nach Cornwall folgte. Den kurzen Flug hatte er in einem Zustand von ungläubiger Verwirrung hinter sich gebracht, aber jetzt brauchte er seine ganze Konzentration.

Nicola ließ ihn in die Wohnung ein, die jahrelang sein Zuhause gewesen war, ein merkwürdiges Gefühl. Sie und Vicky waren etwas fülliger als Hayley, aber ebenso perfekt gestylt. Nicolas weizenfarbenes Haar hatte einen flotten Schnitt, und sie war dezent geschminkt. »Tut mir leid, dass ich deine ganzen Pläne durcheinandergebracht habe, und danke, dass du gekommen bist«, flüsterte sie. »Hayley schläft gerade. Komm mit in die Küche. Ich habe dir ein paar Hinweise ausgedruckt.« Sie klopfte mit den Fingern auf die erste Seite des Ausdrucks. »Sie hatte ein nicht spezifisches invasives Karzinom im ersten Stadium, und man hat eine hauterhaltene Mastektomie mit Lymph-Biopsie und anschließender Brustrekonstruktion durchgeführt.«

Er hatte kaum ein Wort verstanden. »Und was heißt das genau?«

Sie seufzte. »Brustkrebs im Frühstadium, hoffentlich nicht bösartig. Man hat die Brust entfernt, die Brustwarze ebenfalls, und ein temporäres Implantat eingesetzt. Sobald die Biopsie vorliegt und die weitere Behandlung feststeht, wird über die weiteren Schritte bei der Brustrekonstruktion entschieden.«

Er brach in kalten Schweiß aus. Die arme Hayley. Ein gesunder Körper war für sie das höchste Gut, und ausgerechnet sie hatte der schreckliche Krebs befallen.

»Sie darf auf keinen Fall ihren Arm heben, sie hat zwei Schläuche, durch die Wundflüssigkeit in einen Beutel abfließt, den sie immer mit sich herumtragen muss. Sie kann sich weder selbst waschen, anziehen noch für sich kochen. Ist also von fremder Hilfe abhängig. Kein Autofahren. Kein Strecken, kein Heben.«

Isaac fühlte bereits die Last der Verantwortung. »Jetzt verstehe ich, warum ihr mich kontaktiert habt.«

Nicola schob Schachteln zu sich heran. »Wenn ihr jemand anderes eingefallen wäre, hätte sie keine Sekunde gezögert, glaube ich. Das hier sind ihre Medikamente. Antibiotika. Paracetamol. Ibuprofen. Tramadol. Und hier ist die Nummer von der Krankenschwester, die Hayley betreut, sie ist auf Brustkrebs spezialisiert. Sie ist sehr kompetent, wenn du nicht mehr weiterweißt, ruf sie an.« Sie wandte sich ab und ging in die Diele, wo bereits eine fertig gepackte Reisetasche stand. »Meine Nummer hast du noch? Tut mir leid, dass ich dich mit allem sitzen lasse, aber es bleibt mir nichts anderes übrig.«

»Ich verstehe.« Isaac versuchte, einen klaren Gedanken zu fassen. »Wie geht es eurem Dad?«

Ihre Augen wurden feucht. »Nicht gut. Immer noch ohne Bewusstsein, Beckenbruch und innere Verletzungen. Er liegt auf der Intensivstation. Vicky ist bei ihm, meine Mutter am Boden zerstört. Er ist vor ihr auf die Straße getreten, und sie hat mit ansehen müssen, wie das Auto ihn erfasste.« Sie wischte sich eine Träne aus dem Augenwinkel.

Er begleitete sie zur Tür und flüsterte ihr die üblichen Trostworte zu, mehr konnte er im Augenblick nicht für sie tun. Dann ging er nachdenklich ins Wohnzimmer zurück. Es sah immer noch genauso aus wie an dem Tag seines Auszugs: Cremefarbene Sofas, grüne Vorhänge, die eleganten schmalen, verchromten Lampen mit den weißen Glasschirmen, die Hayley so mochte. Aber er war nicht mehr derselbe.

Und jetzt? Er hatte keine Kleidung zum Wechseln dabei. Vielleicht konnte Flora ihm am nächsten Tag ein paar Sachen aus dem Pub bringen. Er warf einen Blick ins Gästezimmer, auf das ungemachte Bett, in dem vermutlich Nicola geschlafen hatte. Er hatte keine Lust, noch die Bettwäsche zu wechseln, und kehrte zum Sofa zurück, stellte den Fernseher auf leise und bereitete sich innerlich darauf vor, hier den Rest der Nacht zu verbringen.

Plötzlich kam Hayley hereingeschwebt wie ein Geist in Weiß. Unter ihrem Nachthemd ragten Schläuche hervor. Sie mündeten in einen Beutel mit Blumenmuster, der locker über ihrer Schulter hing, als wollte sie gerade zum Einkaufen gehen. Ihre Blässe war erschreckend, tiefe Falten durchzogen ihr Gesicht. »Du kannst dir nicht vorstellen, was ich alles versucht habe, um dich nicht um Hilfe bitten zu müssen«, sagte sie mit dünner Stimme.

Er war schockiert, sie so zu sehen, und erhob sich langsam vom Sofa. »Tut mir leid, dass du das Gefühl hattest, mir nicht sagen zu können, was los ist.«

Sie ließ sich in einem Sessel nieder und legte den Beutel mit seinen falsch-fröhlichen Blumenmotiven in ihrem Schoß ab. Ihr Tonfall war gereizt. »Ich muss mich bei dir entschuldigen. Ich habe die Beziehung beendet, und es ist eigentlich ungehörig, dass ich ausgerechnet dich darum bitte, mich zu pflegen. Wirklich ungeheuerlich. Ich habe darüber ausführlich mit Bev, der für mich zuständigen Krankenschwester, gesprochen, aber sie hat darauf bestanden, dass sich jemand um mich kümmert.«

»Du siehst auch nicht so aus, als ob du aufstehen solltest, geschweige denn ohne Hilfe den Alltag bewältigen«, sagte er offen. »Als du mir Doggo überlassen hast, hätte ich eigentlich ahnen sollen, dass sich dahinter etwas Ernstes verbirgt.«

»Ich habe mich so allein gefühlt«, seufzte sie.

»Das tut mir leid«, sagte er aufrichtig. »Ich habe sofort die falschen Schlüsse gezogen und mich abweisend und unfreundlich verhalten.«

Sie lehnte sich in den Sessel zurück und schloss die Augen. »Aus deiner Sicht ist das verständlich. Ich bin einfach so bei dir aufgekreuzt und habe mich merkwürdig verhalten. Was jetzt auf uns zukommt, ist wirklich furchtbar. Ich dachte, es wäre kein Problem, eine Krankenschwester zu organisieren, ich habe auch das Geld, alles aus eigener Tasche zu bezahlen.«

Er ließ sich wieder auf dem Sofa nieder. »Ich weiß von Mum, dass sie jede zusätzliche Hilfe für Dad lange im Voraus buchen muss.«

Sie nickte. »Ich bin eine ganze Weile krankgeschrieben. Vielleicht brauche ich eine Chemo oder Bestrahlungen, und mir fallen alle Haare aus.« Sie öffnete ihre Augen, und ihr Blick hatte etwas Selbstironisches. »Du weißt, wie sehr ich immer gegen Tätowierungen und Implantate war, und jetzt bekomme ausgerechnet ich beides.«

Er überlegte. »Das mit dem Implantat verstehe ich, aber was ist mit der Tätowierung?«

Sie rutschte in ihrem Sessel nach vorn. »Mir wird eine Brustwarze eintätowiert, natürlich alles nur schöner Schein.«

»Ah«, sagte er verblüfft.

Sie lehnte sich leicht vor und schaffte es, auf die Beine zu kommen. »Vielen Dank für deine Hilfe, Isaac. Ich fürchte, was jetzt vor uns liegt, wird oft ziemlich peinlich sein.«

»Lass uns das nicht immer wieder eigens durch Entschuldigungen betonen«, sagte er sanft. »Am Ende sind wir beide gelernte Manager. Lass uns die Sache anpacken, pragmatisch und gutgelaunt.«

Sie lächelte unsicher. »Du bist einfach wundervoll. Bis morgen früh.« Darauf entschwand sie so sanft und leise, wie sie gekommen war.

Die folgenden zwei Stunden verbrachte Isaac vor dem Computer. Er suchte im Internet nach Infos über Brustkrebs und Brustaufbau. Eine schockierende Recherche. So viele Frauen mussten das über sich ergehen lassen.

Neunzehntes Kapitel

Die Reise in die Schweiz hatte ihren Reiz verloren. Lily führte Doggo für einen Morgenspaziergang durch den Neuschnee in die nahe gelegene Grünanlage und traf sich dann bei Max mit Carola, um die Rückreise neu zu organisieren. Wenigstens lenkte sie das davon ab, über Isaac und die Situation zu Hause bei Hayley zu grübeln.

Max bot sich an, Instrumente und Anlage zu dem Adventsbrunch am Morgen und später zum Weihnachtsmarkt zu fahren, damit Lily so lange wie möglich ihre Hand schonen konnte. Lily bedankte sich. »Zum Glück treten wir nur noch heute auf. Morgen können wir uns alle ein bisschen ausruhen und für die Abreise am Montag packen.« Sie hatte die vergangene Nacht schlecht geschlafen, wenigstens gab ihr der Ruhetag die Gelegenheit, wieder einigermaßen fit zu werden.

Tubb strich sich über das dünne Haar. »Die ganze Strecke zurück nach England zu fahren, wird für dich eine enorme Belastung sein. Vielleicht sollte ich das übernehmen, ich könnte von dort wieder zurückfliegen.«

»Das kommt nicht in Frage«, sagte sie und dachte an seine Herzprobleme. »Meiner Hand geht es schon viel besser. Ich werde sie heute und morgen so viel wie möglich schonen. Wenn sie weiter so gut heilt, ist das Autofahren kein Problem.

Am ersten Tag sind wir vor allem auf der Autobahn, da muss ich kaum Gänge wechseln. Und das Lenken ist kein Thema.«

»Warten wir bis Montagmorgen, falls nötig, können wir das mit der Versicherung für mich regeln«, sagte er, immer noch nicht vollends überzeugt.

Was die Versicherung wohl dazu sagen würde, dass sie bei ihrem derzeitigen gesundheitlichen Zustand hinterm Steuer saß, fragte Lily sich insgeheim. Aber sie hütete sich, den Gedanken zu äußern, weil sie auf keinen Fall wollte, dass Tubb ihre Rolle übernahm.

Unter normalen Umständen hätte sie den Adventsbrunch mit Musik in dem hübschen Hotel in der Stadt genossen. Vor einem gigantischen festlich geschmückten Weihnachtsbaum spielten Kinder, ihre Eltern lauschten und applaudierten, und die *Middletones* wurden von einem bärtigen Conférencier als »Gäste unserer kleinen Stadt und Freunde von Max Gasly, unserem Freund aus England« vorgestellt, die mit ihrem kleinen Chor eigens in die Schweiz angereist seien.

Während der Vorstellung stimmten die Zuhörer in *Silent Night* ein. Hinterher plauderte die Gruppe noch mit den Schweizer Gästen und genoss ein viergängiges Menü.

Nach dem Essen trugen zwei etwa achtjährige Mädchen dann ein etwas missglücktes Duo für Klarinetten vor. Als sie den Raum verließen, flüsterte eine der anderen, aber für die Gäste immer noch gut hörbar, zu: »Mist, ich hab mich verspielt.« Max übersetzte für die Gruppe, und alle brachen in Gelächter aus.

Lily lachte mit, doch dann bemerkte sie, dass sie während der Vorstellung einen Anruf von Isaac verpasst hatte. Sie zog sich auf den Korridor zurück, um ihn zurückzurufen, aber er antwortete nicht. Sie sprach ihm aufs Band, wie es ihm denn gehe.

Als sie am Nachmittag auf dem Weihnachtsmarkt eintrafen, erwarteten Sarah und Melinda die *Middletones* mit der Nachricht, es sei ein Schneesturm angekündigt und nur eine einzige Vorstellung geplant. Man wollte den Markt drei Stunden früher, um fünf Uhr, schließen.

Lily verbrachte die Stunde vor der geplanten Vorstellung mit dem Einkauf von Geschenken, ihre Familie würde sich bestimmt über Mitbringsel aus der Schweiz freuen.

Das anschließende Weihnachtskonzert traf auf großen Beifall, aber Lily war nicht in Stimmung, sie vermisste Isaac. Dafür sang Carola aus voller Kehle. Sie war stündlich am Handy, um sich nach Owens Befinden zu erkundigen, und immer noch heilfroh, dass sie keinem Idioten aufgesessen war.

Lily war irgendwann so erschöpft, dass die Weihnachtsbeleuchtung vor ihren Augen verschwamm. Aber es rührte sie, dass so viele Kollegen von British Country Foods ihren arbeitsfreien Samstagnachmittag zugunsten der Vorstellung geopfert hatten: Los und Tanja, Garrick und Eleanor, Stephen und Kirstin, beide jeweils in Begleitung eines jungen Mannes, sowie Felix mit seinen zwei kleinen Schwestern, die jedem *Middletone* eine Tafel Schweizer Schokolade schenkten. Auch Tubb war gekommen, während Janice sich zu Hause um ihre beiden Enkel kümmerte. Lilys Stimmung hellte sich etwas auf, als Tubb und Garrick sie fest umarmten und ihr Komplimente für die Organisation machten. Einen Augenblick lang war sie versucht, ihnen reinen Wein einzuschenken und ihnen zu beichten, wen sie vor sich hatten. Aber würden sich die beiden ebenso über die Familienbande freuen wie sie selbst?

Dann sagte Los ein paar Worte und überreichte den *Middletones* einen riesigen Geschenkkorb mit wunderschönen Kuchen, Ingwerbrot und süßem Brot in Form von kleinen Männchen, Hanselmanne, eine Spezialität. Danach nahm er Lily beiseite und reichte ihr eine Schachtel, in der sich eine Uhr befand, das Gehäuse war aus Holz, die Zeiger vergoldet und das Armband aus Leder.

Sie war begeistert über das Geschenk, und Los strahlte. »Wir bedanken uns bei dir für die reibungslose Organisation des Projekts. Unser Messeauftritt hatte eine sehr gute und ausführliche Presseresonanz, und in den sozialen Medien wurde viel über den Chor berichtet. Außerdem waren Design und Ausstattung von unserem Messestand einfach perfekt. Nochmals vielen Dank.«

»Stimmt, ohne dich hätte das alles nicht stattgefunden«, stimmte Warwick zu. Und darauf brach ein Applaus aus, von dem Lily feuchte Augen bekam, vor allem, als Garrick sie nochmals umarmte und ihr versicherte, der Messestand habe viel Beachtung erhalten.

»Wollt ihr nicht alle zu mir nach Hause kommen? Dann fühlen Ona und Janice sich nicht so allein, und die beiden Jungen freuen sich ohnehin über euch. Tubb kann euch begleiten, während ich noch schnell beim Abbau des Stands mithelfe und dann nachkomme«, schlug Max vor.

Die BFC-Mitarbeiter verabschiedeten sich von den englischen Gästen mit Küsschen und Umarmungen, und in der Hitze des Gefechts drückte Emily Warwick eng an sich und gab ihm einen Kuss auf den Mund.

Warwick fuhr zurück und platzte heraus: »Hey Em, ich hab ’ne Freundin, und du bist minderjährig!«

Emily starrte ihn entsetzt an. Dann stammelte sie ein paar Worte und sah aus, als würde sie am liebsten in den Erdboden versinken. »Entschuldige«, krähte sie.

Es folgte kurzes betretenes Schweigen, dann murmelte Warwick: »egal«, und marschierte mit Eddie und Alfie voraus, die ebenfalls verlegen dreinblickten. Emily schloss zu Carola auf, den Kopf tief gesenkt, damit man ihre Tränen nicht sah. Carola umarmte sie und flüsterte ihr zu, sie solle sich keine Gedanken machen, Warwick wisse bestimmt, dass sie eben einfach im Abschiedschaos durcheinandergekommen sei.

Sogar Charlotte fand einmal freundlich tröstende Worte: »Jungs sind manchmal einfach ungeschickt und blöd, Emily. Er war so überrumpelt, dass er einfach das gesagt hat, was ihm gerade einfiel.«

Doch Emily war untröstlich. »Darf ich aufs Zimmer?«, fragte sie ihre Mutter schluchzend. Carola seufzte. »Weißt du was, wir gehen beide rauf. Vielleicht könnten wir später, wenn du dich wieder besser fühlst, noch eine Runde eislaufen gehen und etwas Kleines essen.« Charlotte beschloss, sich Schwester und Mutter anzuschließen. Als Lily sich zu den anderen gesellte, bekam sie gerade noch mit, wie Neil und Franciszka die Einladung von Max freundlich ausschlugen.

Warwick sah mit schamrotem Gesicht Emily nach und flüsterte, er wolle lieber im Ort bleiben. Eddie und Alfie stimmten ihm zu, worauf Eddie sich seine Gitarre auf den Rücken lud.

Also spazierte Lily mit dem Rest der Gruppe, Garrick, Eleanor und einem beim Anstieg keuchenden Tubb, zum Haus von Max und Ona. Es war ein merkwürdiges Gefühl, dass es mit dem Singen auf dieser Reise nun vorbei war.

Janice und Ona freuten sich über die Gesellschaft von anderen Erwachsenen. Dugal und Keir fragten sofort nach Doggo, worauf Lily sich ihre Stiefel wieder anzog, um ihn aus dem Anbau zu holen. Er wäre sicher begeistert. Damit lag sie richtig, kaum war sie mit dem Hund wieder bei den anderen, hetzten die beiden Jungen und Doggo um den Esstisch.

Wieder hatte sie einen Anruf von Isaac verpasst, wieder antwortete er nicht auf ihren Rückruf. Niedergeschlagen spazierte sie in die Küche, um sich eine Tasse Tee zu machen. Dort füllte Garrick gerade Wasser in eine Kaffeemaschine. Lily wurde mit einem Mal klar, dass sie keine Ahnung hatte, wann sie ihn das nächste Mal sehen würde. Sie setzte sich mit ihrem Becher Tee an den Tisch.

Garrick nahm neben ihr Platz, während er auf den Kaffee wartete. »Hat dir die Reise gefallen?«

»Und wie!«, lächelte Lily. Sie zählte auf, was sie alles beeindruckt hatte, und ließ auch nicht unerwähnt, wie freundlich die *Middletones* überall aufgenommen worden waren. Isaac und seine überstürzte Abreise ließ sie aus.

Garrick war sichtlich erfreut. »Auch für uns war es toll, wir werden dich vermissen.«

Mit einem Mal hörte sie Eleanor von der Küchentür aus keifen: »Sehr gemütlich!« Dabei waren seine Worte und sein freundliches Schulterklopfen wirklich reine Freundschaftsgesten gewesen.

Garrick sprang sofort mit hochrotem Kopf auf. »Ich warte nur auf den Kaffee«, sagte er steif.

Lily starrte Eleanor verblüfft an. »Was ist denn los?«

Diese Frage schien Eleanor nur noch mehr aufzubringen. »Du machst dich für meinen Geschmack etwas zu sehr an meinen Mann ran, das ist los. Als ich gestern zufällig angerufen habe, wart ihr gerade beim Lunch.«

»Wie bitte?«, lachte Lily. »Aber das waren doch nicht nur wir beide, die ganze Gruppe hat zusammen Mittag gegessen.« Aber dann wanderte ihr Blick zwischen Garrick und Eleanor hin und her. Sie machten beide einen todernsten Eindruck. Wie kam es, dass Eleanor sich derart kindisch aufführte? »Meine Beziehung zu Garrick ist rein platonischer Natur«, sagte sie schnippisch.

Eleanor schnaubte verächtlich. »Das hat die Letzte auch behauptet.«

»Davon hätte Lily nicht unbedingt erfahren müssen«, murmelte Garrick mit hochrotem Kopf.

Lily begriff, wen Eleanor mit »die Letzte« gemeint hatte. Garrick hatte sie also betrogen. Die Vorstellung machte sie traurig, denn sie war davon ausgegangen, dass die beiden eine ebenso glückliche Beziehung führten wie Tubb und Janice.

Eleanor starrte ihren Mann wütend an. »Besser, sie weiß sofort, woran sie ist. Deine letzte Affäre hat immerhin dafür gesorgt, dass du deinen Job wechseln musstest und die Familie wegen dir umgezogen ist.« Sie schniefte und sah Lily an. »Ich habe gesehen, wie ihr euch umarmt habt.«

Lily traute ihren Ohren nicht, die Frau machte wirklich aus jeder Fliege einen Elefanten. »Ich habe auch Max und Tubb umarmt.«

Garrick flehte seine Frau an: »Ganz ehrlich, Eleanor …!«

»Ganz ehrlich?«, wiederholte seine Frau in einem bitteren Tonfall. »Ich sehe, dass gerade alles wieder von vorne losgeht. Dabei hast du mir hoch und heilig versprochen, dass so etwas nie wieder vorkommt.«

Lily stand langsam auf, nun dämmerte ihr, warum Eleanor sich ihr gegenüber von Anfang an so kühl und distanziert verhalten hatte. Dabei interpretierte sie ihre Gefühle für Garrick völlig falsch! Die Ereignisse der letzten Wochen brachen über sie herein – die Krise zwischen ihren Eltern, der Streit mit Zinnia und die kurze Beziehung mit Isaac, die vielleicht schon beendet war, bevor sie überhaupt richtig begonnen hatte. Und jetzt hatte sie auch noch dafür gesorgt, dass Garrick eine Szene gemacht wurde. »Zwischen uns ist nichts, jedenfalls nicht das, was du denkst«, platzte es aus ihr heraus.

Eleanor horchte auf. »Was ich denke? Aber das heißt, dass ich nicht ganz falschliege.«

Garrick war sichtlich verblüfft. »Da ist überhaupt nichts«, widersprach er und blickte Lily verwirrt an.

Das Schweigen zwischen ihnen wurde immer drohender. Lily suchte verzweifelt nach einem Ausweg. Sie hatte sich gerade um Kopf und Kragen geredet, weil sie verzweifelt war, weil sie an Geheimnissen festhielt, die sie zwar direkt betrafen, aber nicht zu verantworten hatte, weil sie die Situation bloß hatte retten wollen. Sie atmete tief durch und sagte zu Garrick: »Ich habe die ganze Zeit überlegt, ob ich es dir sagen soll, und keine Antwort gefunden. Aber, na ja … hätte ich mich dafür entschieden, dann hätte es diese Unterhaltung nicht gegeben.«

Eleanor und Garrick sahen einander an und dann Lily. »Wie bitte?« Beide wirkten überrascht.

Lily schaute zu Garrick und zitterte am ganzen Körper. Sie hatte das Gefühl, von einem Strudel erfasst zu werden, es gab nur eine Rettung. »Tut mir leid, das wird jetzt ein Schock für dich. Aber offenbar hatten meine Mum und …«, sie unterbrach sich, sollte sie »dein Dad« oder »unser Dad« sagen?, »Marvin Tubb eine Affäre. Und ich bin das Ergebnis, ich bin deine Halbschwester.«

Garrick schnappte buchstäblich nach Luft. In seinen blauen Augen, im gleichen Blauton wie ihre, stand Entrüstung.

Dann hörte Lily ein Keuchen. Hinter Eleanor bemerkte sie Tubb, sein Gesicht war aschfahl, der Mund weit aufgerissen.

»Tut mir leid«, stammelte sie, der Strudel drehte sich immer enger. Immer wieder hatte sie sich ausgemalt, wie sie ihren Brüdern die Nachricht überbringen würde, und das hier war einfach furchtbar, unbeholfen, ohne Zusammenhang. Sie stammelte weiter. »Tut mir wirklich leid, Tubb. Ich weiß, du wolltest nicht erfahren, ob Marvin außer euch noch weitere Kinder gezeugt hat, aber ich wusste nicht, was ich tun sollte. Ob ich es euch sagen sollte. Ich wollte es, und wollte es gleichzeitig nicht.«

Ihre Stimme erstarb. Tubbs Blick wurde auf einmal wütend. »Und was hat dich dazu gebracht, ausgerechnet jetzt auszupacken? Garrick wusste noch nicht einmal von der Affäre.«

Lily schwieg entsetzt. Ihr war nicht eine Sekunde lang der Gedanke gekommen, dass Tubb sein Wissen für sich behalten hatte.

»Ich hatte beschlossen, ihm davon nichts zu erzählen«, fuhr Tubb verbittert fort und drängelte sich an Eleanor vorbei in die Küche. »Anders als für mich, sollte das Andenken an seinen Vater intakt bleiben. Garrick ist der Jüngste, für ihn war Dad ein Held.«

Garrick war wie vom Donner gerührt.

Lily sah zu, wie Eleanor, die Eifersuchtsszene von vorhin offenbar vergessend, an seine Seite trat und seine Hand nahm.

»Er ist nicht der Jüngste, das bin ich«, sagte Lily.

Tubb warf ihr einen Blick zu, als hätte sie diese Worte nur gewählt, um ihn zu verletzen.

Die folgenden Minuten waren ein Albtraum. Lily blieb wie angewurzelt stehen, sie fühlte sich beschämt, aber war ihre Scham wirklich gerechtfertigt?, fragte sie sich. Sie schluckte ihre Tränen runter, während Garrick und Eleanor die Küche verließen. »Ich muss das erst mal verarbeiten«, murmelte Garrick auf dem Weg hinaus, und Tubb gab ihm einen leichten Klaps auf die Schulter.

Dann wandte er sich um und blickte Lily derart verächtlich an, dass sie unwillkürlich einen Schritt zurücktrat.

»Entschuldige«, versuchte sie es noch einmal. Aber klang das nicht fast so, als wollte sie sich für ihre Existenz entschuldigen? Sie leckte sich über die Lippen und unternahm einen weiteren Anlauf. »Tut mir leid, dass ich ihm das gesagt habe, aber Eleanor dachte, zwischen uns würde sich eine Affäre anbahnen, und ich wollte, dass sie begreift …«

In diesem Augenblick stürzte Janice in die Küche. »Harrison, Ona hat starke Blutungen. Einer von uns muss sie auf der Stelle ins Krankenhaus bringen, der andere bleibt bei den Kindern.«

»Ich könnte doch bei den Kindern bleiben«, bot Lily an,

Tubb schüttelte den Kopf und sagte kurz angebunden: »Besser, die beiden bleiben bei ihrer Großmutter. Ich fahre Ona.« Damit drehte er sich auf dem Absatz um und war hinter Janice aus der Tür.

Lily blieb mucksmäuschenstill in der Küche, während sie mitbekam, wie vor der Tür besorgt diskutiert und telefoniert wurde und man zur Entscheidung kam, dass es das Beste sei,

Ona in die Notaufnahme nach Cham zu fahren. Lily sagte der Ortsname nichts, aber sie hörte, wie Tubb Janice versicherte, dass die Fahrt dorthin nicht einmal zwanzig Minuten dauerte und man besser nicht auf den Krankenwagen wartete.

Nur Doggo gesellte sich zu ihr, alle anderen hatten sie anscheinend vergessen oder wollten nichts mit ihr zu tun haben. Sie hielt den Hund am Halsband, damit er bei ihr in der Küche blieb und ihr Gesellschaft leistete. Außerdem kam er auf diese Weise bei dem Familiendrama nicht in die Quere, das im Augenblick wichtiger war als ihre eigenen verletzten Gefühle. Sie hörte, wie Ona sich laut und mit falscher Fröhlichkeit von ihren Söhnen verabschiedete, und darauf Janice, die ihre Enkel in einem bemüht heiteren Tonfall zum Spielen im Badezimmer aufforderte. Für später versprach sie ihnen Burger zum Abendessen.

Sobald ihre Stimmen im oberen Stock verklungen waren, schlich Lily sich wie ein Einbrecher aus dem Haus.

Draußen tobte der angekündigte Schneesturm. Der Wind trieb die Flocken horizontal vor sich her, und Doggo sprang freudig bellend durch den Schnee und warf immer wieder auffordernde Blicke zu Lily.

»Bin nicht in Stimmung«, murmelte sie, zog ihre Kapuze über den Kopf und trottete zu dem Anbau. Der Schnee trieb ihr Tränen in die Augen.

Sie hatten den ganzen Tag über vergeblich versucht, miteinander zu telefonieren. Immer war der jeweils andere nicht erreichbar gewesen. Es war für Isaac zu seinem Erstaunen gar nicht einfach gewesen, sich für ein Telefongespräch zurückzuziehen. Hayley döste zwar viel, fiel aber nur selten in tiefen

Schlaf. Oft saß sie in einem Sessel, sah fern oder hatte Lektüre in ihrem Schoß. Sie hielt den Arm, unter dem die Wundschläuche hervorkamen, als hätte sie in der Achselhöhle Furunkel, und beschrieb den Zustand als schmerzhaft. Als er ihr heute Morgen beim Waschen geholfen hatte, war sein Blick unwillkürlich zu den Schläuchen gewandert, durch die Wundflüssigkeit in den Beutel lief, und ihm war kurz schwindelig geworden. Ein Bad war wegen der Wunddrainage nicht möglich, Duschen wegen der Verbände untersagt.

Das letzte Mal, als er Hayley nur halb bekleidet gesehen hatte, waren sie noch zusammen gewesen. Er hatte ihren Körper, für dessen Aussehen und Sex-Appeal sie viel Aufwand betrieb, auswendig gekannt.

Jetzt war sie versehrt, verändert. Todunglücklich und frustriert, weil sie seine Hilfe annehmen musste. Folglich schwankte sie zwischen Dankbarkeit und Bissigkeit. Das wiederum machte ihn gereizt. Wie oft musste er sich auf die Zunge beißen, um Kommentare zu unterdrücken. So weit er zurückdenken konnte, hatte er sich noch niemals in einer derart unangenehmen Lebenssituation befunden.

Isaac hatte keine andere Wahl gehabt. Hätte Hayley ein paar mehr enge Freunde oder Familienangehörige gehabt, wäre es nicht dazu gekommen. Er kochte für sie. Sie führten gezwungen Gespräche. Er bereitete ihr Tee oder Kaffee, sah ihr dabei zu, wie sie ihre Medikamente einnahm. Er blieb in ihrer Nähe, falls sie ihn brauchte. Die Zeit schlich dahin. Hayley war dünnhäutig geworden und weinte oft. So hatte er sie noch nie erlebt. Höhepunkt des Tages für sie war der Anruf von Vicky aus Cornwall, die sich nach ihrem Befinden erkundigte. Doch machte es Hayley dann immer kurz, was sie selbst anging, und erkundigte sich stattdessen nach dem Vater von Vicky und Nicola. Und für den bestand nicht viel Hoffnung.

Flora hatte ihm noch keine Kleidung zum Wechseln vorbeibringen können, denn Willow arbeitete und Flora musste sich um vier Kinder kümmern, überdies hatte sie nur zwei Kindersitze für ihr Auto. »Tut mir leid«, sagte sie, einigermaßen erschüttert über Hayleys Situation und die Rolle ihre Bruders. »Ich könnte heute gegen Mitternacht vorbeikommen, dann ist Willow zurück.«

»Lass es, Hayley sollte um diese Uhrzeit nicht mehr gestört werden«, sagte er. Dann lief er eben noch einen Tag in denselben Klamotten herum.

Zu seiner Überraschung klingelte es gegen sechs an der Tür, es war seine Mutter. »Dein Zeug ist im Auto, wenn du es gleich holen möchtest.« Dabei drückte sie ihm die Autoschlüssel in die Hand. »Tut mir leid, dass ich hier einfach so reinplatze, Hayley«, rief sie und ging dann ins Wohnzimmer durch. »Du Arme.«

»Mmm. Schon okay«, sagte Hayley und wirkte benommen.

Stef verwickelte sie in ein Gespräch, während Isaac nach unten rannte und zwei große Reisetaschen aus dem Auto wuchtete.

Als Hayley und er noch zusammen gewesen waren, hatten die beiden Frauen einander nicht besonders leiden können, aber offenbar hatten sie jetzt genügend Gesprächsstoff gefunden. Vielleicht lag es daran, dass es Hayley schlecht ging und aus Stef eine erfahrene Krankenpflegerin geworden war. Auf jeden Fall konnte Isaac in Ruhe duschen und sich frische Kleidung anziehen, während seine Mutter Hayley in eine taktvoll mitfühlende Unterhaltung zog.

Nach einer halben Stunde stand sie auf und umarmte ihren Sohn. »Ich muss zurück zu Dad.«

Zu seiner Überraschung freute Isaac die Umarmung. »Vielen Dank für die Klamotten. Und grüß mir Dad.«

Als er wieder zu Hayley zurückkehrte, war diese in ihrem Sessel eingeschlafen, und er konnte sich ins Gästezimmer stehlen und Lily anrufen.

Und endlich nahm sie ab. »Hallo Isaac.« Ihre Stimme klang weit entfernt und dünn.

»Hallo«, sagte er, ließ sich aufs Bett fallen und fühlte sich zum ersten Mal seit vierundzwanzig Stunden durchgewärmt. »Wie geht es?«

»Gut«, sagte sie ausdruckslos. »Und bei dir?«

Er spürte ein Kitzeln in seinem Nacken. »Das hört sich aber nicht so an. Deine Stimme klingt, als ob du geweint hättest.«

»Findest du?« Sie lachte, aber ohne Ausdruck und Wärme. »Vom vielen Singen ist meine Stimme beansprucht. Ich bin froh, dass es vorbei ist. Hier tobt ein Schneesturm, und wir haben früher Schluss gemacht. Ona musste übrigens schnell ins Krankenhaus.«

»Alles in Ordnung?«, fragte er, voller Sorge über die stille sanfte Frau, die während ihrer Schwangerschaft so viel ertragen hatte.

Kurzes Schweigen, dann sagte sie: »Ich habe noch nichts gehört, halten wir weiter die Daumen.« Dann erkundigte sie sich nach Hayley. Er hielt sich an die Fakten und äußerte sich so gut wie nicht zu schwierigen Aspekten, falls Hayley draußen an der Tür vorbeikam und mithörte.

Lily seufzte. »Wirklich nicht einfach für dich. Ich lasse dich besser wieder zu ihr zurückgehen.« Dann, nach einem kurzen

Zögern, sagte sie mit ausdrucksloser Stimme: »Mach's gut, Isaac. Und kümmere dich nicht nur um Hayley, sondern auch um dich selbst.«

Er starrte sein Handy an und begriff die Welt nicht mehr. Das gerade war nicht die Lily gewesen, die er kannte, ihre Lebhaftigkeit und ihre Energie waren wie verflogen. Sie hatte niedergeschlagen und todunglücklich geklungen.

War sie wütend auf ihn, weil er sie zugunsten von Hayley im Stich gelassen hatte? Aber warum hatte sie sich dann um die Reiseplanung gekümmert, ihn in den richtigen Zug und ins richtige Flugzeug gesetzt, ihn aufgemuntert, als er nicht mehr ein noch aus wusste?

Was war nur los?

Aber er wollte sich nicht so einfach abwimmeln lassen.

Er rief erneut bei ihr an.

Aber sie antwortete nicht.

Zwanzigstes Kapitel

Vielleicht hatte Zinnia ja doch recht gehabt, und Lily hätte Tubb schon bei der ersten Begegnung reinen Wein einschenken sollen.

Aber dann hätte er sie vielleicht niemals eingestellt, und sie hätte ihn nicht näher kennengelernt und bald wie einen Bruder geliebt. Wenigstens hatte sie so ein paar Jahre mit ihm zusammengearbeitet und eine Beziehung zu ihm aufgebaut.

Lily war früh auf den Beinen und fühlte sich mutterseelenallein, außer ihr war nur noch Doggo im Anbau. Franciszka hatte vermutlich wieder bei Neil übernachtet. Sie unternahm mit dem Hund einen Spaziergang außerhalb der Ortschaft, wo die Straßen gut geräumt waren und sie auf dem Randstreifen laufen konnte. Das Morgenlicht warf blasse graue Schatten über den hohen Schnee, der die Landschaft bedeckte. Der Himmel hing tief, die Bergrücken waren von Wolken eingehüllt, es roch nach Schnee.

Sie warf einen Blick umher, die Schweiz, dieses schöne Land. Sie hatte so hart für diese Reise gearbeitet. Dann fielen ihr wieder die letzten beiden Abende ein, die die schönen Erinnerungen überschatteten. Isaacs hastige Abreise. Garricks Erschrecken, als er erfuhr, wer sie wirklich war. Tubbs Wut und Entrüstung über ihre Indiskretion.

Keiner der beiden hatte seitdem Kontakt zu ihr gesucht.

Eigentlich hätte heute ein Tag zum Ausruhen und Entspannen sein sollen, aber im Augenblick wusste sie nicht recht, was sie mit ihrer ganzen Zeit anfangen sollte, und wäre am liebsten auf der Stelle nach Hause gefahren. Auch wenn dort nicht alles rosig war. Die Eheprobleme ihrer Eltern. Die angespannte Beziehung zu Zinnia, die zu kitten war. Trotzdem hatte sie Sehnsucht nach Familienwärme.

Es war noch nicht einmal acht Uhr, trotzdem rief sie Carola an und erzählte ihr von Onas Problemen.

»Oh, nein«, sagte Carola. »Ich hoffe, mit dem Baby ist alles in Ordnung.«

»Ich auch«, sagte Lily. »Schließlich hat uns Max alle in die Schweiz eingeladen, es täte mir so leid, wenn seine Familie ein Unglück befallen würde.« Sie wartete kurz und tastete sich dann mit Worten vor: »Ich wollte nur noch sagen, dass ich in dieser Lage ungern im Weg bin, außerdem soll es laut Wettervorhersage angeblich ab Mittag wieder schneien. Und zwar kräftig.«

»Mmm. Kann mir vorstellen, dass dir das Sorge macht. Tut mir leid, dass du jetzt die ganze Fahrt übernehmen musst.« Nach einem Augenblick seufzte sie. »Na ja, wir hatten gestern Abend auch noch unser Drama. Meine beiden sind damit herausgerückt, dass Duncan, mein Ex, sie in der letzten Zeit dauernd anruft. Und dann hat er gestern Abend angerufen. Angeblich wollen er und seine Freundin sich trennen.«

Lily überlegte kurz, wie diese Nachricht wohl auf die beiden Teenager wirkte. »Und jetzt haben sie das Gefühl, dass er seine Familie damals für nichts und wieder nichts aufgegeben hat?«

Carola lachte kurz auf. »Na ja, so direkt haben sie das nicht gesagt … Er sagte, er würde sie sehr vermissen, aber die Freundin hätte leider immer Probleme gemacht, sonst hätte er sich viel öfter mit ihnen getroffen …« Carolas Stimme war brüchig geworden. »Er hat seine Familie für eine Frau ruiniert, die nicht möchte, dass er seine Kinder sieht. Er hat sich in der Vergangenheit immer aus allem rausgehalten und sich hinter der Arbeit versteckt. Und jetzt versinkt er in Selbstmitleid und möchte wieder einziehen, um näher bei den Kindern zu sein.«

»Na, das nenne ich Umdenken«, sagte Lily. Sie war Duncan nur ein paarmal begegnet, denn normalerweise fuhren die Mädchen nach London, um ihren Vater dort zu besuchen. Aber sie hatte von Carola in den vergangenen zwei Jahren einiges über ihn erfahren. Duncan hatte seiner Familie ziemlich rücksichtslos den Rücken gekehrt, als er sich vor drei Jahren in eine andere Frau verliebt hatte.

»Damit noch nicht genug«, sagte Carola. »Offenbar ist sein Arbeitsvertrag in London nicht verlängert worden, ein ziemlicher Schock, wie du dir vorstellen kannst. Das meiste von seinem Geld ist auf ein Konto gewandert, das er und seine Freundin gemeinsam eingerichtet hatten. Und die hat die Kohle, sobald Duncan ausgezogen war, in Nullkommanichts auf ein Konto transferiert, das nur auf ihren Namen läuft.«

»Darf sie das denn?«, fragte Lily entsetzt.

»Na ja, sie hat's auf jeden Fall getan. Nach der Devise, erst handeln, dann notfalls vor Gericht ziehen. Jetzt steckt er bis zum Hals in Problemen.«

Carola schwieg, und Lily fragte vorsichtig nach: »Aber du lässt ihn doch nicht wieder einfach bei euch einziehen, oder?«

»Das kannst du vergessen!«, sagte Carola empört. »Die

Mädchen würden sofort davon ausgehen, dass das ein Dauerzustand wird – was auf keinen Fall in Frage kommt. Außerdem würde es schwierig mit Owen. Aber die ganze Situation beunruhigt die Kinder natürlich. Duncan hat sich damals zwar einen Teufel um das Wohlergehen seiner Familie gekümmert, aber er ist immer noch ihr Vater, und jetzt, wo es ihm nicht gut geht, wollen sie ihn natürlich sehen.«

An dieser Stelle konnte Lily endlich loswerden, was ihr auf dem Herzen lag. »Meinst du, die anderen hätten etwas dagegen, wenn wir uns heute schon auf den Heimweg machen? Vor allem auch angesichts der angekündigten heftigen Schneefälle?«

»Ich glaube nicht«, sagte Carola sofort. »Emily hängt die Sache mit Warwick noch nach, die möchte sowieso so schnell wie möglich nach Hause. Ich starte eine Rundfrage, und sage dir dann Bescheid, okay?« Und damit legte sie auf.

Lily drehte mit Doggo um und lief die Straße hinunter zurück nach Schützenberg. Ihr war etwas leichter ums Herz. Sie würde anfangen zu packen. Auch Isaacs Sachen natürlich. Irgendwo mussten auch die Dokumente für Doggo sein. Bei ihrem Telefonat hatte sie Isaac nicht nach dem Prozedere bei der Passkontrolle gefragt, weil sie den Tränen nahe war und ihm nicht von der Episode mit ihren Brüdern erzählen wollte. Er hatte genug um die Ohren. Und sie hatte sich so angeschlagen und traurig gefühlt, dass sie nur mit Mühe bis zum Abschied die Fassung bewahrt hatte.

Nach dem Telefonat hatte sie sich erst mal ausgeheult und ihrem Frust darüber Luft gemacht, dass Tubb und Garrick sie dermaßen schnöde abgewiesen hatten und Isaac nicht bei ihr war. Und nach allem, was er über Hayleys Zustand gesagt hatte, handelte es sich nicht nur um ein paar Tage Pflege. Sie wusste zwar nicht genau, was sie eigentlich erwartet hatte, aber die Vorstellung, dass er mit seiner Ex wieder im ehemaligen gemeinsamen Zuhause wohnte, war wie eine eiskalte Dusche.

Würde er überhaupt noch mal zu *The Three Fishes* zurückkehren? Seinen Worten zufolge brauchte Hayley in den nächsten paar Wochen noch intensive Betreuung. Damit konnte er sie während seiner Arbeitszeit kaum sich selbst überlassen. Vielleicht würde Tubb für ihn einspringen oder unter Tinas Führung den Pub bis zum Verkauf am Laufen halten.

Dann kam ihr ein neuer, ebenso unangenehmer Gedanke. Selbst wenn Isaac wieder zur Arbeit zurückkehrte, würde Tubb überhaupt wollen, dass sie weiter für ihn arbeitete? Immerhin war sie der lebende Beweis für den Fehltritt seines Vaters, und nach Tubbs erster Reaktion auf ihre Mitteilung zu urteilen, war sie in seiner Familie alles andere als willkommen.

Das Leben hatte sich offenbar gegen eine Beziehung zwischen ihr und Isaac verschworen. Die Zeitnische für ihre Liebe wurde immer kleiner.

Er hatte mehrmals versucht sie anzurufen, aber sie hatte nicht geantwortet. Dazu hatte sie zu viele Tränen vergossen, und ihr Schmerz war zu groß.

Die Stimmung in dem Kleinbus bei der Abfahrt an diesem Morgen war gedrückt. Carola hatte online das Hotel und den Shuttle umgebucht. Neil und Franciszka setzten sich nach vorn zu Lily, damit er im Notfall den Schaltknüppel betätigen konnte, falls ihre Hand zu sehr schmerzte.

»Bist du ganz sicher, dass du fahren kannst?«, fragte er mit einem besorgten Blick.

Lily zwang sich zu einem munteren Lächeln. »Sonst würde ich die Finger davon lassen.« Die Verkehrspolizei würde das im Zweifelsfall sicher anders sehen, aber wie sollte die von ihren Problemen erfahren? Sie wollte nur noch weg von hier, und auch die anderen schienen nichts gegen die vorzeitige Abreise zu haben. Und als ob der Himmel sie bei ihrer Entscheidung unterstützen wollte, setzten die Schneefälle zwei Stunden früher als vorhergesagt ein, und Flocken tanzten über die Windschutzscheibe.

Sie legten weniger Pausen ein als bei der Hinfahrt, denn Lily wollte unbedingt an diesem Abend das Hotel noch erreichen, und sie waren spät losgekommen. Ihre Hand pochte schon auf den ersten Metern, aber sie biss die Zähne zusammen, warf Schmerztabletten ein – von Codein ließ sie lieber die Finger, denn sie wollte ja nicht am Steuer einschlafen – und ließ sich von Neil beim Schalten helfen, wann immer es nötig war. Sie atmete erleichtert auf, als sie endlich auf der Autobahn waren und sie nur noch im gleichen Tempo geradeaus fahren musste.

Isaac rief an. Lily hatte nicht daran gedacht, ihr Handy über Bluetooth anzuschließen, und so antwortete Neil mit dem Satz: »Lily fährt gerade.« Von Isaac erfuhr er dann, dass dessen Situation unverändert war.

Als sie um die Mittagszeit kurz nach der Grenze zu Frankreich einen Stopp einlegten, hörte es auf zu schneien. Neil legte für Lily den Rückwärtsgang ein, und Franciszka stieg aus und winkte sie in eine Parklücke ein.

Beim Überqueren des Parkplatzes fragte Carola unvermittelt: »Hat jemand gehört, wie es Ona und ihrem Kind geht?«

Auch Lily hatte sich bereits diese Frage gestellt, aber nach der furchtbaren Szene am Vorabend nicht gewagt, sich bei

Tubb, Garrick oder anderen Familienmitgliedern zu melden. Auch bei der Familie von Janice war sie nicht sicher. Sie überlegte kurz und fand eine elegante Lösung. »Ich habe mich im Namen der *Middletones* offiziell bei BCF bedankt, aber vielleicht könntest du Max ein Dankeschön für alles schicken und im gleichen Atemzug nach Ona fragen und erklären, warum wir früher abgefahren sind.«

»Sehr gut, das mache ich«, sagte Carola.

Eine halbe Stunde später verließen sie nach einem Imbiss die Raststätte. Da rief Carola plötzlich hoch erfreut: »Juhuuu, Ona hat gestern Nacht ihre dritten Sohn per Kaiserschnitt entbunden. Er soll Ainsley heißen. Er ist drei Wochen zu früh auf die Welt gekommen und befindet sich gerade auf der Frühgeburtenstation. Aber ihm und Ona geht es gut.«

Als sie das Hotel erreichten, in dem sie auch auf der Hinfahrt übernachtet hatten, war ihre Hand angeschwollen. Sie ließ das Einchecken über sich ergehen, gesellte sich, obwohl sie keinen Hunger hatte, zum Abendessen trotzdem zu den anderen und bestellte sich als Trost eine Riesenportion Pommes frites. Aber dann entschuldigte sie sich bald mit Müdigkeit, was nicht gelogen war, schließlich hatte sie nach einer unruhigen Nacht den ganzen Tag hinterm Steuer gesessen. Darauf führte sie Doggo zu einem langen Spaziergang aus, um ihm nach einem Tag im Reisezwinger Auslauf zu geben.

Sie hielt sich am Straßenrand, denn die Route vom letzten Mal, auf ihrem Spaziergang mit Isaac, war ihr in der Dunkelheit nicht geheuer. Doggo schien es trotzdem zu gefallen.

Zurück in ihrem Hotelzimmer duschte sie ausgiebig und badete ihre Hand eine Viertelstunde lang in eiskaltem Wasser, um die Schwellungen zum Abklingen zu bringen. Im Fernseher lief auf einem Musikkanal gerade *Crush* von Jennifer Paige, und sie war den Tränen nahe. Als sie schniefte, kam Doggo herbei, legte ihr seinen Kopf auf den Schoß und sah sie mit warmem Hundeblick an.

»Ich werde ihn wiedersehen«, sagte sie traurig zu Doggo. »Das geht gar nicht anders.«

Doggo wedelte mit dem Schwanz.

»Du freust dich schon, aber für dich ist das auch einfach«, sagte sie betrübt. »Ich habe keine Ahnung, wie ich mich gegenüber einem Typen verhalten soll, der sich nach einer tollen Liebesnacht plötzlich um seine todkranke Ex kümmern muss. Glaubt du, dass die beiden wieder zusammen sind?«

Doggo stellte die Ohren auf, als wäre das eine tolle Nachricht.

»Für dich wäre das sicher schön, dann hast du deine alte Familie endlich wieder.« Lily streichelte ihm über das seidenweiche Fell am Kopf. »Ganz anders in meinen Familien … Da geht es wegen mir gerade drunter und drüber.«

In diesem Moment klingelte ihr Handy, das sie zum Aufladen neben das Bett gelegt hatte. Auf dem Schirm leuchtete *Isaac* auf.

Isaac wanderte im Gästezimmer der Wohnung auf und ab, das Freizeichen im Ohr. Es läutete sechsmal, dann endlich nahm Lily ab, und er spürte, wie ihn eine Welle der Erleichterung überrollte. »Lily, alles gut?«

»Ja schon«, sagte sie gefasst und erzählte ihm dann, wie sie Tubb und Garrick in ihr Geheimnis eingeweiht hatte und was dabei herausgekommen war.

Isaac hörte ihr voller Mitgefühl zu. Und er hatte den Eindruck, dass sich hinter ihrem sorgsam neutralen Tonfall sehr viel mehr verbarg, das sie nicht preisgeben wollte.

»Tja, ich bin etwas niedergeschlagen, aber das gibt sich wieder«, beschloss sie ihre Erzählung. Und noch bevor er etwas sagen konnte, legte sie schon wieder los. »Ich wollte noch fragen, wann du Doggo wiederhaben willst.«

Ganz offensichtlich hatte sie bei dem Gespräch die Zügel in der Hand, aber Isaac wollte unbedingt loswerden, was er auf dem Herzen hatte. »Du weißt, dass mir nichts anderes übrigblieb, als hierherzukommen, nicht wahr?«

»Aber natürlich«, antwortete sie leichthin. »Und jetzt müssen wir überlegen, wie wir alles organisieren, wenn ich wieder zurück bin. Möchtest du Doggo bei dir zu Hause in Peterborough? Das nehme ich mal an. Hayley freut sich sicher auch darauf, ihn wiederzusehen.«

Ihr Tonfall war völlig neutral, wie bei einem Gespräch unter Kollegen. Er spürte leichte Verärgerung. Gerade mal achtundvierzig Stunden lag ihre gemeinsame Nacht zurück, und jetzt tat sie so, als hätte sie gar nicht stattgefunden. »Mir ist klar, dass das für mich nicht gerade der ideale Moment ist, um über unsere Beziehung zu sprechen …«

»Aber ich verstehe doch alles«, sagte sie rasch.

Er bekam mit, dass Hayleys Handy klingelte und sie antwortete. Ihm lagen die Worte auf der Zunge: »Bald wird wieder alles anders«, aber er sprach sie nicht aus. Er schlief nicht mit Hayley, aber natürlich begleitete er sie ins Bad, um ihr den Beutel mit der Wundflüssigkeit zu halten, ihr »Ekelpaket« nannte sie ihn, während sie sich wusch. Sie stand dann zwar mit dem Rücken zu ihm, aber sie war nackt, und er direkt hinter ihr. Sie war jedes Mal den Tränen nahe, aber ohne seine

Hilfe kam sie einfach nicht aus. Angesichts solcher intimen Augenblicke war es undenkbar, mit Lily über eine gemeinsame Zukunft zu sprechen.

»Ich könnte es einrichten, ihn dir am Dienstag zu übergeben«, sagte Lily gerade.

»Doggo?«, fragte er zurück. »Ich muss Hayley wegen ihres Verbands zu einem Arzttermin fahren, aber …«

Sie fiel ihm ins Wort, hatte immer noch diesen leichten beiläufigen Tonfall. »Dann warten wir eben, bis es dir besser passt. Ich kann ihn gerne noch für ein paar Tage bei mir behalten. Wie wäre es, wenn du mich einfach anrufst, sobald du ihn wieder zu dir nehmen kannst?« Eine kleine Pause, und dann: »Tut mir leid, jemand versucht mich anzurufen. Grüß Hayley von mir.« Und schon hatte sie aufgelegt.

Isaac hätte fast schwören können, dass kein anderer Anruf auf sie wartete. Er legte sein Handy ab und ging in die Küche, um sich einen Kaffee zu machen. Hayley hatte ihren Anruf ebenfalls beendet und nahm die angebotene Tasse Kaffee mit einem schwachen Lächeln entgegen.

»Kann ich kurz noch jemanden anrufen? Oder brauchst du noch etwas?«, fragte er.

Hayley ließ ihren Kopf auf ihrer geschlossenen Faust ruhen. »Nein, danke. Ich weiß, ich bin gerade keine angenehme Gesellschaft. Und ich wünschte, ich müsste nicht ausgerechnet dich um Hilfe bitten. Tut mir leid, dass ich so schlechte Laune habe, weil mir alles weh tut und peinlich ist. Aber ich danke dir von Herzen für das, was du für mich tust.«

Er zuckte mit den Achseln. »Du konntest ja nicht ahnen, dass dem Vater von Nicola und Vicky etwas zustoßen würde.«

Sie ignorierte seine Worte und fuhr stirnrunzelnd in ihrem

Gedankengang fort. »Hoffentlich wird einer der Wundschläuche am Dienstag entfernt, und der andere in der Woche darauf. Danach wird es mir sicher besser gehen. Dummerweise ist der Arzt gerade in Urlaub, und deshalb werde ich die Untersuchungsergebnisse erst am Tag vor Heiligabend bekommen.« Ihr Blick wurde trüb, vielleicht weil ihr gerade eingefallen war, dass erst der achte Dezember war. »Ich werde bis nach Weihnachten noch Unterstützung brauchen, fürchte ich. Aber vielleicht könnten dann Nicola und Vicky einspringen.«

Er war überrascht, dass ihn der Zustand dieser kompetenten und intelligenten Frau, die gerade derart bedürftig und auf fremde Hilfe angewiesen war, doch so sehr mitnahm. »Ich bin an deiner Seite, solange du mich brauchst.« Er würde sie nicht im Stich lassen, bis sie wieder auf den Beinen war. Um sie aufzuheitern, sagte er: »Meinst du, es würde dir Freude machen, wenn Doggo wieder hier wäre?«

Sofort erhellte sich ihr Blick. »Wie schön! Er muss nur lernen, von meinem Ekelpaket wegzubleiben.«

Isaac freute sich über ihr Lächeln. »Vielleicht könnten wir uns den Hund teilen, sobald es dir wieder besser geht. Ich kümmere mich natürlich gerne um ihn, aber wenn du ihn nur wegen der Krankheit aufgegeben hast …«

»Aber wolltest du nicht ins Ausland?«, unterbrach sie ihn verwundert.

Isaac erstarrte innerlich kurz. Er war in seinen Gedanken derart mit der Reise der *Middletones* und vor allem mit Lily beschäftigt gewesen, dass seine berufliche Neuorientierung in den Hintergrund getreten war. »Meine Pläne sind derzeit noch vage«, sagte er. Dann klingelte sein Handy, der Name Harrison Tubb erschien auf dem Display.

»Entschuldige, da muss ich rangehen.«

Er zog sich in sein Zimmer zurück und begrüßte seinen Arbeitgeber. »Wie schön, dass der Enkel auf der Welt ist.«

»Ja, er muss noch ein, zwei Tage im Inkubator bleiben, aber dann ist alles in Ordnung«, sagte Tubb. »Tut mir leid, dass ich dich störe, ich habe von den anderen die Gründe für deine Abreise erfahren. Aber ich muss wissen, ob du wieder wie geplant zur Arbeit erscheinen kannst.«

Isaac blähte unschlüssig die Wangen. »Entschuldige, ich hätte mich eigentlich schon längst bei dir melden sollen. Im Augenblick versuche ich, einen Überblick zu gewinnen. Ich habe hier viel zu tun und werde vermutlich nicht alle Stunden ableisten können, aber ich hätte da eine Idee. Zuerst will ich aber mit Hayley und der zuständigen Krankenschwester Rücksprache halten. Kann ich dich morgen zurückrufen? Ich muss ohnehin erst übermorgen wieder arbeiten.«

»Gut, ruf mich morgen an«, Tubb zögerte einen Augenblick. »Hast du mit Lily telefoniert? Sie und die Gruppe sind einen Tag früher als geplant abgereist.« Sein Tonfall klang vorsichtig, als wollte er keine Gefühle preisgeben.

Isaac ließ sich langsam auf der Bettkante nieder und dachte an das Gespräch mit Lily von eben zurück. Er war davon ausgegangen, dass er sie in Schützenberg angerufen hatte. »Davon weiß ich nichts. Fährt sie?«

»Ich nehme es mal an, am Montag wollte sie das Fahren auf jeden Fall noch übernehmen … Aber es ging alles etwas drunter und drüber, ich musste Ona eilig ins Krankenhaus bringen. Wir wollten nicht auf Max warten.« Er machte eine Pause, aber Isaac schwieg. Sicher hätte Lily nicht gewollt, dass er Tubb gestand, von ihrem Geheimnis gewusst zu haben und auch nicht von Tubbs wütender Reaktion, weil sie Garrick die Wahrheit gesagt hatte. Da stand er voll und ganz auf Lilys Seite. »Lily geht nicht an ihr Handy«, sagte Tubb.

Isaac gab ein unverbindliches Brummen von sich. »Na ja, auf dem Kontinent ist es fast zehn, vielleicht schläft sie schon«, sagte er. Dann verabschiedete er sich. Er machte sich Sorgen. Er versuchte ebenfalls, sie zu erreichen, vorgeblich, um ihr von Tubbs Anruf zu erzählen, aber eigentlich, um ihr beizustehen. Oder auch nur, um ihre Stimme zu hören.

Aber von ihrer Seite kam nur Funkstille.

Er überlegte, ob die Gruppe in demselben Hotel wie auf der Hinfahrt übernachtete. Im Geiste sah er das Zimmer, in dem er geschlafen hatte, spürte wieder ihr nasses shampooniertes Haar zwischen seinen Fingern und ihre zarte Kopfhaut.

Mit einem Mal überfiel ihn Sorge. Konnte sie überhaupt ihre Haare alleine waschen?

Wie ging es ihrer Hand?

Wie lief die Fahrerei mit der Verletzung?

Lily hatte für ihn die Rückreise nach England organisiert. Damit er seiner Ex nach einer schweren OP helfen konnte, stellte sie sich und ihre eigene Bedürftigkeit hintan. Bei der Vorstellung, wie sie tapfer trotz Schmerzen quer durch Frankreich hinterm Steuer saß, beschlich ihn das Gefühl, sie im Stich gelassen zu haben.

Einundzwanzigstes Kapitel

Noch nie war sie so froh gewesen, wieder in Middledip zu sein. Lily steuerte den Kleinbus am Montagnachmittag über die Hauptstraße. Das Dorf lag zwar nicht wie Schützenberg unter einer hübschen märchenhaften Schneedecke, doch die helle Wintersonne war ein freundlicher Anblick und Lily den Tränen nahe, so erleichtert war sie über die Rückkehr nach Hause.

Die Heimfahrt war ohne Zwischenfälle, aber natürlich auch ohne freudige Spannung verlaufen. Doggo hatte ohne Probleme einreisen dürfen, was ein Glück war, denn Lily hatte die E-Mail von Isaac mit den notwendigen Nachweisen nicht erhalten. Offenbar war er zu sehr mit Hayley beschäftigt.

Sie verbrachte eine halbe Stunde damit, die Gruppenmitglieder vor ihrer jeweiligen Haustür abzusetzen. Jedes Mal sprang sie mit einem Lächeln, zu dem sie sich zwingen musste, aus dem Bus, um sich zu verabschieden. »Danke, dass du bei unserer Reise in die Schweiz dabei warst! Bis bald!«

Als sie als Letztes Franciszka abgesetzt hatte, durfte Lily endlich zu Carola fahren und dort den Kleinbus endgültig entladen. Unter anderem auch Doggos Reisezwinger, den Lily, Carola, Charlotte und Emily mit einem Schwung aus dem Bus hievten, obwohl Doggo noch drin saß.

Carola fragte noch: »Brauchst du Hilfe, Lily?«, aber sie hatte bereits ihr Handy griffbereit, und Lily wusste nur zu gut, dass ihre Freundin darauf brannte, endlich ihren Owen wiederzusehen.

»Alles gut«, sagte Lily und nahm Doggos Leine in dieselbe Hand wie den Koffergriff, um ihre Linke endlich zu schonen. »Es war toll, stimmt's? Danke, dass du mitgefahren bist«, sagte sie und umarmte die Mädchen und ihre Freundin.

Sobald sie um die Hausecke außer Sichtweite war, erstarb ihr Lächeln. In der Wohnung stellte sie Rucksack und Koffer ab und schob Doggos Hundebett in die Diele neben die Heizung.

Dann legte sie ihm das Geschirr für die Mitnahme in einem Fahrzeug an, ließ ihn auf einen der Vordersitze springen, wo er dann die Fahrt über thronte, und brachte den Kleinbus zum College zurück, bevor es an diesem Tag schloss. Nach Middledip ging sie zu Fuß, dort stattete sie dem Lebensmittelladen noch einen Besuch ab und kaufte Hundefutter.

»Wusste gar nicht, dass du einen Vierbeiner hast«, sagte Melanie hinter dem Tresen, während sie alles in die Kasse eingab.

»Ich kümmere mich nur ein paar Tage um ihn«, sagte Lily kurz angebunden. Sie schlenderte nach Hause und kam unterwegs am weihnachtlich beleuchteten Pub vorbei, wo Doggo mit gespitzten Ohren anhielt, eine Vorderpfote hob und Lily erwartungsvoll ansah.

»Bald darfst du wieder zu ihm«, sagte sie. Zu Hause angekommen, schloss sie hinter sich und Doggo die Türe zu. Und sperrte den Rest der Welt aus.

Den Dienstag verbrachte sie mit waschen, und sie stattete Carola einen Besuch ab. Es gab noch ein paar Dinge zu besprechen.

Lily wollte ihren Besuch in Carolas geschmackvoll geschmückter Küche so kurz wie möglich halten, denn Owen war gerade ebenfalls da. Er hatte Prellungen an den Schläfen und zwei Veilchen, außerdem war er an einem Mundwinkel genäht worden. Lily umarmte ihn, als wäre er aus Porzellan. »Du Armer, ich hoffe, sie fangen die Mistkerle, die dir das angetan haben.«

Owen sprach vorsichtig aus dem unverletzten Mundwinkel. »Es gibt Videoaufnahmen von drei vermummten Typen, nicht sehr aussagekräftig, wie du siehst.« Er und Carola konnten nicht mehr voneinander lassen, sie hielten sich an den Händen und warfen einander lange Blicke zu. Immer wieder streichelte Carola ihm zart über das von Prellungen verfärbte Gesicht und erkundigte sich nach seinem Wohlergehen.

Der einzige Wermutstropfen bei so viel Liebesglück war der Ex. »Das nervt wirklich«, flüsterte sie Lily vertraulich zu, als die auf dem Weg in ihre Wohnung war. »In diesem Jahr habe ich die Mädchen über Weihnachten bei mir. Aber seitdem zwischen Duncan und seiner Sherri Schluss ist, hat ihn der Katzenjammer gepackt. Gestern ist er bei seinem Bruder in Bettsbrough eingezogen. Da schläft er jetzt auf der Wohnzimmercouch, weil kein Platz ist. Das hat er jedenfalls Charlotte erzählt. Außerdem versucht er, über seinen Anwalt die Kohle, die Sherri ihm schuldet, zurückzubekommen. Den Mädchen tut er jetzt so was von leid. Emily hat sogar gefragt, ob wir ihn nicht zu Weihnachten einladen können.« Carola verzog das Gesicht. »Eigentlich ist es das erste Weihnachten mit Owen, andererseits …«

Lily sah Carola mitfühlend an und öffnete die Tür zum Untergeschoss. Auf der Treppe kam ihr schwanzwedelnd Doggo entgegen, als wäre sie Ewigkeiten fort gewesen. »Runter mit dir!«, rief Lily ihm zu, und er lief ihr voraus, schaute aber immer wieder nach hinten, um sich zu vergewissern, dass sie ihm folgte. Das war auf der Treppe nicht einfach, aber er bekam es elegant hin.

Sobald ihre Wäsche draußen auf der Leine flatterte, checkte Lily ihre E-Mails, vielleicht hatte ja ein Unternehmen Interesse an ihren Fähigkeiten als Messestand-Designerin.

Nichts.

Sie schrieb zwei potenzielle Kunden an, die eventuell Aufträge für die Londoner Buchmesse im Frühling zu vergeben hatten. Vielleicht gelang es ihr, einen persönlichen Termin oder wenigstens ein Telefongespräch zu vereinbaren. Doggo lag gemütlich zu ihren Füßen, während sie in ihren Computer tippte.

Dann öffnete sie ihren Kalender und sah, dass sie eigentlich am Freitag im Pub arbeiten sollte. Freitag, der Dreizehnte! Ein böses Omen? War ihre Arbeit im Pub überhaupt noch erwünscht? Tubb hatte nichts mehr von sich hören lassen. Ein Blick auf ihr Handy. Nichts.

Sie musterte ihre verletzte Linke und bewegte die Finger. Dann rief sie Tina im Pub an, es war kurz vor zwölf, der Pub machte jeden Moment auf.

»Hallo Lily, lange nichts voneinander gehört«, begrüßte Tina sie freundlich. »Wie geht's denn so?«

Sie plauderten kurz, und dann sagte Lily in einem Tonfall, der möglichst normal klingen sollte: »Meiner Hand geht es wieder einigermaßen gut, ich kann am Freitag kommen. Vielleicht fürs Erste für leichtere Arbeiten.«

Tina stieß einen erleichterten Seufzer aus. »Sehr gut. Ich kann jede Hand gebrauchen, verletzt oder nicht, haha, damit ich mir nach all den Zusatzschichten endlich ein bisschen freinehmen kann. Meine Familie weiß schon gar nicht mehr, wie ich aussehe.«

»Super, danke.« Lily war dankbar. Sie hätte sich gerne noch nach Isaac erkundigt, biss sich aber rechtzeitig auf die Zunge. »Na dann, bis Freitag«, sagte sie zu Tina, hielt sich innerlich die Daumen und dachte bei sich: »Falls ich nicht einen Anruf von einem gewissen Jemand bekomme, der mir das Gegenteil sagt.« Wenn ihr nicht bald ein Firmenauftrag ins Haus flatterte, war sie auf ihre Arbeitsstunden im Pub angewiesen. Sie hatte zwar Ersparnisse, aber die würden nicht ewig reichen.

Es beschlich sie das Gefühl, langsam den Boden unter den Füßen zu verlieren. Und so führte sie Doggo aus und achtete darauf, dass sie Wege ging, die sie nicht am Pub vorbeiführten, auch wenn Isaac vermutlich bei Hayley in Peterborough war oder sie zu irgendeinem Termin fuhr.

Auf ihrem Spaziergang durch die winterkarge Landschaft dachte sie über die Beziehung zwischen Carola und Owen nach und überlegte, ob Neil und Franciszka auch nach der Rückkehr ins Dorf zusammenbleiben würden. Und ihr fiel ein, dass nie besprochen worden war, was nach den Auftritten in der Schweiz aus den *Middletones* würde, Lily hatte somit keine Ahnung, wann sie Neil, Eddie, Alfie und Warwick das nächste Mal sehen würde.

Sie hatte seit dem Frühsommer so viel Zeit mit ihnen verbracht, dass sie ihr sicher fehlen würden. Sie kam sich einsam und verloren vor. Und wo sie schon dabei war – sie blieb auf dem durchweichten Feldweg stehen, der Wind pfiff ihr um die

Ohren, und die dornigen Zweige einer Brombeerhecke hatten sich in ihrem Ärmel verhakt – fielen ihr auch sofort ihre Brüder ein, die nichts von ihr wissen wollten.

Sie zog ihr Handy aus der Tasche und blieb damit so lange trotz des heftigen Winds gedankenverloren stehen, dass Doggo sich umwandte, den Schwanz steif wie einen Stecken vom Körper gestreckt und eine Vorderpfote gehoben, als wäre er nicht sicher, ob und in welche Richtung es weiterging.

Und dann tat Lily etwas, das sie immer schon getan hatte, wenn sie nicht mehr ein noch aus wusste. Sie textete ihrer Schwester: Zurück in England. Lust auf ein Treffen?

Am späten Dienstagnachmittag stellte Isaac seinen Wagen hinter dem Pub ab. Er warf Hayley einen Blick zu. Sie saß auf dem Beifahrersitz, der geblümte Beutel lag in ihrem Schoß, nur noch ein Wundschlauch ragte daraus hervor und verschwand weiter oben unter ihrem Mantel. »Bist du sicher, dass du damit einverstanden bist?«

Sie zwang ihr blasses Gesicht zu einem Lächeln. »Ich bin deinem Boss auf jeden Fall dankbar, dass ich ein Zimmer beziehen darf. Ich hätte nicht gewollt, dass du deinen Job riskierst …« Sie stockte und errötete.

Ihr war offenbar gerade eingefallen, dass dieses Thema – sein Job im Pub und die vorausgegangenen Ereignisse – heikel war. Aber für ihn war das alles Schnee von gestern. »Es ist die vernünftigste Lösung«, sagte er und zog den Zündschlüssel ab. »Ich habe mir das Zimmer noch nicht angesehen, aber ich bin sicher, dass es in einem guten Zustand ist. Tina hat mir versichert, dass sie es putzen und herrichten würde.«

Oben angekommen, stellte sich heraus, dass Tina den

Schlüssel gleich hatte stecken lassen. Der Raum war in Lavendeltönen dekoriert. Neben dem Bett hatte die Tapete zwar einen Riss, aber ansonsten gab es nichts zu beanstanden. Im Bad befand sich eine Duschkabine, in der Hayley beim Waschen bequem stehen konnte. Der Wundbeutel würde an einer Seite hängen und er, den Blick von ihr abgewandt, eine Schüssel mit Seifenlauge bereithalten.

»Setz dich nur, ich trage die Sachen herauf«, sagte er und sah noch, wie Hayley in dem grauen Lehnstuhl am Fenster Platz nahm.

»Wie geht es dir?«, fragte er eine halbe Stunde später. Ihre Kleider waren aufgeräumt, und sie saß vor dem Fernseher.

»Kaputt«, sagte sie offen und lächelte ihn müde an. »Ich danke dir, Isaac. Ich werde mich ein bisschen hinlegen und versuchen zu schlafen. Wenigstens ist jetzt ein Schlauch draußen.«

»Und ich gehe in mein Zimmer nebenan und sehe nach, ob ich noch saubere Arbeitsklamotten habe. Dann treffe ich mich unten im Pub mit Tina, sobald sie aufgeschlossen hat. Wenn du mich brauchst, rufst du mich einfach kurz an, ich komme dann sofort.«

Hayley erhob sich aus ihrem Sessel und bewegte sich aufs Bett zu. Er verließ ihr Zimmer. Er hatte noch etwas zu erledigen, von dem er ihr aber nichts erzählt hatte.

Sobald er in seinem Zimmer stand, rief er Lily an.

Wieder nur ihre Mailbox.

»Hallo, ich bin's«, sagte er. »Kannst du mich bitte anrufen, ich bin wieder bei der Arbeit im Pub.« Dann hatte er doch das Gefühl, dass er ihr eine Erklärung schuldete. »Tubb hat mir erlaubt, Hayley mit hierherzubringen, damit ich in der Nähe bin, wenn sie mich braucht.« Mist, das war missverständlich. »Sie ist in dem anderen Zimmer für Gäste«, schob er rasch nach. Am besten, überlegte er, hätte er Hayley gar nicht erwähnt, manche Themen sollte man einfach von Angesicht zu Angesicht besprechen. Er versuchte, die Nachricht zu überspielen, aber offenbar ging das in diesem Fall nicht. Bevor er anfügen konnte: »Alles gut? Ich vermisse dich«, schaltete sich die Mailbox ab.

So ein Mist. Wenn er jetzt noch mal anrief, um ihr zu sagen, dass er an sie dachte, wirkte das nicht sehr überzeugend.

Seine Laune war im Keller. Er bügelte ein paar Hemden und eine Hose, dann ging er hinunter zu Tina. Gar nicht so einfach, sich dort gedanklich auf Schichtplanung, Biertemperaturen und die Reinigung von Bierschläuchen zu konzentrieren, wenn er eigentlich nur mit Lily reden wollte.

Als er irgendwann wieder nach oben ging, erleichtert, dass er mit der Arbeit ein Stück Normalität zu fassen bekommen hatte, bevor er Hayley etwas kochen musste – wer hätte das vor kurzer Zeit noch gedacht? –, merkte er, dass er sein Handy im Zimmer vergessen hatte.

Lily hatte tatsächlich angerufen. Er hörte ihre Nachricht ab. Ihr Tonfall war ruhig und neutral. »Ich hoffe, Hayley geht es weiterhin langsam besser. Bitte grüße sie von mir. Du hast hoffentlich nichts dagegen, dass ich dir Doggo heute noch nicht zurückbringe. Ich habe heute Abend etwas vor und nehme ihn mit. Er ist sehr brav. Ich habe ihn mit seinem Geschirr angeschnallt, weil er wahrscheinlich nicht in meinen Kofferraum gepasst hätte.« Dann, nach einer kurzen Pause: »Tschüs.«

Er blieb mitten in seinem Zimmer stehen, das Handy immer noch in der Hand, und wünschte sich sehnlichst, Hayley hätte seine Hilfe nicht gebraucht. Natürlich wäre es noch besser gewesen, sie wäre erst gar nicht an Krebs erkrankt und hätte keine Mastektomie über sich ergehen lassen müssen, deren Folgen er nicht einmal ansatzweise erahnen konnte.

Was würde jetzt aus der Beziehung mit Lily werden?

Es war offensichtlich, dass sie sich langsam, aber sicher von ihm zurückzog.

Er überlegte, ob er sie zurückrufen sollte. Vielleicht war jetzt ein guter Moment, um ihr zu sagen, dass er sich seiner Zukunftspläne gar nicht mehr so sicher war. Vielleicht würde er ja in Middledip bleiben, nachdem Hayley geheilt war. Die Nacht in Schützenberg war einfach zu schön gewesen, um nicht daran anzuknüpfen, und er war sicher, dass er es organisieren könnte …

Sein Handy klingelte. Hayley. Mit einem Blick auf die Uhr auf seinem Nachttisch, sagte er: »Hallo Hayley, schon wieder fast Zeit für deine Tabletten, oder? Ich hole noch eben was zum Abendessen aus dem Gefrierschrank.«

Sätze wie aus alten Zeiten.

Zweiundzwanzigstes Kapitel

> Unsere Küche ist nach wie vor erst halb eingerichtet, aber wenigstens steht der neue Herd drin. Komm um sieben zum Essen.

Typisch Zinnia. Die Einladung klang eher wie ein Befehl, aber Lily nahm das Friedensangebot bereitwillig an. Danke dir. Ich muss mich dieser Tage aber um einen Hund kümmern. Darf ich ihn mitbringen? Er benimmt sich mindestens so gut wie ich.

Kein Problem, textete Zinnia zurück.

Die Veranda der kleinen Doppelhaushälfte, einst eine Sozialwohnung, die Zinnia sich mit ihrem Freund George teilte, war mit einem beleuchteten Rentier geschmückt. Lily hatte Glück und fand eine Lücke in der engen zugeparkten Straße. Es war kurz vor sieben, und so nutzte sie die paar Minuten, um ihre Mailbox abzuhören. Bei Isaacs Stimme machte ihr Herz einen Sprung. Doch dann war ihre gute Laune verflogen. Waren Hayleys Freundinnen immer noch nicht zurück, um sich um sie zu kümmern? Offenbar hatte er sie jetzt in einem der freien Zimmer im Pub untergebracht. Sein Tonfall hatte so geklungen, als wollte er sich dafür bei ihr entschuldigen. Das Herz wurde ihr schwer, ihr Herz, das sie ihm in jener Nacht geschenkt hatte. Sex, Küsse, sanftes Streicheln, sein Körper.

Damit war es nun vorbei. Denn auf die eine oder andere Art war er immer noch mit Hayley verbandelt. Sie seufzte.

Wenigstens einmal mussten sie sich wegen Doggo und den Sachen, die er in der Schweiz zurückgelassen hatte, noch treffen. Aber sie war erleichtert, als sie ihn zurückrief und er nicht antwortete. Sie hinterließ eine knappe, unverfängliche und nüchterne Nachricht.

Doggo heulte auf dem Rücksitz, weil ihm die Pause zu lange dauerte. Jetzt war er dran. Sie musste unwillkürlich lächeln, als er mit zurückgelegten Ohren und zitternder Schwanzspitze aus dem Auto sprang und als Erstes an Zinnias Gartentor das Bein hob. »Nun komm schon«, sagte sie zu ihm. »Lass uns mal sehen, wie sie gerade drauf ist. Ich hoffe, sie ist in guter Stimmung, es wäre schön, wenn mich mal jemand in den Arm nimmt.«

Zinnia und George empfingen sie buchstäblich mit offenen Armen. George war vom Typ her ruhig, schweigsam und jemand zum Anlehnen, notwendige Eigenschaften für eine funktionierende Beziehung mit Zinnia. »Ich freue mich wirklich, dass du gekommen bist, denn deine Schwester hatte schon richtig Sehnsucht nach dir.«

»Stimmt«, sagte Zinnia und mimte ein trauriges Gesicht. Dann umarmte sie ihre Schwester gleich noch einmal, worauf Doggo sich dazwischendrängelte, weil er endlich auch ein paar Streicheleinheiten abbekommen wollte.

Sie gingen in die Küche und betrachteten gemeinsam die teilweise verrußten nackten Wände, immerhin war der neu erworbene Herd schon eine deutliche Verbesserung. Zinnia ließ sich darüber aus, wie die neue Küche am Ende aussehen würde. George nickte schweigend zu ihren Ausführungen, behielt dabei die Lasagne im Ofen im Auge und holte irgendwann abgepackten Salat aus dem vom Brand unversehrten Kühlschrank.

Lily ging das Herz auf, sie genoss die gewohnte Atmosphäre bei ihrer Schwester, alles war wie damals, bevor sie von der Existenz ihrer beiden Halbbrüder erfahren hatte … In Zinnias Nähe fühlte sie sich geborgen, ja, das war das richtige Wort. Ihr wurde fast schwindelig vor Erleichterung.

Als Zinnia Lilys Linke begutachtete, die mittlerweile fast wieder eine normale Hautfarbe hatte, wurde es kurz peinlich. »Oh, Lilyyyy!«, kreischte sie erschrocken. »Mein Gott, was für ein Anblick! Du Arme! Es tut mir so leid, das weißt du hoffentlich, oder? Ich wollte dir nicht weh tun, und ich verstehe, dass du eine Weile nichts mit mir zu tun haben wolltest. Du hast mich bestimmt zum Teufel gewünscht.« Und dabei brach sie in Tränen aus.

Lily zog ihre Schwester gerührt in eine Umarmung. »Ich wusste vom ersten Moment an, dass es nicht deine Absicht war, aber ich habe etwas Zeit gebraucht, tut mir leid, dass ich mich gar nicht mehr gerührt habe.« George und Doggo verfolgten die schwesterliche Wiederversöhnung mit sorgenvoller Miene.

Dann putzte Zinnia sich die Nase, riss sich zusammen und begann, den Tisch zu decken. »Jetzt musst du mir ausführlich von deiner Reise in die Schweiz erzählen. Wie ist es mit Garrick gelaufen?« Sie sprach den Namen so entschlossen aus, als hätte sie beschlossen, seine Existenz im Leben ihrer Schwester endlich zu akzeptieren.

Lily zog einen Stuhl heran und ließ sich mit einem Seufzer darauf fallen. »Eine einzige Katastrophe.«

Bei Knoblauchbrot und Lasagne berichtete sie von den Ereignissen an jenem Abend, an dem alles schiefgelaufen war. Sie erzählte, dass sie nicht eine Sekunde daran gedacht hatte, dass Tubb seinem jüngeren Bruder die Affäre des Vaters verschwiegen haben könnte. »Und das war's«, sagte sie am Ende. »Ich werde noch für eine kurze Zeit weiter im Pub arbeiten, es sei denn, ich bin dort nicht länger erwünscht.«

Zinnia waren erneut Tränen in die Augen getreten. »Ach, tut mir das leid, dass das alles so dumm gelaufen ist. Diese Idioten! Sie sollten einfach mal ihren Egotrip verlassen und sehen, was für eine wunderbare Schwester sie dazubekommen haben.«

Das brachte Lily zum Lachen. »Zin! Es ist noch gar nicht so lange her, da hat dich allein der Gedanke an die beiden auf die Palme gebracht und du hast mir ein Ultimatum nach dem anderen gestellt.«

Zinnia schaute schuldbewusst drein. »Stimmt, aber ich habe meine Meinung mittlerweile geändert.« Sie warf einen Blick auf George und errötete. »Ich wollte dir auch etwas sagen, aber nicht übers Telefon und als du noch wütend auf mich warst.« Sie holte tief Luft. »Wir bekommen Nachwuchs.«

Lily ließ augenblicklich die Gabel fallen, Tomatensoße spritzte übers Tischtuch. »Das ist ja wunderbar, herzlichen Glückwunsch!« Sie sprang von ihrem Stuhl auf und stolperte fast, so eilig hatte sie es, die beiden zu umarmen. Doggo tanzte mit heiserem dunklem Bellen um die drei herum. Zinnia erwiderte die enge Umarmung ihrer Schwester. »Ich möchte, dass es zwischen uns nie wieder so weit kommt. Wahrscheinlich sehe ich die ganze Welt gerade mit Schwangerschaftshormonen, aber ich glaube, ich habe besser verstanden, was Blutsverwandtschaft bedeutet. Mich macht es wirklich wütend und traurig, dass deine Brüder sich dermaßen danebenbenommen haben.«

»Mich auch.« Lily wurde das Herz schwer. »Hast du eigentlich unsere Mum in der letzten Zeit mal getroffen? Wie haben sie die Nachricht von dem Baby aufgenommen?«

Jetzt wirkte Zinnia niedergeschlagen. »Sie haben sich gefreut, glaube ich, sind aber vor allem mit sich selbst beschäftigt. Man hat mir mehr oder weniger zu verstehen gegeben, sie in Ruhe zu lassen.«

»Mir ist es mit ihnen nicht anders ergangen, aber es fühlt sich nicht richtig an, dass sie nicht mehr zusammen sind. Ich weiß, dass sie in ihrer Beziehung immer mal schwierige Phasen hatten, aber ich war doch sicher, sie würden beide daran festhalten.« Lily seufzte tief. Das Leben war im Augenblick wirklich nicht einfach.

Als sie auch am Mittwoch nichts von ihrer Mutter gehört hatte, beschloss Lily am Donnerstag, nach Peterborough zu fahren und Roma einen Besuch abzustatten, nach dem Motto, ich war gerade in der Gegend und wollte mal kurz reinschauen. Dann könnten sie sich auch über Zinnias freudige Nachricht austauschen. »Außerdem kann ich ihr auch gleich von dem Desaster mit Tubb und Garrick erzählen und mich ein bisschen ausweinen. Bei seiner Mutter darf man das«, sagte sie zu Doggo, der auf dem Beifahrersitz thronte.

Sie fuhr in die Einfahrt, ließ Doggo nach dem Aussteigen ein wenig herumschnuppern und ging dann wie immer durch die Hintertür ins Haus. »Hallo Mum?«, rief sie und streifte ihre Stiefel ab. Aber zu ihrer Überraschung antwortete Patsie: »Ins Wohnzimmer, mein Schatz.«

Patsie? Lilys Herz machte einen hoffnungsvollen Hüpfer, als sie durch die Diele ging, wo Doggos Krallen auf dem Steinboden klackerten. Aber als sie das Wohnzimmer betrat, sah sie ihre Mütter zwar gemeinsam auf dem Sofa sitzen, aber jede in einer Ecke. Der Raum zwischen ihnen hätte mühelos für eine dritte Person ausgereicht. Doggo ließ sich mit einem zufriedenen Seufzer auf dem Teppich vor dem Holzofen nieder.

Roma umarmte ihre Tochter. »Hallo meine Süße.« Sie klang müde und gelassen.

Auch Patsie umarmte Lily wie immer. »Wie schön, dass du hier bist. Wir haben gerade von dir gesprochen ...« Sie warf Roma einen Blick zu.

Lily wurden die Beine schwach, sie ließ sich in den nächsten Sessel sinken. »Was ist los?«

Patsie trug ein elegantes graues Kleid und hatte die Hände im Schoß verschränkt, sie wirkte, als hätte sie einen Kanzleitermin. Roma machte in ihren engen Jeans und der weiten rosa Bluse mit Blumenmuster dagegen den Eindruck, als wollte sie mit ihren Freunden aus der Boheme-Szene einen Kaffee trinken gehen. Der Gegensatz hätte nicht größer sein können. Roma räusperte sich.

»Hat Zinnia dir schon berichtet?«

Lily lächelte zum ersten Mal seit dem Betreten ihres Elternhauses aufrichtig. »Ja! Ist das nicht toll? Freut ihr zwei euch auch?«

»Wir sind begeistert!«, sagte Patsie lächelnd. Sie hielt inne und sah Roma an.

Roma wirkte zögerlich. »Seitdem wir erfahren haben, dass wir bald Großmütter werden, haben wir das Gefühl, wir wissen etwas besser, was wirklich zählt im Leben.« Sie vermied es, Patsie anzusehen. »Wäre es für dich okay, wenn du Weihnachten in diesem Jahr nicht mit uns feiern würdest, Lily? Ein Arbeitskollege von Patsie hat uns sein Cottage angeboten. Wir möchten gerne herausfinden, ob unsere Beziehung noch zu retten ist. Zinnia verbringt die Weihnachtstage mit den Eltern von George. Wir möchten nur nicht, dass du jetzt ganz allein bist.« Ihr Blick war besorgt.

»Ihr müsst unbedingt dorthin«, strahlte Lily. Vielleicht würden sich ihre Eltern ja doch nicht trennen. Allein die Vorstellung, dass Roma verlassen und allein sein könnte, war unerträglich. »Ich helfe ohnehin im Pub beim Weihnachtslunch aus. Und Weihnachten bei mir im Dorf zu feiern, wird bestimmt schön.«

Sowohl Patsie als auch Roma machten einen erleichterten Eindruck. Patsie erhob sich vom Sofa. »Ich habe um vier einen Termin mit einem Klienten. Ich lasse euch jetzt allein. Vielleicht könnten wir alle zu einem Vorweihnachtslunch ausgehen? Ich werde mal bei Zinnia und George nachfragen.« Sie warf ihnen Kusshände zu, was sie davon entband, vor Lilys Augen ihre Noch-Ehefrau, Vielleicht-bald-nicht-mehr-Ehefrau, zu küssen. Und schon war sie zur Tür hinaus.

Roma seufzte tief, als sich die Tür hinter Patsie schloss. »Vielen Dank für dein Verständnis. Es ist …«, sie suchte nach dem richtigen Wort, »… schwierig. Ich dachte schon, das war's, aber bei einem Glas Wein hat sie mir erzählt, dass sie mit der anderen Frau Schluss gemacht hat. Ich habe sie gefragt, warum überhaupt diese Affäre? Was hat diese Frau, das ich nicht habe? Warum diese plötzliche Kehrtwende? Wir haben uns im Pub gestritten wie die Kesselflicker, und ich war sicher, dass es das Ende unserer Ehe bedeutete.« Sie schluckte schwer und presste ihre Finger auf die Augenlider. »Danach hat sie mich angerufen und gesagt, sie würde mich vermissen und ob wir noch einmal miteinander reden könnten. Und so reden wir, aber gleichzeitig haben wir beide gerade beruflich viel um die Ohren, ich habe noch vor Weihnachten zwei Aufträge zu erledigen, und Patsie hat ihre Gerichtstermine und so. Und ich bin mir nicht sicher, dass ich über ihre Untreue hinwegkomme. Natürlich hat sie mir meine Affäre mit Marvin unter die Nase gerieben, und ich hätte damals selbstverständlich erwartet, dass sie mir die vergibt.«

Lily umarmte ihre Mutter, die immer noch auf dem Sofa saß. »Tut mir leid, dass das alles sehr weh tut, aber ich glaube, Reden ist das Einzige, was da hilft.« Tränen standen ihr in den Augen. Sie beschloss, Roma nicht weiter zu belasten, indem sie ihr von dem Desaster mit den Halbbrüdern erzählte. Vor allem sollte Roma nicht erahnen, dass Lily am Weihnachtstag allein sein würde, falls ihre Anstellung im Pub sich in Wohlgefallen auflöste.

»Es hat aufgehört zu regnen, Lust auf einen Spaziergang?«, sagte sie stattdessen. »Wir könnten bis zu Ferry Meadows laufen und uns im Garden Center einen späten Lunch gönnen.«

Roma schniefte. »Eine tolle Idee!« Sobald Lily die Hundeleine zur Hand nahm, war auch Doggo, gerade noch in tiefem Schlummer, auf den Beinen und schüttelte sich. Sie zogen sich ihre Mäntel an und machten sich auf den Weg.

Als Lily später am Nachmittag in ihre Wohnung zurückkehrte, empfing sie Stille. Draußen war es bereits dunkel, das Wetter unfreundlich. Sie checkte ihre E-Mails, aber keiner der beiden potenziellen Buchmesse-Kunden hatte geantwortet. Als sie gerade aufstehen wollte, sprang Doggo plötzlich schwanzwedelnd und mit einem jaulenden Bellen gegen die Terrassentür.

Davor stand Isaac und lächelte sie unsicher an. Sie bekam Herzklopfen.

Langsam öffnete sie die Tür, Isaac schlüpfte herein. »Ich bin heute Morgen schon einmal vorbeigekommen, aber da warst du nicht zu Hause.« Er beugte sich hinab und streichelte Doggo, der sich vor Freude im Kreis drehte und mit dem Kopf auffordernd gegen Isaacs Hand stieß, damit das Streicheln nicht aufhörte. Dabei sah Isaac Lily die ganze Zeit in die Augen.

Lily schien es, als würde sie in einem Aufzug in die Tiefe sausen. Isaac war sichtbar verunsichert, ob er willkommen war. Verunsichert war nicht nur er. Am liebsten hätte sie sich begeistert in seine Arme geworfen, aber etwas hielt sie zurück.

Romas Niedergeschlagenheit wegen der Nebenbuhlerin fiel ihr ein. Genauso fühlte sie sich auch. »Hayley wohnt also jetzt auch im Pub«, sagte sie. »Das ist eine gute Lösung, dann kannst du arbeiten und dich doch weiter um sie kümmern. Du bist ja die ganze Zeit in ihrer Nähe.«

Er machte einen Schritt auf sie zu. »Sie wohnt im Pub, aber sie ist nicht bei mir eingezogen.« Noch ein Schritt, jetzt konnte er ihre Hände in die seinen nehmen.

Lily zog sich zurück, entzog ihm ihre Hand und legte sie auf ihre Lippen. »Ich möchte nicht, dass du mich küsst, während du noch mit Hayley zusammenlebst. Das wäre nicht richtig.«

Seine dunklen Brauen zogen sich zusammen. »Sie übernachtet in dem zweiten Zimmer für Gäste. Wir leben nicht zusammen. Sie braucht Hilfe und hat nur mich. Ich kann nicht anders.«

»Dass sie in dem Zimmer neben deinem übernachtet, ist für mich Haarspalterei. Sie kann also nicht alleine leben?« Natürlich kannte sie die Antwort auf diese Frage längst, aber sie wollte sie aus seinem Munde hören.

Er machte eine ungeduldige Handbewegung. »Seit der OP sind gerade mal acht Tage vergangen. Sie darf ihren Arm nicht heben, sie kann sich nicht auf- oder abstützen, kann nicht allein duschen …« Er unterbrach sich, weil er merkte, dass er sich um Kopf und Kragen redete.

Lily unterdrückte ihre Sehnsucht nach Isaac. »Du hilfst ihr bei ihren intimsten Verrichtungen«, sagte sie. »Du kommst ihr sehr nahe. Ich kann mir vorstellen, wie du dich fühlst, denn du hast dir das nicht ausgesucht. Ich bewundere dich sogar, denn einfach kann das alles auch für dich nicht sein. Aber es fühlt sich trotzdem merkwürdig und falsch an, wenn wir gleichzeitig eine Beziehung haben.« Sie sah ihm in die Augen, in denen Frustration stand.

Dann wandte sie ihren Blick ab, damit er die Sorge und Sehnsucht darin nicht sah. »Ich habe deinen Koffer und Rucksack für dich vorbereitet und muss nur noch Doggos Sachen zusammenpacken. Ich wette, Hayley freut sich darauf, ihn wiederzusehen.«

Nach einer Weile sagte er: »Ich würde gerne lügen und das Gegenteil behaupten, damit du ihn noch ein bisschen länger bei dir behältst und ich eine gute Ausrede habe, um bei dir vorbeizuschauen, aber du hast recht. Doggo zu umarmen, ist im Augenblick genau die richtige Medizin für Hayley.«

Lilys Herz verkrampfte sich.

»Lily«, schob er noch nach, »du und ich … wir haben nichts Unrechtes getan, ich bin nicht mehr mit Hayley zusammen.

Sie braucht einfach meine Hilfe. Wenn sie nicht meine Ex wäre, sondern nur irgendeine Freundin, hättest du kein Problem mit der Situation.«

»Aber sie ist nun mal deine Ex«, sagte sie.

Schweigend half sie ihm, Doggos Reisezwinger ins Auto zu transportieren, wo er, anders als in ihrem Wagen, gut Platz fand, und verstaute sein Gepäck auf dem Rücksitz. Zuletzt überreichte sie ihm Doggos Leine und achtete darauf, dass sie ihm nicht zu nahe kam. Dann ging sie in die Hocke und umarmte den Hund. »Danke für deine Gesellschaft«, sagte sie förmlich, aber halbblind vor Tränen. »Bis Freitag zur Schicht im Pub, tut mir leid, dass wir nicht viel Zeit füreinander hatten.« Und damit sprang sie auf und rannte den Weg neben Carolas Haus hinunter.

Sobald sie in ihrer Wohnung war, zog sie alle Jalousien herunter und stellte den Fernseher auf volle Lautstärke.

Dreiundzwanzigstes Kapitel

Es schneite. Aber es fielen keine weichen dicken Flocken vom Himmel wie in der Schweiz, sondern winzige Eiskristalle, die sich nicht entscheiden konnten, ob sie in der Luft bleiben oder zu Boden segeln sollten. Während Lily am Freitag ihren Morgenkaffee trank, stand sie an der Terrassentür und schaute zu, wie die Flöckchen zur Erde taumelten, aber den Grund kaum bedeckten.

Sie dachte an den Tag der Abreise zurück, da hatte es geschneit, als wollte das Weiß alle Farben schlucken. Sie dachte an den fröhlichen Gruppenausflug durch den Schnee in St. Jost, an Doggo, der herumsprang, an die Teenager, die lachend eine Schneeballschlacht veranstalteten. Sie sah Isaacs Gesicht vor sich, seine strahlenden Augen, weil er sich freute, an der frischen Luft zu sein, wo er am liebsten war.

Er konnte seine Pläne zur beruflichen Umorientierung nach wie vor verwirklichen, überlegte sie. Hayley würde ihn nur noch ein paar Wochen lang als Unterstützung brauchen. Diese Zeit hätte eigentlich ihnen beiden gehören sollen. Bei diesem Gedanken wurde Lily ganz schlecht.

Sie putzte ihre kleine Wohnung, bezog ihr Bett frisch, bügelte und gab sich Mühe, möglichst nicht an Isaac zu denken, der Hayley bei intimsten Bedürfnissen wie waschen half …

Dann rief sie sich zur Ordnung. Konnte es wahr sein, dass sie eine Frau beneidete, die vor kurzem eine Brust verloren hatte und wirklich schlecht dran war? Um sich abzulenken, packte sie die Geschenke ein, die sie aus Schützenberg mitgebracht hatte und ihrer Familie beim Vorweihnachtsessen geben wollte, das Patsie organisierte: Schweizer Schokolade, Glasschmuck, Ingwerbrot, kleine Holzfiguren und hübsche Foulards.

Sie wollte ihre Laune weiter aufbessern und beschloss, beim *Angel Community Café* vorbeischauen. Dort traf sie Carola an, die sichtlich mit den Nerven fertig war. Jodi, die Bedienung, grinste Lily fröhlich an und sagte zu Carola: »Warum tröstest du dich nicht mit einem großen Stück Sahnekuchen? Dann kannst du Lily gleich alles erzählen.«

»Was hast du mir zu erzählen?« Lily bestellte sich ebenfalls einen Kuchen mit Sahne und zum Ausgleich eine Tasse gesunden Pfefferminztee.

Carola rollte mit den Augen, wählte ein Kaffee-Eclair und bestellte sich eine große Tasse Cappuccino. Dann schob sie Lily sanft zu einem der Tische im hinteren Bereich des Lokals. Auf dem Weg durch ein Sammelsurium an Stühlen und Tischen wurden die beiden von mehreren anderen Gästen begrüßt. Lily mochte das *Angel*, die Schwarz-Weiß-Fotos an den Wänden, den Kachelboden in Beige, Braun und dem Blaugrün, in dem auch die Stühle und Tische gestrichen waren. Und natürlich durfte man die Kuchentheke nicht vergessen.

Carola ließ sich auf einen Stuhl fallen, legte sich verzweifelt eine Hand an die Stirn und strich sich dann mit einer ungeduldigen Geste das Haar zurück. »Stell dir vor, Duncan hat tatsächlich gefragt, ob er wieder einziehen darf«, zischte sie leise.

»Oh.« Obwohl diese Nachricht nach Carolas Andeutungen nicht wirklich überraschend kam, brauchte sie doch einen Augenblick, um sie in ihrem ganzen Ausmaß zu begreifen. Sie knabberte an ihrem Gebäck und überlegte.

»Aber ich habe ihm meine Meinung gesagt.« Carola biss in ihr Eclair. »Vergiss es, habe ich ihm gesagt, ich habe eine neue Beziehung angefangen. Aber Emily hat geweint und mich angefleht, ihn nicht auf der Straße sitzen zu lassen. Ich habe keine Ahnung, wie lange er noch bei seinem Bruder auf dem Sofa schlafen kann. In der Wohnung leben auch noch die Tochter und ihr Freund, außerdem erwartet seine Frau ein Kind.« Sie biss wieder energisch in ihr Eclair. »Ich glaube, Sherri will das gemeinsame Geld als Pfand, bis er offiziell auf jegliche Besitzansprüche auf ihr Haus verzichtet. Was eigentlich recht und billig ist, denn schließlich hat es bis zu seinem Einzug ihr allein gehört. Aber sie macht das alles im Alleingang, und das ist nicht richtig.«

»Aber effektiv«, sagte Lily. »Ich erinnere mich noch, wie nervös Sergio war, weil er Geld mit in die Ehe gebracht hat und ich nichts. Aber er hat damals alles gut geregelt.«

»Ich fühle mich in der Zwickmühle«, sagte Carola und pickte von ihrem Teller die Krumen mit den Fingerspitzen auf. »Wenn sich nicht bald etwas ändert, dann muss er sich irgendwo ein Zimmer mit jemandem teilen. Er unternimmt alles, um einen Job zu finden, auch ohne Festanstellung, aber du kennst ja die schwierige Lage.«

»Ja, ich bin gerade in einer ähnlichen Situation«, sagte Lily mitfühlend. »Hast du schon mit Owen gesprochen?«

Carola stöhnte auf. »Owen ist sehr verständnisvoll, Duncan sei nun mal der Vater meiner Töchter und ich müsse auf ihre

Gefühle Rücksicht nehmen.« Sie stocherte mit dem Kaffeelöffel im Milchschaum ihres Cappuccino. »Natürlich hat er irgendwie recht. Ich könnte Duncan natürlich etwas von der Summe leihen, die mir nach der Scheidung zusteht, bis er von Sherri sein Geld zurückerhalten hat. Das ist eigentlich die einzige Lösung, die mir einfällt. Auch nicht ideal, oder?«

»Nein.« Lily kam ein Gedanke, der sie sofort noch unglücklicher machte. »Würdest du ihn in die Einliegerwohnung einziehen lassen, wenn ich nicht dort wohnen würde?«

»Aber du wohnst dort!«, sagte Carola, ohne Lily dabei anzusehen. »Ich wünschte nur, Emily würde sich beruhigen. Egal, erzähl mir von dir.«

Auch Lily tat es leid, dass Emily so traurig war. Aber sie überlegte auch, dass Carola im Augenblick für ihre Probleme nur wenig Mitgefühl aufbringen würde, vor allem weil Hayley nicht einmal eine echte Rivalin war. Und so entschied sie sich für ein anderes Thema.

»Ich spüre gerade genau wie Duncan die Folgen der schwierigen wirtschaftlichen Lage. Potenzielle Klienten sind zurückhaltend mit Aufträgen.« Sie fühlte sich auf eine andere Art ebenso in der Zwickmühle wie ihre Freundin.

Als Lily das Café verließ, lag ihr der Kuchen mit Sahne schwer im Magen, innerlich gelassener war sie aber nicht. Der Schneefall war dichter geworden, und sie zog sich die Kapuze über. Um ein paar Kalorien loszuwerden, beschloss sie, durch den Carlyle Estate nach Hause zu gehen.

Sie wollte gerade den Fußpfad verlassen und durch das wohlhabende Wohnviertel mit den großen Häusern wie das von Carola weitergehen, da hörte sie ein vertrautes dunkles Bellen und sah Doggo auf sich zugaloppieren. Am anderen

Ende der Leine folgte außer Atem Baz, der jüngste Angestellte im Pub.

Sie ging in die Hocke und streichelte Doggo erfreut. »Du musst heute den Hund ausführen?«

»Ja, eine gute Gelegenheit, um noch was dazuzuverdienen«, sagte Baz, der langsam wieder zu Atem kam. Seine Stimme wurde leiser. »Isaac hat im oberen Stockwerk eine Frau untergebracht. Ich glaube, die ist krank oder so was.«

Immer noch lächelnd, zog sie sich die Kapuze über den Kopf und wollte um Baz herumgehen. Doggo, der wohl der Meinung war, er würde den Spaziergang mit ihr fortsetzen, stellte sich ihr in den Weg. »Sie hat eine OP hinter sich und braucht Unterstützung.«

Baz runzelte die Stirn. »Ist man da in einem Krankenhaus nicht besser dran?«

Lily musste unwillkürlich lachen. »Bei unserem Gesundheitswesen? Ich glaube, du träumst.«

Sie verabschiedeten sich, und Lily setzte ihren Heimweg fort. Zu Hause machte sie es sich mit einer Tüte Chips vor dem Fernseher gemütlich und klickte durch die Kanäle, bis sie eine Serie gefunden hatte, die ihr gefiel. Eine Lebensberaterin namens Ms. Might krempelte Leben um, indem sie alles alte Zeug, was die Leute so im Kopf und in der Wohnung hatten, rauswarf und die Ratsuchenden auf diese Weise lebenstüchtig machte. »Nicht zu fassen«, empörte sich Lily. »Was glauben Sie eigentlich, wer Sie sind, Ms. Might? Warum glauben Sie, dass es einem weiterhilft, seine alten Puppen wegzuwerfen, die man dann vermisst?«

Bald würde sie zur Arbeit aufbrechen müssen, da klingelte ihr Handy. Tubb auf Facetime. Seufzend stellte sie den Fernseher leiser. Irgendwann musste sie ja mit ihm reden. »Hallo«, sagte sie ausdruckslos und balancierte das Telefon auf ihren angewinkelten Beinen. Waren seit der furchtbaren Szene mit Tubb und Garrick wirklich erst sechs Tage vergangen?

»Hallo«, sagte Tubb und räusperte sich. »Tut mir leid, dass ich nicht im Haus war, als du aufgebrochen bist. Ich musste unbedingt zuerst Ona ins Krankenhaus bringen, aber natürlich wollte ich nicht, dass du das Land ohne … Also, es tut mir leid, dass du es ohne Abschied verlassen musstest.«

»Danke.« Sie wartete ab. Wenn sie jetzt noch ein Wort mehr sagte, würde Tubb hören, dass ihre Stimme zitterte, weil ihr Herz wie wild klopfte. Sie schwankte zwischen Hoffnung und Verzweiflung.

Tubb rieb sich mit der Hand über seine Halbglatze, die sich in der letzten Zeit ausgeweitet hatte. »Ich möchte mich dafür entschuldigen, dass ich so mit dir gesprochen habe. Vielleicht halte ich wegen meiner Herzprobleme weniger aus.« Er lächelte nicht, also blieb auch Lily ernst. »Tut mir auch leid, dass du recht lange auf diesen Anruf warten musstest.« Er sprach, als würde er seine Worte von einem Blatt Papier ablesen. »Das Neugeborene, Ainsley, hat uns etwas Sorgen bereitet. Ona ist immer noch mit ihm im Krankenhaus. Max und Janice besuchen die beiden abwechselnd, und ich kümmere mich unterdessen um die beiden anderen Kinder.«

»Wie geht es Mutter und Kind?«, fragte Lily.

»Mit jedem Tag besser, wir hoffen, dass sie in den nächsten Tagen entlassen werden.« Tubbs Miene erhellte sich.

Lily hatte ihren ersten Schreck über den Anruf überwunden und fühlte sich zuversichtlich genug, um ihrerseits das heikle Thema Familie anzuschneiden. »Tut mir leid, dass Garrick es so erfahren musste. Ich kam mir richtig blöd vor, ich hätte einfach nie gedacht, dass du deinem Bruder die Affäre deines Vaters verschwiegen hast.« Aber dann verbesserte sie sich, denn mittlerweile stieg auch Verärgerung in ihr auf. »Von unserem Vater, wollte ich sagen.«

Tubb nickte bedächtig. »Anscheinend liegt es in der Familie, den Brüdern keinen reinen Wein einzuschenken.«

Lily merkte, dass sie glühend heiße Wangen bekam.

Bevor ihr zu dem Satz etwas einfallen konnte, fuhr Tubb fort: »Du wirst aus Eleanors heftiger Reaktion auf die völlig unverfängliche Nähe zwischen dir und Garrick mittlerweile deine Schlüsse gezogen haben. Garrick hatte eine Affäre, die ihn fast die Ehe gekostet hätte. Das liegt jetzt ein Jahr zurück, aber offenbar ist Eleanor immer noch nicht darüber hinweg.«

Lily nickte. Aber schließlich war es nicht ihr Fehler, dass Garrick seine Ehefrau betrogen hatte. Und wie hätte sie davon wissen sollen?

»Also«, sagte Tubb und drehte einen Bleistift zwischen den Fingern. »Ich habe noch mal mit Garrick geredet. Wir sind uns einig, dass wir uns dir gegenüber danebenbenommen haben. Es tut mir leid, dass ich meine Wut auf Marvin«, er vermied das Wort *Dad*, »gegen dich gerichtet habe. Ich war in dem Augenblick nur mit Garricks Gefühlen beschäftigt.«

Lily schöpfte etwas Hoffnung. Aber die nächsten Worte machten ihr klar, dass Tub sich lediglich für die Art und Weise entschuldigte, wie er mit ihr geredet hatte, und nicht für die Worte selbst. »Ich habe nach wie vor Probleme damit, dass du mich in den vergangenen zwei Jahren hinters Licht geführt hast. Außerdem hätte ich ohne weiteres deiner Mutter über den Weg laufen können, ohne auch nur zu ahnen, dass sie es war, die damals unsere Familie fast zerstört hätte.«

Lily schwieg. Er war Roma nicht begegnet, weil sie beide sich einig gewesen waren, dass das besser so war.

»Ich muss offen sagen, ich weiß nicht genau, was ich davon halten soll. Ich bin gerade wieder einigermaßen hergestellt, da muss ich erfahren, dass jemand, den ich mochte und dem ich vertraut habe, mir eine wichtige Information vorenthalten hat.«

Er räusperte sich. »Aber Garrick möchte gerne mit dir reden. Kann er dich anrufen?«

»Selbstverständlich«, murmelte sie, ihr Mund war trocken. Sie hatte sich dieses Gespräch etwas konkreter vorgestellt, aber wenigstens verlief es halbwegs freundlich. »Bitte sage mir nur noch offen, ob du möchtest, dass ich aufhöre, für dich zu arbeiten.«

Tubb zögerte. »Es gibt keinen Grund, die Dinge zu überstürzen.«

»Dann wäre der Pub unterbesetzt, das stimmt. Dann mache ich mich jetzt auf den Weg zur Arbeit.« Sie kämpfte gegen Tränen an. Tubb, den sie in den letzten Jahren so liebgewonnen hatte, erwies sich als harter Brocken.

»Mal ganz langsam.« Er betrachtete seinen Bleistift. »Ich habe außerdem erfahren, dass du und Isaac euch in der Schweiz nähergekommen seid.«

Einen Moment lang dachte sie, dass es ihm um sie, Lily, ging, aber dann sagte er: »Wie du weißt, ist gerade seine Ex bei ihm. Ich habe gerade mit ihm telefoniert und möchte sichergehen, dass die neue Situation nicht zu Problemen führt.«

Tubb machte sich offenbar nur Gedanken um seinen geliebten Pub und das lukrative Weihnachtsgeschäft. »Keine Sorge, das ist vorbei«, sagte sie und bemühte sich um einen gelassenen Tonfall, aber ihre Stimme zitterte. Sie konnte sich nicht länger beherrschen und beendete das Gespräch.

Mit verweinten Augen kam Lily um Viertel vor zwölf im Pub an. Augentropfen und Schminke vertuschten ein wenig die Spuren, schließlich sollte niemand merken, was los war.

Isaac war gerade nicht anwesend, obwohl er eigentlich Schicht hatte. Flora kam ein paar Minuten zu spät hereingerauscht und streifte eilig den Mantel ab. »Hallo! Hattest du eine schöne Zeit? Aus meinem Bruder habe ich nicht viel über die Reise herausbekommen, aber die Bilder auf Facebook sind toll. Diese Berge, die Weihnachtsbeleuchtung, einfach unglaublich. Ist er oben? Dann gehe ich mal kurz zu ihm rauf.«

»Alles klar«, sagte Lily und tat so, als wäre sie mit etwas beschäftigt.

Einstweilen kehrten weder Flora noch Isaac zurück, aber die Kasse war bereits geöffnet, also schloss Lily auf. Die Dartspieler-Gruppe rauschte als Erstes herein.

»Ah, da bist du ja wieder«, sagte als Nächstes ein Gast namens Bell. »Ein Pint.«

Sie hatte Mühe mit dem Zapfhahn und musste die rechte Hand einsetzen. Nach etwa zehn Minuten kam eine ältere Dame in einer dicken Daunenjacke herein. »Ist Isaac da?« Sie lächelte Lily an, die plötzlich gewahr wurde, dass seine Mutter vor ihr stand …

»Hallo Mrs. O'Brien, er ist gerade noch oben …«

»Komm nur her, Mum«, hörte sie Floras Stimme in ihrem Rücken.

»Nenn mich einfach Stef«, sagte Isaacs Mutter lächelnd zu ihr. Dann begrüßte sie Flora und erkundigte sich bei ihr nach Hayley.

»Hayley ist traurig, weil sie immer noch einen Wundschlauch hat.« Floras Stimme wurde leiser, während sie ihre Mutter hinten zur Treppe in den ersten Stock geleitete. Lily kam sich vor wie die Neue, dabei arbeitete doch Flora erst seit kurzem hier. Ein paar weitere Stammgäste kamen durch die Tür, setzten sich an Tische, und sie verteilte lächelnd Speisekarten. Hatte Stef in der Vergangenheit nicht mit Hayley ihre Probleme gehabt?, überlegte sie. Offenbar spielte das mittlerweile keine Rolle mehr. Weil Stef sich immer gerne um jemanden kümmerte? Oder war Hayley am Ende wieder in den Kreis der Familie aufgenommen?

Sie servierte an zwei Tischen Drinks. Als sie wieder an den Tresen zurückkam, stand dort Isaac. Ihre Kehle war wie zugeschnürt, das Herz klopfte ihr bis zum Hals.

Sie ging zur Kasse, gab diverse Bestellungen ein, und Isaac sah ihr zu, während sie Getränke ausschenkte und servierte.

»Alles klar?«, fragte er leise, als sie das nächste Mal am Tresen erschien.

»Ja, danke.« Sie bemühte sich um einen entspannten unverbindlichen Tonfall, tat so, als wäre sie sich seiner Nähe nicht bewusst.

»Wie geht es deiner Hand?«, fragte er und machte einen Schritt auf sie zu.

»Alles gut, danke. Ich habe Tina gebeten, mich für leichtere Aufgaben einzuteilen. Vielleicht muss ich mit der Rechten ausschenken, aber das ist auch schon alles.«

»Bist du sicher?«

Sie sah ihm in die Augen. Sein Blick war düster. Um seinen Mund lag ein vorwurfsvoller Zug, er sah aus wie jemand, der sich zu Unrecht gestraft fühlte. Sie sagte in einem Tonfall, der jeden Zweifel ausräumte: »Absolut sicher, vielen Dank.« Mit diesen Worten setzte sie ein Lächeln auf und ging um ihn herum, um einen Gast zu bedienen.

Lily arbeitete Freitag, Samstag und Sonntag und hatte die ganze Zeit über einen Kloß im Hals. Isaac verhielt sich ihr gegenüber professionell unverbindlich. Keine Spur von der alten Vertraulichkeit.

Am folgenden Wochenende bemühte sie sich erneut, an Kunden für ihren Job als Messedesignerin heranzukommen und suchte über LinkedIn und verschiedene Chats, die *Messe* oder *Show* in ihrem Namen hatten, nach neuen Kontakten und schrieb Unternehmen gezielt an. Wann immer sie konnte, telefonierte sie mit potenziellen Interessenten. »Die Zeit vor Weihnachten ist tot«, sagte einer der Gesprächspartner, der für einen Grossisten in der Friseurbranche arbeitete. »Alle schauen nur noch aufs Jahresende.« Ein anderer wusste nicht, wie groß das Budget für Messeveranstaltungen im Folgejahr sein würde.

Lily gab sich verständnisvoll und schickte eine E-Mail hinterher, nach dem Motto, melden Sie sich einfach, wenn Sie meine Dienste benötigen, und ließ sich in ihrem Bürostuhl zurückfallen. Wenn die Situation sich nicht dramatisch verbesserte, würde sie sich erst mal aufs Networken verlegen müssen.

An einem Abend verabredete sie sich mit Zinnia. Roma war auf einem geschäftlichen Fototermin unterwegs. Lily beschloss, Patsie keinen Besuch abzustatten, damit diese sich nicht kontrolliert vorkam … Dabei hätte Lily, wenn sie ehrlich war, genau das liebend gern getan.

Am Mittwoch hatte Carola die *Middletones* zu einem Drink im Pub eingeladen. Lily ließ sich natürlich dort ebenfalls sehen, sie wusste, dass es aussichtslos war, einen anderen Treffpunkt vorzuschlagen. Der Pub war nun mal die Dorfkneipe und die *Middletones* der Dorfchor.

Es war schön, sie alle wiederzusehen. Emily errötete, als sie Warwick hereinkommen sah, und später beobachtete Lily, dass er sich neben sie gesetzt hatte, mit ihr plauderte und sie zum Lachen brachte. Offenbar war zwischen den beiden wieder alles in Ordnung.

Eddie hatte seine Gitarre dabei, und so sangen sie ein Weihnachtsständchen, was den anwesenden Gästen offenbar nur recht war. Manch einer stimmte bei bekannten Liedern mit ein.

Isaac blieb hinterm Tresen. Selbst wenn gerade mal keine Gäste zu bedienen waren, setzte er sich nicht zu der Gruppe. Wahrscheinlich das Beste, dachte Lily bei sich, besonders als dann Hayley mit ihrem geblümten Beutel erschien.

Lilys Herz machte einen Satz.

Hayley wirkte blass und schwach, sie hatte abgenommen, ihre Miene war angespannt, und jetzt war der Altersunterschied zwischen ihr und Isaac augenfällig. »Ich habe oben die Musik mitbekommen«, hörte Lily sie sagen und beobachtete dann, wie Isaac ihr in die Ecke, wohin sie sich zurückgezogen hatte, ein Tonic servierte.

Sobald Isaac wieder hinterm Tresen stand, ging Lily zu Hayley. Sie erkundigte sich nach ihrem Befinden und sagte dann: »Komm doch zu uns und sing mit, wenn du möchtest.«

Hayley zögerte. »Ich fühle mich mit meinem Schlauch immer noch so, als sollte ich eigentlich nicht unter Menschen gehen. Es ist einfach furchtbar, immer mit diesem Ekelpaket unterwegs zu sein.«

»Ekelpaket?«, fragte Lily, die nicht verstanden hatte, was gemeint war. Dann fiel ihr Blick auf den Wundbeutel, aus dem ein Schlauch ragte, der unter Hayleys Bluse verschwand. »Oh, ich verstehe.«

Hayley verzog das Gesicht. »Eigentlich hätte man mich gestern von der Drainage befreien sollen, aber angeblich verliere ich immer noch zu viel Blut und Wundflüssigkeit. Ich war fix und fertig. Dieser Schlauch hier«, dabei hob sie leicht einen Arm und zeigte auf den Brustkorb, »macht mich verrückt. Man findet einfach keine Körperhaltung, die angenehm wäre. Das Ding scheuert direkt an meinen Rippen.«

Lily erfasste eine Welle des Mitleids. Sie setzte sich Hayley gegenüber. »Du hast ja einiges durchgemacht.«

Hayley lachte bitter. »Seitdem ich den Knoten in meiner Brust entdeckt habe, bin ich durch die Hölle gegangen. Eigentlich sollte ich am Montag die Untersuchungsergebnisse bekommen, um zu sehen, ob jetzt alles in Ordnung ist, aber mein Arzt macht Ferien, und so wird es bis zum Dreiundzwanzigsten dauern.« Sie blinzelte ein paar Tränen weg und lachte dann. »Ausgerechnet Urlaub, wo ich auf etwas so Wichtiges warte!«

Dann gesellte sich Carola zu ihnen. Freundinnen von ihr hatten ebenfalls Mastektomien hinter sich, sie war mittlerweile fast eine Expertin in Sachen Brustkrebs und konnte sachverständig mit Hayley über Chemotherapie, Bestrahlung und Implantate diskutieren. Das alles hörte sich dermaßen schrecklich an, dass Lily fast froh war, dass Isaac seine Ex unterstützte, auch wenn das ihrem weihnachtlichen Liebesabenteuer in die Quere gekommen war.

Sie warf zufällig einen Blick Richtung Tresen und bemerkte, dass er sie beobachtete. Sein Blick traf sie mitten ins Herz.

Als am Donnerstagnachmittag Lilys Handy klingelte, suchte sie im Internet gerade nach einem Job. Die Reise in die Schweiz war schon wieder Vergangenheit, das Abenteuer mit Isaac ein Wunschtraum, der sich nicht erfüllen würde, ihre Brüder hatten sie mehr oder weniger abgewiesen. Sie fühlte sich, als hätte sie den Boden unter den Füßen verloren, und zwar noch viel mehr als nach ihrer Rückkehr aus Spanien. Da waren ihre Eltern zur Stelle gewesen und hatten sie bei sich aufgenommen.

In Cambridgeshire hatte sie nichts gefunden, aber einige interessante Stellenangebote in London. Eine südostasiatische Hotelkette bot ein Jahresgehalt von sechzigtausend Pfund. Sie hatte keine Erfahrung im Hotelgewerbe und würde etwas bluffen müssen, aber alle anderen Anforderungen erfüllte sie. Sie setzte das Jobangebot auf ihre Liste.

Garrick. Lily zögerte, sollte sie den Anruf entgegennehmen oder nicht? Sie nahm einen Schluck aus dem Glas Wasser, das immer neben ihrem Computer stand, und gab sich einen Ruck.

»Lily«, sagte Garrick zögerlich.

»Garrick«, antwortete sie und hielt den Atem an. Warum rief er sie an? Tubb hatte zwar seinen Anruf angekündigt, aber nicht den Grund dafür.

»Ich möchte mich bei dir entschuldigen. Du hast mich mit

deiner Nachricht völlig überrumpelt, und ich habe mich wirklich verhalten wie ein Idiot, nein, wie ein Kleinkind. Angeblich ist Harry richtig ausgeflippt. Tut mir leid.«

Lily war erleichtert. »Ich verstehe, dass das für dich ein Schock war. Ich habe mich bei Tubb entschuldigt, weil es mir nicht einmal in den Sinn gekommen ist, dass du vielleicht gar nichts von der Affäre wusstest.« Das Wort *Dad* nahm sie lieber nicht in den Mund.

Garrick klang viel offener als sein Bruder. »Ich muss zugeben, dass ich richtig neugierig geworden bin. Was weißt du darüber?«

Und so erzählte Lily ihm von ihren beiden Müttern und wie Patsie ihre Mutterschaft pragmatisch durchplante, während Roma sich kopfüber in eine Affäre stürzte. »Mum ist ein bisschen unüberlegt.« Beim Reden lief sie im Zimmer auf und ab und trank noch etwas von dem Kaffee, der noch von Mittag übrig war. Garrick war interessiert, und damit kam sie besser klar als mit Tubbs unterschwelligem Unmut. »Als ich Marvins Todesanzeige las und Mum mir erklärte, was es damit auf sich hatte, war das der Anstoß. Ich begriff, dass ich meinen Vater niemals mehr kennenlernen würde, aber ich wollte wissen, wer meine Brüder sind.«

Sie redeten so lange, dass es draußen langsam dunkel wurde und der Frost an den kahlen Zweigen der Rosen in der Kälte glitzerte. Die Unterhaltung mit Garrick wärmte Lily das Herz. Er hatte sie angerufen, um sich mit ihr auszusprechen. Garrick, ihr Bruder.

Dann wechselte er irgendwann das Thema. »Ich hätte mich ohnehin bei dir gemeldet. Heute Morgen hatte ich eine längere Besprechung mit Los Aebi. Er war von deiner Arbeit auf der Messe sehr angetan, auch was den kulturellen Aspekt angeht.«

»Das freut mich. Das Ganze hat mir auch sehr viel Spaß gemacht.« Das Projektende war weniger glücklich verlaufen, aber das hatte nicht an Los gelegen.

»Du sollst nicht denken, dass ich dich eigentlich nur aus diesem Grund angerufen habe, aber Los wollte, dass ich mal vorfühle, ob du dir vorstellen kannst, für uns Vollzeit zu arbeiten.«

Der Raum drehte sich. »In der Schweiz?«

»Genau. Ich wäre dein Vorgesetzter, und du würdest mit Kirstin, Felix und Stephen zusammenarbeiten. Bislang hatten wir keinen eigenen Designer im Unternehmen, aber diese Funktion wäre eine gute Ergänzung für unsere Marketingabteilung. Es geht mehr um allgemeines Design, und du müsstest hin und wieder reisen.«

»Ist das dein Ernst?« Lily traute ihren Ohren nicht. Man bot ihr einen Job an!

»Ich weiß, dass du freiberuflich arbeitest«, sagte Garrick, vielleicht interpretierte er ihr Schweigen falsch. »Aber Los gefällt genau deine engagierte Grundhaltung. Mit dir kann man gut zusammenarbeiten, du machst deinen Job professionell und gewissenhaft, und so bist du ihm sofort aufgefallen.« Lily hatte immer noch das Gefühl zu träumen, während er weiterredete, vom Gehalt sprach, von zusätzlichen freiwilligen Unternehmensleistungen und Umzugskostenhilfe. Vom Lebensstandard in der Schweiz. »Warum kommst du nicht hierher und triffst dich mit Los?«

Lily war um eine spontane Antwort verlegen. »Das Angebot trifft mich völlig unvorbereitet«, sagte sie. »Ich muss … na ja, ich bin interessiert, aber …« Sie befeuchtete die Lippen. »Ich muss darüber nachdenken. Ich möchte mit Los erst sprechen, wenn ich mir relativ sicher bin, dass ich das Angebot annehmen kann. Sonst ist es für das Unternehmen eine Geldverschwendung.«

Garrick begriff sofort, was sie sagen wollte. »Du meinst, du interessierst dich dafür, sobald Harry sich wieder beruhigt hat?« Sein Tonfall klang bedauernd. »Er wird nicht leicht wütend, aber wenn ja, braucht er eine Weile, um wieder runterzukommen. Aber es sieht so aus, als wollte er sich in der Schweiz nur vorübergehend aufhalten. Wahrscheinlich läufst du ihm in Middledip eher über den Weg als in Schützenberg. Aber du solltest dir mit einer Entscheidung Zeit lassen, da hast du schon recht. Immerhin würdest du in ein anderes Land umziehen und deine Eigenständigkeit aufgeben. Ruf mich einfach nach Weihnachten an.«

Sie beendeten das Gespräch. Lily starrte in den dunklen winterlichen Garten hinaus. Zwei Wochen, bis sie Garrick eine Antwort zu diesem Traumangebot geben musste. Vielleicht war doch noch genügend Zeit für ihre Weihnachtsaffäre mit Isaac.

Vierundzwanzigstes Kapitel

Isaac servierte Speisen und Getränke, er nahm Bestellungen entgegen, organisierte die Arbeitsschichten der Angestellten und sorgte dafür, dass der Betrieb so reibungslos wie möglich lief. Aber er fühlte sich völlig ausgelaugt, Hayleys Pflege neben dem Tagespensum verlangte ihm viel ab.

In der vergangenen Nacht hatte er wach gelegen, den Geräuschen in dem alten Haus gelauscht, dem Ächzen der Dachbalken und dem Wind, der unter die Ziegel fuhr, und hatte über sein Leben nachgedacht. Hayley gab sich tapfer, sie versuchte, so gut es ging ihre Angst zu verbergen und mit den Veränderungen in ihrem Leben zurechtzukommen. Aber sie stand doch zwischen ihm und Lily, und zwar so gründlich, als hätte sie es Monate im Voraus geplant.

Sie war wahrscheinlich ahnungslos. Er hatte sich nicht zu dem Thema geäußert, und Lily verhielt sich so, als hätte sie niemals eine heiße Liebesnacht mit ihm verbracht.

Wann immer er auf Lily zuging, tat sie, als wollte er Hayley betrügen. Also zog er sich in sein Schneckenhaus zurück, denn ihr fassungsloser Blick verriet, dass er mit Beharrlichkeit nichts ausrichten und nur in ihrer Wertschätzung sinken würde.

Ein paar Abende zuvor war sie mit Carola und den *Middletones* in den Pub gekommen. Alle hatten sich anscheinend gefreut, ihn wiederzusehen, aber obgleich sie in der Schweiz einige Zeit miteinander verbracht hatten, spürte er zwischen sich und den anderen eine gewisse Distanz. Das Grüppchen hatte sich an jenem Abend gut amüsiert, und er hatte hinterm Tresen beide Hände voll zu tun gehabt. Als Hayley dann im Gästeraum aufgetaucht war, weil sie das Singen gehört hatte, sorgte das für zusätzliche Entfremdung. Natürlich begriff er, warum sie gekommen war. Ihr Zimmer musste ihr mittlerweile vorkommen wie ein Gefängnis. Als sie noch ein Paar waren, hatte er sie kaum jemals in Tränen gesehen, aber jetzt sah sie oft verweint aus. Offenbar weinte sie heimlich, um ihn nicht zu beunruhigen.

Sie hatte sich still in eine Ecke gesetzt und zugehört, und bald hatten sich Lily und Carola zu ihr gesellt. Er sah wieder ihre mitfühlenden Gesichter, als Hayley ihnen den Wundbeutel zeigte und vorführte, wie eingeschränkt sie in ihren Armbewegungen war. Als es im Pub für ein paar Sekunden still wurde, konnte er hören, wie sie ihn und seine Familie für ihren Einsatz lobte und betonte, was für ein unglaubliches Glück sie unter den Umständen habe.

Lilys Augen hatten bei diesen Worten nicht mitgelächelt.

Hayley war wirklich tapfer. Heute hatte Vicky angerufen, ihrem Vater gehe es immer noch sehr schlecht, und jetzt sei auch noch die Mutter krank geworden, die offenbar den Schock nicht verkraftet habe. Jedenfalls brauche sie jetzt Fürsorge und Pflege und sie könnten sich leider nicht um Hayley kümmern.

Als er das hörte, hätte er am liebsten getobt vor Frust. Auch er fühlte sich in seinem Leben eingesperrt, obwohl er sich jetzt, zwei Wochen nach der OP, gelegentlich ein Stündchen für eine Runde mit Doggo freinehmen konnte.

Heute Morgen hatte er ein Curry vorbereitet, abends um sieben hatte er dann mit Hayley gegessen, sie bedauert, war wieder in den Pub zu seiner Schicht geeilt, wo Lily ihn wie immer höflich auf Distanz hielt. Dabei hätte er sie am liebsten auf der Stelle gepackt, nach oben in sein Zimmer gebracht und ihr die Klamotten vom Leib gerissen oder sie langsam entkleidet, es war schon egal, um endlich seinen Frust loszuwerden.

Lily war zur Sechs-Uhr-Schicht zehn Minuten früher erschienen. Er hatte ihr ein strahlendes Lächeln geschenkt, das sie höflich erwiderte. Trotzdem blieb er stehen und sah ihr zu, wie sie ihren Mantel abstreifte und aufhängte. Um ihren Hals trug sie einen silbernen Anhänger mit einem Türkis, der ihre blauen Augen betonte.

»Alles okay?«, fragte sie mit leichtem Argwohn.

Er wusste, dass sie eigentlich meinte: »Was starrst du mich so an?«, aber er beschloss so zu tun, als hätte sie sich nach seinem Befinden erkundigt. »Einigermaßen, die Umstände könnten besser sein. Und du?«

Sie hatte den Blick gesenkt. »Alles gut, danke.« Sie wandte sich kurz ab, sagte aber dann noch: »Wenn du möchtest, kann ich den Nachtisch für den Weihnachtslunch vorbereiten.«

Noch bevor er sich bedanken konnte, war sie schon wieder davongeeilt. Ihm blieb nicht einmal Zeit, sich nach ihren Plänen für Weihnachten zu erkundigen. Würde er sie am Weihnachtstag sehen? Er hatte ihr ungeniert auf dem Weg in den leeren Gästeraum nachgeblickt und sich ein bisschen besser gefühlt. Aber das Gefühl dauerte nicht an.

Kurz nach dem Abendessen betraten zwei Frauen und drei Männer die Bar und setzten sich an einen Tisch in der

Nähe der Tür. Er selbst kannte sie nicht, aber auch keiner der Stammgäste begrüßte die Gruppe, und so ging Isaac davon aus, dass sie nicht aus dem Dorf waren. Einer der Männer, groß, blond, gut aussehend und in Lilys Alter, warf lustvolle begehrliche Blicke auf Lily. Auf dem Weg zum Tresen strich er sein Haar zurück, lächelte sie vielsagend an und sprach dann so leise, dass sie ihm recht nahe kommen musste, um ihn zu verstehen. Isaac bemerkte, dass er keinen Ehering am Finger trug. Natürlich hatte der Mann jedes Recht, mit Lily zu flirten, sich einen Barhocker heranzuziehen und mit ihr zu plaudern, aber Isaac kochte vor Eifersucht. Am liebsten wäre er hingegangen und hätte dem Mann gesagt, er solle sich verpissen. Oder er hätte Lily gern vom Gästeraum ferngehalten, ihr einen Job hinten in der Küche gesucht, damit sie nicht länger lüsterne Männerblicke auf sich zog. Aber er musste die Situation schweigend ertragen.

Wenigstens behandelte Lily den Mann mit der gleichen freundlichen, unverbindlichen Art, mit der sie in diesen Tagen auch ihm begegnete. Das war ein Trost.

Um neun kam auch Hayley aus ihrem Zimmer herunter. Wahrscheinlich hielt sie es allein einfach nicht mehr aus. Er hoffte, sie würde sich in die Nähe von dem attraktiven ringlosen Typen setzen, aber sie suchte sich einen Platz an einem Ende des Tresens, lehnte sich mit dem Rücken gegen die Wand und nippte an ihrem Mangosaft. Lily plauderte kurz mit ihr, und Gabe mit seinem freundlichen Wesen und der unwiderstehlich guten Laune ebenfalls. Dann gesellte sich auch noch einer der Angestellten aus der Autowerkstatt zu ihr, und Hayley schien die Gesellschaft zu genießen.

Isaac bekam zufällig mit, wie sie mit den beiden Männern

über ihren Therapieplan redete und die gefürchteten Untersuchungsergebnisse erwähnte, die sie für Montag erwartete. Sie waren für die weitere Behandlung ausschlaggebend. Lily hörte sicher ebenfalls zu. Er beobachtete, dass sie immer wieder ihren Kopf in Hayleys Richtung neigte, wenn sie am Tresen stand und Getränke einschenkte.

»Vielleicht bekommst du ja gute Nachrichten und kannst dann beruhigt Weihnachten feiern«, sagte Gabe und schob seinen silbergrauen Pferdeschwanz nach hinten. »Ich halte dir die Daumen.« Natürlich äußerte sich niemand dazu, was es für Hayley bedeuten würde, wenn das Ergebnis der Gewebeprobe negativ ausfiel.

Lily ging in den Gästeraum und räumte Tische ab.

Der attraktive Typ an der Bar verfolgte sie mit seinen Blicken. Isaac fragte: »Warten Sie auf Bedienung?«

Der Typ würdigte ihn kaum eines Blickes, als er antwortete: »Nee, danke.«

Isaac bemerkte, dass seine vier Begleiter grinsten. Anscheinend war das Ganze ein abgekartetes Spiel, und sie verfolgten mit, wie ihr Kumpel sich an Lily heranmachte.

Und prompt trat er ihr in den Weg, als sie mit einem Stapel Teller und mehreren Gläsern an den Tresen zurückkehrte.

Sie musterte ihn höflich.

Er flüsterte ihr etwas zu, Isaac hasste sein lüsternes Lächeln.

Lily trat einen Schritt zurück und sagte in neutralem Tonfall: »Danke, aber das geht nicht.«

Sie machte einen Bogen um ihn und verschwand durch die Tresenklappe Richtung Küche. Als sie wieder zurückkam, war das Lächeln von dem Typen entschiedener: »Kannst du nicht, oder willst du nicht?«

»Ich will nicht«, sagte Lily kurz angebunden und räumte weiter Tische ab.

Die vier Kumpels grinsten noch breiter. Offenbar genossen sie das Spektakel, wie ihr Freund Lily anmachte. Er kehrte an den Tresen zurück und schwenkte sein leeres Glas in Richtung Isaac. »Hat die einen Freund?«, fragte er Isaac und machte eine Kopfbewegung zu Lily.

Isaac war enorm erleichtert über Lilys abweisende Haltung. Er nahm das Glas und stellte es neben den Zapfhahn. »Es gibt da so einen Idioten, der sich Hoffnungen macht«, sagte er. Das war die nackte Wahrheit, und der Typ konnte damit machen, was er wollte.

Später am Abend – es fühlte sich später an, als es der Uhrzeit nach war – schickte er Lily früher nach Hause und erfüllte mechanisch sein Pensum vor Arbeitsende: abschließen, Kasse machen, nachschauen, ob die Videoüberwachung lief. Müde stieg er die Treppe ins obere Stockwerk hinauf. Er verharrte kurz auf dem Treppenabsatz, denn unter der Küchentür fiel Licht durch. Vielleicht brauchte Hayley ja noch etwas, bevor er sich ins Bett fallen ließ und zu schlafen versuchte. Zwei Wochen und vier Tage nach der OP kam sie mit den Verbänden besser zurecht, aber sie brauchte trotzdem noch jemanden, der ihr Dinge reichte und ihr beim Waschen half. Man hatte den Verband von ihrem Implantat abgenommen, und sie bemühte sich, die dünne rote diagonale Narbe und die warzenlose Brust möglichst außerhalb seiner Sichtweite zu halten. Sobald man ihr den letzten Wundschlauch entfernt hatte, würde sie sich wieder allein waschen können.

Plötzlich stand sie in der Küchentür, in ihrem schwarzen Schlafanzug, den sie wegen der Jackenknöpfe eigens für die

Zeit nach der OP gekauft hatte, denn die Köpfe waren einfach zu öffnen und zu schließen. In der Hand hielt sie eine dampfende Tasse.

»Brauchst du noch etwas?«, fragte er.

»Nein, vielen Dank.« Sie zögerte. »Bitte, Isaac … sag mir, ob ich dir zu nahe trete, aber ich habe so ein Gefühl, was dich und Lily angeht. Entweder verfolgst du sie heimlich mit deinen Blicken oder umgekehrt sie dich. Ich kann förmlich dein Herz klopfen hören, sobald sie einen Raum betritt.«

Wenigstens sah Lily ihn heimlich an, das freute ihn. Aber was sollte er darauf sagen? Hayley war im Augenblick so verletzlich.

Vielleicht ahnte sie seine Gedanken, denn sie errötete und sagte: »Das sage ich nicht, weil ich falsche Besitzansprüche an dich hätte, sondern weil ich … vielleicht im Weg bin.«

Sie klang bitter, und das berührte ihn. War es nicht schon schlimm genug für sie, dass sie Krebs hatte und niemand anderes als ihr Ex-Freund zur Stelle war, um sich um sie zu kümmern? Und jetzt hatte sie auch noch das Gefühl, im Weg zu sein. Er nahm ihre Hände in seine und suchte nach Worten, die sie nicht verletzten. »Das Wichtigste ist im Augenblick, dass du wieder gesund wirst. Irgendwann ist das hier vorbei, und in der Zwischenzeit machen wir beide unsere Sache ganz gut, finde ich. Lily und ich haben in der Schweiz etwas miteinander angefangen, aber im Augenblick liegt unsere Beziehung auf Eis. Mach dir keine Gedanken um uns.«

Hayley blinzelte Tränen fort. »Aber ich mache das alles kaputt.«

Er versuchte sich in Diplomatie. »Wenn unsere Beziehung das hier nicht übersteht, dann soll es wohl nicht sein.«

Sie runzelte die Stirn. »Du könntest sie hin und wieder besuchen. Oder mir sagen, wann sie kommt, und ich ziehe mich dann zurück.«

Isaac schüttelte sanft den Kopf. »Darauf hast du keinen Einfluss, Hayley. Lily hat ihre eigenen Regeln, nach denen sie handelt, und die kannst du nicht ändern.«

Sie sah ihn unglücklich an und errötete. »Ich weiß nicht, was ich tun soll.«

»Konzentriere dich darauf, wieder ganz gesund zu werden.«

Sie nickte und entzog ihm ihre Hände. Auf dem Weg in die Küche sagte sie mit tränenerstickter Stimme: »Es tut mir so leid.«

Isaac folgte ihr widerstrebend, er wollte sie trösten. »Unter normalen Umständen würde ich erst mit Lily reden, aber ich habe Pläne, und die schließen sie mit ein. Ich lege meine beruflichen Pläne nicht auf Eis, aber ich will meine Ausbildung hier in England machen. Ich werde mich in Middledip niederlassen, und dann sehen wir, wie sich die Beziehung mit Lily entwickelt. Nach dem Weihnachtslunch will ich mit ihr darüber sprechen, das ist in vier Tagen, also nicht mehr lange hin. Und ich habe ein besonderes Geschenk für sie, es ist heute angekommen.« Eigentlich hatte er erst Hayleys Untersuchungsergebnisse abwarten wollen, um abschätzen zu können, wie viel Betreuung sie noch brauchen würde, aber das musste er ihr nicht auf die Nase binden.

Sie setzte ein gezwungenes Lächeln auf. »Wie schön.« Sie sah ihn durch die Tränen hindurch an, als wollte sie abschätzen, ob er ihr die volle Wahrheit sagte. »Geh nach dem Weihnachtslunch ruhig mit Lily nach Hause, ich werde dich den Rest des Tages nicht brauchen.« Ihre Miene hellte sich auf.

»Bis dahin wissen wir hoffentlich auch, wie es bei mir weitergeht. Falls weitere Eingriffe nötig sind, muss ich sie vielleicht verlegen, bis ich die Pflege und Nachbetreuung organisiert habe. Vielleicht können Nic und Vicky das übernehmen, oder es gelingt mir, eine professionelle Kraft zu buchen.« Sie hob eine Hand, um jeden Einwand von ihm von vornherein abzuwehren. »Ich werde es nicht dulden, dass ich dir weiter zur Last falle, Isaac.«

Okay. Hayleys Worte waren fast so etwas wie ein Licht am Ende des Tunnels. Isaac betrat sein Zimmer, nahm die Krawatte ab und zog sich die Schuhe aus. Er betrachtete das Päckchen auf dem Bett. Er hatte es erst an diesem Morgen geliefert bekommen und einstweilen dort abgelegt. Lilys Weihnachtsgeschenk.

Sorgsam durchtrennte er die Klebestreifen, öffnete das Paket und musterte den Inhalt.

Er würde alles daransetzen und mit allen Tricks arbeiten, um Lilys Herz für sich zu gewinnen.

Fünfundzwanzigstes Kapitel

Mit Isaac Seite an Seite zusammenzuarbeiten, versetzte Lily in einen Zustand ständiger Anspannung. Er war so nah und doch so fern, sie hätte nur die Hand nach ihm ausstrecken müssen, aber nein. Wann immer sie kurz davor stand, ihren nostalgischen Erinnerungen an die gemeinsame Liebesnacht nachzugeben, musste sie nur an Hayley denken, an ihre behutsamen Bewegungen und angsterfüllten Augen, und ihre Entscheidung stand erneut fest. Nicht auszudenken, wenn sie und Isaac ein Paar wären und Hayley ihn nach oben riefe, weil sie seine Hilfe brauchte. Lily wurde ganz übel bei der Vorstellung.

Wenigstens erfüllte der für Sonntag geplante Vorweihnachtslunch mit ihrer Familie Lily mit Vorfreude, auch wenn er vor allem deswegen stattfand, weil keiner aus ihrer Familie, weder Roma noch Patsie, Zinnia oder George, am Weihnachtstag selbst Zeit hatten. Zusätzlich zu den Geschenken, die sie bereits in Schützenberg besorgt hatte, kaufte sie für Zinnia und George einen Gutschein für ein Essen in einem schicken Restaurant in Peterborough, denn sicher mussten die beiden ihr Geld für den Nachwuchs zusammenhalten. Für das Baby besorgte sie einen Plüschhasen mit einem Nikolaushut. Zinnia würde tatsächlich bald Mutter, dachte sie fassungslos, als sie die Geschenke einpackte.

Roma würde einen Band mit Zeichnungen von Escher und einen Gutschein von einem Gartencenter bekommen, Patsie zwei Konzertkarten. Hoffentlich würde Roma sie zum Konzert begleiten.

Sie schlüpfte in ihr lila Skaterdress, flocht ihr Haar nur am Ansatz und ließ es sonst offen, stieg in ihre schicken hohen Stiefel und fuhr zu dem verabredeten Pub zwischen Bettsbrough und Peterborough.

Roma und Patsie erwarteten sie bereits und saßen an einem Tisch beim offenen Kamin einander gegenüber. Romas Lockenpracht war noch wilder als sonst, während Patsie einen ordentlichen Knoten trug. Roma trug zu ihren Leggings eine braune Tunika aus Satin mit Spitzeneinsatz, Patsie war wie für einen Gerichtstermin gekleidet und steckte in einem schlichten blauen Kleid. Wie viele von diesen Kleidern hatte Patsie eigentlich in ihrem Schrank hängen, fragte sich Lily. Wieso versuchte sie es nicht mal mit einer anderen Farbe, rot zum Beispiel, oder gemustert? Roma wollte die Umgebung mit ihrem Aufzug davon überzeugen, dass es ihr gut ging, kein Grund zur Sorge, signalisierte sie, Patsie dagegen wirkte so neutral, dass sie fast unsichtbar wurde. Aber Lily enthielt sich jeden Kommentars.

Sobald Zinnia und George mit einer schwarzen Mülltüte auftauchten, in der sie ihre Geschenke transportiert hatten, hob sich die Stimmung ein wenig. Es wurde gescherzt und gelacht und die Speisekarte begutachtet.

Lily genoss das Zusammensein mit ihrer Familie, auch wenn ihr auffiel, dass Roma und Patsie Abstand hielten und Zinnia und George nur über ihren Nachwuchs redeten. Der Kontrast hätte nicht größer sein können, bei einem Paar lief es schlecht, beim anderen gut. Vielleicht fiel das allen auf, denn bald drehte sich das Gespräch nur noch um Zinnias Schwangerschaft, und zwar mit allen Details, morgendliche Übelkeit, Mutterschaftsurlaub, Elternzeit, Vorsorgetermine.

Roma und Patsie überreichten einen Umschlag mit Geld fürs Kinderzimmer, vormals Gästezimmer / Abstellkammer / Sportzimmer, und dazu eine Weihnachtskarte, in der sie dem neuen Erdenbürger alle ihre Liebe versprachen, was Zinnia Tränen in die Augen trieb.

»Das Kind kann sich glücklich schätzen, dass es ebenso geliebt werden wird wie wir beide«, sagte Lily mit heiserer Stimme, und alle waren gerührt.

»Wir waren in diesem Jahr nicht sehr einfallsreich«, sagte Roma, rieb sich lächelnd über die Augen und reichte auch Zinnia, George und Lily Umschläge. »Ihr bekommt alle Geld.«

»Das kann ich immer gut gebrauchen«, sagte Lily und dachte an ihre schwindenden Reserven.

Zinnia und George, die noch den Brandschaden abzahlten, hatten Geschenke aus dem Secondhandladen dabei. Roma bekam eine bunte Samtjacke, Patsie Lyrik aus dem Antiquariat und Lily eine blaue Skijacke, die sehr schön ihre Augenfarbe betonte. Lily probierte die Jacke auf der Stelle an.

»Wusste ich doch, dass dieses Blau dir gut steht«, sagte Zinnia.

Der Lunch zog sich bis in den Nachmittag hin, dann verkündete Lily nach einem Blick auf ihre Uhr, dass sie bald zur Arbeit müsse. Sie verabschiedete sich von allen. Bei dem Gedanken, dass sie Patsie und Roma zurücklassen musste, wurde ihr das Herz schwer, und sie umarmte jede lange und schweigend.

Mit Zinnia und George war es einfacher. »Ein tolles Weihnachtsfest wünsche ich euch, und kümmert euch gut um euren Nachwuchs. Im nächsten Jahr wird Weihnachten ganz anders sein.«

Lily war gerade auf dem Weg zum Auto, als plötzlich Zinnia neben ihr stand, ohne Mantel und halb durchgefroren. »Alles klar, Lily?«

»Klar!«, sagte Lily und sah sie überrascht an.

Zinnia hüpfte auf und ab gegen die Kälte. »Und was ist mit deinen Brüdern?«

Lily kramte die Autoschlüssel aus ihrer Handtasche. »Ich habe mit beiden geredet, es war ein höfliches Gespräch.«

Zinnia murmelte zweifelnd »aha« und fragte dann weiter: »Und was ist mit deinem tollen Boss?«

Lily schossen augenblicklich Tränen in die Augen, sie schloss ihr Auto auf. »Ach, war da noch was?« Sie zwinkerte Zinnia zu, sprang in ihr Auto und fuhr unter Zinnias verblüfften Blicken davon. Sie fühlte sich dem Thema nicht gewachsen. Nach Weihnachten oder auch nach Neujahr, sobald Lily ihre nächsten Schritte beschlossen hatte, würde sie Zinnia auch von dem Jobangebot aus der Schweiz berichten.

Am Sonntagabend war im Pub wie immer recht viel los. Fast alle Tische waren ausgebucht. Isaac bat sie, mit in die Küche zu kommen, um mit dem Chef die letzten Details zum Weihnachtslunch zu besprechen.

Lily gab noch einmal ihr Dessert bekannt: »Christmas Pudding, Schokoladenmousse und Ingwerbrot.«

»Alle Zutaten sind bestellt und sollten morgen Vormittag angeliefert werden«, sagte der Chef und sah Lily streng an, meinte es aber nicht so. »Und räum mir bloß hinterher die Küche auf.«

Lily rollte mit den Augen. »Mir fällt gerade auf, dass Isaac von dieser Anordnung verschont geblieben ist. Immerhin bereitet er den Hauptgang zu.«

»Eigentlich hatte ich gehofft, dass du mir dabei zur Hand gehen würdest«, sagte Isaac besorgt. »Meine Kochkünste sind ganz passabel, aber ich habe noch nie für so viele Leute auf einmal gekocht.«

»Mal sehen, vielleicht hast du ja Glück«, scherzte Lily. Sie waren beide froh über das normale Alltagsgespräch, auch wenn es sich um die Arbeit drehte. Mit den Küchenplänen für den Weihnachtstag in der Hand, kehrte sie an den Tresen zu Flora zurück. Dieses Weihnachten würde etwas anders werden, aber sie war trotzdem ganz zufrieden. Immerhin konnte sie den ganzen Morgen mit Isaac in der Küche verbringen. Und das war doch gut, oder? Außerdem würden etliche bekannte Gesichter zum Lunch erscheinen, Gabe, Don vom College, seine Frau Melanie, ein paar Leute aus dem Dorf und Isaacs Familie. Und Hayley natürlich, die bislang immer mit ihren beiden Freundinnen gefeiert hatte. Zum Feierabend würde sie es sich dann mit Weihnachtsnaschereien vor dem Fernseher gemütlich machen.

Ein paar Stunden später sortierte Lily im hinteren Raum Besteck und rollte Servietten. Isaac setzte sich mit seinem Computer in seine Nische, bat sie aber nicht, ihn alleine zu lassen. Und so machte sie weiter ihre Arbeit, obwohl sie sich seiner Nähe natürlich sehr wohl bewusst war.

Mit einem Mal hörte sie Isaac sagen: »Tubb, hallo.«

Lily blickte überrascht auf. Tubb kam sofort zur Sache. Ob Isaac sich vorstellen könne, den Pub zu übernehmen. »Oder du könntest ihn für mich leiten, und ich würde dich am Profit beteiligen. Im Januar komme ich wegen meines Arzttermins nach England, vielleicht bleibe ich sogar dort, aber ich glaube, bei meinem Gesundheitszustand ist es unrealistisch, dass ich jemals wieder hinterm Tresen stehe.«

Lily blieb die Spucke weg. Tubb hatte sich also eingestanden, dass sein Herz nicht mehr mitspielte, traurig. Und was würde Isaac zu dem Angebot sagen? Würde er zustimmen?

Er antwortete ohne Zögern: »Vielen Dank für das Vertrauen, aber ich habe beschlossen, das Gastgewerbe zu verlassen. Der Pub sollte sich aber leicht verkaufen lassen. Er ist gut eingeführt, mit einem großen Kreis an Stammgästen, außerdem der einzige Pub im Dorf. Ich bleibe gerne noch so lange, bis klar ist, wie es weitergeht, aber ich möchte mich auf jeden Fall beruflich neu orientieren.«

Gut. Das war nichts Neues. Das hatte sie doch die ganze Zeit gewusst, oder? Aber warum zitterten ihr dann die Finger, während sie Besteck in Servietten rollte? Es gab wirklich keinen Grund, so enttäuscht zu sein, ermahnte sie sich.

Flora rief vom Tresen: »Kannst du bitte nach vorn zum Bedienen kommen, Lily?«

Und Lily stellte sich sofort wieder freundlich lächelnd hinter den Tresen. Ihre Gefühle gingen schließlich niemanden etwas an.

Der Montagmorgen fühlte sich für Lily deprimierend an. In ihrer Mailbox waren nur niederschmetternde Nachrichten.

Einer ihrer beiden potenziellen Buchmessekunden sagte wegen unvorhergesehener Umstände ab. Sie war drauf und dran, eine wütende Antwort zurückzuschreiben, formulierte aber dann doch in wohlgesetzten Worten ihr Bedauern und ihre Hoffnung auf eine andere Gelegenheit zur Zusammenarbeit. Der andere potenzielle Kunde versuchte, den bereits vereinbarten Preis zu drücken, man könne unter den gegebenen Umständen leider nicht anders, außerdem gebe es bislang nur eine mündliche Vereinbarung. Vertrag ist Vertrag, dachte sie, und sagte kurzerhand ab.

Damit stand sie ohne Aufträge da.

Sie war mit ihrem Versuch, sich selbständig zu machen, gescheitert, da gab es nichts zu beschönigen.

Keiner ihrer jüngsten Akquiseversuche hatte Erfolg gehabt, sie hätte bereits im Vorfeld der Reise in die Schweiz viel aktiver sein müssen.

Jetzt blieb ihr noch die Möglichkeit, sich einen festen Job zu suchen. Vielleicht bei dieser asiatischen Hotelkette? Da würde sie wenigstens viel auf Reisen gehen. Oder sie konnte nach Weihnachten Garrick anrufen und ein Treffen mit Los in der Schweiz organisieren. Das Angebot war fast zu schön, um wahr zu sein, und sie hatte eigentlich nur gezögert, weil Tubb ihr die kalte Schulter gezeigt hatte.

Ihre Gedanken wanderten zu ihm. Kehrte Tubb vielleicht definitiv nach England zurück? Auch wenn der Pub verkauft wurde, würden er und Janice unter Umständen weiter in Middledip leben. Immerhin besaß Janice ein Haus hier, das sie, seitdem sie zu Tubb gezogen war, vermietete. Was würde seine Rückkehr für sie, Lily, bedeuten?

Eigentlich war sie damals seinetwegen geblieben. Jetzt überlegte sie, ob sie Middledip seinetwegen verlassen sollte. Aber das Gleiche galt für die Schweiz, falls Tubb sich entscheiden sollte, dort in der Nähe von Schwiegersohn und Enkel zu bleiben, auch wenn er und Janice nicht verheiratet waren.

Das Beste war vielleicht, woanders neu anzufangen. Isaac hatte offenbar immer noch die Absicht, Middledip zu verlassen. Wenn Hayley ihn nicht mehr brauchte, bestand dann Hoffnung auf einen Neuanfang ihrer Beziehung? Eigentlich war sie an keinen Ort gebunden.

Sie wurde immer unsicherer und konfuser und ging gerade das Jobangebot der Hotelkette noch einmal durch, um sich am Ende vielleicht doch zu bewerben, als Carola klopfte und mit wütendem Gesicht eintrat. »Duncan, dieser Mistkerl«, schimpfte sie. »Ich bin sicher, dass er die Mädchen bearbeitet hat, damit er Weihnachten bei uns verbringen kann. Letztes Jahr hat er sich einen Dreck darum gekümmert, dass ich mutterseelenallein war, da war er ja mit seiner Sherri zusammen und hatte die Töchter eingeladen. Und jetzt bin ich plötzlich ein Monster, weil ich ihn nicht unter meinem Dach haben will.«

»Ich dachte, er wäre immer noch bei seinem Bruder.« Lily stand auf, holte ein paar Plätzchen und kochte Kaffee.

»Offenbar besuchen sie die Familie seiner Frau«, seufzte Carola. »Vielleicht lade ich ihn für ein paar Stunden am Abend ein, wenn Owen seine Mutter besucht.« Ihre Miene hellte sich auf. »Möchtest du vielleicht auch dazukommen?«

»Das ist wirklich nett von dir, aber ich mache es mir nach der Arbeit im Pub hier gemütlich«, sagte Lily. Sie hatte Carola erzählt, dass sie Weihnachten nicht mit ihrer Familie verbringen würde.

Carola sah sich erstaunt in dem Zimmer um. »Du hast ja gar nicht geschmückt.«

»Ich hatte im Pub schon genug mit Lametta und Weihnachtsbeleuchtung zu tun«, sagte Lily spontan als Ausrede, dabei hatte sie einfach keine Lust zum Dekorieren gehabt.

Kurz nachdem Carola gegangen war, erhielt Lily einen Anruf über Facetime von Garrick. Zu ihrem Schreck sah sie, dass auf dem Schirm auch ein stirnrunzelnder Tubb zu sehen war.

»Hallo«, sagte sie förmlich und runzelte ebenfalls die Stirn.

Garrick begrüßte sie recht herzlich, aber Tubbs Stirnfurchen wurden tiefer, und er kam auch sofort zur Sache. »Garrick hat mir erzählt, dass du dir nicht sicher bist, ob du das Angebot von BCF annehmen sollst. Und zwar wegen mir. Ich kann nicht zulassen, dass du einen solchen Job ausschlägst, falls er dich interessiert. Ich weiß ja noch nicht einmal, ob ich in der Schweiz bleibe. Komm wenigstens hierher und führe mit Los ein Gespräch.«

Sie zögerte. Damit war eigentlich ihr Problem gelöst ... falls sie in die Schweiz gehen wollte. Wollte sie? Eigentlich hatte sie keine andere Wahl, als zu wollen. Das Land hatte ihr gefallen, BCF war ein gutes Unternehmen, und sie konnte sich vorstellen, dass ihr der Job selbst auch Spaß machen würde. Bis vor kurzem hatte sie unbedingt in Middledip bleiben wollen, aber jetzt gab es vielleicht keinen Grund mehr dafür. Außer ... außer Isaac.

Garrick, wie immer entspannter als sein Bruder, schaltete sich ein. »Mein lieber Bruder will eigentlich nur sagen, dass er dich gerne wiedersehen und sich mit dir aussprechen würde, und falls du nicht wegen des Jobs zu uns kommst, muss er zu dir kommen.«

Lily war verblüfft über den Sinneswandel ihres ältesten Bruders.

»Aussprechen?«

Tubb sah Garrick finster an. »Ja, das würde ich gerne. Es tut mir leid, Lily, ich habe vorschnell reagiert und dich vor allem für etwas verurteilt, was überhaupt nicht deine Schuld ist. Ich möchte nicht, dass es böses Blut zwischen uns gibt. Los hat übrigens vorgeschlagen, dass du wieder im Anbau übernachten kannst. Kannst du zu uns in die Schweiz kommen und mit ihm reden? Es hat auch sehr viel geschneit, das wird dir gefallen.«

Darauf sang Garrick ein hohes Lied auf die Schweiz, die Lebensqualität und die Arbeitsbedingungen dort, und sagte schließlich: »Bis kurz nach Weihnachten lasse ich dir wie abgemacht noch Zeit zum Überlegen, aber ich hoffe sehr, dass du dir das Angebot durch den Kopf gehen lässt.«

Als Lily den Anruf beendete, war sie wie benommen. Sie brauchte einen Job, und hier wurde ihr einer angeboten – was sprach dagegen, sofort zuzuschlagen? Darüber hinaus war Tubb auf sie zugegangen und war wieder so freundlich und gesprächig gewesen wie früher.

Doch ihr Herz verkrampfte sich, wenn sie sich vorstellte, wie sie in dem Anbau ohne Isaac übernachten würde. Vielleicht ohne ihn in ein fremdes Land umzog. Ohne ihn dort lebte.

Aus einem Impuls heraus wählte sie seine Nummer.

Das Herz klopfte ihr bis zum Hals, als sie das Freizeichen im Ohr hatte. Sie wollte ihn bitten, ihn irgendwo, nur nicht im Pub zu treffen, um mehr über seine Zukunftspläne zu erfahren und wie es mit Hayley weiterging.

Aber es antwortete nicht Isaacs tiefe Männerstimme, sondern eine atemlose unsichere Hayley. »Lily? Hayley hier. Tut mir leid. Isaac hat mir sein Handy überlassen, weil mir meines runtergefallen ist. Ich warte gerade auf einen wichtigen Anruf vom Krankenhaus.«

Lily war ihr Anruf sofort peinlich. »Mach dir keine Gedanken … ich …«

Hayley redete unbeirrt weiter. »Ich weiß, ich störe, aber heute ist einfach alles schiefgelaufen. Der Befund …« Ihre letzten Worte gingen in Weinen und Schluchzen unter.

Lily erschrak und fühlte sich hilflos. Sie hörte Hayley sagen: »Ich kann nicht mehr … Wir hatten auf etwas anderes gehofft … schon wieder ins Krankenhaus …« Dann kam Isaac in die Leitung.

»Hallo«, sagte er etwas atemlos, »ich war gerade in der Küche, tut mir leid. Hayley ist gerade etwas mit den Nerven runter.«

Lily schluckte schwer und murmelte: »Wenn ihr einen Anruf vom Krankenhaus erwartet, mache ich Schluss.« Wie hatte sie nur vergessen können, dass Hayley heute ihre Untersuchungsergebnisse bekam? Und dass sie in Tränen war, konnte nichts Gutes bedeuten.

»Tut mir leid«, sagte Isaac bedauernd. »Ich muss sie morgen Nachmittag noch einmal ins Krankenhaus fahren, aber … Mist, da ist ein anderer Anruf in der Leitung.«

»Ich mache Schluss«, stotterte sie. »Wünsche euch viel Glück.« Ihr war ganz übel. Sie rieb sich die feuchten Hände an der Jeans. Wieder zurück ins Krankenhaus? So kurz vor Weihnachten? Das war wirklich kein gutes Zeichen.

Wie Hayley sich wohl gerade fühlte? Ausgerechnet in dieser Zeit des Jahres, in der alle Welt sich in den Festtrubel stürzte.

Lily trat an die Terrassentür und sah hinaus in den winterlichen Garten, über dem tief und bleiern der Himmel hing. Was hatte sie sich bloß dabei gedacht, in ihrem Egoismus herausfinden zu wollen, ob und wann Isaac von seiner Ex nicht mehr gebraucht würde.

Ich muss sie morgen Nachmittag noch einmal ins Krankenhaus fahren, hatte er gesagt. Für Hayley war der Albtraum noch nicht ausgestanden. Und Isaac war sicher nicht der Typ, der sie in dieser Situation im Stich lassen würde, was Lily ihm hoch anrechnete.

Mit zitternden Händen holte sie sich ein Glas kaltes Wasser, um ihre innere Anspannung zu besänftigen, und ließ ihr Leben Revue passieren. Nach dem Studium hatte sie drei Praktika absolviert und in ein paar Jobs gearbeitet, dann war sie zu Sergio nach Spanien gezogen. Dort hatte sie sich alle Mühe gegeben, nicht sofort von dem Familienbetrieb vereinnahmt zu werden, aber ihre Tätigkeit als freiberufliche Designerin war über kurz oder lang zu einem Teilzeitjob geworden. Nach ihrer Rückkehr nach England hatte sie sich auf die Suche nach Tubb konzentriert, war nach Middledip gekommen und hatte ihrer beruflichen Tätigkeit nicht die gebührende Aufmerksamkeit geschenkt.

Ja, sie hatte Liebeskummer, aber es war höchste Zeit, erwachsen zu werden und ihr Leben in die Hand zu nehmen. Sie wollte nicht länger warten, bis sich alles von selbst zu ihren Gunsten regelte, und aktiv werden, zumal sich ihr gerade die Chance für einen Karrieresprung bot und die Gelegenheit, eine Beziehung zu ihren Brüdern aufzubauen.

Und so nahm sie ihr Handy und wählte Garricks Nummer. Sobald er in der Leitung war, platzte sie heraus: »Ich brauche keine Zeit zum Nachdenken mehr, ich würde mich gerne mit Los treffen.«

»Toll«, dröhnte er. »Und wann?«

Darüber hatte sie noch gar nicht nachgedacht. »Na ja … vielleicht … Wann würde es euch denn passen?«

»Sobald du Zeit hast«, sagte Garrick sofort. »Komm einfach zu uns, und verbringe ein bisschen Zeit mit deiner Familie hier … Wow, das klingt immer noch ungewohnt, nicht wahr? Dann unterhalte dich mit Los, schau dich ein paar Tage in unseren Büros um und rede mit der Personalabteilung. Die können dir alles zum Umzug sagen und dich bei deiner Entscheidung beraten.«

Sie lachte, sie konnte das alles kaum fassen. »Soll ich wirklich den nächsten Flug nehmen?«

Nach kurzem Zögern antwortete er mit sanfter Stimme: »Vielleicht klingt das verrückt, aber warum nicht? Janice hat sich mit Carola unterhalten und erfahren, dass deine Mütter und deine Schwester Weihnachten bereits Pläne haben. Unsere letzte Begegnung ist nicht so gut ausgegangen, aber wir wollen das wieder gutmachen.«

»Na ja«, sagte sie, das war wirklich alles sehr überstürzt. »Aber eigentlich sollte ich für den Weihnachtslunch im Pub den Nachtisch vorbereiten. Und jetzt, so kurz vor Weihnachten, bekomme ich wahrscheinlich gar keinen Flug oder ein Ticket für den Eurotunnel mehr. Ich bin noch nie zu dieser Zeit gereist.«

»Bestimmt findet sich jemand, der den Nachtisch für dich übernehmen kann«, sagte Garrick und klang mit einem Mal ein wenig ungeduldig und geschäftsmäßig. »Dann würde meine Assistentin für dich einen Flug buchen, die ist in diesen Sachen unübertroffen.«

»Tja … mmmh …« Lily überlegte kurz. Was würde sie verpassen? Am Weihnachtstag den gemeinsamen Morgen mit

Isaac in der Küche, vermutlich das alte Lied – er würde nah und zugleich unerreichbar für sie sein. Und anschließend den Lunch mit Gästen aus dem Dorf. Dann würde sie den Rest des Tages allein zu Hause verbringen und erst am Abend des folgenden Tages wieder arbeiten müssen. »Ja, gut, wenn es sich machen lässt.« Als sie ihm ihre Daten durchgab, fühlte sie sich immer noch wie in einer Parallelwelt.

Nach zwanzig Minuten rief Garrick sie zurück und gab ihr die Details zu ihrem Flug durch – um 18.50 von Birmingham am folgendem Tag, dem 24. Dezember, er und Tubb würden sie vom Flughafen abholen. »Wir haben einen Schlüssel für die Wohnung im Anbau, aber Harry und Janice haben sofort vorgeschlagen, dass du bei ihnen übernachtest. Dugal und Keir können zusammen in einem Zimmer schlafen, und du bekommst das zweite Kinderzimmer. Sie würden sich freuen, Weihnachten mit dir zu verbringen, und Los hat vielleicht schon eigene Pläne.«

»Bist du sicher? Wenn ich nicht zu viele Umstände mache«, sagte Lily und freute sich über die Einladung. Tubb war immerhin Familie.

»Wir halten uns an die gute alte englische Tradition und beschenken uns am ersten Weihnachtstag, und nicht wie die Schweizer an Heiligabend. Am zweiten Weihnachtsfeiertag sind wir alle bei Los zum Fondue eingeladen. Am Freitag, dem 27. ist dann ein Treffen mit Los vereinbart. Wenn ihr euch einig geworden seid, kannst du dir am Montag darauf die Büros ansehen und mit der Personalabteilung sprechen. Dann kannst du, wenn du möchtest, wieder nach Hause fliegen oder auch noch länger bleiben. Ganz wie du willst. Vielleicht kannst du dich ja schon einmal nach einer Wohnung umsehen.«

»Wow.« Lily fühlte sich fast überrumpelt. Aber sie brauchte einen Job, die Schweiz machte als Arbeitsort und Wohnsitz einen guten Eindruck, und es gab immer weniger gute Gründe, noch weiter im Dorf zu bleiben. Ganz kurz überlegte sie, ob Duncan nicht in ihre Einliegerwohnung einziehen könnte, bis er etwas Passendes für sich gefunden hatte. Sie holte tief Luft. »Das klingt alles phantastisch, ich kann es kaum erwarten, bei euch zu sein.«

Nach dem Anruf musste sie sich erst mal setzen. Es war wahr! Sie reiste wieder in die Schweiz, und diesmal ging es um ihre berufliche Zukunft. Nach einem Kaffee und Plätzchen, um sich zu beruhigen, rief sie ihre Mütter und ihre Schwester an, erzählte ihnen von ihren Plänen und wurde immer euphorischer. Dann rannte sie los, um noch ein paar kleine Weihnachtsgeschenke einzukaufen, schließlich konnte sie nicht mit leeren Händen bei Tubb und Garrick ankommen.

Sobald sie wieder zu Hause war, begann sie zu packen. Sie wollte sich klammheimlich aus dem Haus stehlen, schließlich hatten Carola und auch ihre anderen Freunde alle ihre eigenen Pläne für Weihnachten.

Immer wieder fiel ihr Isaac ein. Sollte sie ihn anrufen? Alles andere war eigentlich sehr unhöflich, aber was war mit Hayley? Ihrem Krankenhaustermin? Da würde sie mit ihrem Anruf vielleicht hereinplatzen. Sie überlegte noch, da kam eine Nachricht von ihm. Ich wollte dich heute Abend eigentlich anrufen, aber jetzt habe ich unerwartet Besuch von Mum und Dad bekommen. Mist. Ich versuche es später oder morgen früh vor dem Krankenhaustermin. Es geht hier gerade etwas drunter und drüber. Hayley ist mit den Nerven am Ende. xx

Sie starrte auf ihr Handy und versuchte sich vorzustellen,

wie sie ihm von ihren neuen Plänen erzählen konnte. Im Vergleich zu dem, was er gerade um die Ohren hatte, erschienen sie ihr geradezu banal. Und wenn er davon erfuhr, würde er sich auch noch darüber Gedanken machen. Ich habe morgen schon was vor. Mach dir um mich keine Sorgen. Im Augenblick hast du mit Hayley und deiner Arbeit genug zu tun. Sie hatte kurz Gewissensbisse, weil sie ihm im Pub nicht zur Hand gehen konnte, aber wenigstens die Desserts konnte sie vorbereiten und in den Kühlschrank stellen. Der traditionelle Weihnachtspudding wurde ohnehin angeliefert und musste nur aufgewärmt werden.

Um Isaac nicht mit veränderten Schichtplänen zu belästigen, textete sie Baz und bot ihm ihre Schichten an. Der freute sich, weil Geld in seine leere Kasse kam.

Danach schrieb sie ihre Nachricht an Isaac fertig. Hoffe, morgen geht alles gut, xx. Aber am Ende schickte sie die nicht ab. Das Packen fiel ihr jetzt etwas schwerer, denn ihr wurde schmerzlich bewusst, dass die Distanz zwischen ihr und Isaac wuchs.

Sechsundzwanzigstes Kapitel

Auf dem Weg vom Krankenhaus schluchzte Hayley. »Entschuldige«, sagte sie schniefend und putzte sich die Nase. »Ich bin dieser Tagen immer nur am Heulen, aber ich bin so erleichtert! Ich hätte den Arzt küssen können, als er mir eröffnete, dass die Lymphdrüsen nicht befallen sind. Jetzt muss ich nur noch Östrogenblocker einnehmen, das ist alles. Ich bin fast verrückt geworden, als sie meinen Termin kurzfristig auf heute verschoben haben, ich war sogar davon überzeugt, dass man Zeit gewinnen wollte, um mich schonend auf schlechte Nachrichten vorzubereiten.«

»Dieser Gedanke ist mir auch gekommen«, gestand Isaac freimütig. Er hatte versucht, möglichst optimistisch zu bleiben, aber die Vorstellung, dass Hayley vielleicht eine weitere OP ertragen müsste, hatte ihn fast die ganze Nacht lang wach gehalten. Seine Eltern waren gestern Abend so nett gewesen, mit einem Blumenstrauß und guten Wünschen für Hayley aufzutauchen, aber eigentlich war die Länge des Besuchs für seinen Vater fast zu viel gewesen. Sobald seine Eltern aus der Tür gewesen waren, hatte Hayley die Fassung verloren und war weinend zusammengebrochen. Isaac hatte alle Hände voll zu tun gehabt, er hatte Hayley getröstet und dazwischen Lieferungen kontrolliert und sichergestellt, dass Tina auf den

Ansturm der Gäste gut vorbereitet war. Für einen Anruf bei Lily war einfach keine Zeit gewesen.

Überhaupt. Was hatte sie gestern eigentlich von ihm gewollt? Der Anruf hatte so gar nicht zu ihrer Verschlossenheit in der letzten Zeit gepasst. Leider hatte sie sich auch den denkbar schlechtesten Zeitpunkt dafür ausgesucht. Der Anruf aus dem Krankenhaus war einfach zu wichtig gewesen. In den vergangenen Wochen war ihm klargeworden, wie sehr seine Mutter recht hatte, wenn sie sagte, dass eine schwere Krankheit von einem Menschen das Leben von vielen anderen bestimmte. Man jagte von einem Arzttermin zum anderen, und jede Verschiebung zog Konsequenzen nach sich.

Er fuhr auf eine Kreuzung zu und bremste ab, warf einen Blick auf die Uhr, Tina sprang heute Nachmittag mehr oder weniger bereitwillig für ihn ein, denn die anderen Aushilfen wollten den Heiligabend vermutlich gerne bei ihren Kindern sein. Wenn er sich beeilte, es Hayley gemütlich machte, mit Doggo kurz auf eine Runde rausging, etwas für sich und Hayley kochte und danach duschte, könnte er vielleicht um sechs hinterm Tresen stehen. Heute würde im Pub der Teufel los sein. Die Tische waren alle ausgebucht, und der Chef wurde immer fuchsteufelswild, wenn der Service nicht der Küche folgte.

Er fuhr durchs Dorf, vorbei an funkelnder Weihnachtsbeleuchtung. Er sah Lilys Auto auf der Gegenfahrbahn, blendete ein paarmal auf und erhaschte beim Vorüberfahren kurz einen Blick auf sie.

Hatte sie heute Abend etwas vor? Vielleicht in diesem tollen blauen Kleid, das ihre Kurven so richtig zur Geltung brachte? Bei der Vorstellung fiel ihm wieder der Gast ein, der auf sie scharf gewesen war, und er verspürte Eifersucht.

Am ersten Weihnachtstag war Isaac von der Schufterei des Vorabends völlig erledigt, *The Three Fishes* war brechend voll gewesen.

Aber als er zur Vorbereitung des Lunchs hinunter in die Küche ging, war ihm zum ersten Mal seit langer Zeit wieder leichter ums Herz. Später am Morgen würde auch Lily dazukommen. Und er würde ihr erfreut berichten können, dass es mit Hayleys Gesundheit aufwärts ging. Wenigstens hatte sich sein Einsatz für sie gelohnt. Die Küchenumgebung aus rostfreiem Stahl war dafür zugegebenermaßen vielleicht keine geeignete Umgebung, aber das würde ihn nicht von dem Geständnis abhalten, dass er gerne fortsetzen würde, was in der Schweiz so leidenschaftlich und vielversprechend zwischen ihnen begonnen hatte.

Der Chef hatte ihm im Kühlschrank Putenfleisch und vorgekochte Kartoffeln bereitgestellt, dazu Gemüse und kalte Vorspeisen sowie eine Liste mit Anweisungen zur Vorbereitung. Am Ende des Vorabends hatten sie die Tische im Essbereich zusammengeschoben und mit grünen Knallbonbons, roten Servietten, goldenem Konfetti und weißen Kerzen geschmückt.

Jetzt musste nur noch Lily kommen.

Aber es wurde zehn Uhr, dann halb elf, und er verlor allmählich alle Zuversicht.

Lily kam einfach nicht.

Das Putenfleisch musste zubereitet werden.

Immer noch keine Lily.

Hatte sie ihm vielleicht getextet? Nein. Er versuchte es mit einem Anruf, hatte aber nur ihren Anrufbeantworter dran. Besorgt schrieb er ihr seinerseits eine Nachricht: Alles in Ordnung bei dir, Lily? Bitte melde dich, wenn du diese Nachricht liest. Ruf mich bitte an. Ich habe die Nummer von deiner Schwester und deinen Müttern nicht, um nachzufragen, ob es dir gut geht.

Er erhitzte in den Pfannen das Öl für die Kartoffeln.

Wo steckte sie bloß?

Er war gerade drauf und dran, Carola am ersten Weihnachtstag zu stören, um sich nach Lily zu erkundigen, als er den Kühlschrank für die Nachspeisen öffnete. Und da standen sie vor seinen Augen: Tabletts mit Schokoladenmousse und Ingwerbrot-Männchen. Langsam ließ er die Tür zufallen und wandte sich niedergeschlagen wieder dem Kochen zu. Sie war hier gewesen, vermutlich gestern, und jetzt war sie fort. Wahrscheinlich hatte sie ihm das mit ihrem Anruf mitteilen wollen.

Scheißweihnachten, Lily hatte wohl was Besseres vor, dachte er bei sich. Als er sie gestern Nachmittag in ihrem Auto gesehen hatte, war sie vielleicht auf dem Weg zu ihrem Lover gewesen. Vielleicht lag sie gerade mit ihm im Bett. Kalter Schweiß brach ihm aus den Poren.

Lily hatte also einfach beschlossen, nicht zu erscheinen.

Er stellte alle Gedanken und Gefühle ab und bereitete ein Weihnachtsessen für zwanzig Leute vor. Als Flora eintraf, ging sie ihm zur Hand, und die Eltern kümmerten sich einstweilen um Jeremy und Jasmine, die an dem fröhlich dekorierten Esstisch Platz genommen hatten.

»Keine Lily?«, fragte sie.

»Nein«, sagte er kurz angebunden und mürrisch. Flora beließ es bei der Frage und servierte lächelnd das Essen.

Hayley erschien ebenfalls, lebhaft und in bester Laune, weil sie keine Schläuche mehr am Leib hatte, die einfache Verrichtungen wie duschen unmöglich machten. Isaacs Eltern steuerten ihre Erfahrungen mit einem behindertengerechten Badezimmer bei, Don von *Acting Instrumental* berichtete darauf von seinen Schwierigkeiten beim Waschen, als er das Handgelenk in Gips hatte, die Kinder ließen die Knallbonbons hochgehen, und Isaac kam sich vor wie in einem Albtraum.

Der Truthahn schmeckte für ihn nach nichts, und den Nachtisch ließ er stehen. Das Verteilen der Gaben musste er notgedrungen über sich ergehen lassen, und er erhielt zu seiner Überraschung gleich zwei Geschenke. Das erste war ein typisches Verlegenheitsgeschenk, ein Paar Socken mit aufgedruckten Rentieren, deren Nasen aufleuchteten. Das zweite war eine Hülle für sein Handy mit Fotos von der Schweizreise, Schützenberg, Zürich und alle die anderen Orte, an denen er und die *Middletones* gewesen waren, die Landschaft in Frankreich, der erste Schnee, eine Schneeballschlacht, er selbst lachend, Doggo grinsend und eine lächelnde Lily.

Er drehte und wendete die Geschenke in seinen Händen. Stammten sie von Lily? Hatte sie die ebenso heimlich eingeschmuggelt wie Flora die Geschenke für ihre Kinder? Die beiden hatten bereits jeweils zwei Portionen Schokoladenmousse intus und sahen auch danach aus. Sie waren so aufgedreht und vollgestopft mit Essen wie Kinder das zu Weihnachten nun mal sind.

Doch dann erschien endlich die ersehnte Textnachricht von Lily auf seinem Handy. Alles gut, danke. Tut mir leid, dass ich einfach so abgereist bin, aber du hast schon genug um die Ohren. Ich weiß, du hast das Gefühl, unsere Geschichte ist noch nicht ganz zu Ende, aber uns bleibt leider keine Zeit mehr. Der Pub ist verkauft, und bald wirst du dich ohnehin neuen Berufsplänen zuwenden.

Ich habe mir freigenommen, Tubb weiß Bescheid. Baz wird meine Schichten übernehmen. x

Wie benommen starrte er aufs Display. Sie hatte ihn einfach so abgefertigt! Bestimmt war sie gerade mit einem anderen zusammen.

Er sprang auf und zog sich mit seinem Handy in die Küche zurück. Sie nahm seinen Anruf noch vor dem ersten Signalton entgegen. »Hallo«, sagte sie in einem weichen, vorsichtigen Tonfall. »Frohe Weihnachten.«

»Na, froh ist was anderes«, platzte es aus ihm heraus. »Ich hätte gedacht, dass wir heute wenigstens zusammen essen, Lily. Und unsere Geschichte ist in der Tat nicht zu Ende. Warum bist du dir eigentlich so sicher, dass uns keine Zeit mehr bleibt?«

Er hörte, wie mehrere Leute im Hintergrund ihren Namen riefen. Sie sagte über die Stimmen hinweg: »Ich wollte nicht, dass du zu einer Entscheidung gedrängt wirst, und ich wiederum wollte nicht auf etwas Aussichtsloses warten. Ich bin gerade in der Schweiz und wohne bei Max und Ona.«

»In der Schweiz«, sagte er tonlos.

Sie klang betrübt. »Man hat mich zu einem Gespräch eingeladen, es geht um eine Vollzeitanstellung. Na, du bist ja bald ebenfalls in der Weltgeschichte unterwegs. Ich muss jetzt leider Schluss machen, der Weihnachtslunch steht auf dem Tisch.« Sie zögerte, bevor sie weitersprach, und ihre Stimme klang rau. »Ich wünsche dir alles, alles Gute. Für deine Pläne und dein Training. Ich hoffe, du lernst viele neue Länder kennen und hast eine wunderschöne Zeit.« Dann war die Leitung tot.

»Na, dann tschüs«, sagte Isaac dumpf, obwohl er bereits das Tuten in der Leitung hörte. Er hatte das Gefühl, nicht ausreichend Luft zu bekommen. Langsam ließ er sein Handy in die Hosentasche gleiten und starrte die schmutzigen Pfannen und soßenbespritzten Edelstahlflächen an. Er hatte nicht nachfragen müssen, was genau sie mit dem Wort »Entscheidung« gemeint habe. Natürlich Hayley und sich selbst. Während er sich ganz auf seine Ex konzentriert hatte, war ihm die neue Liebe abhandengekommen.

Ausgerechnet Hayleys Stimme hörte er in seinem Rücken fragen: »Was ist passiert? Geht es Lily gut?« Sie war wieder fast die Alte und hatte heute sogar Make-up aufgelegt.

Er hatte sie nicht herankommen hören. Ihr gegenüber konnte er seine wahren Gefühle nicht verbergen, dafür kannte sie ihn zu gut. Außerdem hatte sie anscheinend einen guten Teil des Gesprächs mitgehört. »Lily ist in der Schweiz, man hat ihr einen Job angeboten.«

Sie riss die Augen auf und wurde blass. »Und das alles nur, weil du mir geholfen hast«, flüsterte sie. »Und was machst du jetzt?«

Was sollte er darauf antworten? »Mit ihr reden, sobald ich die Gelegenheit dazu habe. Im Augenblick hat sie keine Zeit.« Seine Stimme klang ausdruckslos, merkte er, hoffnungslos, und sein Herz fühlte sich an wie tot. Und wenn nicht ein Wunder geschah und eine ihrer beiden Freundinnen auftauchte, würde Hayley mindestens noch ein, zwei Wochen Betreuung benötigen.

»Lass mich mal machen«, sagte Hayley entschlossen und war tatsächlich wieder fast die Alte. »Ich will sehen, was ich da tun kann.«

Siebenundzwanzigstes Kapitel

Es war noch nicht mal sieben, als Dugal und Keir in ihr Zimmer gestürmt kamen und riefen: »Frohe Weihnachten wünschen wir dir! Komm mit runter, denn wir dürfen die Geschenke erst aufmachen, wenn alle da sind.«

Und schon waren sie laut kreischend wieder draußen, und Lily setzte sich blinzelnd in ihrem Bett auf. Während sie sich schnell anzog, dachte sie an die Freude, die sie selbst als Fünf- oder Sechsjährige an Weihnachten empfunden hatte, und eilte dann nach unten. Die beiden spornten sie an: »Los, beeil dich!«

Das Auspacken der Geschenke verlief zwar chaotisch, machte aber trotzdem Spaß. Lily ging das Herz auf, als sie draußen die glitzernde Schneepracht sah, und dazu klangen Glocken aus der Kleinstadt herauf. Dugal und Keir rissen Geschenkpapier auf und reichten ihrer Umgebung die Gaben, und bei allem Essbaren boten sie auf der Stelle an, es mit demjenigen zu teilen.

»Lego, wie toll«, rief der eine.

»Wow, Duplo«, der andere.

»Das ist für dich von Mummy, Grand-Tubb!«

»Hier ist dein Geschenk, Grandma.«

Lily musste lachen und ließ die beiden machen. Sie verteilten ihre mitgebrachten Geschenke, DVDs, Schals, Gutscheine und alles andere, was sie auf die Schnelle besorgt hatte, an die Runde. Für Dugal und Keir hatte sie Schlafanzüge gekauft und freute sich, dass die beiden sie auf der Stelle anprobierten. Der neugeborene Ainsley lag in einem Körbchen auf dem Boden, wedelte hin und wieder mit den Ärmchen und gab ein paar Laute von sich, dann fiel er wieder in tiefen Schlaf zurück.

Alle hatten trotz der knappen Vorankündigung an ein Geschenk für Lily gedacht. Sie bekam köstliche Schweizer Schokolade, eine geschnitzte Dose aus Holz, Parfüm und von Tubb und Janice, passend zum Winter in der Schweiz, ein Paar Skihosen. »Janice war sich bei deiner Größe nicht sicher, aber wir können sie gegebenenfalls umtauschen«, sagte Tubb, wie üblich etwas bärbeißig. Dann reichte er ihr verlegen einen lila Umschlag mit einer Weihnachtskarte. Auf der Vorderseite prangte in goldenen Lettern *Meiner lieben Schwester Frohe Weihnachten*. Lily traten vor Rührung Tränen in die Augen, und ihr zitterte das Kinn.

»Warum schaust du so komisch?«, erkundigte sich Keir und starrte sie von unten an.

Dugal konnte über die Begriffsstutzigkeit seines jüngeren Bruders nur seufzen. »Sie muss niesen, das sieht doch jedes Kind«, erklärte er großspurig.

Alle lachten, und Lily umarmte Tubb – zum ersten Mal in ihrem Leben –, und sein Morgenmantel bekam ein paar von ihren Tränen ab. Am Vorabend hatten er, Garrick und sie, als die beiden sie vom Flughafen abholten, einen langen Spaziergang unternommen und sich gründlich ausgesprochen, auch über die Affäre ihres Vaters und die Folgen.

»Weißt du«, hatte Tubb gesagt, »er war einfach wunderbar, genau der Typ Vater, der einen zu Fußballspielen begleitet und weiß, wie man ein kaputtes Rad repariert. Dass er heimlich eine Affäre hatte, war für uns ein Riesenschock, und den haben wir dummerweise an dir, dem lebenden Beweis für seinen Fehltritt, ausgelassen.« Er räusperte sich. »Garrick hat von uns beiden als erster klargesehen und mir klargemacht, wie blöd und borniert ich mich benehme, indem ich dir zum Vorwurf mache, dass du dein Geheimnis so lange mit dir herumgetragen hast. Mein Verhalten tut mir so leid. Wahrscheinlich hast du die ganze Zeit über einfach nicht gewusst, was du tun sollst.«

Diese Worte allein waren eine Reise in die Schweiz wert.

Garrick, Eleanor, Myla und Xander trafen ein, und während die Kleinen wieder herumtollten, ergriff Eleanor die Gelegenheit beim Schopf und entschuldigte sich bei Lily. »Tut mir leid, dass ich voreilig Schlüsse gezogen habe und überhaupt nicht nett zu dir war.«

»Niemand von uns konnte ahnen, was dem jeweils anderen durch den Kopf geht«, sagte Lily versöhnlich. »Lass uns das alles einfach vergessen.«

Allein ein gelegentlicher Gedanke an Isaac trübte ihr momentanes perfektes Glück. Am Telefon klang er dann fassungslos und verletzt … Man rief sie zu Tisch, sonst wäre sie in Tränen ausgebrochen. Und so beendete sie den Anruf rasch, um nicht doch noch ihre Fassung zu verlieren.

Sie behielt für den Rest des Tages ihr Lächeln auf, half in der Küche, spielte mit Dugal und Keir und trug den kleinen Ainsley auf dem Arm herum. Sein stoischer Blick, wenn er zu ihr aufschaute, brach ihr fast das Herz. Ona erholte sich langsam von dem Kaiserschnitt und tat so, als wäre sie froh, ihren Jüngsten hin und wieder mal loszuwerden. Aber ihre liebevollen Blicke auf den Nachwuchs straften ihre Worte Lügen und verrieten, was wirklich in ihr vorging.

Bevor es dunkel wurde, machten Lily, Max und die beiden Söhne sich zu einer Schlittenpartie auf. Dabei konnte sie gleich die neuen rauchgrauen Skihosen ausprobieren, die farblich gut zu dem Geschenk von Zinnia und George passten. Ihr Outfit war genau richtig, um mit Keir auf dem Schoß einen Abhang hinunterzuschießen und sich unten lachend vom Schlitten in den weichen Schnee fallen zu lassen. Welch ein Vergnügen.

Als die Kleinen später endlich im Bett lagen, machten es sich die Erwachsenen mit Myla und Xander bei einem Glas Champagner gemütlich.

Lily überlegte, ob sie Isaac noch einmal anrufen sollte. Oder ihm wenigstens eine Entschuldigung für das abrupte Ende des letzten Anrufs texten. Sie hörte Tubb sagen, dass er *The Three Fishes* verkaufen und für die Übergangszeit nach einem neuen Manager suchen wolle.

»Ich hätte Isaac gerne bis zum Verkauf beschäftigt, aber anscheinend hat er andere Pläne.«

»Stimmt«, murmelte Lily heiser.

Janice klopfte Tubb mitfühlend auf den Unterarm. »Ich weiß, das fällt dir nicht leicht. Der Pub war dein Leben.«

Tubb verschränkte seine Finger in ihre. »Wir müssen alle früher oder später kürzertreten.« Aber er hatte feuchte Augen, als er das sagte. Sie tauschten Anekdoten über die letzten drei Weihnachten im Pub aus, und Lilys Gedanken wanderten unterdessen zu Isaac zurück. Wie es ihm wohl gerade ging? Verbrachte er den Tag zurückgezogen mit Hayley?

Sie überflog noch einmal die Nachricht, die er ihr am Morgen geschrieben hatte, und musste über die beiläufige Formulierung *deine Mums* lächeln. Wie schön, dass jemand zu ihrer Familie ganz normale Worte fand. Dann legte sie das Handy sanft ab. Sie würde Isaac nicht anrufen. Aus Selbstschutz. Sie wollte keinen Mann in ihr Leben lassen, der es bald schon wieder aus freien Stücken verlassen würde.

Lily hatte den zweiten Weihnachtsfeiertag immer schon lieber gemocht als den ersten. Weil Garrick und die Seinen eigene Pläne hatten, gesellte sie sich zum Rest der Familie. Gemeinsam unternahmen sie einen Spaziergang nach Schützenberg, dort ging es einmal um den See, unterwegs legten sie eine Pause ein, um etwas Warmes zu trinken, und bauten einen Schneemann mit Dugal und Keir, die ihn unter Johlen wieder einrissen.

Danach ging es weiter in ein Wäldchen, wo der Schnee weniger hoch lag, und der Winter eine magische Stille verbreitete. Sie suchten nach Spuren von Tieren, ließen Schneekristalle von den Bäumen regnen oder bliesen Atemringe in die kalte Luft. Tubb und Janice hielten sich bei dem Spaziergang an den Händen, und Lily fiel auf, wie entspannt die beiden sich miteinander unterhielten und sich immer wieder zulächelten. Sie waren seit einem Jahr zusammen, also noch nicht sehr lange, und offensichtlich sehr verliebt ineinander. Als sie ihnen so zusah, bekam sie feuchte Augen. Lag es an der Winterkälte?

Zurück bei Max und Ona half Lily Janice dabei, aus den Resten des Vortags – Truthahn, Wurstbrät, Soße und Gemüse – einen Pie zuzubereiten. Die Jungen wollten lieber Fischstäbchen, Ofenkartoffeln und Erbsen essen. Zum Nachtisch gab es für alle Schweizer Schokolade.

Am Nachmittag bauten Dugal und Lily ein Haus aus Lego, und Max probierte mit seinem Sohn Keir die neue Eisenbahn aus. Und bald schon wurde es Zeit, zum Fondue bei Los aufzubrechen.

»Ist es nicht nett, dass auch die Kinder eingeladen sind?«, sagte Lily zu Ona, die gerade Ainsley in seinem Buggy verstaute.

»Schweizer sind sehr familienfreundlich. Es ist schon toll, dass man hier keinen Babysitter braucht, aber manchmal würde man doch gerne mal einen Abend alleine bei einer Flasche Wein verbringen.« Onas Skijacke glänzte dunkelgolden und passte wunderbar zu ihren Sommersprossen, stellte Lily fest.

Lily hatte Schmetterlinge im Bauch, denn das Heim von Los erinnerte sie unwillkürlich an ihre Stunden mit Isaac. Aber diesmal ging es um ihre berufliche Zukunft, um einen Traumjob.

Los war ein hervorragender Gastgeber. Er begrüßte Lily mit drei Wangenküsschen und einem festen Händedruck. »Heute Abend sind auch ein paar Leute von BCF unter den Gästen, aber wir sprechen erst morgen über den Job, einverstanden?«

»Ausgezeichnet«, stimmte sie ihm erleichtert bei. Sie war froh, dass sie den Abend unbeschwert genießen konnte und nicht bereits erste Kontakte knüpfen musste. Von Stephen abgesehen, der mit seiner Partnerin erschienen war und den sie bereits kannte, wusste sie im Laufe des Abends bei ihrem Gegenüber nicht immer, ob es sich um zukünftige Kollegen handelte oder nicht.

Das Fleischfondue war ein Gedicht, und sie aß mehr, als sie

sollte. Und Dugal und Keir stopften so viele mit Schokolade überzogene Marshmallows in sich hinein, dass sie fast platzten.

Irgendwann aber waren die Kinder todmüde, und Ona drängte zum Aufbruch.

Tubb und Janice wollten ebenfalls nach Hause, denn Tubb ermüdete in diesen Tagen leicht. Lily bedankte sich bei den Gastgebern, Los und Tanja, und gesellte sich für den kurzen Heimweg zu den anderen. Leichter Schneefall dämpfte alle Geräusche. Die Stille, die vom Himmel tanzenden Flocken, die Weihnachtslichter überall, es war eine magische Atmosphäre. Lily schwieg und stellte sich den kommenden Tag vor, wenn Garrick sie abholen und zu Los fahren würde. Hoffentlich hatte sie die passende Kleidung für das Gespräch eingepackt.

Als sie die Einfahrt erreichten, hörte sie Ausrufe, überraschtes Lachen und dann die Stimme von Max.

»Eine wahrlich unerwartete Freude, heute haben wir noch einen weiteren Gast, wusstest du das?«

»Nein!« Sie versuchte, an Ona und Janice vorbei einen Blick zu erhaschen, beide grinsten sie an. Dann bemerkte sie den hochgewachsenen Mann an der Schwelle von Max' Heim, er hatte seine Mütze über beide Ohren gezogen und sah sie schweigend an. »Isaac!«, rief sie überrascht aus. »Wie bist du denn hierhergekommen?«

»Mit dem Flugzeug von London City nach Zürich, dann im Zug nach Biberbrugg und die letzte Strecke mit dem Taxi.« Er lächelte leicht. »Ich wollte dir deine Weihnachtsgeschenke vorbeibringen.« Und damit zeigte er auf seinen Rucksack, den er auf der Veranda abgestellt hatte. Zuoberst lag eine in Geschenkpapier gehüllte Schachtel.

»Noch mehr Geschenke!«, rief Dugal begeistert und war mit einem Mal hellwach.

Isaac beugte sich zu ihm und streichelte ihm über den Kopf. »Tut mir leid, Kleiner, ich habe nur dieses eine Geschenk dabei. Es ist für Lily, der Weihnachtsmann hatte es in England vergessen.«

»Na gut«, seufzte Dugal.

Lilys spürte ihre heißen Wangen und weichen Knie. Max und Ona klopften sich den Schnee von den Stiefeln und baten sie alle zu sich ins Haus. Isaac umarmte Ona und schüttelte Max die Hand. »Keine Sorge, ich habe ein Hotelzimmer gebucht. Übrigens Glückwunsch zu eurem Nachwuchs.« Er schenkte Ainsley ein Lächeln, der gerade greinte, weil er Hunger hatte.

Max und Ona brachten ihre beiden Söhne nach oben ins Bett, während Tubb blieb, wo er war, und Janice ignorierte, die an seinem Ärmel zupfte.

»Was passiert eigentlich in der Zwischenzeit mit meinem Pub, während du hier den Weihnachtsmann spielst?«

Isaac würdigte ihn keines Blickes. »Es ist nur ein Pub, es gibt Wichtigeres im Leben.«

Tubb blieb die Luft weg bei dieser Unverschämtheit. Janice hakte sich sofort bei ihm unter und wandte sich zum Gehen. Dabei sagte sie beschwichtigend: »Er hat recht, du und ich, wir sind doch zum gleichen Schluss gekommen, sonst wären wir jetzt nicht hier. Ich nehme an, Tina hat einstweilen das Ruder übernommen. Am Ende ist es wirklich nur ein Pub.«

Aber Tubb ließ nicht so leicht locker, er fragte Lily: »Ist es für dich in Ordnung, dass er hier ist?«

Lily nickte benommen.

Darauf ließ Tubb sich wegführen, und so blieben nur noch Lily und Isaac im Wohnzimmer zurück. Sie befeuchtete die Lippen. »Das ist das erste Mal, dass du jemanden angefaucht hast.«

»Ich bin auch nur ein Mensch. Und? Seid ihr beide, du und Tubb, euch einig geworden?« Sie nickte. »Gut.« Er rückte nicht näher an sie heran, aber sie spürte trotzdem seine unwiderstehliche Körperwärme.

Dann konnte sie mit ihrer Frage nicht an sich halten. »Wie geht es Hayley? Hat sie sehr schlechte Nachrichten erhalten? Kommt sie gerade gut ohne dich zurecht?«

Er runzelte die Stirn. »Nein, gute Nachrichten! Der Krebs hat sich nicht weiter ausgebreitet, und sie benötigt keine weitere Therapie. Irgendwann muss sie noch mal unters Messer, um die Brustrekonstruktion abzuschließen, aber es geht bergauf.«

Lily war erstaunt. »Als ich dich angerufen habe, war sie ganz verzweifelt wegen ihrer Diagnose.«

Er hob die Augenbrauen. »Da hatte sie die Diagnose noch gar nicht erhalten, sondern war nur außer sich, dass man den Termin der Bekanntgabe verschoben hatte. Die Warterei hat sie fertiggemacht, aber das ist nur zu verständlich.«

Lily starrte ihn an. Wie müde seine dunklen Augen waren. »Wird es ihr bald wieder gut gehen?«

Mit einem Mal begriff er, was passiert war. »Darum ging es, als du angerufen hast«, sagte er langsam. »Sie war außer sich, und du hast angenommen, dass sie schlechte Nachrichten erhalten hätte. Und dann hast du mich fallenlassen.«

»Ich …« Sie rückte ein wenig von ihm ab. »Ich dachte, sie braucht dich.« Sie fügte nicht hinzu: »… mehr als mich«, denn das stimmte nicht. Es ging hier lediglich um unterschiedliche Bedürfnisse.

Er strich sich ungehalten durchs Haar. »Meine Güte, warum haben wir beide uns nicht die Zeit genommen, miteinander zu reden!« Er atmete ein paarmal tief durch und fuhr dann sanfter fort: »Ich musste einfach bis zur Diagnose an ihrer Seite bleiben, aber die hat sie erst am Weihnachtsabend erhalten. Ich habe dich an jenem Nachmittag aus dem Dorf wegfahren sehen, und die Schicht am Abend war dann der Wahnsinn. Ich wusste beziehungsweise ging davon aus, dass ich am nächsten Morgen mit dir allein sein würde und wollte dann unter vier Augen mit dir reden. Na ja«, er warf die Hände in einer Geste der Verzweiflung in die Luft, »diese Chance war mir ja dann versagt. Sobald Hayley von deiner Abreise erfahren hat, ist sie zu meinen Eltern gezogen, denn sie kann sich mittlerweile recht gut um sich selbst kümmern. Sie wollte unbedingt, dass ich Bewegungsfreiheit habe, und Mum hat sie darin unterstützt. Mein Vater übrigens auch. Sie haben sogar Doggo zu sich genommen.«

»Wow.« Lily musste seine Worte erst einmal verarbeiten. Sie war so sicher gewesen, dass eine lange schwere Zeit der Genesung vor Hayley liegen würde und sie Isaac weiter an ihrer Seite haben musste, bis sie anderweitig Hilfe fand. »Und als Nächstes beginnst du jetzt dein Training?«

Isaac überhörte ihre Frage und überreichte ihr stattdessen das hübsch eingewickelte Weihnachtsgeschenk. »Das ist für dich.«

Sie griff unwillkürlich nach der Schachtel, die sich als schwerer erwies als gedacht.

Er schob hastig stützend eine Hand darunter und berührte

sie leicht, es fühlte sich an wie ein elektrischer Schlag. »Ist vielleicht besser, wenn du es auf dem Tisch auspackst.«

Sie legten das Paket auf dem Holztisch ab, und sie faltete langsam und fragend das Geschenkpapier auseinander. Darin verbarg sich eine schlichte braune Schachtel. Sie riss den Tesafilm ab, weißes Seidenpapier quoll ihr entgegen.

Sie schob es beiseite und erblickte Holzschnitzereien.

»Eine Kuckucksuhr«, hauchte sie ungläubig. Um das Häuschen herum lagen die Gewichte, die Uhrkette und das Pendel, deswegen hatte das Geschenkpaket so ein Gewicht gehabt.

»Eine Lötscher. Wahrscheinlich bin ich der Erste und Einzige, der eine Kuckucksuhr in die Schweiz einführt. Ich habe die Uhr online bestellt und zum Pub liefern lassen.« Sein Tonfall klang jetzt nicht mehr frustriert und wütend, sondern unsicher.

Mit zitternden Fingern berührte sie das Türchen, hinter dem sich der Kuckuck verbarg. »Das ist genau die Uhr, die mir in dem Geschäft in Zürich so gut gefallen hat. Aber sie war unglaublich teuer.« Sie warf ihm einen Blick zu.

Er vergrub die Hände in den Hosentaschen und zuckte mit den Achseln. »Ich wollte sie dir am Weihnachtstag geben, sie war als Symbol gemeint. Aber du hast dich ja aus dem Staub gemacht.« Seine Stimme war ausdruckslos und müde.

Er warf einen Blick umher und nahm dann ein Bild von der Wand. Behutsam hob er die Uhr aus der Schachtel und hängte sie an den Haken, stellte die Zeiger auf die richtige Zeit, befestigte Gewichte und Pendel und zog an einem der Zapfen, um die Uhr aufzuziehen.

Zartes Ticken erfüllte den Raum.

Lily betrachtete die wunderschöne Uhr und dann den gut

aussehenden, aber unfrohen Mann, der jetzt vor ihr stand. Sie schluckte einmal schwer und fand dann erst zu ihrer Stimme: »Und warum ist sie ein Symbol?«

Er ließ sich mit der Antwort Zeit, fummelte noch einmal an den Zeigern und wandte sich ihr dann zu. »Du hast immer gesagt, wir hätten keine Zeit, und ich wollte dir mit der Uhr sagen, dass ich für dich alle Zeit der Welt habe.«

»Aber was ist mit deiner Ausbildung?«

»Vergiss meine Ausbildung. Wenn du mir die Gelegenheit gegeben hättest, mit dir zu reden, hätte ich dir sagen können, dass ich meine Pläne geändert habe.« Er kam ganz langsam und schrittweise auf sie zu, bis er unmittelbar vor ihr stand.

»Und was sind deine neuen Pläne?« Nach außen hin klang sie ruhig, aber ihr rauschte vor Aufregung das Blut in den Ohren.

In seinen Augen glomm ein Lächeln auf. »Ich würde gerne erfahren, was du vorhast, und dich dann dazu überreden, mich in deine Pläne einzubeziehen.« Er griff nach ihrer Hand, führte sie an seine Lippen und küsste zart ihre Finger.

»Aber du wolltest doch woandershin«, protestierte sie schwach.

Sein Lächeln hatte nun auch die Lippen erreicht. »Im Augenblick bist du woanders. Kannst du es so einrichten, dass dort auch Platz für mich ist?« Er ließ ihre Hand los, umschlang sie und unwillkürlich schloss sie die Augen, als sie seinen Körper spürte. Und sie hatte gedacht, sie würde ihn nie wieder so nah bei sich fühlen. »Ich kann auch hier mein Training beginnen«, fuhr er fort. »Oder wenn du wieder zurück ins Dorf möchtest, kann ich mich dort ebenfalls niederlassen. Doggo vermisst dich«, fügte er hinzu. Und dann in noch ernsterem Tonfall: »Ich sehne mich ebenfalls nach dir, immerzu, es ist fast nicht auszuhalten.« In seinem Rücken tickte die Kuckucksuhr. »Wirst du Zeit für mich haben, Lily?«

Freude überschwemmte sie wie eine warme Welle. »Alle Zeit der Welt«, hauchte sie.

Sie spürte, wie sein Körper sich unter ihrem Griff entspannte. »Vor ein paar Wochen hast du mich gebeten, dich nicht mehr zu küssen. Könntest du das bitte rückgängig machen?«

Anstelle einer Antwort zog sie ihn zu sich heran und presste sich an ihn.

Er ließ seine Hände über ihren Hintern gleiten und wanderte dann weiter zur Taille. »Das mit dem Hotelzimmer war geschwindelt«, stöhnte er an ihren Lippen, »ich wollte nur vermeiden, dass die anderen den Eindruck haben, sie müssten sich um eine Übernachtung für mich kümmern.«

»Kein Problem. Ich habe den Schlüssel zum Anbau. Dort hätte ich auch übernachten können, aber ich wollte lieber ... bei meiner Familie bleiben.« Bei den letzten Worten klang sie betreten.

Hinter ihnen rief lautstark der Kuckuck.

Isaac grinste. »Diese Uhr hängt aber nicht bei uns im Schlafzimmer, es sei denn, wir finden einen Weg, wie wir diesen Kuckuck zum Schweigen bringen.«

Lily kicherte. »Wir können sie auf keinen Fall hier hängen lassen. Das Baby könnte davon aufwachen, und wenn wir Pech haben, nehmen Dugal und Keir sie morgen auseinander.« Sie nahmen die Uhr von der Wand, fanden den Schalter für den Kuckuck, und legten sie mit Pendel und Gewichten zurück in die Schachtel.

Der Rest der Familie war diskret ins obere Stockwerk verschwunden, und so zogen sie ihre Mäntel über und marschierten Hand in Hand über verschneite Straßen zu Los' Anbau.

Nachdem sie alle Fensterläden geschlossen hatten, nahm Isaac Lily in die Arme, dann dirigierte er sie sanft ins Schlafzimmer mit dem einladenden Doppelbett. »Lily, ich liebe dich, lass uns die gemeinsame Zeit beginnen.«

Epilog

Januar, dreizehn Monate später

Lily hatte in einem der neuen Minisessel Platz genommen, die jetzt in *The Three Fishes* Sitzgelegenheit boten, Tubb und Janice saßen zu ihrer Linken auf einem dazu passenden Sofa. Tubb wirkte etwas verloren. »Komisch, mit einem Mal hier Gast zu sein und nicht hinterm Tresen zu stehen.« Lily grinste und stupste ihren Bruder leicht mit der Stiefelspitze an.

»Mmmh«, bemerkte er, während er an seinem alkoholfreien Gin mit Diät-Tonic nippte.

»Uns gefällt's«, sagte Janice in einem Tonfall, der keinen Widerspruch duldete, und drückte einmal fest Tubbs Arm. »Ist doch großartig, nicht mehr arbeiten zu müssen, stimmt's, Harrison? Wir können weiter hier auf dem Dorf wohnen, uns hin und wieder eine Reise leisten und endlich den Lohn jahrelanger Schufterei genießen.«

»Mmmh«, sagte er.

Lily wechselte mit Janice einen vielsagenden Blick. Tubb gefiel das Rentnerdasein, mit Ausnahme von Besuchen in dem Pub, der einmal sein ganzes Leben gewesen war. Isaac hatte dem Gastgewerbe ohne jedes Bedauern den Rücken gekehrt, aber bei ihrem älteren Bruder war Lily sich nicht so sicher.

Den Betrieb führten jetzt zwei Männer, Ferdy und Elvis. Letzterer hieß tatsächlich so, wie er seinem Gegenüber jeweils versicherte, wenn er sich vorstellen musste. Die beiden hatten den Pub renoviert, und der rot gemusterte Teppich hatte vor der Bar einem Holzboden und bunten Kacheln im Essbereich Platz gemacht. Überall sonst lag ein grauer eleganter Teppichboden. Es gab mehr Spielmaschinen als zuvor und einen größeren Fernsehbildschirm. Von dem ehemaligen Personal waren nur Tina, Vita und Flora geblieben.

Lily hörte, wie Carola den beiden Barbesitzern von den *Middletones* und der Reise in die Schweiz im Winter zuvor erzählte. Warwick und Eddie studierten noch, Alfie arbeitete mittlerweile in Bristol, und Franciszka traf sich zwar noch hin und wieder mit Neil, war aber nach Peterborough gezogen, um näher bei ihrer Schwester zu sein. Nach dem Gesichtsausdruck zu urteilen, hörten Elvis und Ferdy ihr nur mit halbem Ohr zu.

Owen lauschte dafür umso aufmerksamer und hielt dabei Carolas Hand. Lily wusste, dass die beiden zusammen sehr glücklich waren. Duncan hatte schlussendlich einen neuen Job in London gefunden. Er hatte neun Monate in Carolas Einliegerwohnung gelebt, die jetzt wieder über Airbnb vermietet wurde.

Lily dachte an den vergangenen Winter zurück und an das, was damals alles passiert war. An Roma und Patsies vorübergehende Trennung, die zu ihrem Schmerz mittlerweile endgültig war. An den Brand in der Küche von Zinnia und George. Deren Tochter Leonie war mittlerweile acht Monate alt, und sie selbst liebte es, die Tante zu spielen und sie immer wieder zu hüten. Leonie wiederum liebte ihren Spielgefährten Doggo, der sich von ihr alles gefallen ließ, natürlich nur unter Aufsicht.

Hayley hatte den Krebs überwunden und war wieder in ihren alten Job in Peterboroughs Kasino zurückgekehrt, das mittlerweile noch schicker geworden war. Sie kam jede Woche vorbei, um Doggo auszuführen.

Doch das Wichtigste, mit dem das Leben Lily im vergangenen Winter beschenkt hatte, war und blieb Isaac.

Sie warf einen Blick auf ihr Handy. Immer noch keine Nachricht. Dann lugte sie zwischen den Vorhängen hindurch, die nicht länger rot, sondern aus grauem Leinen waren. Sie beschirmte ihre Augen, damit sie nach draußen sehen konnte. Schneeflocken tanzten und taumelten vom Himmel, der Boden war bereits bedeckt und der Verkehr auf Straßen und Schiene überall im Land zum Erliegen gekommen. Stunden zuvor hatte Isaac sie angerufen, er stecke auf der M6 fest, und die Handybatterie sei so gut wie leer. Seitdem hatte sie nichts mehr von ihm gehört, die Batterie musste mittlerweile endgültig ihren Geist aufgegeben haben.

Eigentlich lächerlich, sich um einen Outdoor-Trainer Sorgen zu machen, noch dazu einen mit erstklassiger Ausrüstung und Erfahrung im Überlebenstraining.

Sie setzte ihre Unterhaltung mit Tubb und Janice fort, war aber in Gedanken nicht mehr bei der Sache. Endlich kam eine Textnachricht. Bin zu Hause. Komm und hol mich. Tausend Küsse. Sofort raste ihr Puls.

»Na, dann gute Nacht, ich muss los.« Sie tat, als würde sie das vielsagende Grinsen von Carola, Owen, Tubb und Janice nicht bemerken, schlüpfte in ihren Mantel und trank nicht einmal mehr ihren Drink aus. Dann schlidderte sie die Hauptstraße bis zur Rotten Row hinunter, denn normales Gehen war bei dem Wetter unmöglich, und erreichte endlich das Cottage, in dem sie seit ein paar Monaten wohnten. Atemlos mühte sie sich mit dem Schlüssel ab und öffnete ungeduldig die Tür.

Auf dem Kachelboden der Diele standen in einer Lache aus Schmelzwasser ein Rucksack und ein Paar Wanderschuhe. Ein begeisterter Doggo stürmte aus dem Wohnzimmer und tanzte bellend um sie herum.

»Hallo Doggo«, sagte Lily und klopfte ihm streichelnd auf den Rücken. »Wo steckt denn dein Herrchen?«

»Das wartet schon auf dich«, sagte Isaac von der Tür. Dann schloss er sie in seine Arme, küsste sie langsam und zärtlich und unterbrach nur einmal kurz, damit sie Luft holen konnte. »Bist du böse, dass ich nicht zum Pub gekommen bin? Ich wollte einfach mit dir allein sein.«

»Überhaupt nicht«, versicherte sie ihm. »Auch ich wollte mit dir zusammen sein.« Dann fügte sie zwischen Küssen hinzu: »Carola hat Ferdy und Elvis von unserer Schweizreise im letzten Winter erzählt.«

Er schob sie ein wenig von sich und blickte ihr ins Gesicht. »Und du hast bei dir gedacht, ach, hätte ich den Job in Zürich doch nur angenommen?«

Sie knabberte an der Haut an seinem Hals, sie schmeckte nach Salz. »Die Schweiz wäre toll gewesen, aber ich mag meinen Job in dem Hotel, und mir gefällt Middledip, unser Dorf.«

»Und was noch …?«, murmelte er ihr zärtlich ins Ohr.

Mit einem Grinsen küsste sie ihn auf einen Mundwinkel. »Und ich liebe dich.«

Sein Blick wurde noch weicher. »Ich liebe dich auch, dich, Middledip und unser künftiges Zuhause.« Seine Lippen glitten über ihren Hals, seine Hände erforschten ihren Körper, als wollte er sich vergewissern, dass während seiner Abwesenheit nichts verloren gegangen war. »Zeit fürs Bett«, sagte er leise.

Lily hob die Augenbrauen und blickte auf die Kuckucksuhr, die an einer Wohnzimmerwand prangte. »Aber es ist doch erst kurz nach halb neun.«

Er hob sie in seine Arme und vergrub das Gesicht an ihrem Hals. »Genau die richtige Zeit.«

Danksagung

Dank an alle, die mir beim Entstehen von »Schneeflockenglitzern« mit Rat und Tat zur Seite gestanden haben.

Mein Bruder Trevor Moorcroft hat den größten Teil der Recherchen zu künstlicher Befruchtung, Mutterschutz in der Schweiz und dem Gastgewerbe übernommen. Zu Letzterem fand er außerdem Unterstützung bei Gemma Askew vom Roundabout Hotel in Fareham, und ich bin beiden dankbar für die Zeit, die sie dafür aufgewendet haben.

Rosemary J. Kind sagte zu mir: »Wenn du ein Buch über die Schweiz schreiben willst, dann fahre ich mit dir dorthin.« Sie meinte es ernst und unternahm mit mir eine phantastische Erkundungstour durch die Schweiz, mit Wanderungen, Restaurantbesuchen und Besichtigungen von Weihnachtsmärkten, von Bergstädtchen und -dörfern, von Seen und Städten. Ros und Chris Platt nahmen mich aufs Freundlichste in ihrem Haus auf, Chris beantwortete meine Fragen zum Schweizer Winter und zu Kuckucksuhren, und Ros stellte mir ihre Schweizer Freunde, Gina Graber und Erika Kunz, vor. Gina unternahm mit mir einen Ausflug ins wunderschöne Zürich (wo ich zu meinem Entzücken meine Romane in deutscher Übersetzung fand), bestieg mit mir das Großmünster und beantwortete meine Fragen zur Schweizer Küche. Erika begleitete uns zu dem lauten, aber sehr vergnüglichen Umzug mit Samichlaus und seinen Begleitern.

Auf unseren Spaziergängen war immer Wilma, der wunderschöne Entlebucher Sennenhund, mit von der Partie. Ich hoffe, dir macht es nichts aus, dass du in meinem Roman nicht Wilma, sondern Doggo heißt und aus dir ein Dalmatiner geworden ist.

Zum Thema Krankheit durfte ich meinen anderen Bruder Kev Moorcroft befragen, der wie Tubb seine Erfahrungen mit Herzproblemen gemacht hatte, und Alison Turnbull, die wie Isaacs Ex-Freundin Hayley unter Brustkrebs litt. Kev und Alison gaben mir großzügig Auskunft, und die Krankenschwestern David Roberts und Julia Roberts lieferten mir Informationen zu Handverletzungen, die für Lilys Unfall unschätzbar waren.

Wie immer schulde ich Mark West großen Dank dafür, dass er meinen Roman gegengelesen hat, und für die aufmunternden Gespräche. Ich: »Mit dem Roman geht es richtig gut voran. Ein schlechtes Zeichen?« Mark: »Nein, alles gut, du wirst schon sehen.« Marks Unterstützung ist unschätzbar, und ich freue mich, dass ich im Gegenzug seine Texte gegenlesen kann.

Das Team um mich herum ist wundervoll. So viele Menschen möchten mit mir über meine Romane reden und mich dabei unterstützen, sie bekannt zu machen – ein wahres Privileg.

Sue Moorcroft
Wunderkerzenzauber
Roman

Georgine arbeitet mit Begeisterung bei Acting Instrumental, einem College für Bildende Künste. Gerade bereitet sie mit den Studenten das Weihnachtsstück vor. Ihr neuer Assistent für die Bühnentechnik, Joe Blackthorn, gibt ihr allerdings Rätsel auf: zu ihr ist er abweisend und wortkarg, zu anderen freundlich und hilfsbereit. Dennoch entwickelt sich zwischen den beiden ein gutes Arbeitsverhältnis. Manchmal fragt sich Georgine, ob nicht auch stärkere Gefühle im Spiel sein könnten. Mitten in ihre romantische Vorweihnachtsfreude platzen jedoch die Probleme von Georgines Ex-Freund. Darf sie Joe davon erzählen? Wird das Weihnachtsspiel stattfinden? Und wird es für Georgine ein frohes Fest?

Aus dem Englischen
von Tatjana Kruse
448 Seiten, broschiert

Weitere Informationen finden Sie auf
www.fischerverlage.de

AZ 596-70521/1